가혹한 시간

THE TERRIBLE HOURS

THE TERRIBLE HOURS

피터 마스 지음 박승철 옮김

nBook

□ 편집자 주)

· 원문에는 miles, feet, knots 등으로 표기되어 있으나 독자의 편의를 위하여 미터법으로
  환산하여 번역 표기했습니다.
· 원문에는 없으나, 독자의 이해를 위해 본문 중에 그림 및 사진을 붙였습니다.
· 본문 중 글자체가 다른 단어는 함선의 이름을 의미합니다.

유례를 찾아볼 수 없을 만큼 비범한 인물,
스웨이드 몸센을 기리며.

"바다에서 시작되었다는 이 세상이
다시 바다에서 끝나게 될지 누가 알았겠는가!"

– 네모 선장, 쥘 베르느의 『해저 2만리』 중

1

1939년 5월 23일, 화요일.

뉴욕 블루밍데일 백화점에서는 텔레비전이라 불리는 새로운 전자 마법 상자를 판매하기 시작했다.

유나이티드 항공에서는 요란한 팡파르와 함께 뉴욕에서 시카고를 단 4시간 35분 만에 주파할 수 있다는 논스톱 노선을 광고하기 시작했다.

야구계에서는 뉴욕 양키스의 조 디마지오라는 젊은 중견수가 생애 첫 메이저리그 톱 타자 자리를 차지하기 위해 질주하고 있었다.

소설 '폭풍의 언덕'을 원작으로 하고, 로렌스 올리비에라는 영국 배우를 수연으로 삼아 제작된 영화가 6주 연속 상영이라는 기록을 세우고 있었다. 이 영화는 로렌스 올리비에의 첫 히트작이었다.

반면, 훗날 미국의 고전이 될 나다니엘 웨스트의 할리우드 초상화, '메뚜기의 날'이라는 소설은 뉴욕 타임스로부터 '싸구려'에다 '통속적'이라는 참담한 평가를 받았다.

캐나다에서는 방문 중인 조지 4세 영국 국왕과 엘리자베스 왕비가 다섯 쌍둥이로 태어난 디오느 자매를 찾아보았다.

런던에서는 조셉 P. 케네디 대사가 지금처럼 바지의 허리선을 높게 만들거나 와이셔츠의 소매를 너무 길게 해서는 절대로 미국 시장에 진출할 수 없을 것이라고 영국 봉제협회 회원들에게 충고하고 있었다.

전쟁이 임박하여 유럽이 동요하고 있는 가운데, 베를린에서는 히틀러와 무솔리니가 유럽 대륙의 '재구축'을 함께 선언하며 독일과 이탈리아 간의 공식적 군사동맹 관계를 체결하였다. 한편, 아시아에서는 일본이 중국대륙에서 또다른 한 주간의 대학살을 마무리한 참이었다.

그 화요일 아침, 18세기 말에 세워진 북부식 건축 양식과 조약돌이 박힌 길 덕분에 그림엽서에 잘 어울릴 것 같은 뉴햄프셔 주의 항구도시 포츠머스에서는 미국에서 가장 오래된 포츠머스 해군조선소의 사령관 사이러스 W. 콜 해군 소장이 일단의 정부 고관을 영접하고 있었다. 콜 소장은 몸집이 작고 성격이 급한 인물이었지만 눈매가 날카롭고 얼굴에 위엄이 있었기 때문에 사람들에게는 실제보다 크다는 인상을 주었다. 직접 잠수함을 탄 적은 없었어도 해군의 '피그보트(Pigboat, 잠수함을 뜻하는 속어 −역주)'에 배속된 사람들에게 특별한 친밀감을 가지고 있었다. 외아들이 잠수함을 타고 있기도 해서이지만, 잠수함 건조를 전문으로 하는 포츠머스 해군조선소에 오기 전에는 그 자신도 미 해군 수중부대를 지휘했기 때문이었다. 이제 그는 "잠수함을 어떻게 만드는가를 보여주기 위해서 해군이 나를 이곳에 되돌려 보냈다"는 농담을 즐겨 하게 되었다.

그날 아침 방문자 중 한 사람이 유럽에서 벌어질 듯한 전쟁에 미국도 휘말릴 것 같냐고 소장에게 질문했을 때, 그는 그렇게 되지 않기를 바란다고 대답했다. 하지만, 만약 그 반대의 경우가 된다면 어떤 적이라도 후회하게 될 것이라고 덧붙였다.

독일의 U보트에 대하여 이런저런 얘기를 듣고는 있지만, 지금이 포츠머스 조선소가 만들어 내는 잠수함들과는 비교가 되지 않을 것이라고 그는 단언했다. 마침 그날 오후, 함대의 최신예 잠수함 스퀄러스(Squalus)가 일련의 시험 잠항(潛航)을 마치고 항구로 귀환할 예정이므로 그들에게 자신의 눈으로 직접 그 잠수함을 볼 기회를 주겠다고 약속했다.

"스퀄러스? 그게 무슨 뜻입니까?"

콜 소장은 자기도 좀 확인해 봐야겠다고 말하고는, 나중에 "작지만 커다란 이빨을 가진 상어의 일종이랍니다"라고 웃으며 덧붙였다.

그리고 나서 방문단을 조선소 생산담당관인 할포드 그린리 대령에게 넘겼다. 급하게 주선된 이 방문단의 행차 때문에 그린리는 스퀄러스의 철야 정박지로 가 다음 날 아침 이 잠수함에 승함하려던 계획을 취소해야만 했다. 사실 그린리 대령이 이 승함을 특별히 고대하고 있던 데는 이유가 있었다. 그 잠수함에 타고 있던 장교 중 가장 젊은 장교인 조셉 패터슨 소위가 그의 사위였기 때문이다.

콜 소장이 "잠수함에 타질 못해 안됐네" 하고 말을 건네자, "오늘만 날인가요"라고 대령은 대답했다.

"또 기회가 있겠죠."

다른 취재 건으로 포츠머스 조선소에 와 있던 포츠머스 헤럴드 지의 기자 두 명이 그 뉴스를 접한 첫 번째 외부인이었다. 얻을 수 있는 정보란 정보는 미친 듯이 모두 긁어모은 두 사람은 쏜살같이 신문사로 되돌아갔다.

얼마 후, 오후 두 시가 조금 지나 이 엄청난 뉴스 속보의 제1보가 AP통신 텔레타이프를 통하여 전미 신문사와 라디오 방송국으로 타전되었다.

"잠수함 스쿼러스, 뉴잉글랜드 연안에 침몰."

2

포츠머스 해군조선소는 뉴햄프셔와 메인 주의 경계가 되며 굴곡이 심하고 조수의 영향을 많이 받는 피스캐터콰 강 하구로부터 상류 쪽으로 4.8킬로미터쯤 올라간 한 섬에 자리잡고 있었다. 간만의 차가 2미터나 되어서 물이 빠지는 속도가 거의 시속 22킬로미터에 이르는 피스캐터콰 강의 썰물과 맞닥뜨리는 것을 피하기 위해, 스퀄러스는 하루 훈련이 끝난 뒤에도 강물이 북대서양으로 흘러들어가는 강어귀 근처의 바위로 둘러싸인 작은 만에 밤새 정박해 있었다.

함장 올리버 네이퀸 대위의 부인은 아직 어린 두 아이에게 특별한 즐거움을 선사하기로 마음먹었다. 오후 늦게, 그녀는 포츠머스로부터 스퀄러스가 정박해 있는, 천연 방파제로 둘러싸인 만으로 차를 몰았다. 하지만 네이퀸은 잠수함이 조선소로 돌아갔을 때 받게될 검열에 대비하여 분주하게 승조원들에게 함내 정리를 시키고 있는 중이었다. 아이들이 도착하여 소리를 지르고 손을 흔들었지만 그에 호응해 주는 사람은 아무도 없었다.

얼마 지나지 않아 닥쳐오게 되는 가혹한 시간이 흐르는 동안, 프랜시스 네이퀸은 가족들의 모습을 몇 번이나 떠올리게 될 터였다.

스쿼러스는 전장 94미터, 폭 8미터, 배수량 1,450톤의 최신예 함대형 잠수함이었다. 정격속도는 시속 30킬로미터이고, 잠항시는 배터리 출력만으로 시속 17킬로미터까지 낼 수 있었다. 모든 예방책과 온갖 배려를 아낌없이 이 잠수함에 쏟아 넣은 것처럼 보였다. 그것은 최첨단 기술의 결집체였다, 치명적일 정도로.

상갑판에는 홈이 파진 티크목재가 선체 방향으로 깔려 있었고, 갑판 위에는 양 옆에 흰색 페인트로 '192'라는 글자를 커다랗게 써넣은 6미터 높이의 타원형 철제 구조물이 솟아 있었다. 공식적으로는 '함교 구조물(bridge fairwater)'이라고 불리는 것이었지만, 통상 '사령탑(connig tower)'으로 더 잘 알려져 있는 것이었다.

이곳에는 또한 수도꼭지와 같은 원리로 작동하는 두 개의 유압 구동형 밸브가 있었는데, 하나는 '하이인덕션(고흡기)'이라고 이름 붙여진 것으로서 잠수함이 수면 위로 순항할 때 가동되는 네 개의 1600마력짜리 디젤엔진에 공기를 공급하는 직경 79센티미터 밸브였고, 다른 하나는 잠수함을 환기시키는 데 사용하는 직경 41센티미터 밸브였다. 그리고 갑판에는 치명상을 입은 목표물을 끝장내거나 공격해오는 적함과 싸우기 위한 최후의 수단으로써 3인치 포가 설치되어 있었다.

5월의 그 화요일, 스쿼러스에는 진정한 의미의 미국이 타고 있었다. 승조원들의 출신지는 28개 주를 망라하고 있었는데, 거의 절반이 기혼자였다. 대부분은 경험 풍부한 하사관들로서, 그들 중 90퍼센트는 잠수함 승조원의 자질을 증명하는 두 마리 돌고래 모양의 은(銀) 기장을 달고 있었다. 잠수함의 공식 정원인 45명의 장교와 사병 중에서 딱 한 명이 모자랐는데, 기관담당 하사관 한 명이 지난 토요일 자매함 스컬핀과의 소프트볼 게임에서 폭투에 머리를 맞아 심한 뇌진탕을 일으켜 입원한 탓이었다.

대다수 사병들과 마찬가지로 게리 맥리스도 대공황 초기에 해군에 지원하였다. 당시의 맥리스에게 있어서, 성장한다는 것은 유례없는 가뭄으로 마른 흙먼지만이 바람에 흩날리는 대평원의 주(州)에서 절망만을 가중시키는 것을 의미할 뿐이었다. 한때는 기름졌던, 360에이커에 달하는 아버지의 캔자스 농장은 이제 여섯 가족을 겨우 지탱시켜줄 따름이었다. 18세가 되던 해, 그는 주머니에 5센트를 달랑 넣고 자동차를 얻어 타며 토페카의 해군 모병 사무소로 향했다. 그는 결코 그 일을 후회하지 않았다. 샌디에고에서 신병 훈련을 마치고 고향으로 향하는 기차의 마지막 칸에서 지독한 흙먼지 바람을 막기 위해 줄곧 얼굴에 젖은 손수건을 대고 있어야 했던 일을 그는 늘 기억하고 있었다.

잠수함 승조원은 모두 지원자였다. 지원 동기의 일부는 물론 돈이었다. 잠수함 승조원은 당시 일반 수병이 받는 월 55달러의 기본급에 더하여 월 15달러를 넘지 않는 범위에서 잠항당 1달러의 수당과 함께 25퍼센트의 보너스를 받았다. 하지만 그 이상의 무엇이 있었다. 해상함대 승무원들을 결속하고 있는 규범보다 훨씬 강한 친밀감과 동지애 그리고 어떤 특별한 데에 속해 있다는 소속감이 그것이었다.

내부에 믿을 수 없을 만큼 많은 설비들로 꽉 들어찬 잠수함 스쿼러스는 외부인에게는 폐쇄공포증을 일으킬 정도로 끔찍하게 보였을 것이다. 그러나 이제 전기담당 하사가 된 맥리스에게 스쿼러스는 전에 근무했던 그 어떤 잠수함에 비해 믿기 어려울 정도로 넓었다. 무엇보다 에어컨 장치가 되어 있었고, 화장실까지 구비되어 있었던 것이다.

비번인 날, 맥리스에게는 함께 시간을 보내주는 다른 독신 수병이 둘 있었다. 한 명은 노스캐롤라이나 출신의 호리호리한 로이드 매니스로 그 역시 전기담당 하사관이었으며, 다른 한 명은 포르투갈 계로 매사추세스 뉴베드포드 출신인 근육질의 어뢰병 래니 디 메데이로스였다. 토요일 소프트볼 게임이 끝난 뒤, 그들은 단골 맥주집인 '클럽 카페'로 향했다. 그곳이라면 월급날까지 외상이 되기 때문이었다. 매니스는 가끔 놀림의 대상이 되곤 했다. 일주일 뒤, 그는 또다른 수병의 결혼식 들러리를 서기로 약속되어 있었다.

"너 대사는 다 외었냐?" 맥리스가 물었다.

"대사? 무슨 대사?"

"반지를 넘겨줄 때, 한 마디 하게 되어 있잖아."

"그런 말은 못 들었는데?"

디 메데이로스가 물었다. "그럼 반지는? 안전한 데 잘 있대요?"

(반지(Ring)는 여자의 성기를 뜻하는 은어이기도 함 −역주)

"그녀가 잘 간수하고 있을 거야." 매니스가 얼굴을 붉히며 말했다.

오전 7시 30분, 스쿼러스는 정박지에서 바다로 방향을 돌렸다.

포츠머스에서 스쿼러스의 건조가 시작된 것은 1937년 10월이었다. 다음해 9월, 포츠머스 시에서 온 프랭크 E. 부마 포스트 아메리카

군악대가 '닻을 올려라'와 미국 국가를 연주하는 가운데 환호하는 군중 앞에서 스쿼러스가 진수되었다. 그후 몇 개월 동안 잠수함에 생명을 불어넣게 될 디젤엔진과 전기모터, 그 밖의 장치들이 설치되었다. 많은 승조원들이 작업이 완료되기 훨씬 전부터 배속되어 잠수함이 모습을 갖추어 가는 모습을 지켜보면서 내부에 설치된 모든 밸브들을 익혔다. 잠수함 운전은 극도의 숙련도를 요구하는 작업이었다. 일상적인 수십 단계의 잠수함 운전과정에서 단 한가지의 사소한 실수만 생겨도 이 날렵한 바다의 사냥꾼은 순식간에 전 승조원들의 관으로 바뀌고 마는 것이다.

스쿼러스는 함대에 합류하기 전 3주 동안 공식적인 시운전을 하도록 되어 있었다. 오늘 스쿼러스는 19번째 시험 잠항을 하게 될 터였다. 4월 초 스쿼러스의 수밀성(水密性, 물이 스며드는 정도 -역주)을 확인하기 위한 첫 번째 잠수가 정박지에서 실시되었다. 거기에서 79센티미터나 되는 거대한 공기흡입 밸브가 제대로 열리지 않는 것이 발견되었지만 밸브 전체를 분해하여 재조립한 다음에는 그런 문제가 다시 발생하지 않았다. 같은 달 말에 갑판과 상부구조물이 아직 완성되지 않은 가운데 포츠머스 항구에서 첫 번째 해저 시험 잠수가 실시되었다. 수면으로 부상한 후, 잠수함의 모터 베어링 중 하나가 문제를 일으켰다. 비교적 사소한 고장이었다. 그리고 나서 해양 잠항 도중에 어뢰발사관과 기록계를 연결하는 전선이 간단한 고장을 일으켰다.

오늘 아침의 잠항 훈련은 최종 검열을 통과하는 데 아주 중요한 것이었다. 실전에서 생과 사의 갈림길이 될 수도 있는 이 훈련은 밸러스트(부력을 조절하기 위해 싣는 물 -역주) 탱크를 완전히 비우고 수면 위를 최고 속도로 항진하다가 잠망경 심도인 15미터까지 60초 이

내에 잠수하는 '비상 전투잠수'를 해내는 것이었다. 지난번 예행 연습에서는 목표 시간을 5초 초과하였다. 이번 두 번째 예행 연습에서는 훨씬 더 잘 해내겠다고 올리버 네이퀸은 단단히 벼르고 있었다.

스쿼러스가 남쪽 방향을 향하고 있을 때, 네이퀸은 함교에 서 있었다. 그는 지금까지의 진행 상황에 상당히 만족해 있었다. 승조원들의 팀웍도 괜찮아 보였고, 특히 저속 상태이긴 했지만 모의 어뢰 발사 훈련 중에 잠수함이 제대로 운항되었다는 것이 만족스러웠다.

왼쪽으로 해안을 따라 죽 늘어선 바위투성이 무인도들 - 숄스 제도가 지나갔다. 그곳에는 특별한 역사가 있었다. 1615년, 그러니까 청교도들이 메이플라워 호를 타고 플리머스록에 상륙하기 5년 전에 영국의 어업 회사가 그곳에 공장을 세웠다. 그리고 섬들 중 하나인 스머티 노즈 섬에 해적의 보물이 묻혀 있다는 소문이 돌고 있었는데, 나중에 실제로 금은보화가 발굴되어 소문이 사실이었음이 밝혀지기도 했다.

서른 다섯 살의 매부리코를 가진 네이퀸은 1925년에 애너폴리스의 해군사관학교를 졸업하였지만, 루이지애나에서 태어나 그곳에서 자랐다. 젊은 시절 그는 트럼펫 연주에 뛰어난 자질을 보였는데, 당시의 유명 댄스밴드의 하나였던 '폴 화이트맨과 그의 오케스트라'에서 오디션 제의가 들어올 정도였다. 그러나 떠돌이 인생은 그가 원하는 바가 아니었기 때문에 인생의 항로를 180도 전환, 해군으로 ·방향을 바꾸었다.

네이퀸 같은 장교에게 잠수함 복무란 자신의 배를 지휘할 지름길 같은 것이었다. 그리고 지금까지는 모든 것이 순조로웠다.

함교에는 골초인 해롤드 프레블이 네이퀸 옆에 서서 잠항 전 마지막 카멜 담배맛을 음미하고 있었다. 조선소의 민간인 시험감독관인 프레블은 스쿼러스의 시운전 동안 기계적인 상태가 완벽한지를 확인 하기 위해 승함해 있었다. 거의 22년 동안 그는 포츠머스에서 건조한 모든 잠수함에 똑같은 목적으로 입회해 왔다. 그리고 비록 자신의 분 야는 아니었지만 그는 스쿼러스의 승조원들이 얼마나 임무를 잘 수행 하고 있는지를 개인적으로 기록하고 있었다. 그는 순조로운 현재의 결과가 상당 부분 네이퀸의 능력 덕분이라고 여겼다. 네이퀸은 목소 리를 높이는 일이 거의 없었지만 그의 차가운 듯한 푸른 눈은 부하들 을 항상 긴장시키기에 충분했기 때문이다.

프레블이 생각하기에 스쿼러스는 그가 여태껏 타 본 잠수함 중 최고였다. 그는 포츠머스에서 앞서 건조해 취역시킨 동형의 자매함 스컬핀보다도 스쿼러스를 높게 평가하고 있었다. 이 새 잠수함은 문 제가 발생했던 적이 거의 없었다. 문제점이라야 밸브가 한 번 제대로 작동되지 않았던 것과 베어링 하나의 온도가 높았던 것, 그리고 전선 연결이 느슨해졌던 것 외에는 없었다. 어뢰의 재장전 속도를 제외한 다면 스쿼러스는 이미 시운전에 합격해 있는 수준이었다.

네이퀸은 머리 위의 아침해가 하늘을 가로질러 지나가는 불길한 회색구름 뒤로 사라지기 시작하는 모습을 바라보았다. 따뜻한 멕시코 난류와 차가운 라브라도 한류가 교차하는 이 지역에서는 갑작스럽게 짙은 안개가 끼는 현상이 자주 발생했다. 이곳 기상에 대한 정확한 예 측을 내놓으라고 한다면 '예측 불가능'이란 말밖에는 달리 없다고 할 정도였다. 바람이 강해지자 거친 파도가 함수(艦首)에 부딪쳐 하얀 물 보라를 만들기 시작했다. 그의 오른쪽으로는 이미 바닷가재잡이 어선 두 척이 항구로 돌아가고 있었다.

"수면으로 올라오지 말라는 날씨 같군." 네이퀸이 프레블에게 말했다.

네이퀸이 잠수를 시작하려고 선택한 장소는 솔스 제도의 남단에서 8킬로미터 정도 떨어진 곳이었다.

그의 발 아래, 이중선체와 밸러스트 탱크와 연료 탱크로 둘러싸여 있는 스쿼러스의 내부는 타원형의 방수문으로 서로 완전히 격리시킬 수 있는 몇 개 구역으로 나뉘어져 있었다.

함수(艦首) 쪽에는 네 개의 어뢰발사관이 있는 전방 어뢰실이 있었다. 6.4미터 길이의 어뢰는 양쪽 선반에 나란히 쌓아 놓았다가 활차를 이용하여 장전 위치로 이동할 수 있게 되어 있었다. 승조원을 위한 침상 중 일부는 이런 장치들 사이에 흩어져 있었다.

그 뒤쪽이 전방 배터리실이었다. 네이퀸의 작은 함장실과 장교 및 선임하사관 숙소 각각 네 개가 이곳에 있었다. 식료품 저장소와 식당 또한 이곳에 있었다. 통로에 있는 해치는 수중에서 스쿼러스의 동력원이 되는, 개당 750kg의 납 축전지 126개 중 절반이 실린 저장실로 통하게 되어 있었다.

사령탑 바로 밑이 잠수함의 중추신경인 사령실이 있는 곳으로, 이곳에는 두 개의 잠망경이 비치되어 있었다. 잠수함을 움직이는 장치들 —내부 통신센터, 함타(艦舵)를 상하로 움직이게 하는 타륜(舵輪), 밸러스트 탱크에 물을 채우고 비우는 레버— 모두가 이곳에 위치했다. 그리고 잠수함이 잠항하기 전에 바닷물에 침수될 위험이 없는지를 보여주는 제어반(Control board) 또한 이곳에 위치해 있었다.

사령실의 방수문을 지나면 잠수함의 수중 동력원 중 나머지 절반이 있는 후방 배터리실이 나왔다. 이곳은 또한 대부분의 승조원들이 침식을 하는 장소이기도 했다. 맨 앞에 3단으로 이루어진 30개의 침상이 있었고, 그 뒤로 취사실과 공동 식탁이 있었다. 그리고 그 밑은 배터리의 절반이 보관된 저장실이었다.

게리 맥리스와 마찬가지로 전기담당 하사관인 존 배틱도 스쿼러스의 새로운 면모를 이내 알아차렸다. 스쿼러스는 그가 여태껏 근무했던 어떤 잠수함보다도 넓고 빠르며 기동성이 뛰어났다. 옷소매를 높이 걷어올려 팔뚝에 새긴 아내 얼굴의 문신을 내보이며 배틱은 사병식당에서 그의 팔꿈치가 다른 사람의 이빨에 부딪치는 일 없이 커피를 마실 수 있다는 사실에 감탄을 금치 못했다.

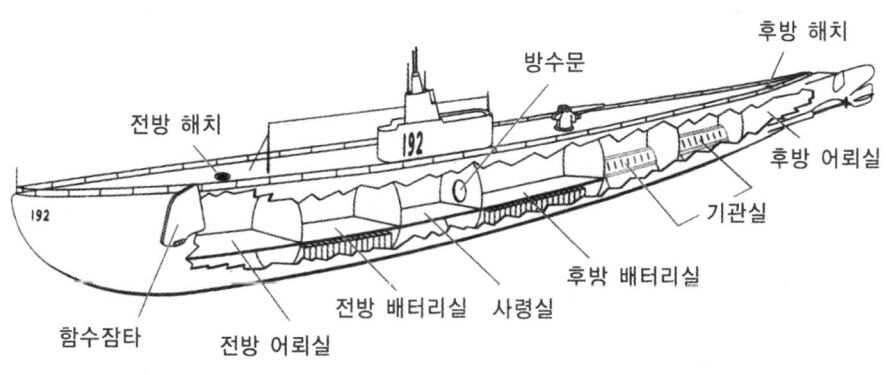

스쿼러스의 내부구조

맥리스와 배틱에게는 잠항 동안 각각 통로의 해치를 통하여 전후방 배터리실을 관찰하는 임무가 주어졌다. 네이퀸은 잠수 후에 스쿼러스를 수중에서 한 시간 동안 최고 속도로 항진하게 할 작정이었다. 맥리스가 배틱이 커피를 마시고 있는 자리로 와 어느 쪽 배터리 저장실을 맡고 싶은지 물었다. 배틱은 지금 앉아 있는 쪽을 맡겠다고 하면서, 함장이 두 번째 잠항을 명령하면 그때 위치를 바꾸자고 대꾸했다.

후방 배터리실 너머에는 두 개의 기관실이 있는데, 이곳은 잠수함에서 유일하게 방수문으로 격리되지 않은 구역이었다. 함체 밖으로 열려 있는 흡기 밸브로부터 거대한 닥트를 통해 공기를 공급받아 네 대의 해상 항진용 디젤엔진이 규칙적으로 둔한 엔진소리를 내며 돌아가고 있었다. 연소된 배기가스는 수면에 닿을 듯 말 듯 설치되어 있는 배기구를 통하여 가느다란 갈색 연기로 사라졌다. 두 번째 기관실에는 잠수함의 스크루를 돌리는 모터들이 있었다. 스쿼러스가 수중으로 들어가면 지금 디젤엔진들과 직렬로 연결되어 작동되고 있는 이들 모터는 엔진 대신 두 개의 배터리 그룹과 연결될 터였다.

잠수함에는 해롤드 프레블 이외에도 두 명의 민간인이 더 있었다. 한 명은 디젤엔진을 제작한 제너럴 모터스 사에서 파견된 검수관이고, 다른 한 명은 조선소의 베테랑 전기기술자로서 전기회로가 제대로 작동하는지를 확인하기 위해 타고 있었다.

잠수함의 후미 부분은 치명적인 무기로 가득 차 있었다. 전방에 배치된 네 개의 어뢰발사관 외에도 스쿼러스는 뒤쪽에서 출현할지도 모를 목표물을 향해 TNT 탄두를 발사할 수 있는 네 개의 어뢰발사관을 후방 어뢰실에 추가로 비치하고 있었다. 다만 오늘 아침에는 모의 탄두를 대신 실은 상태였다.

알칸사스 노스리틀록 출신의 셔먼 셜리는 잠항 대기 상태에 있었다. 셜리는 로이드 매니스가 들러리를 서 주기로 한 바로 그 예비신랑이었다. 매니스는 지난 토요일 밤에 맥리스와 디 메데이로스가 한 농담을 진지하게 생각하고 있었다. 매니스에게는 후방 배터리실 전압계의 눈금 관측이 맡겨져 있었는데, 그것은 그가 오랫동안 해온 익숙한 일이었지만 결혼식 들러리는 한 번도 해본 적이 없었기 때문에 셜리에게 결혼식에서 자기가 무슨 연설을 해야 하느냐고 물었다.

"무슨 소리야?" 셜리는 잠항 중의 자기 위치로 가면서 대답했다.

"넌 그냥 나한테 반지만 건네주면 돼."

이 말이 그에게 또다른 걱정거리를 안겨주었다. 매니스는 전에 보았던 영화에서 결정적인 순간에 들러리가 반지를 잃어버리고 마는 장면을 떠올렸다.

후방 어뢰실에는 아내 생각을 하고 있는 또다른 수병이 있었다. 보비 깁스는 아시아 함대 근무 시절 상하이에서 루마니아 여인을 만나 결혼하였다. 스쿼러스에 배속되면서 그는 아내를 잠시 사우스 캐롤라이나의 랙싱턴에 살고 있는 부모에게 맡겼다. 하지만 그녀의 영어가 유치한 수준이어서 함께 지내는 데 어려움이 많이 생기자, 그녀는 그곳을 떠나 기차를 타고 남편이 있는 포츠머스를 향해 떠났다. 깁스는 그날 밤 아내와 재회할 예정이었다. 함장이 아침 잠항 후에 추가로 어뢰 발사 훈련을 실시할지도 모른다는 소문이 있었는데, 깁스는 잠수함이 피스캐터콰 강의 적당한 조류 시간대를 놓쳐 조선소로 돌아가지 못하고 하류에 닻을 내리는 일이 생길까 봐 아침식사 내내 초조한 상태였다.

함내에서 모두들 '패트'라고 부르는 최연소 장교 조셉 패터슨 소위는 후방 구역의 운영 실태를 감독하고 있었다. 그것은 해군사관학교를 졸업한 지 3년밖에 안 되는 전도양양한 패터슨이 꼭 맡고 싶었던 임무였다. 그는 이미 중위 진급 시험에 합격한 상태로, 공식적인 확인만을 남겨놓고 있었다. 패터슨은 함내의 모든 승조원들의 인기를 모으고 있었다. 그가 겨우 기저귀를 벗었을 무렵부터 해군에 몸을 담고 있었던 고참들조차 그를 좋아했다. 짧게 깎은 금발머리에 떡 벌어진 가슴을 가진 그의 동작에서는 운동선수 특유의 자연스런 기품이 배어 나왔다. 실제로 그는 해군사관학교 육상 트랙 팀의 주장이었으며, 1936년 베를린 올림픽 400미터 허들경기에서 세계적인 선수들과 겨뤄 당당히 4위를 차지할 정도의 실력을 갖고 있었다.

　　패터슨이 할포드 그린리 대령의 딸 베티와 결혼한 것은 바로 1년 전이었다. 그리고 내일 저녁 그는 차를 몰고 베티와 함께 부모를 만나러 보스턴으로 갈 예정이었다. 패터슨의 부모는 그들의 결혼 1주년을 축하해 주려고 고향인 오클라호마시티에서 비행기를 타고 보스턴에 와 있었다. 패터슨은 장인인 그린리가 나타나지 않아 이번 시험 잠항에 동행할 수 없게 된 일이 몹시 실망스러웠다. 분명 무슨 일인가가 생긴 게 틀림없었다. 하지만 그의 장인과 마찬가지로 금새 아무렇지도 않은 듯, 네이퀸에게 말했다.

　　"기회는 앞으로도 많을 텐데요, 뭐."

3

솔스 제도의 마지막 섬인 화이트 아일랜드를 지나자, 네이퀸은 남쪽으로 방향을 잡으라고 명령했다. 그가 잠수를 위해 선정한 대륙붕 지역의 평균 수심은 대략 76미터 정도였다.

태양은 여전히 낮은 구름들과 승산 없는 숨바꼭질을 계속하고 있었다. 스쿼러스가 속력을 높이자 파도가 티크로 된 갑판 위로 겹겹이 넘쳐 들어와서는 잠수함의 동체 옆으로 흘러내렸다. 함교 위에서 네이퀸은 바닷물의 물보라가 자신의 얼굴을 때리는 것을 느끼고 있었다. 사실 그는 오후에 어뢰 발사 훈련을 실시할 작정이었기 때문에 날씨가 더 이상 나빠지지 않기를 바랐다. 전날 사용한 여덟 발의 모의 어뢰는 모두 회수되어 경비 절감에 기여하게 되었으므로 콜 사령관이 만족스러워할 것이라는 생각이 들었다.

항해일지에 의하면, 네이퀸은 8시 13분에 잠수를 개시할 정확한 위치의 경도와 위도를 포츠머스에 통지하도록 지시했다. 통신병인 찰스 파웰은 사령실에서 조금 떨어진 통신실에서 이 메시지를 모르스 부호로 타전했다. 그러나 송신 과정에서였는지 수신 과정에서였는지는 모르지만 하여간 숫자가 틀린 상태로 전달되어, 스쿼러스가 바닷속으로 사라진 실제 위치에서 동쪽으로 8킬로미터 정도 떨어진 곳으로 잘못 보고되고 말았다는 사실은 아무도 깨닫지 못하고 있었다.

5월 23일, 거의 모든 승조원이 잠항 배치 상태에 있었는데, 이것은 일반적인 경우가 아니었다. 함대에 배속된 경우라면 승조원은 3개 근무조로 나뉘어져 각각 네 시간씩 교대로 근무한다. 그러나 시험 잠항 동안은 실질적으로 전원이 근무를 하도록 되어 있었다. 실제 근무조가 아닌 경우는 근무 중인 교대 근무자를 관찰하거나 옆에 서서 잠항 기록을 위한 통계 자료를 작성했다.

네이퀸은 스쿼러스의 잠수준비령을 내렸다.

바로 밑 사령실에서는 부함장 월터 도일 주니어 대위가 승조원들에게 잠항 배치 명령을 내리고 있었다. 해군사관학교 시절 육상 트랙경기 스타였던 그는 검은 피부에 말수가 적은 아일랜드 후손이었다. 도일은 그날 아침의 잠항 훈련 전반을 책임지고 있었다. 웨스트포인트 육군사관학교에도 합격한 그였지만, 1차 세계대전 중 육군 소령으로 복무한 부친에게서 참호 생활의 실상을 듣고는 해군을 선택했다. 지금의 스쿼러스는 그에게 있어 자신이 지휘할 배를 갖기 위한 마지막 단계였다.

전방 어뢰실은 일찌감치 움직이고 있었다. 잠수 후 함장이 갑자기 어뢰 발사 명령을 내릴 경우에 대비하여 포 및 어뢰 담당 장교인 존 니콜스 중위는 대원들에게 어뢰를 재장전 위치에 가져다 놓으라고 지시했다. 두 번째 어뢰 작업을 시작하려 할 때, 도일의 잠수준비 명령이 떨어지자 28세의 니콜스는 스쿼러스가 완전한 잠항 상태에 들어갈 때까지 작업을 중지하라고 명령했다.

보통 때 같으면 그는 사령실의 발사 어뢰 자료분석기 앞에 있어야 했다. 그것은 대포로 친다면 발사거리계와 비슷한 것이었다. 하지만 어뢰 재장전 작업은 네이퀸이 불만을 표시한 부분 중 하나였기 때문에 작업을 직접 감독하고 싶어 했다. 후방 어뢰실도 가보려 했지만 시간이 되지 않았다. 게다가 그쪽 일은 패터슨 소위가 알아서 잘 할 것으로 굳게 믿고 있었다.

그래서 니콜스는 어뢰발사관의 문이 닫혀있는지를 확인하고 함장실을 지나 전방 배터리실로 들어갔다. 장교와 선임하사관들의 식사를 담당하는 두 명의 필리핀인 취사보조원 중 하나가 더러워진 행주를 싱크대에 담그고 있었다. 사십 평생의 반을 잠수함에서 근무한, 경험 많은 전기담당 로렌스 게이노어 상사는 전방 배터리실 계기의 눈금을 읽고 불러주는 임무를 맡았다. 수병 한 명은 옆에 서서 그것을 받아 적도록 되어 있었다. 한편 게리 맥리스는 배터리 저장소로 통하는 해치 아래로 몸을 반쯤 들이밀고 배터리들을 직접 관찰하는 중이었다. 사령실로 간 니콜스는 부함장 도일에게 전방 두 구역의 잠수준비가 완료되었음을 알렸다.

1930년 해군사관학교를 졸업한 후 잠수함 근무를 지원하기 전에 니콜스는 전함 메릴랜드에 근무한 적이 있었다.

"이봐, 우리가 지금 하고 있는 일보다 더 밑바닥이 있는 거 알아?" 메릴랜드의 동료 장교가 그에게 말했다.

"뭔데?"

"잠수함. 만약 침몰하면 헤엄쳐 탈출한다는 건 있을 수 없거든."

□　　□　　□

잠항 중 후방 배터리실에서 아무 임무도 맡고 있지 않은 사람은 단 둘뿐이었다.

한 명은 테네시 네쉬빌 출신의 취사병 보비 톰슨이었다. 톰슨은 앞서 몇 시간째 아침식사 준비를 했지만, 8시 15분이 되기 전에 허드렛일까지 모두 끝낸 그는 잠항 때 잠이나 자야겠다고 선언하고서 자기 침상에 누웠다.

다른 한 명은 지난 주말에 전입한 의무담당 레이 오하라 상사로, 스쿼러스에서 가장 신참이었다. 아침식사 후 오하라는 구역의 뒤편에 있는 약품 캐비닛으로 갔다. 로브 워쉬본이라는 21세의 수병이 감기에 걸렸다고 했기 때문이었다. 스쿼러스는 오하라의 첫 번째 잠수함 근무였기 때문에 그는 약간 긴장한 상태였다. 워쉬본의 체온을 재어 보니 미열이 있어서, 아스피린 몇 알을 꺼내기 위해 캐비닛으로 간 것이었다.

팔에 문신을 한 존 배틱은 후방 배터리를 지켜보기 위해 배터리 저장소로 내려갔는데, 맥리스와는 달리 그는 머리 위에 있는 해치를 닫았다. 해치가 양쪽에 침상들로 빼곡이 들어찬 길이 12미터 구역의 통로에 있기 때문이었다.

후방 배터리실과 사령실을 격리하는 방수문 근처에는 로이드 매니스가 전방 배터리실의 게이노어 상사와 마찬가지로 계기를 읽을 준비를 하고 있었다. 비상사태 발생시, 사령실로 뛰어들어가 방수문을 걸어 잠그는 것 또한 그의 책임이었다.

식당 테이블에서는 빌 볼튼 병장이 판초 우의의 물을 털어 내고 있었다. 볼튼은 이제 막 물에 흠뻑 젖은 상갑판에서 깃발을 내리고 느슨한 로프가 없는지 확인한 다음, 상갑판 로커의 볼트를 조이고 내려온 참이었다. 이제 다시 수면으로 부상할 때까지 그에게는 특별한 임무가 없는 상태였다.

취사장에서는 점심 담당 취사병인 윌 아이삭스가 수병 두 명의 도움을 받아가며 분주하게 점심식사 준비를 하고 있었다. 제한된 공간 때문에 식사는 교대로 할 수밖에 없었다. 그는 스퀘러스가 다시 수면으로 부상하고 나면 곧바로 들이닥칠 첫 번째 병사들의 허기진 배를 채워줘야만 했다.

전방 배터리실에서 장교와 선임하사의 식사 시중을 드는 두 명의 취사 보조원 중 한 명인 마닐라 태생의 바실리오 갈반이 찾아와 메뉴가 무엇인지 물어보았다. 스파게티와 미트볼이라고 아이삭스가 대답했다. 하지만 잠수가 시작되려 하자, 그는 전기오븐의 스위치를 꺼버렸다. 납작한 냄비 속에서는 이미 미트볼이 끓고 있었지만, 스퀘러스가 하강하기 시작하면 국물이 넘쳐흘러 누전을 일으킬지도 모르기 때문이었다.

갈반은 배턱이 잠근 해치를 밟고 서둘러 전방구역으로 돌아갔다. 그리고 침상의 첫 열을 지나치면서 아침담당 취사병이 그 중 하나에 길게 누워있는 것을 보았다. 함내가 잠항 준비로 북새통을 이루고 있는 동안에도 톰슨은 자기가 한 말을 지키겠다는 듯 평온하게 코를 골고 있었다.

그는 또한 헤드셋을 끼고 있는 베테랑 전기담당 하사관 주드 브랜드의 옆을 지나갔다. 브랜드는 잠항 동안 후방 배터리실의 함내 교신을 담당하고 있었는데, 함내 모든 구역에는 그 같은 통신원이 배치되어 사령실과의 교신을 확보하고 있었다.

앞쪽 기관실에는 기관담당 조슈아 케이시 병장이 헤드셋을 끼고 스쿼러스를 시속 30킬로미터의 속도로 나아가게 할 거대한 엔진의 작동 정지 명령이 떨어지기를 기다리고 있었다.

케이시의 옆에서는 이제 곧 주임상사가 될 기계담당 진 호프만 상사가 앞쪽 기관실에 있는 두 대의 디젤엔진 사이를 왔다 갔다 하고 있었다. 호프만은 이 엔진들과 개인적으로 특별한 인연을 갖고 있었다. 그는 이 엔진들이 제작된 제너럴 모터스의 클리브랜드 공장에 8개월간 파견되어 부품이 하나하나 조립된 뒤 포츠머스로 선적, 스쿼러스에 탑재되는 것을 줄곧 지켜보았다. 어떤 문제가 발생할 경우에 대비해 제너럴 모터스에서는 엔지니어 한 명을 이번 시운전에 동승시키기까지 했지만 현재까지는 신기할 정도로 잘 작동하고 있었다.

오후에 두 번째 잠항을 하게 된다면 호프만은 사령실에 있는 또다른 베테랑 기계담당 하사관인 찰리 유하스와 임무를 바꿀 작정이었다. 호프만의 아내 매이는 아직 독신인 유하스를 그날 저녁 집으로 초대하여 그가 좋아하는 타입의 여자를 소개시켜 주려던 참이었다.

호프만과 함께 기계담당 존 체스넛 주임상사도 클리브랜드에 파견된 바 있었다. 두 아들과 딸 하나를 가진 체스넛은 주임상사로 승진한 지 6개월밖에 되지 않았다. 막내아이가 태어나던 때, 그의 처 엘런은 잠수함 근무를 그만두라고 간청했다. 매일 밤 그가 바닷속의 묘지에 묻혀 다시는 볼 수 없게 되는 악몽에 시달리던 그녀는 더 이상은 참을 수가 없다고 호소했다. 끝내 체스넛은 그녀의 간청을 진지하게 고려해 보겠다고 약속했다. 호프만이 승진을 하면 어차피 주임상사의 승함 정원을 초과하게 된다. 그러나 그 전까지는 스쿼러스가 무사히 시운전을 끝내도록 보살펴야만 했다. 그가 지금 서 있는 후방 기관실은 네이퀸이 함교에서 내리는 항진 명령이 실제로 이루어지는 곳이었다.

5월 23일의 그 아침, 이 두 기관실에는 모두 18명의 승조원이 있었다.

후방 어뢰실에서 패터슨 소위가 니콜스의 지시에 따라 어뢰 재장전 훈련을 실시하고 있을 때, 잠수준비를 하라는 도일의 명령을 통신병 알 프리스터가 전해왔다. 프리스터 또한 존 배틱이 자랑스럽게 드러내 보였던 문신만큼이나 정교한 문신을 자랑하곤 했다. 그의 왼쪽 팔뚝에는 뽀빠이가, 오른쪽 이두박근에는 화관으로 둥글게 장식된 '적도 통과'라는 문장이 새겨져 있었다. 프리스터는 스쿼러스로의 전속 명령을 받았을 때, 아내를 전 근무지인 파나마 운하의 대서양 기지에 그대로 남겨두었다. 한 달 후쯤 스쿼러스가 장거리 순항 훈련을 하면서 그곳에 들르게 되면 그녀를 만날 수 있으리라고 기대했다. 그리고 나서 잠수함의 모항(母港)이 결정되면 그녀와 다시 합칠 작정이었다. 모항은 마닐라나 진주만 같은 태평양 어딘가가 될 것이라는 소문이 돌고 있었다.

패터슨은 기관실과 후방 배터리실을 날 듯이 지나 사령실로 들어가서는 도일에게 후방구역의 준비 상황을 보고하고 곧바로 되돌아갔다. 요란한 소리를 내며 돌고 있는 디젤엔진을 조용한 배터리 파워로 교체하는 작업을 감독하기 위해서였다.

함교에는 텍사스 주 지도의 비죽하게 튀어나온 부분에 위치한 작은 마을 출신인 항해 및 기관담당 장교 로버트 로버트슨 중위가 네이퀸과 함께 서 있었다. 그는 육분의(선박이 항해할 때 천체와 수평선상 각도를 측정해 위치를 구하는 기기 −역주)를 조작하여 스쿼러스가 잠수할 지점까지 앞으로 1킬로미터도 채 남지 않았음을 함장에게 보고했다.

해군 표준시간으로 0830시(오전 8시 30분)였다.

사령실에서는 부함장 도일이 연락병 찰스 커니 상병에게 말했다.

"함장님께 잠수준비를 완료했다고 알려라."

커니는 함내 전화를 통해 이 메시지를 네이퀸에게 전달하였다.

아직 함교에 있던 네이퀸은 '전속 항진, 비상'을 명했다. 그는 잠수함의 모든 동력을 완전 가동시키도록 했다. 스쿼러스는 전속력으로 질주하여 최고 속도인 시속 30킬로미터를 돌파했다. 다음으로 그는 최종 잠항 통보를 내렸다. 통신병 파웰은 스쿼러스가 곧 잠수를 시작하여 한 시간 동안 잠항할 것이라는 두 번째 교신을 포츠머스로 보냈다. 포츠머스는 즉각 교신을 확인했다. 파웰은 교신 종료 신호를 보내고 서둘러 안테나를 내리기 시작했다.

네이퀸은 잠수준비 명령을 내리고 최종 확인을 위해 주위를 둘러보았다. 얼마 전 그를 지나쳤던 바닷가재잡이 어선은 이미 후방 저멀리에 있었다. 스쿼러스 주위에는 아무것도 없었다. 그는 마지막으로 사령탑의 해치를 통해 내려와 조타수인 프랭키 머피의 도움을 받아 해치를 닫았다. 머피가 아일랜드계라는 것은 그의 성을 물어볼 필요도 없이 주근깨투성이 얼굴에서 금새 알 수가 있었다. 보스턴의 찰스타운 출신인 그는 주말을 집에서 보냈지만 늦잠을 자느라 일요일 미사를 놓치는 바람에 어머니에게 꾸중을 들어야 했다.

"그렇게 위험한 배를 타고 있는데 아직도 살아 있다니, 넌 하느님께 무릎꿇고 감사해야 해."

해치가 완전히 닫힌 것을 확인한 직후, 네이퀸은 잠수 개시를 알리는 첫 신호인 커다란 경적 소리를 들었다. 그는 스톱워치를 누르고는 몸을 구부려 좁은 철제 사다리를 타고 사령실로 내려갔다.

사령실에서는 열 명의 승조원이 스퀴러스를 파도 아래로 내려보내기 위해 분주하게 각종 작업을 시작하고 있었다.

월터 도일은 사령실 정중앙에서 앞을 향해 서 있었다. 고개를 약간만 돌려도 잠항에 필수적인 모든 장치와 계기를 볼 수 있는 자리였다. 해롤드 프레블도 잠항 작업을 관찰하기 위해 그곳에 있었는데, 한쪽 발은 공구상자 위에 그리고 다른 한쪽 발은 사령탑으로 통하는 사다리의 맨 아래 칸에 단단히 디딘 채로 도일의 뒤에 서 있었다. 프레블도 도일과 거의 같은 시야를 확보했다. 그는 양손에 복동(複動)식 스톱워치를 쥐고 있었다.

최초의 경적이 울릴 즈음에 도일은 1번 잠망경의 테스트를 끝낸 다음, 밸러스트 탱크와 압축공기 담당자를 배치하고, 함수와 함미에 있는 잠타 담당 요원에게 잠타의 작동 상태를 체크하라고 지시했다. 잠타란 바닷속에서 비행기 날개의 플랩(비행기의 이착륙시, 공기 저항을 조절하도록 날개 뒷부분에 설치된 가변형 보조날개 —역주)과 같은 역할을 하는 장치로, 함체에 커다란 지느러미처럼 돋아나 있었다.

도일은 '크리스마스 트리'라고 불리는 제어반을 유심히 지켜봤다. 그리고 니콜스와 패터슨이 보고한 대로 잠수함의 잠수준비가 모두 완료되었음을 확인했다. 제어반은 적색과 녹색의 신호등으로 구성되어 있는데, 각각 함체와 상부구조물에 나 있는 특정한 개구부(開口部)를 나타냈다. 녹색은 수밀성이 확보된 것을 의미하고, 적색은 아직 열려 있음을 뜻했다.

녹색으로 가득한 제어반의 신호등 중에서 여덟 개만은 아직 적색으로 빛나고 있었다. 그 중 네 개는 디젤엔진의 배기 밸브를 표시하는 것이었고, 또다른 하나는 무전기 안테나가 올라가면 자동으로 밀려 열리게 되어 있는 경첩식 밸브, 또 하나는 함교에서 사령탑으로 통하는 해치였다.

그리고 마지막 두 개의 적색등은 한 쌍의 '주공기흡입 밸브'로, 사령탑의 측면 함교 바로 밑에 위치하고 있으면서 잠수함이 수면 위를 항진하고 있는 동안 디젤엔진에 공기를 공급하고 함내 공기를 환기시키는 역할을 했다. 양쪽 모두 구멍 뚫린 철판으로 덮여져 있으며, 스쿼러스가 잠수를 개시하기 직전까지는 열린 상태를 유지하도록 되어 있었다.

이것이 잠수 직전의 상황이었다. 모든 작업들이 아주 신속하게 진행됐으며 사령실은 더욱 바쁘게 움직였다. 긴장이 감돌기 시작했다.

도일은 함수와 함미의 조타수들에게 잠타를 비상 잠수 각도로 잡도록 지시했다. 동시에 잠수함을 둘러싸고 있는 메인밸러스트 탱크에 바닷물이 유입되도록 밸브를 열게 했다. 이제 스쿼러스는 바닷속으로 들어가게 될 터였다. 함수의 맨 앞 어뢰발사관 사이에는 '함수 부력 탱크'라는 또다른 탱크가 있었다. 이 탱크는 잠수시 함수가 아래쪽으로 향하게 만드는 역할을 했다. 아울러 잠수함에는 수중에서 일정한 균형을 유지하게 해주는 몇 개의 무게조절용 부력 탱크와 보조 탱크가 있었다.

이들 각 탱크에는 바닷물을 넣고 뺄 수 있는 밸브가 아래쪽에 설치되어 있었고, 위쪽에는 탱크가 완전히 바닷물로 채워질 수 있도록 공기를 빼주는 밴트(통풍구)가 있었다. 잠수함이 부상할 때는 이와 반대의 순서로 진행되었다. 잠수 후에 밴트가 닫히고, 부상시에는 사령실에서의 조작에 따라 실린더로 압축공기를 주입해 바닷물을 들여보낼 때 사용했던 동일한 밸브를 통해 바닷물을 밀어내는 것이다.

도일은 함수 부력 탱크와 1, 2번 메인밸러스트 탱크의 밸브와 밴트를 연달아 개방하도록 명령한 다음, 잠시 후 3, 4번 탱크는 밸브만을 개방하여 부분적으로 바닷물을 채우게 했다. 그는 스쿼러스의 수밀성이 완전히 확인될 때까지 밴트의 개방을 보류할 생각이었다.

제어반이 수밀성을 확인해 줄 터였다.

그는 제어반에서 잠시도 눈을 떼지 않았다. 네이퀸과 머피가 해치를 잠그자 사령탑의 해치를 나타내는 신호등이 잠시 깜빡거리다 적색에서 녹색으로 바뀌었다. 무선 안테나의 상황을 나타내는 신호등도 바뀌었다.

그리고는 디젤엔진의 배기 밸브 신호등도 녹색으로 바뀌었다. 디젤엔진이 꺼지는 순간 사령실은 정적에 휩싸였다. 사람들의 숨소리가 시끄럽게 느껴질 정도였다.

사령실의 크리스마스 트리에는 오직 두 개의 신호등만이 여전히 적색으로 빛나고 있었다. 바로 주공기흡입 밸브를 표시하는 신호등이었다. 이들도 유압구동형 레버에 의해 차례로 닫혔다. 기계담당 알 프린 중사는 다른 밸브나 밴트를 열고 닫았던 것과 마찬가지로 그날 아침에도 레버를 맡았다. 그는 스쿼러스에 배속되어 오기 전에도 다른 잠수함에서 이런 작업을 수행한 적이 있었다. 프린은 주공기흡입 밸브의 구동 레버를 당겼다. 그 순간 제어반에 남아 있던 마지막 두 개의 적색등이 녹색으로 바뀌었다.

도일 대위는 잠시 눈을 감았다가 다시 제어반을 쳐다보았다. 모두 녹색이었다. 스쿼러스는 안전하다. 경험 많은 기계담당 하사관 캐롤 피어스가 재차 확인하기 위해 압축공기 실린더로 약간의 공기를 함내로 분출시켰다. 만약 함내 기압이 상승한다면 그것은 잠수함의 기밀성이 확보되었음을 뜻하므로 수밀성도 자연히 확보되는 것이다.

도일 뒤편의 자기 위치에서 피어스가 소리쳤다.

"부함장님, 함내 압력이 상승했습니다."

도일은 오른손을 들고 두 손가락을 폈다.

이 신호에 따라, 잠수함에서 가장 고참인 선임 어뢰병 로이 캠벨이 버튼을 눌렀다. 두 번째 "아-오-가, 아-오-가" 하는 잠수 경적이 함내에 울려 퍼졌다.

배터리의 동력만으로 스쿼러스는 바닷속을 향해 미끄러져 들어갔다. 만약 바깥 세상의 누군가가 그 모습을 바라보고 있었다면, 그는 차가운 북대서양의 바닷물이 스쿼러스의 기다란 선체 위로 끓어올라 갑판의 3인치 포에 다다랐다가 마침내 상부구조물의 기단부로 밀어닥치는 광경을 보았을 것이다.

그리고 갑자기, 잠수함은 사라져 버렸다.

□　　□　　□

두 번째 잠수 경적이 울린 후, 사령실의 캠벨 하사관은 본능적으로 제어반을 흘긋 쳐다보았다. 녹색이었다.

사령실의 연락병 커니 역시 신호등이 모두 녹색인 것을 확인하였다. 커니는 자신에게 '밸브 폐쇄' 보고가 먼저 올라올 것인가, 아니면 제어반의 불이 먼저 변할 것인가를 두고 혼자서 내기를 하곤 했다. 언제나 제어반의 승리였다.

알 프린은 주공기흡입 밸브 조작 레버를 쥐고 있던 손을 놓으며 제어반이 녹색으로 바뀐 것을 확인하였다. 손에 스톱워치를 쥐고 있던 해롤드 프레블도 마찬가지였다.

잠수 경적이 울리던 바로 그때, 올리버 네이퀸은 사령탑에서 내려오는 사다리의 맨 아랫단에 발을 딛고 있었다. 그 역시 제어반 위에 한 개의 적색등도 켜져 있지 않음을 확인했다. 네이퀸은 프레블의 옆을 지나 부함장이 서 있는 잠항 통제소로 가서 전면에 있는 심도계 쪽으로 주의를 돌렸다.

8.5미터 지점에 이르자 스쿼러스는 잠시 주춤거렸다. 이는 잠수 때마다 항상 나타나는 현상으로, 디젤엔진에 의한 해상 추진력이 모두 소진되었음을 의미했다. 이제 점점 더 높아지는 수압을 이겨내고 잠수를 계속할 수 있는 배터리 출력에 의한 추진력이 나오기까지는 몇 초 정도가 소요될 것이다. 이윽고 잠수함이 다시 바닷속으로 내려가기 시작했다.

수심 9미터 지점에서 프레블이 네이퀸에게 말했다.

"좋아, 좋아. 해내겠는걸."

네이퀸도 "잘 될 것 같군요" 하고 대답했다.

심도계의 움직임이 빨라지고 있었다. … 11미터 … 12미터 … 14미터. 사령탑 안으로 올라간 프랭키 머피는 감시창 너머로 번득이고 있는 해류를 바라보았다.

도일은 함수와 함미 잠타 요원에게 잠수 각도를 서서히 줄이도록 명령하였다. 그는 19미터 부근에서 스쿼러스를 수평으로 유지할 작정이었다.

잠수 소요 시간 확인 심도인 15미터에 이르자, 네이퀸과 프레블이 동시에 "확인!" 하고 소리치며 스톱워치를 정지시켰다. 그리고 결과를 비교해 보았다. 시간은 네이퀸이 목표한 60초를 1초 남짓 초과했을 뿐이었다.

"양호, 양호." 프레블이 되풀이해 말했다.

네이퀸은 웃음을 지었다. 기대 이상이었다. 비상 잠수 공식 테스트까지는 아직 3주나 남아 있었다. 그때까지는 1분 이하로 단축시킬 수 있을 터였다.

그는 거의 반사적으로 1번 잠망경 쪽으로 걸어가 핸들을 잡고는 몸을 앞으로 약간 구부려 고무로 둘러싸인 잠망경의 접안부에 눈을 대고 들여다보았다.

그 순간 그의 귀에 공기의 야릇한 움직임이 느껴졌다.

바로 그 다음 순간, 연락병 커니는 눈이 아니라 귀를 통해 들어온 도저히 믿기 어려운 보고에 눈이 휘둥그레졌다. 함내 전화기를 통해 전해진 내용은 제어반 상에는 전혀 나타나 있지 않았다.

그는 울부짖듯 이 경악할 소식을 알렸다.

"함장님! 기관실입니다! 침수되고 있답니다!"

4

그의 이름은 찰스 바우어즈 몸센. 43세. 미 해군 대위였다. 하지만 모두들 그를 '스웨이드(스웨덴 사람)'라고 불렀다. 비록 그의 선조는 북부 독일과 덴마크 출신이었지만, 해군사관학교 시절에 붙여진 이 별명은 이후 평생 그에게 붙어 다녔다. 스칸디나비아 부정기 화물선의 함교에 서 있으면 잘 어울릴 듯한 용모 때문이었다. 그는 183센티미터 키에 숱이 많은 밝은 갈색 머리, 각진 턱, 그리고 사려 깊은 매너로 부드럽게 이야기하는 스타일이었다.

그러나 다소 소극적인 듯한 태도 뒤에는 몽상가이자 과학자이며 행동가인 그의 비범한 진면목이 숨겨져 있었다. 많은 사람들이 그를 가리켜 해군 역사상 가장 위대한 잠수함 승조원이라고 했다. 하지만 그 이전에, 그는 휴머니티 넘치는 한 인간이었다.

휴머니티는 그에게 있어 너무나도 명백한 특징이었다. 몸센 이전에는 잠수함이 침몰하면 극히 이례적인 행운이 따르지 않는 한 잠수함에 탄 모든 승조원의 운명은 죽음으로 정해져 있었다. 미 해군이 1900년에 잠수함 홀랜드를 최초 실전 배치한 이래, 사고를 당한 잠수함에서 사람을 구출한다는 것은 불가능한 일로 받아들여지고 있었다. 하지만 몸센만은 그렇게 생각하지 않았다.

그리고 1939년 5월의 그 화요일 아침, 몸센은 해저에서의 탈출과 구출에 대해 이 세상 누구보다도 많은 것을 알고 있는 사람이었다.

잠수함 안에 갇힌 승조원을 구출할 수 있는 모든 수단들 -발연탄, 전화가 달린 표식부표, 새로운 심해 잠수 기술, 탈출 해치와 인공허파, 구조체임버(Rescue Chamber)- 은 모두 그의 재능과 대담한 용기의 산물이거나 그에 의해 가치가 인정된 것들이었다.

그러나 그 어느 것도 실제 잠수함 사고에 사용된 적은 없었다. 대부분의 사람들에게 인생의 가치는 불명료한 회색이었지만, 스웨이드 몸센에게 있어서는 흑과 백뿐이었으며 판단은 신속하게 내려져야 할 것이었다.

바로 그 5월 23일에도 몸센은 평소와 마찬가지로 여섯 시에 일어나 노던버지니아에 있는 그의 집 주방에서 하루에 몇 잔이나 마시는지조차 알 수 없는 커피의 첫 잔을 끓이고 있었다.

머릿속은 여러 가지 생각으로 가득 차 있었다. 몸센은 지난 20개월 동안 워싱턴의 해군 조선소에서 심해 시험 다이빙부대를 이끌어왔는데, 그의 지휘 아래 이미 그 부대는 중요한 돌파구를 마련한 바 있었다.

우리가 호흡하는 공기는 기본적으로 산소와 질소라는 보이지 않는 기체의 혼합물이다. 하지만 인간의 생명을 유지하기 위해 필수적인 이것은 해저의 고압 상태에서는 극적인 성질 변화를 보인다. 10미터라는 비교적 얕은 수심을 지나면 허파에 가득 찬 공기의 5분의 1을 차지하고 있는 산소가 점차 독성을 띠기 시작하는 것이다. 수면보다 압력이 약 일곱 배 정도 높아지는 61미터 해저에서는 치명적일 정도로 유독해져 마비와 혼수 상태를 일으키게 된다.

심도 61미터가 되면 공기 내의 질소 역시 간과할 수 없는 위험성을 띤다. 압력을 받게 되면 질소는 혈액에 용해되어 인체 조직 속으로 들어간다. 그 결과 약물 중독과 비슷하게 현기증이 일어나고 명확하게 사고를 할 수 없는 상태가 된다. 이런 상태를 '질소 중독' 또는 '잠수 환상'이라고 부른다. 만약 이런 상태에 빠진 다이버가 너무 빨리 부상한다면 조직 속의 질소가 혈액 중에 기포를 형성한 뒤 관절 부위에 모여 고통스런 '잠수병'을 일으키게 된다. 이 잠수병은 신속하게 처치하지 않을 경우, 사람을 불구로 만들거나 죽음에 이르게 할 수도 있다.

하지만 몸센은 대단히 복잡한 일련의 테스트를 통해 질소를 또 다른 안전한 불활성 가스인 헬륨으로 대치했다. 다음으로 그는 다이버가 잠수하거나 부상할 때 깊이에 따라 공급되어야 하는 산소의 양을 면밀하게 측정했다. 또한 이 새로운 산소와 헬륨의 혼합 기체가 당시 수중 작업 한계인 심도 91미터를 훨씬 밑도는 심도에서도 다이버가 효과적으로 작업할 수 있도록 도와줌을 입증해 냈다.

(이 혼합 기체의 성공적인 개발은 인간이 지구의 내우주인 바다를 개척하는 데 커다란 영향을 끼쳤다. 만약 이것이 없었더라면 오늘날 우리가 당연히 여기는 스쿠버 다이빙은 존재할 수 없었을 것이다. 수십 년 뒤, 보다 정교하게 발전된 이 기술은 냉전시대 첩보전의 개가로 기록된 사건의 숨은 공로자가 되었다. 전 세계에 광범위하게 퍼져 있는 소련의 핵잠수함 미사일 기지들과 모스크바를 연결하는 해저 전화케이블에 미 해군 다이버들이 도청 장치를 설치할 수 있게 해 준 것

이다.)

처음부터 모든 일이 순조로웠던 것은 아니었다. 몸센이 그의 이론을 증명하기 위해 사용하고 있던 거대한 압력 탱크 안에서 다이버들은 수시로 잠수병에 걸리곤 했다. 특히 위험천만했던 사고가 바로 며칠 전에 발생한 바 있었다. 해저에서 부상하는 모의 시험을 위해 탱크 내 압력을 낮추던 중 갑자기 안에 있던 다이버가 쓰러졌던 것이다.

감시창의 두꺼운 유리를 통해 들여다보고 있던 사람들 모두는 또다시 잠수병이 발생했다고 생각했다. 이럴 경우에는 탱크 내의 압력을 재빨리 다시 높인 다음, 압력을 보다 천천히 내리는 것이 일반적이었다. 몸센이 명령을 내리려 할 때, 본능적인 어떤 것이 그를 막았다. 그가 이상하게 여긴 점은 언뜻 보기에는 별것 아니었다. 쓰러진 다이버가 잠수병이 발생했을 때 동반되기 마련인 극심한 통증을 호소하지 않았던 것이다.

몸센은 보조요원들이 놀라 입을 다물지 못하는 가운데 탱크 내의 압력을 완전히 떨어뜨리라고 명령했다. 의식불명이 된 다이버는 신속히 옆에 있던 감압 탱크로 옮겨졌다. 나중에 탱크에서 채취된 공기 샘플에서 치명적인 일산화탄소가 다량 포함되어 있었음이 밝혀졌다. 탱크 내 콤프레서의 윤활유가 타면서 발생한 것이었다. 만약 탱크 내 압력을 높였더라면 다이버는 순식간에 일산화탄소를 들이마시게 되었을 터이고, 그대로 생명을 잃었을 것이다.

이런 사건들을 통해 몸센은 점차 다이버들의 절대적인 신뢰를 얻게 되었다. 또한 침몰된 잠수함에 갇힌 승조원을 구출한다는, 해도(海圖) 없이 나선 항해와도 같은 모험에서 자신이 직접 해보지 않은 그 어떤 시도도 절대 다른 사람에게 시키지 않는 것으로도 유명했다.

5월 23일 그날 아침, 우연히도 몸센은 커피를 마시며 포츠머스 해군 조선소를 떠올리고 있었다. 통제된 실험실 조건하에서 실시된 동계 테스트는 실질적으로 모두 끝났다. 이제는 실제 바다에서 확인을 해봐야 할 시기였다. 열흘 뒤에 그는 자신의 다이빙부대를 포츠머스로 데리고 가 그곳에서 여름 동안 작업할 계획이었다. 상당량의 짐은 이미 보내졌으며, 나머지도 오늘 오후에 선적될 예정이었다. 그는 거의 한 시간이나 걸려 자신이 포츠머스에 도착할 때까지 장비를 어떻게 보관하고 취급해야 하는지에 대한 상세한 편지를 썼다.

그리고 나서 그의 아내 앤에게 줄 주스와 커피를 가지고 다시 2층으로 올라갔다. 그녀는 심한 감기에 걸려 아직 침대에 누워 있었다. 그는 업무를 가능한 한 빨리 끝내고 일찍 집으로 돌아오겠다고 약속했다. 밖은 후텁지근했다. 올 여름 들어 가장 불쾌지수가 높은 날이었다. 그래서 스웨이드 몸센은 리넨으로 된 제복과 파나마 모자를 쓰고 집을 나섰다. 그리곤 본토 근무로 돌아오기 전 상하이에서 새로 구입한 2년 된 패커드 세단에 올랐다. 워싱턴 해군 조선소를 향해 포토맥 강변을 따라 운전하면서, 그는 이제 곧 만끽하게 될 뉴잉글랜드 해안의 청량한 날씨를 떠올리며 위안을 삼았다.

5

기관실이 침수되고 있다는 커니의 갑작스런 비명, 사령실의 모든 대원들은 크리스마스 트리(제어반) 앞에 최면에 걸린 것처럼 얼어붙어 버렸다.

제어반은 여전히 초록 일색이었다.

있을 수 없는 일이었다! 절대로 일어날 수 없으리라 믿었던 일이 발생했을 때처럼 한순간 모두가 망연자실한 상태에 빠졌다. 그러나 그것은 실제 상황이었다.

하여튼 그들에게 가공할 사태가 일어난 것이었다. 제어반이 어떤 상태를 표시하고 있든지 간에 현재는 작동을 멈추고 있는 디젤엔진에 공기를 공급해 주는 거대한 주공기흡입 밸브가 제대로 닫히지 않았거나, 설사 닫혔다 하더라도 다시 열린 것이었다. 수 톤의 바닷물이 엄청난 기세로 기관실으로 쏟아져 들어오고 있었다. 마치 터져 버린 소화전처럼 맹렬하게 물을 뿜어내고 있는 것이다. 수 초 전 네이퀸의 귀에 감지된 공기의 흔들림은 스쿼러스의 후방 구역으로 난입한 바닷물이 함내 공기를 세차게 앞쪽으로 밀어내면서 생긴 것이었다.

제일 먼저 정신을 차린 것은 네이퀸이었다.

"모든 밸러스트 탱크를 비워!" 그가 소리쳤다.

말이 채 그의 입에서 다 빠져나오기도 전에 월터 도일이 외쳤다.

"전방 부력 탱크를 비워!"

멍하니 있던 사령실 승조원들도 그제야 제정신으로 돌아와 움직이기 시작했다. 잠항하는 동안 밸브와 밴트작동 레버의 조작 임무를 맡고 있는 기계담당 하사관 알 프린은 이미 밸러스트 탱크의 공기를 빼는 밴트를 닫고 있었다. 바로 옆에서는 잠수를 시작할 때 잠수함의 수밀성을 확인하기 위해 함내에 압축공기를 분출시켰던 캐롤 피어스가 3000psi(204기압)의 압축공기를 전방 부력 탱크로 불어넣기 위해 레버를 힘껏 내리쳤다. 제1열의 실린더로부터 공기가 분출되면서 사령실 내부에 "쉬" 하는 약한 소리가 울렸다. 계속해서 그는 메인밸러스트 탱크에서 바닷물을 밀어내기 위해 더 많은 압축공기를 불어넣었다.

함수와 함미 잠타를 담당하고 있는 두 병기담당 하사관 진 크라벤스와 가빈 코이네는 즉시 잠타를 '긴급 부상' 위치로 변경했다.

밸러스트 탱크의 에어밴트를 닫은 프린은 밑에 있는 주공기흡입밸브의 작동 레버를 내려다보았다. 그는 그것을 쥐고 몸 쪽으로 있는 힘껏 잡아당겼다. 손가락 마디가 하얗게 될 때까지, 그러나 레버는 꼼짝도 하지 않았다. 이미 레버는 최대한 당겨져 있었던 것이다.

찰스 커니는 손으로 함내 전화 이어폰을 꽉 누른 채 꼼짝 않고 서 있었다. 후방 구역에서 마지막으로 들려온 것은 필사적인 외침이었다.

"부상! 부상해!"

커니는 그 외침이 후방 어느 구역에서 들려오는 것인지 알 수가 없었다.

스쿼러스가 흔들렸다.

스쿼러스는 해저와 수면 사이 심도 24미터에서 가슴 졸이게 일순 정지했다. 밸러스트 탱크를 비운 효과가 나타나는 것 같았다. 함수가 위로 향하기 시작했다. 마치 함수 선단부가 파도를 헤치고 수면으로 솟아오르기라도 할 듯 함수가 약간 상승하기까지 했다. 그러나 증가하는 함미 쪽 중량을 이기지 못하고, 잠수함은 꼬리부터 서서히 북대서양의 캄캄한 심해 속으로 가라앉기 시작했다. 스쿼러스가 너무 갑작스럽게 기우는 바람에 네이퀸은 1번 잠망경에 매달린 상태로 2번 잠망경의 철제 몸통에 등을 기대고서야 겨우 서 있을 수가 있었다.

'이상하군.' 그는 계속 생각했다. '도대체 어떻게 이런 일이 일어날 수 있는 거지?'

해롤드 프레블은 밸러스트 탱크에 비상 배수용 압축공기를 보내고 있는 피어스를 돕기 위해 달려갔다. 이 포츠머스 해군 조선소의 시험감독관은 한 손으로 자이로스코프의 받침을 잡고 매달린 채, 피어스의 옆에 무릎을 꿇고서 탱크를 보다 빨리 비우기 위하여 예비 실린더를 작동시키려 했다. 그가 렌치로 실린더 밸브를 열기 위해 악전고투하고 있을 때, 목 뒤에서 물기둥이 덮쳐와 그를 바닥으로 내동댕이쳤다. 피어스와 로이 캠벨 주임상사도 같은 물줄기에 맞았다. 피어스는 프레블의 몸에 걸려 비틀거리면서도 렌치를 잡고 작업을 완료했다. 하지만 별 소용이 없었다.

캠벨은 프레블을 잡아 일으켰다. 그리고 손을 뻗어 물이 뿜어져 나오고 있는 머리 위의 환기시스템 파이프를 잠갔다. 이미 바닷물은 스쿼러스의 내부에 미로처럼 퍼진 파이프를 타고 확산되고 있었다. 사령실에는 10여 곳 이상의 부분에서 세찬 물줄기가 분출되고 있었다. 승조원들은 몸을 똑바로 세울 수만 있다면 무엇이든 잡고서 필사적으로 물이 새는 곳을 막았다.

주임상사 캠벨은 뒤쪽에서 무언가가 새는 듯한 불길한 소리를 들었다. 소리를 따라가 보니 그것은 사령실 후방 오른편에 위치한 두 개의 화장실 쪽에서 나고 있었다. 캠벨은 소용돌이치는 물보라 속을 손으로 더듬으며 앞으로 나아갔다. 물은 제2화장실의 배수관에서 새고 있었다. 누설을 막기 위해 손잡이를 돌리려 했지만, 패킹이 새 것이어서 잘 돌아가지 않았다. 겨우 밸브를 잠근 뒤에 그는 눈에 보이는 밸브란 밸브는 모조리 잠가 버렸다.

캠벨의 건너편에 위치한 통신실에서는 통신병 파웰이 포츠머스로 두 번째 잠수 통지를 보내고 난 직후였다. 무전기를 치우려는 순간, 앞에 있는 공기공급용 송풍기에서 물이 쏟아졌다. 파웰은 물을 막기 위해 손을 뻗어 파이프에 달린 밸브를 잠그려 했다. 하지만 손이 닿기도 전에 물이 갑자기 약해지더니 물방울만 똑똑 떨어졌다. 후방 배터리실의 누군가가 환기 파이프 뒤쪽의 밸브를 잠근 것이라고 생각했다. 어쨌든 밸브를 잠근 파웰은 균형을 잡으려 애쓰며, 무슨 일이 일어났는지 알아보기 위해 비틀거리며 사령실로 들어갔다. 머리 위의 라이트가 깜빡대다가 잠시 켜지는 듯하더니 이내 꺼져 버렸다. 비상등이 들어왔지만 이것도 금새 깜빡거리기 시작했다.

전방 어뢰실의 니콜스 중위는 기관실이 침수됐다는 사실을 듣자마자, 레니 디 메데이로스에게 방수문을 닫으라고 명령했다. 방수문을 닫으려는데, 통로 가운데 위치한 전방 배터리실 해치 위로 게리 맥리스의 머리와 어깨가 삐죽 나와 있는 게 보였다. 그가 판단하기에 이 곳은 아무 문제가 없는 것처럼 보였다. 함수가 급속히 상승하자, 디 메데이로스는 어떤 문제가 발생했는지는 모르겠지만 이제 곧 괜찮아질 거라고 생각했다. 잠수함이 수면으로 부상하고 있는 것 같았기 때문이다.

바로 그때 재장전 위치에 놓아두었던 모의 어뢰가 구르기 시작했다. 스쿼러스가 너무 기울어져 있었던 탓에 그대로 두었다가는 어뢰가 누군가를 덮치게 될 것 같았다. 니콜스와 어뢰병인 빌 피츠패트릭 병장과 나이 어린 수병 도니 페르시코가 어뢰를 원위치로 돌려놓기 위해 달려들었다. 마침내 니콜스가 어뢰 꼭지 부분의 링에 마닐라 로프를 꿴 다음 셋이 힘을 합쳐서야 겨우 천방지축으로 날뛰는 어뢰를 고정시킬 수 있었다.

그때 갑자기 환기 파이프에서 요란한 소리가 나며 공기와 바닷물이 함께 분출되기 시작했다. 하지만 양은 얼마 되지 않았다. 디 메데이로스가 재빨리 밸브를 잠그자 물줄기는 완전히 멈추었다. 이제 그는 잠수함이 아래쪽으로 가라앉고 있다는 사실을 또렷하게 느낄 수 있었고, 다시 떠오르는 것이 불가능하리라는 사실을 깨달았다.

그는 맥리스가 전방 배터리실에 있는 것은 보았지만 또다른 절친한 친구 로이드 매니스가 이번 잠항에서 어디에 배치되었는지는 기억할 수가 없었다. 이 구역에 있는 다른 사람들과 마찬가지로, 디 메데이로스가 이 섬뜩한 정적 속에서 할 수 있는 것이라고는 기다리는 일뿐이었다. 희망을 품고.

□　　□　　□

스쿼러스가 떠오르기 위해 몸부림치고 있을 때, 전방 어뢰실에서는 커피포트가 식품저장고 너머로 퉁겨 나와 취사보조원 중 하나인 펠리치아노 엘비나의 옆으로 스쳐 지나갔다. 엘비나는 그것을 집어 선반 위에 다시 올려놓으려 했다. 하지만 커피포트는 흔들거리더니 다시 쓰러져 버렸다. 그는 결국 그것을 식품저장고 선반 한 구석에 밀어넣었다. 그 순간 갑자기 싱크대 꼭지에서 물이 터져 나와 그가 바로 몇 분 전에 짜서 말려놓은 행주 위로 쏟아지자 화가 치밀었다.

투덜투덜하며 엘비나는 무슨 일이 일어났는지 알아보려고 통로 쪽으로 머리를 쑥 내밀었다. 사람들이 뭐라 소리를 지르는 것 같았지만 엘비나의 영어 실력으로는 그들이 뭐라고 하는지 통 알 수가 없었다. 그래서 점심 메뉴가 무엇인지 물어보고 돌아온 동료 취사병이자 친구인 바실리오 갈반을 슬쩍 쳐다보았다.

갈반은 전에도 잠수함을 탄 적이 있었지만 엘비나는 이번이 처음이었다. 영문을 몰라 어리둥절해하고 있는 엘비나에게 갈반이 그냥 어깨를 으쓱해 보였다. 엘비나는 그가 걱정을 하고 있는 건지 아닌지 알 수가 없었다. 갈반 역시 갑작스러운 사태에 걱정이 되고 당황스러웠지만, 자신을 잠수함에 대해서는 역전의 용사로 알고 있는 엘비나 앞에서 속마음을 드러내 보이고 싶지 않았다. 엘비나는 결국 사태를 파악해 보고자 하는 생각을 포기하고 식품저장고로 돌아가 커피포트 옆에 쭈그려 앉았다.

기관병인 알렌 브리슨은 전방 배터리실의 전화기를 들고 있었기 때문에 비명소리를 직접 들을 수 있었다. 게리 맥리스가 머리 위에 있는 통로의 해치를 닫으려 할 때, 브리슨이 큰 소리로 소식을 알렸다.

맥리스는 무슨 일인지 알아보기 위해 다시 기어 올라왔다.

전기담당 로렌스 게이노어 주임상사는 전압계 눈금을 읽기 위해 같은 구역의 맨 뒤쪽에 자리를 잡고 있었다. 그는 기록을 담당하고 있는 테드 제이콥이라는 신호병에게 아직 눈금 하나도 불러주지 못한 상태였다. 그러나 이제 곧 그는 정신을 차릴 수 없을 정도로 바빠질 터였다.

사람의 참 모습이 드러나는 순간이란, 그에 대한 생각을 해 볼 여유조차 주지 않고 갑작스레 찾아오곤 한다. 어떤 사람은 책임을 다 하도록 만들고, 또 어떤 이는 도망가게 만들고, 어떤 사람은 기회를 잡고 분투하게 만들고, 또 어떤 사람은 무기력하게 만드는 그 무엇인가에 의해 게이노어의 20년 잠수함 근무 경력이 본능적으로 작동하기 시작했다.

문제가 생겼다는 첫 마디를 듣자마자, 게이노어는 전방 배터리실과 사령실 사이의 방수문으로 달려가 제이콥의 도움을 받아 그 문을 단단히 닫았다. 그는 사령실로 향하는 천장 파이프들이 물보라를 뿜어내는 것이 보였다. 문을 닫자 물방울이 방수문의 감시창으로 마구 튀었다. 게이노어가 아는 것이라고는 사령실이 침수됐다는 사실뿐이었다.

그곳에서 우물거릴 틈이 없었다. 전방 배터리실의 라이트가 깜빡거리자 그는 다시 전압계를 쳐다보았다. 무시무시한 속도로 방전이 되고 있었다. 어디에선가 엄청난 누전이 발생되고 있음이 분명했다.

손전등을 움켜쥔 그는 경사진 스쿼러스의 갑판을 거슬러 앞쪽의 배터리 저장실 해치를 향해 나아갔다. 해치를 통해 아래를 내려다보니 소름끼치는 광경이 그를 기다리고 있었다. 전기 스파크들이 청백

색 번개처럼 배터리에서 배터리로 넘나들고 있었다. 그 방전띠들 (arcs)은 어둠을 찌르며 함체의 안쪽 벽에 그로테스크한 그림자를 드리웠다. 열이 너무 강렬해 배터리에서 증기가 피어오르고 있었다. 고무 절연재가 녹기 시작한 것이었다. 잠수함은 여전히 가라앉는 중이었지만, 이대로 가면 몇 초 지나지 않아 거대한 폭발이 일어나 바닥에 닿기도 전에 잠수함은 산산조각이 나고 말 터였다.

게이노어는 조금도 주저하지 않고 아래로 내려갔다. 갑판 아래 공간에는 좁은 중앙 통로만을 남기고 1.8미터 높이의 거대한 배터리가 빈틈없이 들어차 있었다. 주위에서 번쩍거리며 춤추고 있는 방전띠를 곁눈질로 보면서, 그는 통로에 웅크리고 앉아 메인 차단 스위치를 찾아 손을 더듬었다. 마침내 우측 스위치를 찾아내 잡아당겨서 접속을 끊었다. 이번엔 좌측 스위치를 찾기 위해 왼쪽으로 돌았다. 스위치 위로 둥근 방전띠가 툭툭 무시무시한 소리를 내며 튀어 올라 자신의 얼굴을 번쩍번쩍 비췄다. 거기에 살짝 스치기만 해도 곧바로 끔찍한 죽음을 맞게 될 것이다. 게이노어는 손이 스위치에 닿기도 전에 감전되어 죽을지도 모른다는 예감이 들었다. 하지만 어째든 시도해 보기로 마음먹었다. 마지막 필사적인 노력을 다해 스위치를 잡아당겼다. 사납게 날뛰던 방전띠가 사라졌다.

게이노어는 1분 정도 그곳에 머물며 호흡을 가다듬고 나서야 사다리를 타고 위로 올라갔다.

후방 배터리실에 있는 로이드 매니스에게도 똑같이 무시무시한 일이 기다리고 있었다. 게이노어와 마찬가지로 매니스도 전압계의 눈금을 읽을 준비를 하고 있었다. 그 역시 아직 한 개의 눈금도 읽지 못한 상태였다. 매니스와 기록을 담당하고 있는 아트 부트에게 잠수 초기 단계는 평상시와 조금도 다를 바 없었다. 부트는 메모지에다 연필로 잠수 시간을 적어 넣었다. 그들은 잠수함이 배터리 동력으로 전환된 뒤 전압계의 눈금이 안정되기를 기다렸다. 도일 부함장이 사령실에서 평상시와 같은 명령을 내리는 소리가 들렸다.

갑자기 네이퀸이 느꼈던 것과 똑같은 공기의 움직임이 그들을 쓸고 지나갔다. 그리고 나서 기관실이 침수됐다는 커니의 놀란 비명 소리가 들렸다. 금새 후방 배터리실은 아비규환으로 변했다. 라이트 가 꺼졌다. 비상등의 어슴푸레한 불빛 속에 바닷물이 사방에서 쏟아 져 들어오고 있었다. 매니스는 즉시 비상시의 자기 위치인 후방 배터 리실과 사령실을 가로막는 방수문으로 갔다. 그는 사령실로 들어서서 핸들을 돌려 문 닫을 차비를 했다.

바로 그때, 부트가 스치듯이 그의 옆으로 빠져나왔다.

후방 배터리실 훨씬 뒤쪽에는 이 구역의 함내 통신을 맡은 전기 담당 주드 브랜드 상사가 있었다. 전화를 통해 그 믿기 어려운 보고를 들었을 때, 그는 자신의 귀를 의심하지 않을 수 없었다. 그리고는 엄 청난 물살이 그를 덮쳤다. 가장 먼저 떠오른 생각은 머리 위에 있는 환기 파이프의 밸브를 닫아야겠다는 것이었다. 하지만 밸브가 어디에 있는지 확실히 기억나지 않았다. 그에게 있어 스쿼러스는 12년간 해 상 근무 끝에 처음 근무하게 된 잠수함이었고, 잠항 중 후방 배터리실 근무도 이번이 처음이었다. 희미한 비상등 불빛 속에서 밸브를 더듬 어 찾고 있을 때, 스쿼러스가 갑자기 함수를 올리는 바람에 그는 앞으 로 고꾸라졌다. 그제야 그는 밸브 몇 개를 잠근다고 해서 상황이 달라질 게 없다는 사실을 깨달았다. 한바탕 충격이 휩쓸고 지나가자 브랜드는 사령실을 향해 앞으로 나아갔다. 매니스가 그에게 서두르라고 고함을 치고 있었다.

빌 볼튼 병장이 미친 듯이 그 뒤를 따랐다. 장비들을 위쪽에 챙겨 넣고 난 후, 그는 잠시 몸을 말리면서 공동식탁에 멍하니 앉아 허공을 바라보고 있었다. 다음 순간 배터리실 갑판을 따라 물이 흘러내리는 걸 발견하고는 아연실색했다. 순간적으로 자기 머리 위에 있는 상갑판 해치를 제대로 닫지 않았나 싶어서 반사적으로 일어나 그것을 확인했다. 그리고 나서야 자신의 발목까지 찬 물이 기관실 쪽에서 흘러 들어오고 있음을 깨달았다. 이 사실이 무엇을 의미하는지 생각해 보려는 참에 사방에서 물이 터져 나왔다. 생각할 틈도 없이 잠수함의 함수가 위로 향하자 전방 쪽에 있던 물이 그에게로 다시 밀려왔다. 물은 이미 그의 작업화 위까지 차 오르고 있었다. 볼튼이 철벅거리며 앞으로 나아가자 더 많은 물이 집중 포화를 퍼붓듯이 그에게 쏟아졌다. 눈을 제대로 뜰 수조차 없는 상황에서 볼튼은 비틀거리며 무작정 앞으로 나아갔다. 그리고 마침내 매니스를 지나 고꾸라지듯 사령실 안으로 들어왔다.

감기에 걸린 로브 워쉬본이 후방 배터리실 맨 끝에서 의무담당 선임하사인 오하라가 아스피린을 갖다주길 기다리고 있을 때, 물줄기가 그를 때렸다. 물은 마치 폭발하듯이 약품저장 캐비닛 위 송풍기에서 터져 나와 워쉬본을 갑판 좌측 위로 때려 눕혔다. 몸을 일으키려는 순간 스쿼러스의 함수가 갑자기 상승하는 바람에 다시 바닥에 머리를 처박했다. 워시본은 다시 한 번 버둥거리며 일어섰다.

약을 찾기 위해 캐비닛을 뒤지고 있던 오하라의 머리 위로 물이 쏟아졌지만 그는 간발의 차이로 물벼락은 면할 수 있었다. 선반에 있는 약병들이 굴러 떨어지려 하자, 오하라는 본능적으로 그것을 잡으려 했다. 잠시 후 그는 갑판에 쭈그리고 앉아 있는 자신의 허리 주변에서 물이 소용돌이치고 있음을 깨달았다. 그는 바닥에 양손을 짚고 일어섰다. 오하라는 오른쪽에 워쉬본이 있는 걸 발견하고는 방금 전까지 자신의 환자였던 그의 뒤를 좇았다.

그때에는 이미 스쿼러스가 심하게 기울어진 상태여서 워쉬본은 가까운 침상에 매달린 다음 나란히 늘어선 침상들을 사다리 난간처럼 하나씩 차례로 붙잡고서야 앞으로 나아갈 수 있을 정도였다. 그 뒤를 바로 오하라가 따르고 있었다. 마침내 그들은 사령실에 도착했다. 로이드 매니스가 문을 붙잡고 오하라를 재촉했다. 드디어 오하라도 매니스를 지나 사령실로 들어섰다.

취사장에서는 취사병 월 아이삭스가 스쿼러스가 빨리 수평 상태를 되찾아, 오븐을 다시 켜서 하다 만 미트볼을 계속 만들 수 있게 되기를 초조히 기다렸다. 알렉스 키간 병장과 기관병인 롤랜드 브랜차드 상병이 아이삭스를 돕는 취사보조원 임무를 맡고 있었다. 잠수함이 잠수를 시작했을 때 키간은 볼일을 보기 위해 통로 건너편의 사병 화장실에 가는 중이었는데, 그 모습을 끝으로, 아이삭스와 브랜차드는 그를 다시는 볼 수 없게 되고 만다.

첫 번째 경적이 울리자, 브랜차드는 취사장 위로 지나가는 함내 환기라인 밸브를 잠그기 시작했다. 이것은 잠수시에 그에게 주어진 고정 임무였다. 그리고 지난번 잠수 때와 마찬가지로 이번에도 빡빡한 새 밸브 손잡이를 돌리는 데 애를 먹어야 했다. 그때 갑자기 세차게 공기가 분출되더니 물줄기가 뒤따랐다. 하지만 압력이 너무 세 브랜차드는 손잡이를 도무지 돌릴 수가 없었다.

갑작스런 공기의 요동 후, 아이삭스는 의심쩍은 듯 취사장 밖 통로를 쳐다봤다. 그때 강력한 물줄기가 그의 얼굴을 강타했다. 몸을 숙여 물줄기를 피하며 함미 쪽의 기관실을 흘긋 쳐다보았다. 기관실로 통하는 문은 반쯤 열린 상태로, 그 반대편 쪽에서 물이 흘러들어오고 있었다. 아이삭스는 즉시 달려가 문을 잠갔다. 그 다음에 몸을 일으켜 감시창을 통해 건너편을 들여다보았다. 끔찍한 광경이었다. 디젤엔진 위에 있는 공기흡입구에서 폭포수처럼 물이 쏟아져 나오고 있었다. 디젤엔진은 이미 물에 잠겨 버린 상태였다. 아이삭스는 그 자리에 선 채 꼼짝도 할 수 없었다.

취사장에 있던 브랜차드는 밸브 잠그기를 단념하고 통로로 나왔다. 그때 스퀴러스가 갑자기 함수를 위로 향하는 통에 후방 배터리실에 있던 물 전체가 그에게 쏟아졌다. 브랜차드는 물살에 맞서 팔로 균형을 잡기 위해 허우적거리며 겨우겨우 앞으로 나아갔지만, 구역의 3분의 1 정도를 지났을 즈음에 쓰러져 머리를 바닥에 처박고 말았다. 자신이 뒤로 미끄러져 가고 있음을 깨달은 그는 마지막 순간에 철제 기둥을 잡고 매달렸다. 있는 힘을 다해 몸을 일으켜 기둥을 박차고 필사적으로 가장 가까운 침상을 향해 달려들었다. 침상에 닿자마자, 난간을 붙잡고 한 칸 한 칸 앞으로 나아갔다. 그다지 깊지는 않았지만 머리 위 파이프에서 물이 계속 쏟아지고 있었기 때문에 발 옮기기가 무척 힘들었다. 앞을 보니 사령실로 통하는 문이 닫히고 있었다. 그가 소리를 질렀다. 그 외침을 들은 매니스가 천천히 문을 다시 열었다.

아이삭스에게는 남은 시간이 그리 길지 않았다. 그렇지만 그는 감시창에 얼굴을 댄 채 기관실에서 일어나는 놀라운 광경에서 눈을 뗄 수가 없었다. 그곳에는 쏟아지는 바닷물 외에는 아무도 없었다. 다음 순간 얼음처럼 차가운 물이 자신의 허리를 감싸고 있음을 깨달았다. 정신을 차리고 움직이려 할 때에는 이미 물이 겨드랑이까지 올라와 있었다. 그는 거칠게 문에서 몸을 떼어냈다. 그리고 불어난 물에 잠긴 식탁 중 하나를 향해 헤엄치는 식으로 돌진했다. 물 속에 잠겨 있었지만 바닥에 볼트로 고정되어 있는 식탁 다리를 한 손으로 잡고 입으로는 짠 바닷물을 뱉어내며 물위로 올라왔다. 앞으로 계속 나아갔다. 그를 발견한 매니스는 문 닫기를 또다시 잠시 보류해야 했다. 허우적거리며 사령실로 들어서자마자 아이삭스는 고꾸라지듯 무릎꿇고 주저앉아서는 숨을 헉헉 몰아쉬었다.

매니스는 더 이상 기다릴 수 없었다. 이미 너무 오래 기다린 것이다. 그는 사령실을 격리시키는 작업을 벌써 두 번이나 중지했다. 한 번은 브랜차드를 위해, 또 한 번은 아이삭스를 위해. 그는 어둠에 쌓인 뒤쪽을 쳐다봤다. 더 이상 아무도 눈에 띄지 않는다는 사실을 신에게 감사했다. 애원하는 누군가의 얼굴을 바라보면서 문을 닫아야만 한다면 그로서는 도저히 견딜 수 없는 일이었을 것이다.

하지만 갈수록 태산이었다. 문은 후방 배터리실을 향해 밀어서 열게 되어 있었으며, 통로의 모양에 맞춰 둥근 모양을 한 철제 프레임에 달려 있었다. 스쿼러스가 수평을 유지하고 있을 때라면 쉽게 움직였겠지만, 지금은 손상을 입은 잠수함의 꼬리가 50도 가량 처진 상태였다. 따라서 매니스는 들창을 열 듯이 문을 자기 쪽으로 들어올려야만 했다. 감시창을 제외하면 한 장의 단일 강판으로 만들어진 문의 무게는 백 킬로그램을 훨씬 넘을 터였다.

그는 혼자 들어올려야 했다. 공간이 너무 좁아 다른 사람의 도움을 받을 수가 없었다. 매니스는 몸을 구부리고 문을 잡아 당겼다. 바닷물은 이미 문턱을 넘어오고 있었다. 문틀에 양발을 버티고 서서 이마에 가득 땀방울이 배어 나올 정도로 힘을 주었다. 문이 조금씩 움직이기 시작했다. 하지만 곧 멈추더니 더 이상 위로도 올라오지 않고 아래로 다시 내려가지도 않고, 꼼짝하지 않았다.

매니스는 이를 악물고 젖 먹던 힘까지 모두 짜내어 문을 한번 더 들어올렸다. 팔과 다리의 근육이 부들부들 떨리고 어깨의 관절이 퉁겨 나오려 했다. 드디어, 문이 닫혔다.

사령실 너머에는 셔먼 셜리가 있었다. 후방 어뢰실에서 있던 그에게는 오직 결혼식에 대한 희망뿐이었다.

게리 맥리스와는 달리 후방 배터리 저장소에 들어가 해치까지 닫아버리고 일하던 존 배틱에겐 전혀 탈출 기회가 주어지지 않았다.

잠시 후 소용돌이치는 공기 방울을 길게 끌며 스쿼러스는 조용히 대서양 밑바닥에 닿았다. 함미가 먼저, 그리고 함수가 바닥에 닿았다. 잠수함 안에서는 바닥에 닿는 것을 거의 느낄 수 없었다. 잠수함은 여전히 11도 정도 함수를 위로 해 기운 상태였지만, 좌우로는 거의 수평을 이루며 정지하였다. 비상등도 꺼지고 난방도 끊겼다. 잠수함은 74미터 해저에 무력하게 누워 있었다. 바깥의 온도는 빙점을 겨우 웃돌고 있을 뿐이었다.

사령실에서는 주임상사 로이 캠벨이 손전등으로 매니스가 닫은 방수문의 감시창을 비춰 보고 있었다. 창문 너머로는 불길한 기름막만이 물 위로 출렁거렸다. 아침 8시 45분이 못 된 시각, 스쿼러스가 잠수를 시작하고 채 5분도 지나지 않은 때였다.

수면 위에는 스쿼러스가 있었다는 아무 흔적도 남아 있지 않았다.

6

그날 아침 여덟 시, 사이러스 콜 제독은 포츠머스에 있는 자신의 사무실로 들어섰다.

VIP의 방문만 빼면 일상적인 하루가 시작되려 하고 있었다. 통상적인 조선소의 건조 및 수리 업무와 함께 자신의 관할 하에 있는 두 척의 잠수함이 바다로 출항할 예정이었다. 시험 잠항 중인 스컬러스 외에 자매함인 스컬핀이 남아메리카로 2개월간의 장거리 순항 훈련을 떠날 예정이었다. 콜은 그날 특별히 기분이 좋았다. 아마추어 조각가로서는 상당한 수준이었던 그는 데이빗 파라거트 제독의 흉상을 막 완성한 참이었다. 파라거트는 남북 전쟁 당시 모바일 베이 전투에서 "빌어먹을 어뢰 같으니, 전속 전진!"이란 명령을 내려 유명한 장군이었다. 콜은 가능하면 일찍 퇴근해 주조 작업이 잘 됐는지 보고 싶었다.

귀빈들이 안내를 받아 들어오기 바로 직전, 콜의 부관이 잠수 개시 시각, 위치 그리고 잠항 예정 시간이 적힌 스컬러스의 메시지를 건넸다.

방문단과 인사를 끝낸 후, 콜은 책상 위에 쌓인 서류더미를 훑어보기 시작했다. 포츠머스의 어느 누구도 스쿼러스가 예정대로 부상했다는 보고를 올리지 않은 사실에는 별로 신경쓰지 않고 있었다. 잠수함이 그런 보고를 늦게 한 것은 이번이 처음은 아니기 때문이었다. 그런데 이번에는 한 시간이 다 지나고 있었다.

콜은 부관인 존 커리 소령을 불렀다.

"왜 아직 스쿼러스에서 아무 소식도 없지?"

곧 해상 근무로 전속될 예정인 커리는 후임자에게 인수 인계를 하느라 바빴다.

"잘 모르겠습니다. 그러잖아도 말씀을 드리려던 참이었습니다, 좀 걱정이 됩니다."

"나도 그렇네. 뭔가 차질이 생겼는지도 모르니까, 계속 좀 알아보도록."

커리가 콜의 방을 나서려 할 때, 포츠머스 통신실 당직사관이 20분 동안이나 스쿼러스와 교신을 시도했지만 실패했다는 사실을 전화로 보고했다. 콜은 커리에게 찰스타운 해군 조선소에 행방불명된 잠수함에 대한 보고가 있었는지 전화해 알아보라고 지시했다. 그리고이 역시 아무 성과 없이 끝나자, 소장의 불안감은 점점 높아졌다.

아직 최악의 상황이 발생했다고 단정하기는 어렵다. 콜은 스쿼러스에 대한 해롤드 프레블의 이례적인 칭찬과 포츠머스에서 건조한 또다른 잠수함 폴락의 경우를 떠올리며 애써 자신을 안심시키고 있었다. 올 초, 폴락 역시 일상적인 잠항 훈련 후 부상 보고를 보내지 않았다. 콜은 즉시 파이크를 파견해 무슨 일인지 알아보도록 했지만, 결국 과잉반응이었다. 폴락은 무전기 안테나 밸브를 제대로 닫지 않은 채 잠수했고, 문제를 곧 시정하기는 했지만 일시적으로 무전기를 사용할 수 없었던 탓에 보고가 늦어졌던 것이다.

바로 그때 커리가 숄스 제도에 있는 해안경비대 관측초소가 보낸 걱정스런 소식을 갖고 들어왔다. 스쿼러스가 세 시간 전에 초소 옆을 지나 남동방향으로 향하는 것이 목격됐지만, 지금은 수평선 어느 곳에서도 잠수함의 흔적을 찾아 볼 수 없다는 것이었다. 뭔가 심각한 문제가 발생했다는 데 의심의 여지가 없었다. 콜은 스쿼러스의 마지막 메시지를 들고 서둘러 방을 나섰다.

시간은 거의 11시가 다 되어가고 있었다.

워렌 윌킨 소령은 스컬핀의 함교에서 마지막으로 포츠머스 출항 준비 상태를 점검하고 있었다. '월키' 라는 별명을 가지고 있는 윌킨은 아주 기분이 좋은 상태였다. 수 주간의 훈련과 시험을 끝내고 스컬핀은 해군 함대의 일원이 될 만반의 준비를 마친 상태였다. 남쪽으로 향하는 도중 로드아일랜드의 뉴포트에 들려 어뢰를 실은 후, 파나마 운하에 있는 코코 솔로 기지까지 항해할 예정이었다.

윌킨은 콜 사령관이 갑자기 스컬핀의 정박지로 오는 모습을 발견하고 깜짝 놀랐다. 그가 상갑판으로 채 내려가기도 전에 제독은 벌써 함상으로 올라오고 있었다. 콜은 승함 의례도 생략한 채 말했다.

"윌키, 지금 바로 출항하게. 확실한 건 알 수 없지만 스쿼러스에 무슨 문제가 생긴 것 같아. 그것도 큰 문제가 말야. 여기 좌표가 있네. 빨리 이쪽으로 가 뭔가 발견하면 지체없이 알려주게."

윌킨이 명령을 확인하는 사이에 콜은 벌써 스컬핀을 내려가고 있었다. 방으로 돌아온 콜은 할포드 그린리 대령을 불렀다.

"할, 문제가 생겼어. 지금쯤 이미 소문이 났겠지만, 스쿼러스가 잠항에 들어가서는 아무 연락도 없네. 예감이 좋지 않아. 지금 스컬핀 쪽에 수색 명령을 내리고 오는 길일세."

그린리는 양해를 구한 다음 잿빛 얼굴이 되어 자신의 방으로 돌아왔다. 그의 딸 베티와 패터슨 소위가 결혼한 지 11개월이 넘었다. 지난주 베티의 가장 큰 걱정거리는 스쿼러스가 함대에 합류하기 위해 출항하기 전에 자신과 남편이 결혼 1주년을 함께 보낼 수 있을까 하는 점이었다. 그들은 시내의 아파트에 신혼살림을 차리고 있었다. 그린리는 딸에게 뭐라 말하면 좋을지 결단을 내리지 못하고 주저하다가, 딸이 혼자 있으리라는 데 생각이 미치자 전화를 걸지 않기로 했다. 대신 자기 집으로 전화를 걸었다. 집에는 육군 중위로 복무 중에 휴가를 나온 그의 아들 밥이 머물러 있었다. 며느리인 재클린이 마침 전화를 받았다. 결코 잊지 못할 긴장된 목소리였다.

"베티 거기 없니?"

"없는데요. 왜 그러세요, 아버님. 무슨 일이라도 있나요?"

"침몰한 것 같다." 그린리가 불쑥 말했다.

"침몰이라뇨? 무슨 말씀이신지, 잘 이해가….."

"패터슨이 탄 잠수함 말이다, 스쿼러스."

거의 같은 시각에 올리버 네이퀸의 아내 프란시스는 임대로 살고 있는 집에서 나와 조선소를 향해 차를 몰기 시작했다. 물론 스쿼러스가 오랜 시간 연락 두절 상태라는 사실은 모르고 있었다.

가는 도중에 들릴 곳이 한 군데 있었다. 베티를 태우고 가기로 약속한 것이었다. 스컬핀을 전송한 뒤에 스쿼러스의 장교 부인들이 남편을 떠나보낸 스컬핀의 장교 부인들을 위로하기 위해 점심에 초대하기로 되어 있었다. 그리고 오후에는 모두 모여 브리지 게임을 할 예정이었다.

패터슨의 아파트가 있는 구역으로 들어서자, 베티가 오빠인 밥과 함께 당황한 모습으로 길모퉁이에 서 있는 모습이 보였다.

"아빠가 지금 곧 오라시네요. 근데, 오빠가 아무 말도 해 주지 않아요." 베티가 말했다.

그녀가 오빠의 차에 올라타자마자 밥이 프란시스 네이퀸에게 다가와 말했다.

"사모님도 같이 가시는 게 좋을 것 같군요."

포츠머스에서 콜 소장이 할 수 있는 일이라고는 그저 자리를 지키고 앉아 스컬핀의 보고를 기다리는 것뿐이었다. 더디게 흘러가는 시간 속에서 참모들은 침통한 표정으로 그의 방에 모여 있었다.

정오에 피스캐터콰 강의 수색을 끝낸 스컬핀에게서 첫 번째 불길한 보고가 들어왔다.

"스쿼러스 찾지 못함. 음향장비를 사용해 교신을 시도하면서 잠수 좌표로 향하고 있음."

콜의 대응은 신속했다.

"스컬핀에게 지시하게." 그는 명령을 내렸다.

"뭔가 흔적을 찾아낼 때까지 계속 그 해역을 수색하라고 해."

그리고 주위에 있는 참모들을 향해 말했다.

"여러분, 유감스럽지만 최악의 상황에 대비해야 할 것 같소."

최악을 상정하면서, 콜은 더 이상 행운을 기대하지 않기로 했다. 더 이상 기다리고 있을 수만은 없는 노릇이었다. 만약 그가 가장 두려워하는 것이 현실로 나타난다면 관건은 바로 시간인 것이다.

우선 콜은 해군이 보유하고 있는 잠수함 구난함 중 하나인 팔콘의 작업 계획을 점검했다. 팔콘은 모항인 코네티컷 뉴런던에 있었다.

그 다음 워싱턴으로 전화를 걸어, 해군 작전사령부에서 잠수함 함대를 담당하는 찰스 로크우드 주니어 중령을 연결하도록 했다.

콜은 현재 상황과 불확실한 점들, 그리고 최악의 상황이 발생할 가능성 등을 간단하게 설명한 후 팔콘을 즉시 포츠머스로 이동시킬 수 있는 권한을 요청했다.

"그리고 스웨이드 몸센을 꼭 보내주게." 콜 소장이 말했다.

"그가 꼭 필요해. 앞으로의 작업에 그가 핵심 역할을 하게 될 거야. 올 여름에 이곳으로 올 준비를 하고 있다고 들었는데, 어디 딴 곳에 가 있는 건 아니겠지?"

"아닙니다. 걱정하지 마십시오. 스웨이드는 그의 잠수 장비와 함께 있습니다."

오랜 잠수함 근무 경험을 가지고 있는 로크우드는 잠시 말을 멈췄다가 덧붙였다.

"다행히, 스웨이드는 결코 포기하지 않는 성격입니다."

7

워싱턴 해군 조선소에서 스웨이드 몸센은 평소 점심으로 즐기는 두 개의 하드롤 햄 샌드위치 중 두 번째 것을 먹으며 하던 일을 계속하고 있었다. 다이버 가운데 한 명이 압력 탱크 안에서 헬륨과 산소를 사용하여 76미터에서 부상하는 모의 시험을 진행 중이었다. 시험이 끝나려면 아직 한 시간이나 남아 있었다.

그날 아침, 그가 파나마 모자를 쓰고 나타나자 부하들이 놀려댔다.

"와, 이게 올 여름 우리 정규복장인가요?"

그 외에는 평범한 하루였다. 다이버가 탱크 밖으로 나오면, 일을 정리하고 집사람과의 약속대로 일찍 귀가할 작정이었다. 그때 전화벨이 울렸다. 젊은 다이버들 중 누군가의 여자친구이겠거니 하고 생각하며 몸센은 별 생각 없이 수화기를 들었다. 보통 점심 때 그런 전화가 오곤 했다.

하지만 전화는 로크우드 중령이 걸어온 것이었다. 목소리에서 긴장감이 느껴졌다.

"큰 문제가 생겼네. 포츠머스에서 시험 잠항 중이던 스쿼러스가 침몰한 것 같아. 모든 징후로 봐서 그런 것 같아. 벌써 부상 보고가 들어와야 할 시간에서 세 시간이나 지났어. 최악의 경우에 대비해야 될 것 같네. 콜 소장이 스컬핀한테 수색을 시키고는 있는데 아직 아무런 성과가 없어."

"어딥니까?"

"숄스 제도 남동쪽 5마일(8킬로미터) 근처인 것 같아. 수심이 얼마나 되는지는 확실히 모르겠네."

"제 기억으론 대략 2~300피트(61~91미터) 정도 될 겁니다. 그 지점이라면 그 이하는 아닙니다."

"어물거릴 시간이 없네. 전선이 다가오고 있고, 기상청 예보에 의하면 짙은 안개가 낄 거라는군. 지금 비행기를 준비하고 있네. 자네 말고 세 사람이 더 탈 수 있어. 나머지 부하들은 될 수 있는 대로 빨리 보내주겠네." 로크우드가 말했다.

"팔콘은 어디 있습니까?"

"뉴런던. 이미 비상태세를 갖추도록 일러뒀네. 무슨 소식이 더 들어오면 바로 알려주겠네."

몸센은 천천히 수화기를 내려놓았다. 14년 만에 그날이 온 것이다. 모든 조소와 험담과 회의에도 불구하고, 오랜 시간 밤낮없이 꿈꾸고 계획해 온 자신의 노력이 정당성을 인정받을 시간이 온 것이다.

당시의 해군은 전함의 제독들에 의해 좌지우지되고 있었다.

"그 몸센 그 친구, 자기가 뭔 줄 아는 건가? 줄 베르느라도 되는 줄 아나?" 그들 중 하나가 빈정거렸다.

만약 그 자리에 몸센이 있었더라면 "바로 그렇습니다"라고 대답했을 것이다. 어렸을 때 그는 '해저 2만리'에 매혹된 바 있었다. 사실 몸센이 해군을 선택한 첫 번째 이유가 바로 그것이었다. 잠수함을 타는 것은 '바다와 함께 사는 것'이라고 줄 베르느는 쓴 바 있었다.

몸센 없이는 스쿼러스의 승조원을 구해낼 그 어떤 희망도 없다고 해야 할 상황이었다. 하지만 몸센의 선구자적 노력의 결과물이 실제 사고 상황에서 사용된 적은 아직 한 번도 없었다. 이제야 때가 온 것이다. 그것도 생각할 수 있는 가장 나쁜 상황에서 - 변덕스런 날씨, 얼음처럼 차가운 수온, 그리고 이제까지 누구도 구조가 가능하리라 상상하지 못했던 심해에서 기다리는 승조원들.

몸센은 특유의 치밀함으로 10분 만에 모든 출발 준비를 끝냈다. 그와 같은 비행기로 떠날 수 있는 1진은 세 명뿐이었으므로, 부하들 중에 가장 경험이 풍부한 다이버와 함께 자신의 시험 다이빙부대에 배속되어 있는 군의관 두 명을 선발했다. 나머지 부대원들에게는 비상 대기 명령을 내리고, 아직 거대한 압력 탱크 안에 있는 다이버에게도 계속해서 세심한 주의를 기울이도록 지시했다. 헬륨과 산소의 새로운 혼합기체를 사용하는 이 실험은 가장 중대한 단계를 마무리하는 시점에 와 있었기 때문에, 이제 와서 시험을 망치고 싶지는 않았다. 그 다음, 집에 있는 아내에게 전화를 걸어 상황을 설명하고 이웃에게도 전화를 넣어 그녀를 돌봐 달라고 부탁했다. 그는 자신의 패커드 승용차를 차고에 넣는 일도 잊지 않았다. 몸센은 로크우드의 전화가 왔을 때 먹고 있던 햄 샌드위치를 제외한 모든 것을 깨끗이 정리한 뒤 현장으로 출발했다.

□   □   □

몸센이 등장하기 이전에는 침몰한 잠수함에서 승조원을 구출하는 문제에 관심이 기울여진 적이 거의 없었다. 모든 것은 운에 맡겨졌다. 잠수함이 침몰하면, 그들의 고단한 일상이 그러했던 것처럼, 운이 좋은 사람은 빨리 익사했다. 가끔 운이 정말로 좋거나 적절한 미봉책 덕분에 목숨을 건지는 경우도 있기는 했다.

제1차 세계대전 중에 O-5 잠수함이 유나이티드 후르츠 사의 화물선과 충돌했다. 침몰한 장소는 파나마 운하의 대서양 쪽, 맑고 잔잔한 만(灣)이었다. 잠수함은 고작 9미터밖에 안 되는 해저의 완만한 하얀 모래 위에 가라앉아 있었기 때문에 운하에 배치되어 있던 두 대의 기중기선(船)으로 손쉽게 인양할 수 있었다. 잠수함의 함수와 함미에 케이블을 감고 크레인으로 별 어려움 없이 끌어올렸다. 그리고 세 시간도 안 되어 안에 있던 승조원들이 밖으로 기어 나왔다.

S-5의 경우는 어뢰발사관을 열어 놓은 채 뉴저지 케이프메이의 대서양 앞바다로 잠수했다. 하지만 승조원들은 함미 쪽으로 대피할 수 있었고, 함미 밸러스트 탱크를 배수시키자 잠수함의 함미가 수면 밖으로 나올 정도로 얕은 바다에 놓여 있었다. 승조원들은 드릴로 함체에 구멍을 뚫고, 구멍으로 흰 천을 묶은 파이프를 내밀어 흔들었다. 지나가던 상선 한 척이 이 희한한 광경을 자세히 보려고 다가왔다. 그리고 다행스럽게도 구조대가 수면 밖으로 드러난 잠수함의 함체에 커다란 구멍을 내고 승조원들을 한 명씩 구출할 때까지 날씨는 평온한 상태를 유지해 주었다.

몸센이 직접 지휘했던 O-15에서도 사고가 있었다. 기록을 작성하기 위해 몸센은 최고 속도로 코코 솔로 해안을 달리고 있던 잠수함에 비상 잠수 명령을 내렸다. 다시 수평을 유지하도록 명령했을 때 갑자기 함수 잠타가 움직이지 않았다. 잠수함은 계속 하강했고, 모터를 비상 역회전시키라고 명령했지만 너무 늦은 상태였다. 잠수함은 뻘바닥에 처박혀 움직일 수 없게 되어버렸다. 초조한 시간이 흐르는 가운데 몸센은 냉철하게 방법을 강구하기 시작했다. 마침내 한 가지 묘안이 떠올랐다. 뻘 속이었지만 잠수함의 외부 어뢰발사관은 조금 열수 있었다. 조심스럽게 발사관에 해수를 채우고, 마치 어뢰를 발사하는 것처럼 물을 뿜어냈다. 첫 번째 발사관의 물을 발사했지만 아무 일도 일어나지 않았다. 두 번째도 역시 마찬가지였다. 세 번째 발사관의 물을 발사하자 잠수함이 약간 흔들렸다. 네 번째에는 좀더 크게 흔들렸다. 승조원들 모두가 숨도 제대로 쉬지 못하고 기다렸다. 이윽고, 함수가 천천히 떠올랐다.

여기까지가 해피엔딩 사례이다.

1925년의 달이 없던 어느 날 밤, 거품을 끌며 대서양의 블록 아일랜드의 수면을 항해하고 있던 S-51은 시티 오브 로마라는 여객선에 의해 두 동강이 나고 만다. 당시 자매함인 S-1의 함장으로서, S-51의 것이 틀림없어 보이는 수면의 기름띠와 40미터 해저에서 올라오는 기분 나쁜 공기방물을 발견한 사람은 바로 몸센이었다. 그 장면을 회상하며 몸센은 친구에게 이런 편지를 썼다.

"우리는 S-51과 교신을 시도했지만, 침묵만이 되돌아왔네. 함교에 서 있던 우리 모두 그저 바다만 바라보았을 뿐 아무 말도 하지 못했지. 그때 구조나 탈출의 원리에 대해 조금이라도 알고 있는 사람은 한 명도 없었네. 우리는 완전히 무기력했어. 나 자신이 너무나도 쓸모없게 느껴졌지."

몸센에게는 또다른 기억도 있었다. 몇 달 후, 그는 침몰 직후에 바로 익사하지 못하고 철관(鐵棺)으로 변해 버린 S-51에서 빠져나오기 위해 최후까지 몸부림 친 사람들의 일그러진 얼굴과 살점이 다 떨어져나간 손가락을 목격해야만 했다.

2년 후에는 S-4의 차례였다. 12월의 어느 오후, 케이프 코드의 프로빈스타운 앞바다에서 조종 훈련을 하기 위해 해저 몇 미터를 잠항하던 잠수함의 함체를 불법 밀주 운반선을 쫓던 해안경비대 밀수감시선이 가르고 지나갔다. 잠수함이 야구장의 홈플레이트와 2루 사이밖에 안 되는 해저 34미터 바닥에 침몰했을 때, 놀랍게도 40명의 승조원이 전부 살아 있었다.

수십 척의 배가 사고 해역을 둘러쌌다. 하지만 아무것도 할 수가 없었다. 황량한 겨울 북동풍이 잠수함을 인양할 가능성마저 쓸어가 버렸다. 거의 사흘 동안 산 채로 수장된 승조원들은 가련한 망치 소리에 구조의 희망을 실어 두들겼다. 시간이 갈수록 소리는 약해졌다. 그리고 한순간 끊어지고 말았다.

그리고 이제 스쿼러스가 저 아래에 있었다.

해군으로서 스웨이드 몸센의 경력은 제대로 시작되기도 전에 끝날 뻔했다. 그는 1914년에 애너폴리스의 해군사관학교에 입학했다. 신입생이었던 그해 봄 시험에서 커닝을 하다가 걸려서 가을학기 시험이 훨씬 어려워졌다. 전부 합해 300여 명의 사관생도들이 낙제를 해서 학교를 떠나야만 했는데, 그들 중 한 명이 바로 스페인어를 통과하지 못한 몸센이었다.

그래도 그는 자기가 선택한 길을 쉽게 포기하지 않았다. 몸센은 곧 고향인 미네소타 세인트폴의 국회의원에게 재추천을 요청했다. 승산은 별로 없어 보였다. 처음 사관학교에 그를 추천해 준 공화당 국회의원이 선거에 패해 민주당으로 의석이 넘어간 것이다. 설상가상으로 사업을 하는 몸센의 아버지는 그 지역의 골수 공화당원이었다. 그럼에도 불구하고 몸센은 새로운 민주당 의원인 칼 C. 반 다이크를 집요하게 설득했다. 마침내 반 다이크도 몸센의 끈질긴 실득에 두 손을 들었다. 반 다이크는 몸센의 아버지에게 편지를 써서 자신이 몸센을 재추천한 이유를 명확히 했다.

"이점을 분명히 해두고 싶습니다. 내가 당신의 아들 찰리를 재추천한 이유는 오직 하나, 찰리의 됨됨이만을 보았기 때문입니다."

1920년 졸업 예정 학번이었던 몸센은 신입생 과정부터 다시 밟아야 했다. 그러나 제1차 세계대전의 발발로 학사 일정이 단축되는 바람에 실제로는 1919년에 졸업해 소위로 임관할 수 있었다. 전함 오클라호마에서 무미건조한 2년을 허비한 후, 1921년 봄에 몸센은 자신이 원하던 기회를 잡게 됐다. 뉴런던의 잠수함 학교에서 새로 장교반을 모집한 것이었다. 몸센은 주저 없이 지원했다.

오클라호마 호의 함장이 그를 불러 충고했다.

"자네에게는 빛나는 장래가 보장돼 있네. 재고해 보게. 해군의 낙오자들이나 피그보트(잠수함)에 타는 걸세."

오클라호마의 함장이 유별난 게 아니었다. 당시 해군의 자부심이란 자부심은 모조리 거대한 전함에 쏠려 있었다. 잠수함은 해군이 가진 새로운 병기 중 하나로 인정되고 있을 따름이었다. 실제로 잠수함을 탈 경우, 보이지 않는 차별을 당하기도 했으므로 분명히 출세 지향적인 젊은 장교가 갈 곳은 못 됐다. 잠수함을 타는 장교는 두 가지의 위험에 직면하게 되었다. 잠수함 자체가 갖고 있는 엄청난 위험성뿐만 아니라 바닥을 전전하다가 해군에서의 경력이 끝날지도 모른다는 것이었다.

게다가 잠수함의 생활 조건은 그야말로 형편없었다. 좁은 공간에서 오는 정신적 스트레스도 참기 힘들었다. 스웨이드 몸센이 처음 탄 잠수함은 스쿼러스의 반도 안 될 정도로 작았다. 그의 침상은 어뢰와 나란히 놓여진 조립식 간이침대였다. 짐들은 가져올 때와 마찬가지로 군용백 안에 그대로 들어 있었다. 세숫대야뿐이었으며 샤워는 불가능했다. 세탁기도 물론 없었다.

육체적으로 고된 임무였기 때문에 잠수함 근무에는 추가 급식이 지원되었다. 하지만 실제로도 그랬다는 것은 아니다. 냉장고가 없었기 때문에 고기는 요리로 만들어지기도 전에 상하는 것이 보통이었다. 부패된 고기를 해치 너머 바다로 던져 버리는 작업은 좀처럼 잊혀지지 않는 기억 중 하나였다. 2리터짜리 통에 담긴 버터는 이리저리 구르다가 이틀이면 완전히 액체가 되어버렸다. 증류기가 없었으므로 신선한 식수는 정말 귀했다. 그래도 커피와 함께 끓이면 맛은 그리 나쁘지 않았다. 에어컨은 꿈조차 꿀 수 없는 사치였다. 경유의 자극적인 냄새와 땀 냄새, 더러운 양말과 세탁물 냄새가 뒤섞인 잠수함 내부의 악취는 아무리 시간이 지나도 익숙해지지 않았다. 잠수함에는 화장실이 없었다. 잠항 중에는 경유를 반쯤 채운 양동이에 볼일을 봐야 했다.

어떤 고참 상사는 이렇게 말했다.

"연어통조림에서도 경유 냄새가 나."

수면에 있을 때에는 상갑판 난간에 빨래처럼 자신의 몸을 넣어

말렸다. 하지만 이것도 거대한 파도를 뒤집어쓰기 십상이었다.

그러나 이런 것들에서부터 해군 어디에서도 찾아볼 수 없는 그 유명한 잠수함 승조원만의 기질이 솟아 나온 것이다. 스웨이드 몸센은 서툴게 우쿨렐레(작은 기타 모양의 하와이 악기 −역주)를 타면서 반항적인 노래를 선창하곤 했다.

> 잠수함에는 변소가 없네
> 우리는 생가죽 팬티를 입고
> 난간에 엉덩이를 걸치고 앉아
> 개새끼들처럼 고래고래 소리를 지르지

뭔가 잘못되었을 때, 어떻게 잠수함에서 탈출할 것이냐란 질문에 진지하게 생각하고자 하는 사람은 아무도 없었다. 몸센이 잠수함 학교를 다니고 있을 때에도 이 문제는 의도적으로 회피되었다. 때때로 한밤중에, 철판 한 장을 두고 수억 톤의 물이 자신을 둘러싸고 있다는 사실이 머리에 떠오르는 것은 피할 도리가 없었다. 그런 순간마다 아무 희망 없이 해저에 갇혀 있는 자신의 모습을 상상하는 것은 몸서리쳐지는 일이었다. 이 문제를 논하는 것은 금기처럼 되어 있었다. 새로운 참사가 발생될 때마다 그런 일이 자신에게는 절대 일어나지 않으리라고 치부하거나, 아니면 아예 모르는 척 해 버렸다. 문제삼아 본들 결국 횡단보도를 건너는 것만큼이나 간단하게 묵살되어 버렸을 터였다.

처음엔 몸센도 다른 사람들과 다를 바가 없었다. 18개월 후인 1923년, 중위였던 그에게 첫 지휘권이 부여되었다. 노쇠한 잠수함

0-15이었다. 치기 어린 시기였다. 몸센은 민간인 친구에게 당시의 심경을 이렇게 묘사했다.

갑자기 의지할 사람이 한 명도 없어져 버렸네. 나는 졸지에 장교와 사병 27명의 목숨과 그들의 개인적인 안전, 미래를 책임져야만 하는 위치가 돼 버렸어. 취임식에는 그들 가족 모두가 참석했는데, 그들의 처자식이 자기 가장의 생사를 맡길 만한 인물인가 하는 의구심을 가지고 날 바라보고 있음을 알 수 있었네.

훈련 시절, 난 항상 지휘라는 걸 감당할 능력이 있다고 생각했지. 하지만 이제서야 실제로 지휘가 무엇인지 깨닫게 되었네. 어떤 명령이든지 충분히 생각한 다음에 내려야 한다네. 결국 잠수함이란 전부가 아니면 전무(all or nothing)일 뿐이야. 일단 바다 밑에 들어가면 잠수함의 강철 벽은 수천 톤의 물에 둘러싸이게 되고, 만약 뭔가 잘못되면 우리가 할 수 있는 일이라곤 아무것도 없다네. 그런 일이 일어나지 않도록 비는 수밖에!

부하들은 나의 일거수일투족에서 눈길을 떼지 않는다네. 그리고 내가 하는 말 한 마디 한 마디를 들을 때마다, 이것이 명령인지 아니면 그냥 하는 말인지를 구분하려 들지. 내가 잠망경을 들여다보고 있을 때면 모든 사람의 눈이 나에게 집중된다네. 나의 행동과 말에 의지해 수면 위에서 무슨 일이 일어나고 있는지를 정확하게 아는 것이지. 그들은 자랑스런 배에 타고 있다는 자부심과 그렇지 못한 배에 타고 있다는 수치심 모두를 공유하고 있는 걸세.

예를 들자면, 잠수함을 도크에 접안시키는 단순한 조종조차 아주 중요하다네. 만약 몇 번씩이나 들락거린다든지, 견인 로프를 끊어 버린다든지 하면서 우왕좌왕 소리를 지르기라도 하면 부하들은 뭍에 올라와 놀림거리가 될 테고, 그날 밤 술집에서는 시퍼렇게 멍든 눈두덩과 깨진 턱이 속출할 걸세. 그렇지만 내가 배를 깃털처럼 부드럽게 접안시키면 내 부하들은 나와 그들 자신에 대한 자부심으로 충만해지는 거네.

무엇보다도 함장과 부함장 사이에는 엄청난 차이가 있다는 걸 깨달았네. 부함장에겐 마지막으로 체크해줄 사람이 있지만 함장은 아무도 없단 말일세. 그래도 자신의 잠수함을 가지고 바다로 나가고, 또 바다 밑으로 잠수한다는 걸 그 무엇에 비기겠는가! 난 세상 어느 것과도 바꾸지 않겠네.

애처로울 정도로 노쇠한 잠수함이어서 아쉽기는 했지만, 그는 바다 저 아래에 놓인 거대한 잠재성에 매혹되어 있었다. 바다로 나갈 때마다 직면하게 될 위험이 떠오르기는 했지만, 그는 전혀 그런 내색을 보이지 않았다. 바다 밑 진창에 처박혔던 끔찍한 경험조차도 몸센을 낙담시킬 수는 없었다. 그는 그 일을 그저 있을 수 있는 사건의 하나로 간주해 버렸다. 시원스런 푸른 눈을 가진 이 젊은 함장에게 잠수함을 탄다는 것은 더할 나위 없는 최고의 인생이었다.

세상에 그 어떤 것도 그의 즐거움을 방해할 수 없을 듯했다. 늦은 10월의 어느 날 오후, O-15는 필라델피아 조선소를 향해 힘겹게 디젤엔진 소음을 내며 멕시코만을 빠져나가고 있었다. 공기는 점점 무거워지고 불길한 커다란 파도가 남쪽에서 밀려오고 있었다. 북쪽으로 갈수록 바람은 더욱 거세어지더니 밤 사이에 동쪽으로 방향을 바꾸었다. 동틀 무렵 날씨는 폭풍우의 양상을 띠기 시작했고 파도는 점차 높아졌다. O-15가 거대한 허리케인에 휘말린 것이었다.

정오가 되어 잠수함이 거대한 파도에 휩쓸려 위아래로 요동치기 시작하자 몸센의 부하들 모두 뱃멀미에 시달리기 시작했다. 잠수를 해도 소용 없을 것 같았다. 이런 구닥다리 잠수함으로 저렇게 거대한 파도의 영향을 받지 않을 깊이까지 잠수하기란 불가능한 일이었다. 게다가 결정적으로, 잠항을 할 수 있을 만큼 배터리 전력이 충분하지 않았다. 몸센으로서는 그저 헤쳐나가는 것 외에는 달리 방법이 없었다. 그는 나무토막을 사령탑 해치 틈에 쐐기처럼 끼워 넣어 바닷물이 들어오는 것을 방지하면서도 잠수함 안으로 공기가 충분히 공급되도록 조치했다. 그리고 마닐라 로프로 자신의 몸을 함교에 이중으로 묶었다.

파도는 점점 더 높아지고 바람은 날카로운 비명소리를 내며 그를 스쳐 지나쳤다. 산더미 같은 파도가 하늘 높이 솟았다가는 잠시 머뭇거리더니 무너지듯 그를 덮쳤다. 그런 경험은 난생 처음이었다. 파도 높이가 30미터는 되는 것 같았다. O-15가 소용돌이치는 산더미 같은 파도에 묻힐 때마다 그는 숨을 멈추고 버텼다. 그럴 때마다 이번이 마지막일 거라고 생각했다. 하루 종일 믿을 수 없을 정도로 사납게 날뛰던 허리케인은 어두워지자 더욱 거세어졌다. 희미한 불빛 속에서 상갑판의 난간이 제멋대로 휘어지고, 함교 주위의 방호 강판이 종잇장처럼 구겨진 것이 보였다.

폭풍은 밤에도 수그러들 기미를 보이지 않았다. O-15는 처음엔 위아래로 요동치다 다음엔 좌우로 40, 50도 정도 흔들렸다. 아침 다섯 시경, 잠수함은 태풍의 눈 안에 들어섰다. 돌연 바람이 멈추었다.

수면은 거울처럼 잔잔해졌다. 머리 위에서 엷은 녹색으로 빛나는 하늘을 보며 몸센은 섬뜩한 중압감을 느꼈다. 함교에서 그는 잠타수에게 경계심을 늦추지 말도록 지시했다. 30분도 채 지나지 않아 휴식은 끝나고, 이번엔 반대 방향에서 바람이 으르렁거리며 달려들었다. 수 초 후, 거대한 파도가 그 어느 때보다도 난폭하게 쏟아졌다. 그날 하루 종일 O-15는 가공할 파도의 맹포격에 시달려야 했다.

어둠이 깔리자 마침내 바람이 가라앉고 바다는 조금씩 잔잔해지기 시작했다. 몸센은 눈 한 번 붙이지 못하고 취사병이 이따금씩 해치 틈 사이로 밀어주는 양파 샌드위치로 연명하면서 거의 35시간을 함교에 묶여 있었다. 양파 샌드위치는 궂은날이면 몸센이 즐겨 먹는 음식이었다. 폭풍우가 가라앉을 조짐을 보이자, 교대하기 위해 자신을 제외하면 잠수함 승조원 중에 한 명밖에 없는 소위를 불렀다. 그는 이제 막 잠수함 학교를 졸업한 신참이었다. 소위는 비실비실 올라와 힘없이 경례를 붙였다. 다 죽어 가는 목소리에, 똑바로 서 있기조차 힘들어 보였다. O-15가 항구에 가까스로 도착하자마자, 그 신참 소위는 곧바로 전출신청서를 제출하면서 잠수함에서 가능한 한 멀리 떨어진 곳이라면 어디라도 좋다고 말했다.

몸센이 평생 못 잊을 것은 아래에 펼쳐진 난장판이었다. 모든 사람들이 신음소리를 내며 토하고 있었다. 잠수함이 요동칠 때마다 잡동사니 장비와 뒤집힌 구토용 양동이, 버려진 옷가지들이 여기저기 제멋대로 돌아다니고 있었다. 식당은 더욱 장관이었다. 바닥은 뭉개진 자두와 콩, 부서진 식기들이 뒤섞여 미끈거렸으며 그릇은 이리저리 둥둥 떠다녔다.

그런데, 그 와중에도 기름을 뒤집어쓴 채 상처난 이마에서 피를 흘리면서도 임무를 계속하고 있는 취사병이 있었다. 한 손으로는 균형을 잡기 위해 머리 위의 파이프를 잡고 다른 손으로는 늠름한 모습으로 프라이팬 가득 감자를 튀기고 있었다.

"함장님, 시장하시죠? 금방 요깃거리를 만들어 올리겠습니다."

"취사반장, 천국에는 자네 같은 친구들을 위한 자리가 언제나 마련돼 있을 거야." 몸센이 얼굴 가득 웃음을 띠며 말했다.

하지만 이런 풍부한 낙천성도 곧 가혹한 현실에 부딪쳐 심하게 흔들렸고, 다시는 스웨이드 몸센에게서 그런 모습을 볼 수 없게 된다.

1925년 여름, 그는 잠수함 S-1의 함장으로 취임하기 위해 뉴런던에 있는 대규모 해군기지로 전속되었다. 대위로 승진까지 한 그는 약간 우쭐해 있었다. S급 잠수함은 비록 1차 세계대전 때 설계된 것이지만, 예산의 우선 순위라는 측면에서 본다면 당시 해군이 제공할 수 있는 최선이었다. 그 외에도 S-1에는 특별히 흥미를 끄는 부분이 있었다. 접을 수 있는 수상정찰기의 격납이 가능한 커다란 탱크가 상갑판에 볼트로 고정되어 있었던 것이다. 그는 큰 기대를 가지고 이 실험적인 프로젝트에 참여했다.

그러나 9월 25일 새벽 세 시경, 기지의 당직 사관이 끔찍한 소식을 들고 집으로 찾아와 자고 있는 몸센을 깨웠다. 야간훈련 중이던 S-51이 여객선과 충돌해 침몰한 것으로 추정된다는 소식이었다. 장소는 롱아일랜드의 끝, 마타스 빈야드 섬과 난터켓 사이의 블록 아일랜드 동쪽에 있는 정기 항로 지역이었다. 너무나 놀란 몸센의 눈이 번쩍 뜨였다. S-51은 자신의 부대 소속이었다. 승함 장교 모두가 그의 개인적인 친구였다. 그는 곧 기지로 가겠다고 나직하게 말했다.

야간 근무조를 배치하고 바다로 나선 몸센은 사고 해역을 향해 잠수함의 속력을 높이며 어둠 속을 응시했다. 동이 틀 무렵, 그는 충돌이 발생한 것으로 보고된 지점에 도착했다. 여객선 시티 오브 로마가 투하해 놓은 표식부표가 파도에 쓸려 둥실둥실 움직이고 있었다. 그게 전부였다. 몸센은 천천히 부표 주위로 S-1을 선회시켰다. 그렇지만 아무 흔적도 찾을 수 없었다. 그는 무의미한 수색을 중단하기로 결정했다. 대신, 충돌 후의 여객선 항로를 쫓아가 보기로 했다. 충돌 뒤에도 여객선이 잠수함을 한동안 끌고 갔으리란 생각이 들어서였다.

그의 추측은 정확했다. 부표로부터 북동쪽으로 3.2킬로미터 정도 떨어진 곳에서, 망을 보던 병사 하나가 기름띠와 소용돌이치는 기포를 발견한 것이다. 몸센은 반짝거리며 퍼져나가는 오염물 주위를 돌면서 파편을 찾았다. 아니, 시체를 찾았는지도 모른다. 그러나 아무것도 없었다. 아직 현대적인 수중 음파탐지기가 없던 시절이었다. 그는 음파를 부채처럼 퍼지게 하는 수중진동기를 사용해 S-51과 접촉을 시도했다. 몇 번이나 행방불명된 잠수함을 호출하는 신호를 보냈지만 허사였다. 엄청난 무력감이 엄습해왔다. 그가 할 수 있는 것은 아무것도 없었다. 함대의 다른 배들이 도착했지만 그들 역시 마찬가지였다.

부하 중 하나가 울부짖었다.

"오, 하느님! 하느님, 맙소사! 저 불쌍한 녀석들!"

몸센은 즉시 그 수병을 아래로 내려보냈다.

몸센 자신에게, 그리고 함교에 있는 다른 대원들에게 말했다.

"적어도 순식간에 일어난 일이었으니까, 무슨 일이 일어났는지도 몰랐을 거야."

유난히 짐 헤이셸든이라는 젊은 대위가 떠올랐다. 그는 해군사관학교 동창으로, 잠수함 학교도 같이 다녔고 첫 순항 훈련도 함께 받았다. 마침내 S-51이 인양되고 나서야 몸센은 헤이셸든이 죽음에 이를 때까지 실제로는 얼마만 한 시간을 보냈는지 비로소 알게 됐다. 15톤 이상의 해수 압력에 의해 닫혀진 해치를 열어 보려고 얼마나 애를 썼던지, 그의 손톱은 애처로울 정도로 찢겨 있었다.

매일 밤 헤이셸든의 얼굴이 몸센의 꿈에 나타났다. 시간이 지남에 따라 차츰 마음속의 분노가 커져갔다. 어떻게 해서라도 헤이셸든과 같은 처지에 빠진 사람들을 구출할 수단을 강구해야만 했다.

적어도 그들에게 목숨을 구하기 위해 싸워 볼 기회는 줘야 한다. 하지만 무엇으로?

몇 주간이나 그는 이 문제를 갖고 씨름했다. 그리고 마침내 어렴풋한 착상이 실행 가능한 모습으로 형태를 갖추기 시작했다. 생각해 보면 볼수록 점점 그럴듯해 보였다.

아이디어는 단순했다. 침몰한 잠수함 갑판 위에 위치한 탈출 해치의 링볼트(고리가 달린 볼트 -역주)에 안내 케이블(Guide Cable)을 연결하고, 이 케이블을 따라 수면에서부터 종 모양의 커다란 강철 구조체임버를 내려보내 탈출 해치 위에 씌우는 방법이었다. 일단 구조체임버가 제자리에 안착되면, 해치를 열고 구조요원이 잠수함 안으로 내려갈 수도 있고 안에 갇힌 승조원들이 스스로 나올 수도 있을 터였다.

이를 위해 몸센은 커다란 와셔(볼트를 죌 때 너트 밑에 끼우는 둥글고 얇은 금속판 -역주) 같은 모양의 납작한 강철판(해치 플레이트)을 함수와 함미 해치 주위에 용접하는 방법을 생각해냈다. 강철판 위에 구조체임버가 내려앉기만 하면 정확히 해치를 에워싸게 되는 것이었다. 그는 또한 구조체임버의 수밀성을 확보하기 위해 구조체임버 바닥에 부착할 고무 패킹도 고안했다. 구조체임버가 해치 위에 자리 잡으면 내부 공기압을 낮추어 외부 해수압에 의해 구조체임버가 해치 플레이트와 완전히 접합되어 밀봉되게 만드는 것이었다. 만약 잠수함이 부분적으로 침수됐다면 해치를 열었을 때 잠수함 내의 해수와 공기의 압력이 구조체임버의 내부 압력을 상승시켜 구조체임버와 해치 플레이트 사이의 밀봉을 파괴할 가능성도 있었다. 그래서 그는 추가적인 안전 조치를 강구했다. 해치를 열기 전에 구조체임버를 볼트로 고정시키는 것이었다.

몸센은 이 방안을 검토하고 또 검토했다. 그리고 다른 함장들에게도 검토를 의뢰했다. 어느 누구도 그 안건에 대한 문제점을 제기하지 않았다. 그는 이 계획안에 여러 장의 부속 도면을 첨부해 상세하게 서면으로 작성했다.

그것을 뉴런던 기지 사령관인 어네스트 J. 킹 대령에게 제출했다. 제2차 세계대전 중에 미해군 총사령관을 역임하게 되는 킹 대령은 몸센의 안을 검토해 보고는 이렇게 말했다.

"스웨이드, 이거 참 기발한 아이디어군."

킹은 이 계획안에 다음과 같은 자신의 의견을 달아 해군 함정 건조수리국으로 보내 전문가의 평가를 요청했다.

"본 장치는 침몰된 잠수함에 갇힌 승조원을 구조할 수 있는 가장 현실적인 방법으로 사료됨."

아무런 회신도 없었다.

처음에는 몸센도 별로 개의치 않았다. 금방 답장이 오리라고는 기대하지 않았기 때문이었다. 분석에 시간이 필요하리라. 그러나 몇 주가 몇 달로 변하고 몇 달이 다시 일 년이 다 되도록 아무런 회신도 없자 그의 실망은 깊어만 갔다. 뉴런던에서는 아무도 알아채지 못한 근본적인 결함이 발견됐는지도 모른다. 그는 출발점으로 돌아갔다. 그는 자신에게 떠오른 또다른 탈출 방법에 대한 검토를 시작하기로 마음먹었다. 하지만 구조체임버가 어떤 문제점을 가지고 있는지도 모른 채 다른 착상을 진행하기란 말처럼 쉽지 않았다.

그리고 마침내 알게 되었다, 그것도 그가 전혀 예상하지 못했던 방법으로. 몸센은 육상으로 순환 근무될 예정이었는데, 뉴런던에 도착된 전출명령서에 기재된 전출지는 공교롭게도 '함정 건조수리국' 이었다. 묵묵부답에 그때까지도 화가 나 있던 그는 여기에 무슨 연유가 있지 않을까 하고 생각하지 않을 수 없었다. 하지만 전입신고를 할 때에도 구조체임버에 대한 아무런 언급이 없었다. 몸센은 잠수함부로 배속됐다. 첫날은 절차를 밟는 데 허비됐다. 하지만 오후 늦게, 그의 전임자가 남기고 간 '미결' 서류더미를 훑어볼 기회가 있었다.

그는 도저히 믿을 수 없는 광경에 머리를 저었다.

그곳, 서류함의 맨 바닥에 자신의 구조체임버 계획안이 뉴런던에서 보낼 당시의 모습 그대로, 킹 대령의 추천서가 부착된 채 처박혀 있었던 것이다. 말문이 막혔다. 헤이셀든과 O-51, 그리고 초조하게 기다리며 허비한 지난 세월을 생각하자 절망감이 솟았다. 멍하니 자신이 작성한 서류를 읽어 보았지만 머리에 잘 들어오지 않았다. 사실 그럴 필요조차 없었다. 이미 다 외우고 있었으니까. 그는 자리에 앉아 대체 어찌된 영문인지 생각해 보았다. 그렇지만 너무나 화가 치밀어 아무 생각도 나질 않았다.

다음 날 아침 냉정을 되찾은 몸센은 가능한 한 최대의 격식을 갖추어 자신의 제안을 상정했다. 반응은 냉담했다. 저 신참 대위는 대체 누구야? 도대체 온 지 며칠이나 됐다고 잠수함에서 사람을 구출하겠다는 괴상한 아이디어를 들고 설치는 거지? 게다가 그게 자기 아이디어라며? 나 원 참! 그 치가 그걸 처음 생각해 낸 사람이라고 생각하나? 웬걸, 우리 부서에서는 그 문제를 가지고 벌써 몇 년째 골머리를 썩고 있는걸.

몸센은 고집을 꺾지 않았다. 하지만 소용없었다. 계획안은 누군가가 휘갈겨 쓴 메모와 함께 그의 책상으로 되돌아 왔다.

"선박조종술의 측면에서 볼 때 비현실적임."

여기에 대해서는 그도 격렬하게 항의했다. 선박조종술은 이곳 관할이 아니다. 이곳의 기능은 이 같은 제안의 기술적인 타당성을 평가하는 것이다. 그리고 그런 측면에 대해서는 아직까지 아무도 대답해준 바 없지 않은가!

그러나 몸센이 받은 것은 사안이 이미 종결되었다는 통보뿐이었다. 다른 해군 대위들과 마찬가지로 몸센에게는 갈 곳이 없었다. 물론 전역지원서를 낼 수는 있었다. 하지만 그에겐 부양해야 할 아내와 두 아이가 있었고, 잠수함을 지휘하는 것 외에는 내세울 만한 아무런 재주가 없었다.

그의 제안이 반려됐다는 최후 통첩을 받은 몇 주 후, S-4가 케이프코드 연안에 침몰하는 비극적인 사고가 발생했다. 승조원들이 서서히 질식사하는 동안, 몸센은 워싱턴에 앉아서 그 소름끼치는 급보를 읽고 있을 수밖에 없었다. 죽을 운명에 놓인 승조원들이 잠수함의 동체를 두들겨 보낸 최후 메시지 중 하나는 도저히 불가능한 요청이었다.

"제발, 서둘러 줘!"

신문의 헤드라인은 온 나라를 술렁거리게 만들었다. 수천 통의 편지가 해군으로 쏟아져 들어왔다. 그들 중 많은 사람들이 잠수함을 폐기하라고 주장했다. 어떤 사람들은 침몰된 잠수함에서 승조원들을 구조할 수 있는 방법을 마련하라고 요구했다. 해군의 수뇌부가 안절부절못하고 있을 때, 의회로부터 지금까지의 안일한 대처를 추궁하며 조사를 촉구하는 편지들이 날아들었다. 변덕스런 운명의 여신은 이 모든 편지에 회신해야 하는 임무를 스웨이드 몸센에게 맡겼다. 정말 견디기 힘든 일이었다. 구조체임버만 있었다면 결과는 달라졌을지도 모른다는 고통스런 생각이 그를 내내 괴롭혔다.

언젠가는 인정해줄지도 모른다. 분노가 담긴 편지들이 책상에 넘쳐나자, 그는 구조체임버에 대한 회신을 기다리던 긴 시간 동안 고안한 또다른 아이디어를 재검토하기 시작했다. 이 아이디어가 실현된다면 전혀 새로운 잠수함 승조원 구출 수단을 보유하게 될 터였다. 무엇보다도 공식적인 허가를 얻을 필요가 없어서 좋았다.

자신을 돕겠다는 몇 명의 자원자들과 함께 몸센은 새로운 각오로 일에 매진했다 - 설계, 제작, 시험. 그것은 잠수함에 갇힌 승조원이 수면으로 부상할 때 호흡을 할 수 있도록 돕는 장치로서, 훗날 세계가 '몸센 허파'라고 칭송하게 될 것이었다.

그리고 그 성공의 여세를 타고 이번에는 해군의 지원까지 받아가며 폐기된 구조체임버의 계획안을 부활시킬 수 있었다.

40명의 S-4 승조원을 구하기에는 너무 늦었다. 하지만 스쿼러스에 아직 생존해 있는 사람들의 모든 희망은 몸센의 이 창조물들에게 달려 있었다.

　그것들의 실용성을 증명하기 위해 몸센은 수도 없는 미지의 위험을 무릅썼다. 언젠가 신문기자가 그에게 물었다. 만약 또다른 잠수함이 침몰했을 때, 가장 걱정되는 일이 무엇이냐고.

　"그건, 내가 그 자리에 없을 경우죠."

8

로이드 매니스가 닫아 버린 방수문의 감시창을 비추는 로이 캠벨 상사의 손전등 불빛이 사령실 안의 유일한 빛이었다. 올리버 네이퀸은 캠벨이 있는 쪽으로 가서 문 저편의 물 위에 떠 있는 기름띠를 바라보았다.

스쿼러스가 바다 밑바닥에 닿는 순간, 비상등이 나가 버리자 승조원들은 돌연 암흑 속에 홀로 남겨진 느낌이 들었다. 그리고 바로 그 순간 자신들에게 밀어닥친 어마어마한 현실을 깨달았다. 하지만 불과 몇 초 후, 평소 훈련의 성과가 나타나기 시작했다. 혼란의 기미조차 보이지 않았다.

네이퀸은 비품 저장실에서 세 개의 손전등을 꺼내오도록 명령했다. 손전등의 파리한 불빛이 그들을 다시 하나로 연결했다. 한동안 그들은 반신반의하며 서로를 쳐다봤다. 그리고 모든 사람의 눈길은 아직도 함내 전화기를 붙들고 있는 커니 상병의 굳은 얼굴로 쏠렸다. 커니의 귀에서는 후방 구역 어디에선가 들려왔던, 부상하라는 마지막 절규가 울리고 있었다.

"함미에서 무슨 연락 온 거 있나?" 네이퀸이 나지막한 목소리로 물었다.

"없습니다, 함장님." 커니가 기어들어가는 목소리로 대답했다.

네이퀸은 전화기를 들었다. 후방 배터리실에 남아 있던 대원들의 운명은 알고 있었지만, 뒤쪽에는 그 외에도 세 개의 구역이 더 있었다. 그는 그곳에 있는 대원들까지 잃었다고 믿고 싶지 않았다. 하지만 전방, 후방 기관실 어디에서도 응답이 없었다. 남은 것은 후방 어뢰실 뿐이었다. 만약 맹렬한 바닷물의 침입으로부터 누군가 살아남았다면 그곳 외에는 있을 만한 곳이 없었다.

아주 조심스럽게 네이퀸이 말했다.

"후방 어뢰실, 들리나?"

잠시 멈췄다가 다시 말을 이었다.

"함장이다. 응답하라."

아무 대답도 없었다.

아마 전화선에 문제가 있을 것이라고 네이퀸은 생각했다. 그러나 전방 배터리실을 호출하자 게이노어 상사가 즉각 응답했다.

"그곳 사정은 어떤가?" 네이퀸이 물었다.

잠수함이 가라앉고 있는 동안 전방 배터리실 배터리가 방전을 일으키기 시작해서 메인 스위치를 내렸다고, 게이노어가 극히 담담한 목소리로 보고했다. 네이퀸은 게이노어가 배터리실로 기어들어가 스위치를 내리려고 애쓰는 모습이 눈에 보이는 듯했다. 죽음을 무릅써야만 했을 영웅적 행동이 이미 두 번이나 있었던 것이다 – 한 번은 매니스에 의해, 또 한 번은 게이노어에 의해. 네이퀸은 더 이상 그런 일이 발생하지 않기를 빌었다.

전방 어뢰실에서 니콜스 중위가 전화로 네이퀸에게 말했다.

"조명이 나간 것 말고는 정상입니다. 약간 침수됐지만 대단치 않습니다. 이쪽 구역은 안전합니다."

그게 전부였다. 스쿼러스를 나누고 있는 일곱 개 구역 중 적어도 전방 세 곳은 당분간 안전할 것으로 보였다. 후방의 세 구역은 침수됐음이 분명했다. 후방 배터리실에서 마지막으로 탈출한 취사병 윌 아이삭스는 바닷물이 얼마나 맹렬한 기세로 기관실로 흘러들어 왔는지, 자신이 목격한 내용을 네이퀸에게 설명했다. 아이삭스의 말에 따르면, 물은 디젤엔진 주공기흡입구로부터 들어온 게 틀림없었다. 그런데 어째서 제어반에는 밸브가 열린 사실이 표시되지 않았을까? 이 생각하기조차 끔찍한 침몰에서 살아남은 생존자가 후방 어뢰실에 모여 있을 가능성은 있었다. 그렇지만 네이퀸은 그런 미미한 가능성에 대한 미련을 버리기로 했다.

가장 시급한 건 구조를 요청하는 일이었다, 그것도 가능한 빨리. 네이퀸의 머리에 제일 먼저 떠오른 것은 함교에서 아무 생각 없이 바라보았던 두 척의 바닷가재잡이 어선이었다. 그들만이 곤궁에 처한 잠수함의 상황을 신속하게 포츠머스에 알릴 수 있는 유일한 희망이었다. 네이퀸은 병기담당 진 크라벤스 상사에게 잠수함의 조난 사실을 나타내는 적색 발연 로케트를 발사하도록 명했다.

로케트는 사령실의 강철통 안에 들어 있었다. 크라벤스는 지렛대를 사용해서 뚜껑을 열어 보려 했지만 좀처럼 되지 않았다. 처음에 그는 자신이 서툴러서 그런 것이라 생각했으나 사실은 함내의 공기압 때문이었다. 후방 구역에 밀어닥친 바닷물로 인해 전방 구역의 공기가 압축되어 거의 정상 수준의 두 배 정도가 되어 있었던 것이다. 마침내 뚜껑을 연 크라벤스는 로케트 하나를 꺼내 원통형 발사기에 장전한 뒤 수면을 향해 발사했다. 발연탄은 파도를 뚫고 25미터 정도 상공까지 포물선을 그리며 올라가 조난을 나타내는 붉은 연기를 내뿜으며 터지도록 되어 있었다.

그러나 아무 소용이 없었다. 이 해역에서 잠수함이 오가는 건 흔한 일이었다. 나중에 밝혀진 일이지만, 파고가 높아지는 해상에서 귀항을 서두르던 두 어선의 선원 중 어느 누구도 스쿼러스를 돌아보거나 신경 쓸 여유가 없었던 것이다.

크라벤스가 로케트를 발사하자마자, 네이퀸은 함내 전화로 니콜스를 불렀다.

"존, 표식부표를 방출하게."

직경 90센티미터 정도 되는 밝은 노랑색의 부표는 전방 어뢰실 바로 위 상갑판에 붙어 있다가 부풀어올라 수면으로 솟아오르도록 되어 있었다. 전화선이 포함된 케이블이 수면에 부표를 고정시켰다. 역사적인 순간이었다. 몸센이 구명용 인공허파와 구조체임버를 발명한 이래 표식부표는 표준 해저 구조장비가 됐지만, 실제로 사람의 생명이 걸린 상황에서 사용되기는 이번이 처음이었다. 부표의 윗면에는 다음과 같은 글귀가 씌어 있었다.

"잠수함이 이곳에 침몰했음. 내부에 전화기 비치되어 있음."

네이퀸은 아직 몇 명의 승조원이 생존해 있는지 파악하지 못한 상태였다. 그는 조타수인 프랭키 머피에게 생존자 수를 파악해 보라고 지시했다. 커니가 전방 구역 근무자 명단을 머피에게 넘겼다. 머피는 사령실의 희미한 랜턴 불빛 속에서 명단을 확인해 나갔다. 확인된 숫자는 네이퀸이 우려했던 대로였다. 잠항을 시작할 때 승함한 59명의 승조원 중 33명만이 확인되었다.

　냉철한 침묵이 이어지는 속에서, 북대서양의 수압이 함내 구석구석 뻗은 파이프와 튜브의 미로에 가차없이 가해지고 있다는 사실을 모두들 잊고 있었다. 반갑지 않은 손님이 현실을 환기시켜 주었다. 꿀럭꿀럭 뭔가가 새는 듯한 소리가 나더니 갑자기 사령실 여기저기에서 기름이 뿜어 나오고 곧이어 바닷물이 거세게 분출되었다. 후방 배터리실에서 거의 헤엄치듯 빠져나오느라 이미 흠뻑 젖었던 윌 아이삭스는 정면으로 물벼락을 맞고 쓰러졌다. 비틀거리며 일어서려 했지만 기름으로 바닥이 미끄러워져 일어설 수가 없었다. 게다가 기름이 얼굴을 뒤덮어 아무것도 보이지 않았다. 이제는 죽었구나 하고 생각하고 있는데, 캠벨 상사가 일어설 수 있도록 도와주었다.

　문제가 발생한 곳은 곧 확인되었다. 유압 계통의 밸브 중 하나가 망가진 것이었다. 네이퀸의 명령이 떨어지기도 전에 모든 보조 밸브가 잠겼다. 분출은 곧 멈추었다. 잠수함의 함수가 11도 정도 위를 향한 채 멈춰 있었기 때문에 기름과 물은 사령실 뒤쪽으로 흘러내려 발목 깊이 정도로 고였다.

　또다른 위협적인 문제가 발견됐다. 잠수 중 기계담당 칼튼 파웰 하사는 사령실 바로 아래의 펌프실을 담당하도록 되어 있었다. 손전등을 들고 펌프의 흡배기 밸브가 확실하게 닫혀 있는지를 점검하던 그는 펌프실과 침수된 후방 배터리실 사이의 방수벽 옆으로 고여 있는 물에서 기포가 보글보글 올라오는 것을 발견했다. 어디서 새는지는 확실히 알 수 없었다. 사령실로 보고하자 네이퀸이 즉각 해치가 있는 곳으로 왔다. 마음을 조이며 조사해 본 결과, 누설이 그다지 심각한 속도로 일어나는 것 같지는 않았다. 네이퀸은 파웰에게 사령실로 일단 돌아가되, 주기적으로 상황을 확인해 보고하도록 지시했다.

사령실의 승조원들은 가능한 범위 내에서 청소를 하고 있었다. 네이퀸은 아직도 바닷가재잡이 어선이 그들의 첫 번째 조난신호를 목격했으리란 희망을 버리지 못하고 있었다. 그는 크라벤스에게 두 번째 로케트를 쏘아 올리도록 지시했다. 미 해군의 최신예 잠수함이 절망적인 폐선으로 변해 버린 지 채 20분도 지나지 않았지만, 몇몇 사람에게는 이미 무덤이 되어 있었다.

부함장 월터 도일이 아이디어를 하나 냈다. 스쿼러스의 함체 아래쪽에는 아직 배수되지 않은 몇 개의 보조 밸러스트 탱크가 있는데, 만약 이 탱크를 배수시키면 어떨까? 네이퀸도 이 아이디어를 시도해 볼 만한 가치가 있다는 데 동의했다. 그래서 도일과 잠수함의 젊은 항해 및 기관담당 로버트 로버트슨 중위는 잠항 중 잠수함을 수평 상태로 유지해주는 함미 트림 탱크(Trim Tank)에 압축공기를 불어넣었다.

로버트슨은 잠수함이 약간 움직였다고 확신했지만 심도계와 수평계를 보니 실제로는 전혀 변화가 없었다. 그들이 이번엔 함수 쪽 보조 탱크에 공기를 불어넣으려고 하자, 네이퀸이 이를 중지시켰다. 그는 스쿼러스의 경사도가 더욱 심해지는 위험을 감수하고 싶지 않았다. 그렇게 되면 전방 어뢰실 위에 위치한 탈출 해치 위로 구조체임버를 내리는 일이 더욱 어려워질 터였기 때문이다.

모든 일이 순조롭게 진행된다면 구조체임버로 안전하게 탈출할 수 있을 것이다. 비록 대원들 모두가 사용하기에 충분한 '몸센 허파'가 있었지만 네이퀸은 이를 최후의 수단으로 남겨두기로 했다. 이런 깊이에서 수온이 거의 빙점에 가까운 잠수함 밖 북대서양 바다로 탈출한다면 대원 중 몇 명은 상승용 로프를 놓칠지도 모르고, 고통스런 잠수병이 발발할지도 모를 일이었다. 더욱 심각한 상황은 그들이 수면으로 떠올랐을 때 구조해 줄 선박이 없는 경우였다.

지금까지 조난 신호에 응답하여 접근해 오는 선박의 스크루 소리는 하나도 들리지 않았다. 그는 로케트가 누구의 눈에도 띄지 못한 채 사라져 버렸다는 사실을 직시할 수밖에 없었다. 조만간 구조될 가능성은 희박한 것 같았다. 최악의 상황이었다. 그들은 끔찍한 해저에 가라앉아 있었으며, 시간이 흐를수록 더욱 위험해질 것이 자명했다. 아무도 그들이 거기에 있다는 사실조차 모르고 있었다.

설사 포츠머스 조선소의 누군가가 스쿼러스에 문제가 발생했을지 모른다는 생각을 하게 되더라도, 최소한 앞으로 40분은 지나야 할 터였다. 네이퀸의 유일한 희망은 오늘 아침 포츠머스에서 통신 근무를 담당하고 있는 누군가가 이런 일에 민감한 성격이기를 바랄 따름이었다. 사령실에 있는 대원들이 진지한 표정으로 그의 주위에 모여들자, 네이퀸은 쓸데없는 희망은 버리기로 했다. 견뎌 나가는 것 외에는 도리가 없었다.

네이퀸은 부하들에게 말했다.

"모두들 상황이 어떤지는 알고 있을 것이다. 잠수함은 자력으로 부상할 능력을 상실했다. 함수의 표식부표를 수면으로 방출했으며, 일정한 간격으로 발연 로케트를 쏘아 올릴 것이다. 구조대가 오는 건 단지 시간 문제일 뿐이다. 우리를 구하기 위한 모든 방법이 총동원될 것이다. 상황이 더 이상 나빠지지 않기만을 기대한다."

너무나도 순조로운 스쿼러스의 시운전에 경탄했던 해롤드 프레블은 대원들의 기운을 북돋으려 애썼다. 그는 몇 개월 전 폴락이 일상적인 잠항 후 부상 보고를 제대로 하지 못했을 때 콜 제독이 얼마나 신속하게 대응했는지를 상기시키며 말했다.

"여기서 금방 나가게 될 거야."

전방 배터리실의 숙소 구역에는 장교와 선임하사관을 위한 아홉 개의 침상이, 전방 어뢰실에는 열 개의 사병용 조립식 간이침대가 마련되어 있었다. 양쪽 모두, 북적거리는 사령실을 온통 난장판으로 만든 기름과 물세례를 면한 것 같았다. 네이퀸은 부하들 가운데 가장 상태가 좋지 않은 대원, 특히 후방 배터리실에서 탈출해 나온 대원들을 이 두 구역으로 옮기기로 했다. 네이퀸이 그들 사이를 격리하고 있는 방수문을 열라고 지시하려는 순간, 함내 전화를 지키고 있던 커니 상병이 말했다.

"함장님, 게이노어 주임상사입니다. 급한 일이랍니다."

전방 배터리실에서 방전이 일어나기 시작했을 때, 스쿼러스를 두 동강 낼 수도 있는 폭발을 겨우 막은 바 있었던 게이노어는 침수만큼이나, 아니 어쩌면 훨씬 더 치명적일 수 있는 새로운 위험을 감지했다. 만약 해수가 건식 배터리의 내부로 스며든다면 화학반응을 일으켜 배터리실이 점차 치명적인 염소가스로 가득 찰 것이다. 그리고 실제로 배터리의 벽을 검사해 본 게이노어는 많지는 않지만 문제를 일으키기에는 충분한 양의 물이 있음을 발견했던 것이다.

네이퀸은 즉시 전방 배터리실을 피난처로 활용하려던 생각을 버렸다. 그는 게이노어에게 같이 있는 네 명의 대원과 함께 담요를 챙기고, 식품저장고에서 눈에 띄는 통조림을 전부 꺼내어 전방 어뢰실로 이동시키라고 명령했다. 그리고는 즉시 사령실에서 전방 배터리실 쪽으로 난 문을 잠시 열어 담요와 매트리스, 식수가 든 38리터짜리 물

통을 가져오라고 지시했다. 아울러 전방 어뢰실에서 '몸센 허파'를 가져오도록 했다. '몸센 허파'는 유사시에 가스 마스크 대용으로 사용할 수 있을 터였다.

그 바람에 사령실에 스물 세 명이 남아 북적거리게 되었다. 네이퀸은 사령실이 너무 붐비는 것을 피하기 위해 해롤드 프레블을 포함한 다섯 명을 전방 어뢰실로 보내기로 했다. 구조대가 도착하면 전방 어뢰실에 있는 탈출 해치를 통해 탈출하게 된다. 비록 프레블이 여기에 있는 그 누구보다 잠수함에 대해 많이 알고 있지만, 원칙적으로 말해 그는 민간인이므로 해군의 전통에 따라 침몰한 잠수함에서 가장 먼저 나가게 될 것이었다.

당분간 식량 걱정은 없었다. 식품저장고에서 꺼내온 것 말고도 사령실에는 비상식량고가 있었다. 하지만 공기가 문제였다. 공기는 그들에게 가장 소중하면서도 제한되어 있는 물품이었다. 공기를 절약하기 위해 네이퀸은 절대적으로 필요한 경우를 제외하고는 대화를 금지시켰다. 또한 지시받은 임무를 수행하는 것 외에 어떤 움직임도 금했다. 누군가 용변을 봐야 한다면 양동이가 전달됐다. 사령실의 대원들은 젖은 바닥 위에 우의를 깔고 나란히 붙어 앉아 담요를 덮어 썼다. 벌써 몇몇은 추위에 부들부들 떨고 있었다.

네이퀸이 첫 번째 순찰에 나섰다. 발아래 드러누워 있는 대원들 사이를 지나 전방 배터리실로 향하는 문을 열어 젖힌 다음 아무도 없는 황량한 구역 안으로 발을 내딛었다. 손전등에 의지해 앞으로 나아가 통로의 해치를 들어올리려고 허리를 구부렸다. 그리고 배터리 저장실에서 철썩거리는 시커먼 물을 한참 바라보았다. 그 다음 자신의 작은 함장실로 들어갔다. 스쿼러스 지휘관으로서 부여받은 특권의 상징인 이곳은 함내에서 유일한 개인적 공간이었다. 그곳에 들어서자 한없는 고독감이 밀려왔다.

자신도 모르게 책상서랍을 열고 아내와 두 아이 -한 명은 계집 아이로 아홉 살이었고, 다른 한명은 네 살짜리 사내아이였다- 의 사진이 든 액자를 꺼내어 윗도리의 호주머니에 찔러 넣었다. 방을 떠나려는데, 의자가 넘어져 있는 것이 눈에 띄었다. 그는 천천히 의자를 제자리에 돌려놓고 전방 어뢰실로 향했다.

전방 어뢰실은 이중선체 구조로 된 사령실보다 더 추웠지만 바닷물은 거의 없었다. 부하들이 뭔가 기대하는 눈빛으로 그를 바라보았지만, 안타깝게도 해줄 말이 거의 없었다.

"곧 구조될 거다. 조용히 대기하면서 말을 아껴라. 될 수 있으면 잠을 청해 보도록."

그는 특별히 게이노어의 용기를 칭찬하고는 니콜스 중위에게 가서 말했다.

"존, 누군가 접촉을 시도해 오면 즉시 내게 알려주게. 그리고 그쪽에다 주흡기 밸브가 열린 것 같다고 알려줘. 또 후방 배터리실과 기관실 두 곳 모두 침수됐다는 사실도. 하지만 후방 어뢰실은 확실히 모르겠다고 전하게. 주흡기 밸브가 열렸다면 다이버를 투입해 밸브를 닫은 다음, 공기 호스를 부착해서 후방 구역의 물을 밀어내는 방법은 어떨지 물어보게. 밸러스트 탱크에 남아 있는 물은 우리가 처리할 수 있다고 말하고."

네이퀸은 되돌아가려고 돌아서며 덧붙였다.

"하나 더, 계속 수고해 주게."

잠수함학교를 졸업한 지 이제 겨우 3년밖에 안 되는 니콜스는 이 말에 깊이 감동했다.

"고맙습니다, 함장님." 그가 대답했다.

네이퀸이 떠나는 모습을 바라보면서 니콜스는 돌연 자신의 상관이 짊어진 거대한 짐을 느꼈다. 그것은 이 잠수함에 타고 있는 어느 누구도 공유할 수 없는 것이었다. 니콜스는 비록 이제까지 한 번도 탈출에 성공한 적이 없는 심해에 갇혀 있었지만, 자신이 네이퀸의 입장에 있지 않음을 감사했다.

네이퀸이 사령실로 돌아왔을 때는 스쿼러스가 침몰한 지 두 시간째 되는 시점이었다. 그는 건전지를 아끼기 위해 세 개의 손전등 중두 개를 끄라고 명령했다. 그리고 무릎 위에 머리를 처박고 앉아 있는 로이드 매니스 곁에 다가가 앉았다. 네이퀸은 그가 움켜진 주먹을 너무 세게 이빨로 깨물고 있어 피가 나는 것을 발견했다. 매니스의 얼굴에는 소리 없이 눈물만이 흘러내리고 있었다.

"이봐." 떨고 있는 전기담당 하사관에게 네이퀸이 말했다.

"자넨 내 생명을 구했어, 여기 있는 모든 대원의 목숨도. 자네는해야 할 일을 한 거야. 그걸 잊지 말게. 자네는 부여된 임무 이상을 해냈어. 자네는 탈출할 기회를 가진 모든 사람에게 그 기회를 허락했네. 더 이상 선택의 여지가 없을 때 문을 닫은 거란 말이야. 그 문을 닫을힘이 어디서 솟았는지 모르겠지만, 자넨 해낸 거야. 알겠나?"

매니스는 대답 없이 고개만 끄덕였다.

오전 10시가 조금 지나 네이퀸은 세 번째 로케트를 발사하도록 했다. 그는 이것이 성급한 일임을 알고 있었다. 스쿼러스가 예정대로 부상했다는 보고가 없는 상태에서 포츠머스가 그렇게 빨리 대응하리라고 기대하는 것은 무리였다. 하지만 그는 근처에 어떤 종류의 배라도 있을 가능성을 떨쳐 버릴 수 없었다. 예를 들자면, 그랜드뱅크 어장에서 고기를 잡다가 포츠머스에서 남쪽으로 48킬로미터 떨어진 매사추세스 그로우스터의 어항으로 돌아가는 낚싯배가 있을 수도 있었다.

1024(오전 10시 24분)에 네 번째 로케트를 쏘아 올렸다. 기록을 담당하는 조타수 머피가 시간을 적었다.

전방 어뢰실에서는 로케트가 수면으로 올라가는 소리를 들을 수 있었다. 니콜스 중위는 프레블에게 '몸센 허파' 사용법 설명을 막 끝내던 참이었다.

"절대 상승용 로프를 놓아서는 안 됩니다." 니콜스가 그에게 충고했다.

사령실에서 전방 어뢰실로 옮겨온 사람들 중 하나인 찰리 유하스는 추위에 떨고 있었다. 유하스는 자신의 얼굴로부터 몇 센티미터쯤 위의 방수벽 표면에 얼어붙은 응축수가 반짝거리는 것을 볼 수 있었다. 기관실에 있었던 진 호프만에게 생각이 미치자, 그는 더욱 심하게 떨기 시작했다. 호프만 부부, 또 호프만의 아내가 소개시켜 주기로 했던 여자와 함께 하기로 한 저녁식사 데이트가 이제는 불가능하다는 사실을 깨닫자 형언할 수 없는 슬픔이 그를 압도했다.

근처의 침상에는 물에 흠뻑 젖은 윌 아이삭스가 기름투성이의 처참한 모습으로 웅크리고 있었다. 간발의 차이로 후방 배터리실을 빠져나올 수 있었음에 안도하면서, 자신이 교대해준 조식 당번 취사병 보비 톰슨이 잠항 동안에 잠이나 자야겠다고 했던 말을 떠올렸다.

아이삭스 자신도 종종 그렇게 하곤 했었다. 잠에서 깨어나는 순간 무슨 일이 발생했는지 깨달았을 톰슨을 떠올리자 견딜 수가 없었다. 그런 식으로 죽다니, 하는 생각이 그를 소름끼치게 만들었다. 그는 톰슨과 다른 사람들을 위해 기도하려 했다. 그러나 물기와 추위로 이빨이 덜덜 떨려 말을 할 수가 없었다. 겨우 우물거리듯 말했다.

"하느님, 저들의 영혼을 구하소서."

레니 디 메데이로스는 표식부표에 연결된 전화를 지키고 서 있었다. 네 번째 로케트가 발사된 후, 그는 본능적으로 쓰고 있던 헤드셋의 이어폰을 손으로 눌러 귀에다 바짝 붙였다. 하지만 귀에 들리는 건 부표를 때리는 규칙적인 파도 소리뿐이었다. 처음에 그와 맥니스는 매니스가 죽었을까봐 걱정하고 있었다. 하지만 전방 어뢰실로 옮겨온 아이삭스로부터 매니스가 억수같이 쏟아지는 바닷물에서 그를 어떻게 구해주었는지 듣게 되었다. 디 메데이로스는 매사추세스의 뉴 배드포드에서 태어나 그곳에서 성장했다. 다른 잠수함 대원들과 마찬가지로, 자신이 이런 식으로 죽게 되리란 생각은 눈곱만큼도 한 적이 없었다. 설사 그런 일이 일어난다 하더라도 그것은 저 먼 세계의 구석에서나 일어날 일이지, 자신이 어린 시절 수영하며 놀던 해변의 수평선 너머에서 일어나리라고는 상상조차 하지 못했다.

사령실에서는 주임상사 캠벨이 운명의 번덕스러움을 곱씹고 있었다. 지난밤 정박 중일 때, 그는 아직도 해군의 낡아빠진 S급 잠수함 중 하나에서 근무하는 다른 주임상사에게 스쿼러스를 타는 즐거움에 대한 편지를 썼다. 캠벨은 그 편지 끝에 추신을 덧붙였다.

"자네도 퇴출 당하기 전에 전출요청서를 내는 게 나을 거야."

주소를 쓴 다음 작업복 바지 뒤 호주머니에 찔러 두었는데, 그때까지도 거기 남아 있었던 것이다. 캠벨은 자신에게 말했다.

"이 편지는 이곳에서 나가든 못 나가든, 절대 부치지 못할 거야."

캠벨 옆에 앉아 있는 도니 페르시코 수병도 자신에게 닥친 아이러니에 고통스러워했다. 페르시코의 모친이 자신의 명의로 생명보험을 들었는데, 페르시코가 잠수함 사고로 죽게 되면 보험은 무효가 된다고 약관에 적혀 있었던 것이다.

로이드 매니스는 네이퀸이 해준 격려의 말을 고맙게 여기고 있었다. 그는 자신에게 주어진 임무를 다하는 것 외에 다른 방도가 없음을 알고 있었다. 그는 그렇게 하도록 반복적으로 훈련받았으며, 갑작스런 잠수함의 침수 상황에서 자동적으로 반응했던 것이다. 그는 잠수함에 근무하는 승조원이라면 누구라도 그렇게 했으리라는 것을 의심하지 않았다. 문제는 그 다음에 어떤 기분이 들지 아무도 얘기해 주지 않았다는 점이다. 비록 그가 문을 열어놓고 버틴 덕에 여섯 명이 목숨을 구할 수 있었지만, 머릿속에는 나오지 못한 사람들 생각뿐이었다. 혼자서 감당할 수밖에 없는 고통 속에서 똑같은 질문이 머리에서 떠나지 않았다. 도대체 얼마나 많은 사람들이 어둠 속에서 허둥지둥 나오려 하고 있었을까? 조금만 더 문을 열고 있으라고, 성난 물소리에 파묻혀 들리지도 않는 소리를 미친 듯이 지르면서 말이다.

잠수 준비 명령이 떨어졌을 때 후방 배터리 저장실로 통하는 해치 속에 상체를 집어넣고 있던 존 배틱의 마지막 모습이 떠올랐다. 또한 셔면 셜리도 있었다. 셜리의 약혼자에게 무슨 일이 생겼는지 설명해야 한다는 생각이 들자 두려움마저 느껴졌다. 그녀의 이름은 루스 데소텔스로, 뉴햄프셔 출신이었다. 매니스는 셜리가 함미 쪽에서 무사히 살아있다면 얼마나 좋을까 하고 생각했다. 이어 다음 번 스쿼러스의 잠항 훈련에서는 배터리구동 모터를 살피기 위해 자신이 함미에 배치될 예정이었다는 무시무시한 현실에 전율했다.

매니스와 마찬가지로 전방 근무요원 중 3분의 1이 다음 잠항부터는 후방 구역에서 근무하도록 되어 있었다. 저마다 나름대로의 방식으로 자신들이 살아난 상황에 대해 생각했다. 처음 바닷물이 밀어닥쳤을 때 죽은 사람들이 행운아일지도 모른다는 생각은 어느 누구에게도 결코 들지 않았다. 중요한 것은 살아 있다는 사실이었다.

캔사스 출신의 기관담당으로 주사위 노름을 즐겨하는 캐롤 피어스 상병은 자신이 어떡하든 구출되리라 굳게 믿고 있었다. 만약 지난 토요일 소프트볼 게임에서 다른 기관병이 뇌진탕을 일으켜 병원에 입원하는 일이 발생하지 않았더라면, 지금 자신은 침수된 기관실에 있었을 것이다. 그러나 그 일로 해서 엉망이 되어버린 근무할당표 덕분에 사령실에서 공기압 레버를 담당하게 된 것이었다. 때문에 이번 게임에서도 행운의 여신은 자기 편에 서 있다고 믿고 있었다.

한편 네이퀸은 좀더 긴박한 문제에 집중하고 있었다. 이미 발사한 로케트에서 아무 성과도 얻지 못하자 당분간 로케트의 추가 발사는 자제하기로 마음먹었다. 11시가 훨씬 넘었지만 해상에서 자신이 고대하고 있는 수색 작전이 시작됐다는 낌새는 전혀 보이지 않았다. 이 시점에서 모든 것을 망쳐 버릴 수 있는 하나의 변수가 있음을 그는 알고 있었다. 바로 날씨였다. 한번 불면 사흘씩이나 계속되며, 뉴잉글랜드 해안을 정기적으로 강타하곤 하는 북동풍이 불기에는 계절적으로 좀 늦긴 했지만, 함교를 떠날 때 구름이 몰려들고 바람이 점차 거세어지던 모양이 마음에 걸렸다. 네이퀸은 이런 우려들을 애써 마음 속에서 밀어냈다. 그가 잠수함 속에서 무슨 짓을 하든 해상의 조건에는 아무 영향도 미칠 수 없을 터였다.

적어도 한 가지는 다행이라 할 수 있었다. 이 대륙붕 해역의 평균 수심은 76미터 정도였지만, 실제로는 군데군데 깊은 균열 틈새와 구멍이 있었다. 그들 중 하나, '제프리 릿지' 라고 불리는 곳은 갑자기 183미터가 넘는 낭떠러지를 이루고 있었다. 스쿼러스의 설계상 잠항 심도는 76미터였으며, 이론적 압괴 심도(crush depth)는 168미터였다. 그 근처에 떨어졌다면 잠수함의 함체는 찌그러져 버렸을 것이다.

사령실에서 수병 두 명이 함미에 있던 동료들의 운명에 대해 이야기하는 소리가 들렸다. 그들이 누구인지 알 수도 없었지만, 굳이 알아내고 싶지도 않았다. 그는 벌떡 일어나 모두에게 말했다.

"그런 얘기는 이제 그만 해. 이제 충분하다. 지나간 일은 지나간 일이야. 이제 와서 이러쿵저러쿵 이야기한다 해도 저들에게 아무 도움이 못 돼. 우리 자신한테도 그렇고."

월터 도일의 제안에 따라, 자신들의 위치를 찾고 있는 수색선에게 조금이라도 도움이 될 수 있는 새로운 조치가 취해졌다. 그 일은 부함장 자신이 직접 맡았다. 그는 사령실 뒤편에 고여 있는 물에서 기름을 한 통 퍼서 그것을 변기통에 부었다. 기름을 바깥으로 흘러보내 표식부표 주위로 소용돌이치며 올라가게 만듦으로써 좀더 쉽게 눈에 뜨이도록 하려는 의도였다.

네이퀸은 20분을 더 기다렸다가 다섯 번째 로케트를 쏘아 올리도록 명령했다. 로케트가 발사관을 떠날 때, 어뢰병이 중얼거렸다.

"가거라. 어서!"

한 마디 말도 오가지 않았지만, 기대감으로 긴장이 고조됐다. 이번에야말로! 그러나 아무 일도 일어나지 않았다. 침몰한 잠수함에 고립된 승조원들은 천천히 원래의 자리로 돌아갔지만, 이런 절망적인 상황에서도 훈련받은 대로 냉정함을 유지했다. 그렇지만 새로운 체념의 징후가 사령실에 스며들었다. 네이퀸은 대원들의 기분을 풀어주기 위해 양쪽 구역에 식사를 돌리도록 명령했다. 콩 통조림은 제쳐두고 우선 복숭아와 파인애플 통조림이 돌려졌다. 과일, 특히 파인애플은 그들의 기분을 훈훈하게 풀어주었다.

오후 1시 20분에 크라벤스가 여섯 번째 로케트를 발사했다. 스퀄러스가 바닷속으로 침몰한 지 정확하게 네 시간이 경과하고 있었다.

네이퀸은 몹시 당혹스러웠다. 포츠머스가 행동에 나설 시간이 훨씬 지난 것이다. 뭔가 크게 잘못되어 가고 있음이 분명했다. 대체 무슨 일일까?

포츠머스의 콜 제독과 그의 참모들은 당황하고 있을 따름이었다.

정오가 조금 지나 스컬핀으로부터 스퀄러스가 잠수한 것으로 추정되는 해역에 도착했다는 보고가 들어왔다. 그렇지만 잘못된 잠수 보고 탓에 스컬핀은 행방불명된 잠수함의 어떤 흔적도 발견할 수 없었다. 침몰 잔해도, 기름띠도, 아무것도 없었다.

콜은 참담한 심정으로 응답했다.

"수색을 계속하라."

혼란에 빠진 그의 참모진 중 어느 누구도 무엇이 문제인지 설명하지 못했다.

거대한 파도의 흰 물마루가 북대서양 바다에 주석같이 차가운 금속빛을 드리웠다. 머리 위에는 한껏 부풀어 오른 잿빛 구름이 하늘을 온통 뒤덮고 있었다. 스컬핀이 자매함의 흔적을 찾기 위해 바다를 휘젓고 다니는 동안 열두 명의 경계병들이 수면 위를 샅샅이 훑었다. 함교 밑에서는 수중음향기가 공허하게 스쿼러스를 향해 호출신호를 보내고 있었다.

포츠머스에 기록된 스쿼러스의 마지막 메시지에 의하면, 스쿼러스의 잠수 위치는 서경 70도 31분으로 되어 있었다. 하지만 실제로는 서경 70도 36분이었다. 이는 스쿼러스가 스컬핀이 수색을 시작한 지점에서 8킬로미터나 떨어진 곳에서 잠수를 시작했음을 의미했다. 더구나 스컬핀의 함장 워렌 윌킨이 스쿼러스의 예정 잠항 코스를 뒤쫓아 항로를 남동쪽으로 잡도록 함으로써 상황은 더욱 악화됐다. 스컬핀은 실제로 스쿼러스가 침몰한 곳에서 더욱 멀어지게 되고 말았다.

만약 바람이 몰아치는 스컬핀의 함교에 네드 덴비라는 신참 소위가 없었더라면 스컬핀은 하염없이 스쿼러스를 찾아 헤매고 다녔으리라. 눈 위에 쏟아진 물보라를 훔치려고 잠시 쉬고 있던 덴비는 우연히도, 적절한 순간에 엉뚱한 방향을 바라보았다. 전신의 근육이 순간 경직됐다. 그는 함미 쪽 수평선 근처에서 연기 비슷한 것을 본 듯했다. 눈을 한 번 깜빡이고 다시 쳐다보았다. 연기 같은 것은 아직 그곳에 있었다. 덴비의 눈에는 그 연기가 조난 신호 로케트에 의해 만들어진 것처럼 보였다.

그는 즉시 이 사실을 보고했다. 윌킨은 덴비가 가르친 쪽으로 쌍안경을 돌렸다. 윌킨은 확신할 수가 없었다. 무언가 보인다고 생각한 순간, 금방 시야에서 사라져 버렸다. 어쩌면 단지 구름 속의 어두운 부분이었는지도 몰랐다.

그럼에도 불구하고 그는 조난 신호를 목격했을 가능성에 대해 포츠머스에 보고했다. 윌킨이 스컬핀의 함수를 돌려 전속력으로 되돌아가라는 명령을 내렸을 때, 함교에 있던 어느 누구도 입을 열지 않았다.

덴비 소위가 그의 운명적인 발견을 한 지 15분 후, 스쿼러스에 타고 있던 승조원들에게 비로소 자신들 근처로 다가오고 있는 스컬핀의 스크루 소리가 들렸다. 덴비가 언뜻 본 것은 스쿼러스의 승조원들이 해저에서의 첫 번째 식사를 마친 후 발사한 여섯 번째 로케트였다. 소리 없는 환호성이 울렸지만, 속으로는 안도감으로 기절이라도 할 정도였다는 표현이 정확할 것이다. 참극이 발생한 뒤, 로케트가 발사될 때마다 그들의 희망 또한 몇 배씩 커져만 갔다. 그리고 드디어, 처음엔 어느 누구도 이것이 환청이 아닌 사실임을 확신하지 못했지만, 스크루 소리는 의심할 여지없이 점점 커져오고 있었다. 네이퀸은 크라벤스에게 즉시 다른 로케트를 발사하도록 지시했다.

이것은 스컬핀의 우현 전방 약 270미터 상공에서 폭발했다. 그 직후 스컬핀의 경계병들도 거친 바다 위에 떠 있는 표식부표를 발견했다. 스컬핀은 천천히 그 옆으로 다가가 보트 후크를 사용해 부표를 갑판 위로 건져 올린 다음, 갑판의 밧줄 걸이에 단단히 고정시켰다. 윌킨이 그 안에 든 전화기를 집어들었다.

잠시 후, 해저 74미디 이레의 전방 어뢰실에 있던 레니 디 메데이로스가 그의 목소리를 들었다.

"스쿼러스, 들리는가? 여긴 스컬핀이다. 어떻게 된 일인가?"

"스컬핀입니다." 디 메데이로스가 말하며 재빨리 헤드셋을 니콜스 중위에게 넘겼다.

니콜스는 스쿼러스의 침수 상태를 설명하면서 냉정함을 유지하려고 애썼다. 그리고 말했다.

"기다리십시오. 함장님을 연결하겠습니다."

올리버 네이퀸은 이미 사령실을 떠나 전방 어뢰실로 향하고 있는 중이었다. 네이퀸이 흥분을 가라앉히고 말을 시작하기까지 약 30초 정도가 걸렸다.

"윌키?"

하지만 윌킨이 응답하려는 순간, 스컬핀이 파도의 물마루를 타고 높이 솟구쳤다. 그리고 전화가 끊어졌다. 갑판의 밧줄걸이에 팽팽하게 묶여 있던 스쿼러스와의 유일한 물리적 연결 수단 – 표식부표 케이블이 끊어져 버린 것이었다.

다시 한 번 스쿼러스는 행방불명이 되어 버렸다.

9

윌킨으로부터 조난 신호 로케트를 목격한 것 같다는 보고가 들어왔을 때, 포츠머스 해군조선소의 긴장은 더 이상 견딜 수 없을 정도에 다다랐다. 콜 제독은 조선소의 예인선 피나쿡에게 즉시 출발 준비를 하도록 명했다.

해군본부의 로크우드 중령에게도 전화를 걸었다. 몇 분 후, 뉴스는 스쿼러스가 행방불명된 북동 해안을 따라 위치한 모든 해군기지와 해안경비대에 전해졌다. 그리고 그날로 역사상 최대 규모의 해저 구조 작전이 풀 가동에 들어갔다.

구난함 팔콘에게 일단 비상대기에 들어가도록 한 콜의 조치는 선견지명이었다. 당시 해군은 스웨이드 몸센이 창안한 다이빙벨 (Diving Bell)을 다섯 기 보유하고 있었지만, 현재 공식적으로 구조체임버라는 단어로 알려진 이것들 중에서 당장 투입 가능한 위치에 있는 것은 팔콘에 실려 있는 단 하나뿐이었다. 팔콘은 1차 세계대전 중 기뢰제거함으로 사용되던 것을 구난함으로 개조한 배였다.

팔콘에 실린 구조체임버 모습 (뉴햄프셔대학 기록보관소)

　　그러나 팔콘의 도움이 필요할지 모르니 언제라도 출동할 수 있도록 대기하라는 연락이 뉴런던의 기지 사령관 리처드 에드워드 대령에게 전달됐을 때, 그 낡은 배의 상태는 말 그대로 최악이었다. 배는 연차 정기 보수 작업 중이었다. 보일러는 꺼져 있었고, 10톤 무게의 거대한 구조체임버는 선미 갑판에서 제거된 상태였으며, 대부분의 승무원들은 휴가 중이었다. 에드워드는 빠른 시간 내에 팔콘을 출동 가능한 상태로 만들어 놓겠다고 약속했다.

　　몇 명 되지 않는 기관실 당직요원들이 필사적으로 보일러를 점화시키려고 분투하는 동안 경찰과 해안순찰대는 승무원들과 다이버를 소집하기 위해 분주히 돌아다녔다. 보일러 가동은 배를 추진하기 위해서뿐만 아니라 도크에서 구조체임버를 끌어올릴 파워 윈치를 가동하는 데도 필수적이었다. 구조체임버가 없다면 팔콘은 무용지물이나 마찬가지였다. 주근깨투성이의 젊은 선장 조지 샤프 대위는 초조한 나머지 함교 위를 오락가락 하고 있었다.

표식부표를 발견했다는 스컬핀의 두 번째 메시지에서 잠수함의 침몰 좌표를 확인하고서야 비로소 스쿼러스를 찾는 데 왜 그렇게 시간이 걸렸는지 알 수 있었다. 무슨 이유로 경도가 잘못 보고됐는지는 분명하게 규명되지 않았다. 추측하건대, 모르스 부호의 '1' 과 '6' 의 특수성 탓이 아닌가 생각되었다. 그 신호들은 완전히 반대였다. '1' 은 한 개의 단신호와 네 개의 장신호로 구성되어 있으며, 반대로 '6' 은 한 개의 장신호와 네 개의 단신호로 이뤄져 있었다. 전달 과정 중 어디에선가, 송신 또는 수신 도중 무심결에 바뀌었을 가능성이 높았다.

콜과 포츠머스에 있던 다른 사람들에게 표식부표가 발견됐다는 소식은 청천벽력과도 같았다. 지금까지 불안하기는 했지만, 모든 일이 결국에는 하나의 해프닝으로 끝나리라는 실낱같은 희망을 품고 있었기 때문이다. 표식부표가 침몰을 확인해 줌으로써 그러한 희망이 사라져 버린 것이었다.

콜을 태운 피나쿡은 선수를 피스캐티과 강 히류로 향했다. 이 노쇠한 예인선이 낼 수 있는 최고 속도는 시속 13킬로미터 정도였다. 하지만 지금 콜에게 피나쿡의 속도 따위는 별 문제가 아니었다. 중요한 건 스컬핀이 북대서양 바닥에 침몰해 있는 스쿼러스를 발견했다는 사실이었다. 그러나 막 편성된 구난함대가 현장에 도착하기 전에 취할 수 있는 조치는 거의 없었다.

10분 후, 다소 안도하고 있던 콜은 스컬핀으로부터 소름끼치는 보고를 받고 경악을 금치 못했다.

"표식부표에 연결된 케이블이 절단됨. 현재 스쿼러스 바로 위에 닻을 내리는 중. 지시 바람."

도대체 있을 수 없는 일 - 불길한 결과에 대한 징조와도 같은 일이었다. 부표 케이블은 수면과 스쿼러스를 연결하는 유일한 통신 수단일 뿐 아니라, 다이버들이 침몰한 잠수함으로 구조체임버를 끌고 내려가는 데 사용할 두 번째 케이블을 연결하는 길잡이 역할을 하도록 되어 있었다.

피나쿡의 조타실에 앉아 있는 콜은 도무지 마음이 놓이지 않았다. 오전 내내 스쿼러스에 무슨 일이 생겼는지 파악하고, 구조 작전을 세우는 데 몰두하면서도 콜은 전혀 실패할 가능성은 염두에 두지 않았다. 그런데 지금 처음으로 그런 불길한 생각이 떠올랐던 것이다.

"제기랄, 이렇게밖에 못하나?"

콜은 피나쿡의 선장 데이비드 울맨 갑판장에게 투덜거렸다. 여태껏 장군의 직접적인 화풀이 대상이 되어 본 적 없는 울맨은, 헉헉거리는 보일러를 어르고 달래 겨우 시속 1.9킬로미터 정도의 속력을 더 낼 수 있었다. 그래도 수평선 위에서 파수를 보는 스컬핀의 검은 실루엣을 볼 수 있게 되는 데에는 한 시간 이상이 소요됐고, 마침내 피나쿡이 스컬핀 옆에 도달하기까지는 또 한 시간 가량이 더 걸렸다.

당분간 스컬핀을 자신의 임시지휘소로 사용하기로 결정한 콜은 즉시 작은 보트로 옮겨 타 잠수함으로 건너갔다. 잠수함으로 건너가는 일마저도 점점 거칠어지는 바다에서는 방심할 수 없는 작업이었다. 콜은 스컬핀의 갑판 밧줄걸이에 케이블을 팽팽하게 고정해 놓지만 않았더라면 케이블이 끊어지지 않았을지도 모른다는 생각은 더 이상 하지 않았다. 그의 첫 번째 관심은 어떤 수단을 강구해서라도 스쿼러스의 위치를 다시 찾는 것이었다. 스컬핀의 함장은 케이블이 끊어지자마자 그 자리에 닻을 떨어뜨려 고정해 놓은 두 번째 부표를 가리켰다. 그리고 콜에게 스컬핀의 수중음향탐지기가 스쿼러스로 추정되는 물체의 위치를 찾아냈다고 보고했다. 그러나 그것은 추정에 불과했다. 그 정도의 수심에서는 '추정'만으로는 충분치가 않았다.

간단한 상황 보고를 받자마자 콜은 증원 부대가 올 때까지 그가 할 수 있는 유일한 조처를 취했다. 콜은 피나쿡의 데이비드 올맨 선장에게 스컬핀이 투하한 부표를 중심으로 약 90미터 떨어진 남쪽과 북쪽에도 또다른 부표를 설치하도록 지시했다.

"긴말할 시간이 없네. 스쿼러스를 찾아야만 해."

콜이 올맨에게 말했다.

부표 설치가 끝나자, 피나쿡은 작은 닻을 바다 밑바닥에 내려 두 부표 사이를 훑기 시작했다. 이때 하늘을 뒤덮은 구름 밑으로 해안경비대 정찰기가 엔진 소리를 내며 나타나 천천히 8자를 그리면서 선회하기 시작했다. 스쿼러스의 승조원들이 몸센 허파를 이용해 잠수함으로부터 탈출, 갑자기 수면에 나타날 사태에 대비하기 위해서였다.

외부 지원 인력이 움직이기 시작했다는 명백한 신호를 보는 것만으로도 모든 이들의 사기가 올라갔다. 한편 스컬핀의 통신실에는 다른 곳에서 진행되는 구조 작전 진척 현황에 대한 보고가 쌓이고 있었다.

콜이 요청한 몸센 대위는 이미 비행기에 올랐으며, 초저녁쯤에는 포츠머스에 도착할 예정이었다. 그의 시험 다이빙부대도 곧 뒤따르게 될 터였다.

콜이 보스턴 찰스타운 해군조선소에 지원 요청한 대형 원양(遠洋)용 예인선 완댄크도 출항을 준비했다. 수 척의 해양경비대 불법 주류 감시선과 순찰선은 이미 포츠머스에서 인력과 물자를 실어오는 중이었다.

뉴욕 시에서는 중(重)순양함 브루클린이 의료장비와 수백 미터의 예비 공기 호스를 싣고 로어 맨해튼 옆으로 빠져나오고 있었다. 브루클린은 너무 급하게 출발하느라 승무원 중 거의 3분의 1을 육상에 남겨둔 채였다. 뒤이어 다른 원양 예인선 사가모어가 아홉 척의 구난용 폰툰(Pontoon, 물 위에 뜨게 만들어 해상 작업을 가능하게 하는 구조물 -역주)과 조명탑을 끌고 뒤따랐다.

뉴런던에 반가운 소식이 날아들었다. 아침까지만 해도 출동 준비를 갖추지 못했던 팔콘이 필사적인 작업 덕분에 스쿼러스의 침몰이 최종적으로 확인된 지 한 시간이 못 되어 구조체임버를 탑재하고 모든 다이버들을 승선시켰다는 것이다. 팔콘이 증기를 내뿜으며 템즈 강을 내려가자, 콜이 가장 신임하는 부하 중 하나인 뉴런던 기지사령관 겸 팔콘이 소속된 제2잠수함부대 사령관 리차드 에드워드는 구축함 세메스 호를 타고 현장으로 떠날 준비를 했다. 지금 에드워드에게 가장 신경이 쓰이는 것은 기상 예보였다. 뉴잉글랜드 해안에는 팔콘의 항해에 지장을 초래할 수 있을 정도의 짙은 안개가 낀다는 예보가 내려져 있었다.

좀더 북쪽, 숄스 제도 아래에서는 콜 제독이 날씨보다 다른 일을 걱정하는 중이었다. 스쿼러스의 정확한 위치를 찾지 못한다면 아무리 많은 다이버나 구조체임버도 소용없다. 콜은 스컬핀의 함교에 버티고 서서 피나쿡에서 잠시도 눈을 떼지 않았다. 피나쿡은 작업을 시작하기 전에 투하한 경계 부표 사이를 천천히 오가며 스쿼러스를 더듬어 찾았다.

포츠머스에서 피나쿡이 일상적인 허드렛일을 하면서 항구를 어슬렁거리는 모습은 모든 사람들에게 친숙한 광경이었다. 그런데 그 피나쿡이 지금 자신의 처지에 어울리지 않는 엄청난 임무를 부여받고 있었다. 엄밀히 말한다면 피나쿡은 해군에서 정식으로 취역시킨 배가 아니었기 때문에 올맨 갑판장을 캡틴(선장)이라고 부를 수도 없었다. 그의 정식 칭호는 '사관 대행'이었다. 워낙 차이가 나는 위치였기 때문에, 피나쿡은 해군 선박의 규정 색상인 회색을 칠할 자격조차 없어서 우중충한 갈색으로 칠해져 있었다.

함교에 콜과 나란히 서서 줄곧 스쿼러스에 탄 자신의 사위를 생각하던 할포드 그린리 대령이 견디다 못해 불쑥 내뱉었다.

"저래가지고 찾아낼 수 있을까요?"

"모르겠네. 어쨌든 대안이 없지 않나." 콜이 말했다.

올맨이 스스로 키를 조정하면서 스쿼러스가 있을 것으로 추정되는 해역을 아무 성과 없이 세 번째 왕복했을 때, 준설 로프를 담당한 선원이 올맨도 의심하기 시작한 소식을 조타실로 가져왔다. 피나쿡의 준설용 닻이 너무 가벼워 바닥에 닿지 않는다는 말이었다.

올맨은 다시 한 번 시도하기로 결심했다. 이번에는 닻이 충분히 효과를 나타낼 수 있을 정도로 깊이 내려가기를 바라면서, 속도 또한 키효율속도(키를 조종하는 데 필요한 최저 속도 -역주)가 겨우 유지되는 정도로 최대한 낮추었다. 그렇지만 별 효과가 없었다. 더 이상 어쩔 도리가 없어진 올맨은 로프를 감아 올리도록 지시하고 이 난감

한 상황을 콜에게 보고했다.

　작은 덩치의 강인한 제독은 최후의 수단을 강구했다. 스컬핀의 함장과 협의한 후, 콜은 피나쿡의 작은 닻을 스컬핀이 보유하고 있는 예비닻과 바꾸라고 지시했다. 적어도 무게는 충분할 터였다. 새로운 닻을 앞뒤로 끌며 땅딸막한 예인선이 분투하는 동안, 흰 파도는 높아 만 갔고 구름은 스쿼러스가 침몰했을 때와 마찬가지로 낮게 깔려 있었다.

　올맨이 직면한 문제는 이런 것이었다. 3층 창 밖으로 만년필 한 자루를 떨어뜨린 다음, 눈가리개를 하고 구부러진 핀 하나를 실에 매달아 창문에서 그 만년필을 건져 올리려는 것이나 마찬가지였다. 몇 번 피나쿡의 닻에 무언가 걸리는 듯했지만 다음 순간에 비웃기라도 하듯 슬쩍 빠져나갔다. 숄스(Shoals, 숨은 장애 또는 함정이라는 뜻 -역주) 제도라는 이름 그대로였다. 해저에는 수백 년 동안 썩어 문드러진 수십 척의 배들이 여기저기 나뒹굴고 있었다.

　하늘에는 해안경비대 정찰기 외에 보스턴에서 사진기자와 뉴스 영화 촬영기사들을 싣고 온 다른 비행기들이 합류해 있었다. 늦은 오후가 되자, 구름이 한층 낮아져 비행기들은 재난 현장에서 철수할 수밖에 없었다.

　오후 다섯 시가 조금 지나 예인선 완댄크가 스컬핀 근처로 다가왔다. 콜은 즉시 완댄크의 강력한 수중 진동기를 작동시켜 스쿼러스에 신호를 보내게 했다. 판독조차 어려울 정도로 희미한 해머 소리가 해저 깊은 곳에서 되돌아왔다. 몇 분 뒤, 피나쿡이 방향을 바꾸어 다시 한 번 수색을 시작하려는 순간 스쿼러스에서 발사한 로케트가 수면 위로 솟구쳤다. 그러나 그것도 기껏해야 막연한 위치만을 알려주는 데 불과했다. 더욱 미칠 노릇은, 로케트가 터진 장소가 이미 피나쿡이 두 번이나 수색을 마친 해역이라는 점이었다.

30분 후, 포츠머스 해군병원으로부터 민간 예인선 챈들러가 한 명의 군의관과 세 명의 의무병 그리고 50장의 담요를 싣고 현장에 도착했다.

신문기자들이 전세를 낸 배 한 척이 스컬핀 쪽으로 다가왔다. 콜 제독이 승선했음을 의미하는 하얀 별 두 개가 새겨진 푸른 깃발이 스컬핀에 걸려 있는 모습을 발견했던 것이다.

한 기자가 소리쳤다. "기자들이 승선해도 됩니까?"

함교에 있던 당직사관이 대답했다. "제독님께 확인해 보겠습니다."

잠시 후, 그가 메가폰에 대고 소리쳤다. "좋습니다. 하지만 세 사람뿐입니다. 조심하세요."

제비뽑기로 선정된 세 사람이 스컬핀의 승선 사다리로 불안정하게 뛰어올랐다. 콜이 기자들과 만났고, 처음으로 세상 사람들은 표식부표 케이블이 끊어진 사실을 알게 되었다. 그렇지만 콜은 짐짓 별일 아니라는 듯 행동했다.

"우리는 승조원의 상태가 어떤지, 몇 명이 생존해 있는지조차 확실히 모릅니다. 승소원 모두 생존해 있길 바랄 뿐입니다. 우리는 그들을 구출해낼 것이며, 가능하다면 나중에 잠수함도 인양할 것입니다. 내일은 반가운 소식이 있기를 바랍니다…. 그래요, 내일은….."

피나쿡의 울맨은 새로운 사람들이 도착한 사실을 거의 모르고 있었다. 갑판장이라는 직함이 그의 선박 조종술을 증명하고는 있었지만, 스컬핀의 무거운 닻을 끌고 해저를 훑느라 가뜩이나 다루기 힘든 배를 조종하는 데 자신이 아는 모든 지식과 경험을 총동원해야만 했기 때문이었다. 체력이 좋은 편이긴 했지만 이미 네 시간 이상이나 쉬지 않고 키를 잡은 상태였다. 커피를 마실 때나 한 손을 키에서 뗄 뿐이었다. 주기적으로 그를 괴롭히는 심한 편두통으로 인해 미간에는 깊은 주름이 패여 있었다. 콜도 그가 너무 무리하는 게 아닌가 싶어 걱정스러웠다. 그러나 울맨 자신은 조금의 동요도 없이 수색에 열중했다. 그는 스쿼러스를 찾을 때까지 절대로 포기하지 않을 작정이었다.

그리고, 해군시간 1930시(저녁 7시 30분), 밀려오는 어둠 속에서 해저 깊숙이 피나쿡의 닻에 또다시 무언가가 걸렸다. 울맨이 투하했던 부표들 사이를 거의 직선으로 연결하는 선상이었다.

커다란 수색용 예비닻에 이번엔 뭔가 제대로 걸린 듯했다.

스쿼러스의 내부에서 가장 고통스러운 것은 습기와 살을 에이는 추위, 그리고 기다림이었다. 18명이 사령실에, 15명이 전방 어뢰실에 자리했다. 양쪽 모두 손전등만이 어둠 속에서 희미한 불빛을 밝히고 있었다.

수압 변동에 따라 밸브가 간헐적으로 "쉬-익" 소리를 내어 사령실에 있는 사람들의 신경을 건드리곤 했다. 저것들 중 한두 개가 갑자기 압력을 버티지 못하고 터져 버리는 것이 아닐까? 대원들은 맨바닥에 그대로, 또는 매트리스를 깔고 몇 명씩 무리지어 흠뻑 젖은 담요를 뒤집어쓰고 있었다. 벽에 등을 기대고 무릎에 턱을 고인 채 쭈그려 앉은 대원들도 있었다. 대부분이 처음 분출된 물에 젖은 상태 그대로였다. 이제는 아무도 말을 하지 않았다. 가능하면 움직이지도 않으려 했다. 간혹 기침 소리와 재채기 소리가 났다. 탁한 공기에 취해 반쯤 수면 상태에 들어간 대원이 의미없이 중얼거리는 소리도 들렸다. 그들 옆에는 비상 사태시 잠수함에서 긴급 탈출해야 하거나, 전방 배터리 실에서 염소가스가 새어나올 경우를 대비하여 '몸센 허파'가 놓여 있었다.

스컬핀의 워렌 윌킨과의 대화가 도중에 갑자기 끊긴 후에도 네이퀸은 계속 전화 옆에서 대기 중이었다. 연결이 끊긴 이유가 무엇이든, 곧 복구되리라는 희망에서였다. 케이블 자체가 끊어진다는 것은 상상조차 못하고 있었다.

오후 두 시경이 되자, 한기가 눈에 띄게 심해졌다. 그리고 더 이상 무시할 수 없는 또다른 문제가 떠올랐다. 대원들의 호흡으로 함내에 이산화탄소가 차기 시작했던 것이다. 네이퀸은 이산화탄소 흡수제 한 통을 개봉해 4분의 1만 바닥에 뿌리도록 했다. 스쿼러스에는 이산화탄소 흡수제 외에도 순수한 산소를 저장해둔 산소통이 있었지만 네이퀸은 가능하면 이것을 아껴두고 싶었다. 얼마나 더 이곳에 갇혀 있을지 알 수 없는 노릇이었고, 시간이 지날수록 수면 위의 침묵이 그를 점점 불안하게 만들었기 때문이다.

함내에는 이산화탄소 분석 장치도 있었지만, 분석 결과가 실제보다 과장되게 문제를 부각시킬 수도 있다는 판단 아래 사용하지 않기로 했다. 대신 대원들의 호흡 곤란이나 구역질 발생 정도로 공기의 상태를 판단하기로 했다. 그는 의도적으로 공기의 상태를 조금은 좋지 않게 내버려두었다. 그로써 대원들이 졸려서 덜 움직이도록 만들었으며, 시간이 더 빨리 흐르는 것처럼 느끼게 했다.

피나쿡이 도착했을 때, 위에서 들리는 스크루 소리는 스쿼러스 안에서도 선명하게 들렸다. 다른 배가 도착했다는 사실은 대원들의 사기를 크게 진작시켰다. 하지만 이 작은 예인선이 무슨 까닭인지 수면 위를 오가기만 하자, 대원들은 곧 수면 위와 스쿼러스의 직접적인 접속이 끊겼으며 피나쿡은 지금 자신들을 찾는 중임을 깨달았다.

"아무튼 우리가 이곳 어딘가에 침몰했다는 사실은 알고 있는 거잖아."

체념한 듯한 목소리로 주드 브랜드가 자신의 생명을 구해준 로이드 매니스에게 말했다.

곤경 속에서도 부하들이 보여준 이런 침착함은 네이퀸에게 큰 감명을 주었다. 단 한 번도 공포의 기색이나 추위에 대한 불평, 조바심 섞인 한탄 또는 절망의 기색을 드러내지 않았다. 그들은 비좁은 공간에서 함께 담요를 뒤집어쓰거나 서로의 팔을 껴안고 누워 체온을 유지하려 애썼다.

4시 30분, 네이퀸은 다시 전방 어뢰실 순찰에 나섰다. 전방 배터리실을 지나면서 그곳이 대원들이 머물고 있는 두 곳보다 더 따뜻함을 느꼈다. 그러나 미약하나마 염소가스의 냄새도 감지할 수 있었다.

전방 어뢰실에서 네이퀸은 니콜스 중위와 이야기를 나눴다. 네이퀸은, 디젤엔진에 공기를 공급하는 주공기흡입구가 모든 문제의 원인으로 추정된다는 사실을 표식부표 전화를 통해 알리라고 니콜스에게 지시한 바 있었다. 또한 다이버들을 내려보내 문제의 밸브를 닫고 호스를 부착해 침수 지역의 물을 배수시키자는 의견도 함께 전하라고 했다. 그렇지만 스컬핀과 음성 통신이 두절된 뒤의 혼란스런 상황에서 니콜스가 그 메시지들을 제대로 전달했는지는 확인하지 못했다.

이제서야 그 메시지들이 전달됐다는 사실을 안 네이퀸은 안도할 수 있었다. 오후 내내 심사숙고한 끝에 네이퀸은 그 같은 방법이 구조체임버에 의존하는 것보다 나을 것이라는 확신을 갖게 되었다.

스쿼러스가 침몰한 지 아홉 시간이 지나 이산화탄소 흡수제가 두 구역에 추가로 살포됐다. 그리고 처음으로 산소통에 저장된 산소를 함내에 공급해 공기 상태를 개선했다. 저녁으로는 통조림에 든 콩과 토마토, 과일이 배급됐다. 이번에도 가장 인기 있는 것은 파인애플이었다.

몇 분 후, 강력한 스크루의 박동소리가 새롭게 스쿼러스에 들려왔다. 프랭키 머피가 기록하는 상황 일지에 따르면, 정확히 1721시(저녁 5시 21분)에 새로 도착한 강렬한 진동음이 완댄크의 것임과 또한 그들이 신호음의 수신 확인을 요청하고 있음이 확인됐다.

회신을 보내기 위해 네이퀸은 무선병인 아트 부스 병장과 통신병인 워렌 스미스 상병을 사령탑(커닝 타워)으로 보내, 잠수함 동체의 강철이 드러나게끔 타워 안쪽에 댄 코르크를 벗겨냈다. 그런 다음 부스와 스미스는, 한 번 타격은 모르스 부호의 단신호, 두 번 연속 타격은 장신호로 정해 작은 해머로 선체를 두들겨서 '들린다'는 회신을 보냈다. 잠수함 안에서 들리는 해머 소리는 귀가 멀 정도였다. 하지만 위에서 그 신호를 이해할 수 있을까? 의문의 답은 곧 명백히 밝혀졌다. 이해하지 못하고 있었던 것이다.

함내의 너무나 팽팽한 침묵이 스쿼러스 전체로 퍼져나가는 것을 승조원들은 피부로 느낄 수 있을 정도였다. 5분이 지났다. 10분 경과. 20분이 경과된 후, 네이퀸이 명령을 내렸다. "크라벤스, 로케트를 발사하게."

그렇지만 아무 일도 일어나지 않았다. 갑자기 사령실의 정적이 깨졌다. 저녁식사 이후로 로브 워쉬본은 줄곧 추위와 싸우는 중이었다. 난생 처음 잠수함에 탄 젊은 수병은 아침부터 지독한 감기에 시달렸다. 거기다 후방 배터리실을 빠져나오는 동안 완전히 젖어 버린 것이다. 더 이상은 버틸 수가 없었다. 이빨은 제멋대로 따다닥 소리를 냈고 몸은 심하게 부들부들 떨렸다.

네이퀸은 즉시 워쉬본의 옆으로 가 악천후용 재킷을 벗어 그의 어깨 위에 둘러주었다. 의무담당 선임하사 레이 오하라가 네이퀸 바로 뒤에 있었다. 오하라는 자신의 담요를 벗어 워쉬본에게 걸쳐주고는 그를 껴안았다. 오하라가 해줄 수 있는 전부였다.

"조금만 참아. 괜찮아질 거야."

여섯 시가 조금 지나 완댄크의 수중 진동기가 다시 작동하기 시작했다. 메시지는 그다지 고무적인 내용이 아니었다.

"들리는가?"

사령실에서 스미스는 땅, 땅, 두드려 회신을 보냈다.

"들린다."

완댄크에게서 아무런 반응도 없이 실망스러운 15분이 지루하게 흘렀다. 자신의 스쿼러스 부상 계획에 대해 아무런 조치도 취해지지 않는 것이 걱정된 네이퀸은 메시지를 보내기로 했다. 스미스와 부스가 한 마디씩을 번갈아 가며 해머로 두들겼다.

"사령실 후방 구역에 인양용 공기를 공급할 수 있는가? 잠수함에 밸러스트 탱크용 공기는 있다."

그러나 완댄크의 다음 메시지는 네이퀸을 그 어느 때보다도 당혹스럽게 만들었다. 그의 요구 사항과는 전혀 관계없는 내용이었기 때문이다. 그가 추정할 수 있는 것은 스쿼러스가 동체를 해머로 두들겨 교신하기엔 너무 깊은 곳에 침몰했다는 사실뿐이었다. 완댄크가 알고 싶어하는 내용은 다음과 같았다.

"침수되지 않은 구역에는 몇 명의 장교와 사병이 있는가? 그 구역에 물은 새지 않는가?"

제대로 전달될 희망은 거의 없음을 알면서도 네이퀸은 간결하게 회신토록 지시했다.

"33명. 아님."

이 모든 상황을 더욱 참을 수 없게 만드는 것은 너무나도 명료하게 들리는 완댄크의 신호였다. 네이퀸은 마치 사람들이 북적대는 번화가에서 자신이 고래고래 소리를 지르고 있는데도, 아무도 개의치 않고 자기 옆을 지나쳐 버리는 악몽을 꾸는 듯했다.

해머의 금속성 소리가 거대한 대서양 바닷속으로 사라져 버린 후, 이윽고 희미하긴 했지만 쌍방향 교신이 가능하게 됐다.

"해머 신호음이 들린다."

완댄크가 신호를 보냈다.

"하지만 너무 약하다. 모든 단어를 세 번씩 반복해 보내라."

함내의 조용한 환호성은 완댄크가 계속 메시지를 보내오자 곧 진정됐다.

"얼마나 기울어진 상태인가?"

다시 부스와 스미스는 작업을 개시했다. 형벌이라도 이토록 심하지는 않으리라 생각될 정도로 가혹한 일이었다. 사령탑의 추위는 사령실보다도 훨씬 심했고 공기 상태도 나빴다. 숨을 헐떡거리고, 올라오는 구역질을 억누르면서도 그들은 해머를 두들겨 길고 짧은 타격 신호를 쉬지 않고 보냈다. 노력에 대한 성과가 명백히 나타나자, 그들은 새로운 힘을 얻어 더욱 열심히 두들겼다.

네이퀸은 가능하면 간결하게 회신하라고 지시했다.

"기울지 않음. 함수 11도 위로 향함."

간결하다고 하지만 스미스와 부스가 이 메시지를 완료하는 데는 30분이 들었다. 마지막 단어를 세 번째 끝냈을 때, 스미스는 얼어붙을 정도의 추위에서도 온 몸이 땀에 흠뻑 젖어 있음을 깨달았다. 그리곤 구토를 시작했다.

네이퀸은 그들을 사령실로 불러들이고 대신 잠수 개시 메시지를 보냈던 무선병 찰리 파월과 통신병 테드 제이콥에게 교대를 지시했다. 둘 다 전방 어뢰실에 있었다. 스미스와 부스가 비틀거리며 사령탑에서 내려오자, 네이퀸은 녹초가 된 두 수병 근처에 있는 대원들에게 함께 담요를 쓰라고 지시하려 했으나, 그럴 필요가 없었다. 이미 그렇게 하고 있었기 때문이다.

7시 30분, 시계를 쳐다보던 네이퀸은 상황 변화가 생겼음을 어렴풋이 감지했다. 실체를 깨닫는 데는 그리 오래 걸리지 않았다. 피나쿡의 스크루 소리가 갑자기 멈춘 것이다. 기상 문제일 거라는 생각은 배제했다. 분명 날씨 때문이라면 완댄크가 언급했을 것이다. 일시적으로라도 수색을 단념했으리라곤 상상할 수 없었다. 그가 생각할 수 있는 유일한 다른 가능성은 예인선이 스쿼러스를 찾아낸 것뿐이었다. 아니면 예인선 승무원이 발견했다고 판단한 것이든지.

네이퀸은 초조하게 이에 대한 사실 확인을 기다렸다. 그런데 여덟 시가 다 되도록 아무런 기별이 없자, 파월과 제이콥에게 해머로 신호를 보내도록 했다.

"우리 위치를 찾았는가?"

그렇지만 되돌아 온 건 여전히 함내의 현재 상태를 알려달라는 요청 사항뿐이었다. 네이퀸의 회신은 단지 네 단어였다. 위에다 대고 한 말이기도 했지만, 그의 부하들에게 하는 말이기도 했다.

"상태 양호, 하지만 춥다."

어떤 이유에선지 —아마도 온도가 서로 다른 바닷물 층이 음파의 굴절 방향에 영향을 미쳤으리라 추정되지만— 스쿼러스의 이 메시지는 완벽하고 명확하게 수신됐다. 잠시 후 이 소식은 지금까지 승조원이 생존해 있다는 보도가 없던 탓에 이들이 모두 죽었을 것으로 오인했던 수백만 조간신문 독자와 라디오 청취자를 감동시켰다.

그리고 얼마 후, 피나쿡이 움직임을 멈춘 이후로 네이퀸이 그토록 고대하던 소식을 완댄크의 수중진동기가 전해왔다.

"탐사용 닻에 잠수함이 걸린 것으로 판단된다."

네이퀸은 그것이 사실이기를 간절히 바랐다. 그렇지만 무시해 버리기엔 개운치 않은 점이 있었다. 분명, 스쿼러스의 내부에서는 동체에 닻이 걸리는 어떤 소리나 느낌도 받지 못했던 것이다.

10

워싱턴 아나스코어 해군항공기지를 이륙하는 쌍발 수륙양용기에 탑승한 스웨이드 몸센은 스쿼러스 수색 작업이 난항을 겪고 있다거나 침몰한 잠수함과의 교신이 단절됐다는 등의 사실을 모르고 있었다.

이 긴급 항공편에 탈 수 있는 사람이 자기 외에 세 명으로 제한 됐을 때, 몸센은 주저 없이 자신의 다이빙부대에 소속된 해군 군의관 알 벤키와 피터 야브로 대위를 우선 선정했다. 만약 스쿼러스의 승조 원들이 몸센 허파를 가지고 74미터나 되는 혹한의 북대서양 바다를 뚫고 탈출해야 할 상황이 된다면 이들이 결정적인 역할을 하게 될 터 였다.

예상치 못한 상황의 발생에 대비해, 세 번째로는 마스터 다이버 인 기관담당 짐 맥도널드 주임상사를 선택했다. 그는 몸센이 새로 고 안한 헬륨과 산소 혼합기체를 시험하는 과정 중 실시했던 압력 탱크 시뮬레이션 다이빙에서 150미터까지 잠수해 공동 최고 기록을 보유 한 사람이었다.

몸센은 상황의 아이러니를 느꼈다. 그는 이런 날을 두려워하면서도 몇 년 동안 이 날에 대해 끊임없이 대비해 왔다. 그리고 마침내 때가 온 것이다. 몸센은 자신이 무엇과 맞닥뜨리게 될지 짐작조차 할 수 없었다. 자리에 앉아 안전벨트를 채우며 그가 할 수 있는 일이라고는 뭔가 빠뜨린 건 없는지, 바다가 숨겨놓고 아직 드러내지 않은 어떤 함정이 없는지 걱정하는 것뿐이었다. 나중에 아내에게 보낸 편지에서 몸센은 당시 비행에 대해 이렇게 썼다.

"내 자신이 한없이 초라하게 느껴졌어. 모든 신들이 나를 지목하고 있는 것 같았지."

몸센에게는 그렇게 생각할 수밖에 없는 이유가 있었다. 그가 처음 다이빙벨에 대한 계획안을 제출했을 때, 잠수함 승조원을 구출하기 위해 거론되던 다른 제안들은 믿기 어려울 정도로 원시적이었다. 당시 유행한 이론 중 하나는 공기방울 속에 머리를 집어넣고 수면으로 부상하는 것이었다. 호기심에서 스스로 그 이론을 시험해 본 결과, 놀랍게도 그 이론에 중대한 결함이 있음을 발견했다. 공기방울이 상승하는 도중에 터져 버리고 마는 것이었다.

S-4에 탑승한 전체 승조원들이 목숨을 잃은 비극이 일어나기 직전, 다이빙벨에 대한 제안이 기각되자 정나미가 떨어진 몸센은 해군을 그만두려고까지 했다. 그러나 수면 위에서 구출하는 것이 아니라 해저에서 탈출한다는 대담무쌍한 새로운 아이니어가 그의 쉼 없는 상상력을 사로잡았다.

이 구상의 핵심은, 사람이 턱까지 찬 물 속에서 호흡할 수 있는 신체적인 능력을 가졌다면 폐의 위치와 똑같이 가슴 높이에 매단 주머니를 통해서 호흡하는 것도 가능하리라는 전제였다. 몸센은 자문해 보았다. 만약 공급된 공기를 재생할 수만 있다면, 설령 물 속에 있다

하더라도 주머니 속에서 숨을 들이마시거나 내뱉는 일이 어찌 불가능하겠는가? 이 생각은 이전에 아무도 그런 생각을 해보지 않았다는 점만 제외하면 충분히 논리적이었다. 그리고 이것이 제대로 작동할 것인가 아닌가는 또 별개의 문제였다. 이 이론을 시험하기 위해서 한 가지만은 확실히 해두어야 했다. 이번에는 절대 공식적인 채널을 통해서는 안 된다는 점이었다. 다이빙벨 건으로 쓰라린 경험을 한 그에게 다른 선택의 여지는 없었다. 자신이 필요로 하는 기술적인 자문을 위해, 몸센은 함정수리조선국에서 근무하는 개방적인 사고의 젊은 엔지니어 프랭크 홉슨에게 접근했다. 홉슨은 연구개발업무를 담당하는 데다가, 더욱 안성맞춤인 것은, 민간인 신분이었기 때문에 해군의 경직된 처리 방식을 어느 정도 무시할 수 있는 입장이었다.

홉슨은 그 아이디어에 즉시 관심을 보였고, 파일을 뒤져 잠수함 탈출과 관련된 자료가 있는지 찾아보기로 동의했다. 마침내 여러 가지 고안에 대한 보고서를 찾아낼 수 있었으나 어느 것도 실제로 성공한 것은 없었다. 한두 번은 요란한 팡파르와 함께 소개되기도 했지만 지금까지의 모든 장치들은 턱없이 크거나 제대로 작동되지 않았다. 또한 어디에서도 그 장치들의 사용법을 잠수함 승조원에게 진지하게 훈련시킨 적이 없었다.

몸센은 백지 상태에서 시작하는 수밖에 없었다. 이전에 어느 누구도 가지 않았던 미지의 세계를 자금도 없이 거의 혼자만의 힘으로 탐사해 보겠다고 나선 것은 참으로 대담한 시도였다. 그를 지탱하고 있는 것은 자기 자신에 대한 확신과 이번에는 그 누구의 방해도 용납하지 않겠다는 결심뿐이었다.

그의 첫 번째 문제, 즉 주머니 속의 공기를 재생하는 일은 지극히 간단한 것으로 판명되었다. 소다석회가 숨쉰 공기 내에 들어 있는 유독성 물질인 이산화탄소를 효과적으로 흡수한다는 사실은 이미 알려진 바였다. 그렇지만 대원들이 수면에 도달할 동안 소비하게 될 산소를 보충할 수단이 마련되어야 했다. 하루 종일 의학도서관에 틀어박혀 연구한 끝에 몸센은 순수한 산소의 공급이 필요함을 확신하게 되었다. 산소로 주머니를 부풀려 놓고, 탈출자는 출발 전에 자신의 폐 가득 공기를 들이마신 다음 탈출에 나서야 한다. 이어 탈출자가 물 위를 향해 부상을 시작하면 그에 따라 압력이 낮아지게 되고, 주머니 안에 든 산소는 탈출자의 폐 속 공기에 섞여 공급된다. 탈출자는 호흡에 필요한 양의 산소만을 소비하게 되므로, 탈출 시간 동안만 버틸 수 있는 산소를 제공받는 것으로 충분하다. 그날 밤 잠자리에 들면서 몸센은 모든 문제가 해결됐다고 생각했다.

그런데 아침이 되자, 의심이 생기기 시작했다. 만약 필요한 산소량 때문에 주머니의 크기가 너무 커진다면 어찌할 것인가? 큰 산소 주머니로 인해 생긴 부력이 재수 없는 사용자를 수면으로 급격히 밀어올리고, 그로 인해 그의 신체가 급속한 압력 강하를 견디지 못하는 경우가 발생하지 않을까? 주머니의 크기가 결정적인 문제로 대두되었다. 기본적으로 인간의 폐가 쉽게 처리할 수 있는 크기여야만 했다. 또한 수면에 안전하게 도착할 때까지 충분한 산소를 공급할 수 있을 정도의 크기여야 한다. 마지막으로, 수면 위로 부상할 때 방해가 되지 않을 정도로 작아야 했다.

정규 교육을 통해 미 해군의 일선 지휘관이 되어가는 사람도 있었지만, 몸센의 경우에는 교육이 그를 더 깊은 바닷속으로 끌고 들어갔다. 당시에는 인간이 심해에서 직면하게 되는 환경이나 신체가 나타내는 불가사의한 변화에 대해 실질적으로 알려진 바가 전혀 없었다. 그럼에도 불구하고 몸센은 가슴부위에 위치한 주머니가 인간의 허파처럼 기능하리라고 본능적으로 믿고 있었다. 잘 될 것만 같은 예감이 들었다.

그의 직감은 맞았다. 액체 측정 단위로 환산한 폐의 평균 용량은 대략 4리터를 조금 넘는 정도인 것으로 확인됐다. 그 정도 크기라면 호흡을 하는 데 아무 지장이 없을 터였다. 몸센은 잠수함의 잠항 심도가 점점 깊어지는 추세를 고려하여 심도 91미터에서 부상하는 경우에도 충분히 이용될 수 있을 만한 크기의 주머니를 고안했다. 또 그 주머니의 용량을 실제 허파의 용량과 비슷하게 함으로써 급부상에 따른 위험성까지 해결할 수 있었다. 그만한 크기에서 생기는 부력은 3.6킬로그램 정도에 지나지 않았다.

이전에 고안됐던 탈출 장치를 조사하면서 몸센은 지극히 중요한 사실 하나를 깨달았다. 장치들이 너무나 복잡하다는 점이었다. 그래서 홉슨의 기술적 노하우를 바탕으로 실행 가능해 보이는 디자인을 하나 완성시켰다.

고무 주머니 모양의 이 장치는 목에 건 다음 허리에 묶을 수 있는 띠가 있었고, 안에 든 소다석회 통이 이산화탄소를 걸러내도록 되어 있었다. 두 개의 튜브는 마우스피스와 연결되는데, 하나는 산소를 들이마시는 데 쓰이고 나머지 하나는 내쉬는 데 사용하는 것이었다. 아래쪽의 밸브는 부상하는 동안 압력이 낮아지면 자동적으로 남아도는 산소를 빼내는 역할을 맡았다. 마우스피스와 튜브 사이에는 또 하나의 밸브가 있었는데, 수면에 도달한 뒤에도 주머니 속의 산소를 유지해 임시 구명대로 사용하기 위해서였다. 그 외에 특징적인 장치라면 '집게형 코마개' 정도였다.

실용 모델을 만드는 일은 또다른 문제였다. 이 문제를 해결하려고 몸센은 워싱턴 해군조선소의 잠수학교를 이끄는 클라렌스 티발즈 상사를 끌어들였다. 해군에서 잔뼈가 굵은 티발즈는 S-4 승조원 구조 작업 때 세운 공으로 해군십자훈장을 받기도 했다. 개발 용도로 그의 작업장을 빌리는 일은 별 어려움이 없었다. 그러나 적절한 재료를 찾아내기 위해 또 머리를 쥐어짜지 않으면 안 되었다. 예를 들어, 모든 고무부품은 궁리 끝에 낡은 타이어 튜브를 이용했다. 이런 연유로 몸센이 처음 만든 인공허파는 커다란 붉은 고무조각이 더덕더덕 붙은 모습이었다.

몸센이 인공허파의 개발에 착수한 지 한 달이 조금 지난 1928년 2월 25일, 조선소의 모형 수조에서 인공허파를 시험할 준비가 완료됐다. 일과 후에는 '수영 절대 금지'라는 팻말을 무시해도 좋다고, 수조 담당 장교가 몸센에게 허락하면서 빈정거리듯 말했다.

"스웨이드, 자네가 물고기하고 한판 붙겠다는데 내가 어떻게 방해를 하겠나? 하지만 제발 빠져 죽지만은 말게. 내 경력에 오점을 남기고 싶진 않으니까 말야."

실험용 모직 잠수복 차림에 붉은 조각이 덕지덕지 붙은 고무 주머니를 목 주위에 걸고, 빨래십게로 코마개를 흰 몸센의 모습은 그야말로 가관이었다. 그는 수조의 얕은 쪽에서부터 경사진 바닥을 걸어 물이 눈 바로 아래에 닿을 때까지 천천히 내려갔다. 몸센은 그곳에 서서 30초 가량 주머니를 통해 숨쉬어 보았다. 그리고 홉슨과 티발즈에게 엄숙하게 경례를 한 다음 물이 머리 위까지 차는 곳으로 마지막 한 걸음을 더 내딛었다. 이 첫 번째 시도는 채 3분도 지속되지 않았지만,

세상 모든 잠수함 승조원들에게는 새로운 시대의 개막이었다.

밤마다 몸센은 실험 수조로 돌아가 쉽게 가라앉을 수 있도록 몸에 쇳조각을 달고 3미터 깊이의 수조 바닥을 이리저리 돌아다니며 실험을 계속했다. 몸은 수조에 있었지만 마음은 해저에 무기력하게 가라앉아 꼼짝도 못하는 잠수함 속을 헤집고 있었다.

3주 후, 몸센은 실험 장소를 압력 탱크로 옮겼다. 압력 탱크는 티발즈와 그의 다이버들이 해저와 동일한 조건으로 훈련할 수 있도록 바닷속 조건을 재현해 놓은 탱크였다. 탱크에 물을 부분적으로 채운 다음, 압축공기를 불어넣어 압력을 높여주면 수심 15미터 이상, 원하는 수심의 해저 조건을 재현할 수 있었다. 몸센은 친구에게 쓴 편지에 자신이 탱크에서 처음 경험한 상황을 이렇게 적었다.

쉬−이 하는 공기 불어넣는 소리가 들리고 압력이 높아지면서 후끈한 열기가 느껴졌어. 그러다가 돌연 귀에 참기 어려울 정도의 압력이 느껴지더군. 나는 코를 막고 할 수 있는 한 최대로 숨을 내쉬었지. 15미터 조건에 이르렀을 때, 주머니에 산소를 채우고는 닻에 연결된 줄을 잡고 물 속으로 들어갔네. 티발즈는 탱크 밖에 있는 컨트롤 스테이션의 감시창을 통해서 내 움직임을 하나하나 주시하고 있었지. 내가 손을 흔들자, 그는 배기 밸브를 돌려 마치 해저에서 수면으로 부상할 때의 압력 변화와 비슷한 속도로 탱크 내 압력이 떨어지게 만들었어. 비록 움직이고 있지는 않았지만 부상한다는 느낌이 들었네. 압력이 떨어지자 주머니가 부풀어올라 내가 예상했던 대로 잉여 산소가 아래 쪽 밸브를 통해 배출되더군.

몸센은 압력 탱크 안에서 15미터를 시작으로 모의 실험을 계속해, 31미터, 46미터, 61미터, 76미터, 그리고 마침내 91미터까지 도달했다. 이 단계에 이르러 티발즈의 부하 다이버 중 몇 명이 실험에 동참했지만, 새로운 실험을 할 때마다 항상 몸센 자신이 첫 대상이 되었다. 미지의 세계로 더욱 깊숙이 발을 들여놓음에 따라 언제 어떻게 발생할지 모르는 문제에 대한 모든 책임도 자신이 짊어져야만 한다고 몸센은 생각하고 있었다. 지금까지는 전체적으로 순조롭게 진행되어 왔지만 어디에 문제가 도사리고 있을지 모르는 일이었다.

압력 탱크에서의 실험이 끝나자, 몸센은 색다른 모순에 봉착했다. 실제 상황에서 부상 실험을 하기 위해서는 우선 부상을 시작할 깊이까지 내려갈 수단이 있어야만 했다. 티발즈가 이 문제의 해결책을 제시했다. 그는 전에 몸센이 말했던 다이빙벨에 대한 계획을 떠올리고서 그 아이디어의 일부를 응용하기로 했다. 이번 경우, '종(bell)' 은 사병식당에서 징발해 온 피클 저장통을 위아래로 잘라 만들었다. 반쪽짜리 통의 터진 쪽에 두 개의 판자를 수직으로 길게 달고 그 판자 사이를 가로대로 연결했다. 여기에 추를 달아 물 속에 쉽게 가라앉도록 함으로써 장치가 완성되었다.

순서는 이러했다. 몸센이 가로대 위에 서면 머리와 어깨가 통 안으로 들어가게 되는데, 그런 상내로 통과 힘께 물 속으로 들어간다. 호흡은 통 안쪽에 갇힌 공기로 하게 되는데, 물 밖에서 호스를 통해 새로운 공기를 계속 불어 넣어주고 통의 움직임은 마닐라 로프로 조정한다. 통이 미리 정해진 깊이에 도달하면 몸센은 통 밖으로 빠져나와 다시 위로 올라오면 되는 것이다.

우선 몸센은 기뢰 시험에 쓰이는 18미터 탱크에서 이 피클 저장통을 시험해 보기로 했다. 압력 탱크와 달리 기뢰 시험 탱크는 압력을 조절할 장치가 없기 때문에, 목표 깊이까지 가라앉을 수 있도록 새로운 아이디어가 보태졌다. 수면에 떠 있는 목재 부표에 부상 유도 로프를 연결하는 것이었다. 로프 군데군데에 코르크로 된 '정지' 표시를 매달아서 각 표시가 달린 곳에서 일단 부상을 중지하고 정해진 수만큼의 호흡을 하도록 하였다. 이렇게 함으로써 부상시에 줄어드는 압력에 안전하게 적응할 수 있었다. 피클 저장통에서의 첫 부상은 신중을 기해 수심 18미터부터 시작되었다. 그러나 여름이 될 즈음에는 18미터 탱크 바닥에서 부상하는 일은 이미 다반사가 되었고, 부상할 때마다 온 몸을 관통하는 짜릿한 쾌감이 느껴졌다. 그는 이제 해저에 침몰한 잠수함 안에 있다 해도 밖으로 나갈 방법만 있다면 안전하게 수면으로 탈출할 수 있을 듯했다.

몸센이 어떤 탈출 장치를 만들려 한다는 소문이 돌았지만, 어느 누구도 진지하게 받아들이지 않았다. S-4의 비극적인 사건이 있은 후, 전국에서 내로라하는 기술자들이 초빙됐으나 성과는 전무했다. 몸센은 지금이야말로 인공허파가 무엇을 할 수 있는지 극적으로 보여줄 수 있는 때라 생각하고, 공개 실험 장소를 찾아 포토맥 강의 해도를 샅샅이 뒤졌다. 그리고 결국 메릴랜드 모건타운 연안에서 수심이 34미터나 되는 적합한 장소를 발견했다.

피클 저장통으로는 포토맥 하류의 조류 흐름을 견딜 수 없었기 때문에 철판으로 비슷한 모양의 장치를 만들어 조그만 다이빙 보트 크릴리에 싣고 모건타운 해역으로 향했다. 하지만 그들이 도착했을 때는 물살 빠지는 속도가 너무 빠른 때여서 몸센은 별 수 없이 물살이 느려질 때까지 기다려야만 했다. 덕분에 시행 착오를 범할 여지는 꽤 줄어들었다. 흐름이 느려지자마자 새롭게 제작된 장치가 포토맥 강 아래로 내려졌다. 겉보기에는 그저 가로 0.9미터, 세로 1.2미터에 높이 76센티미터의 철제 상자에 지나지 않았다. 피클 저장통으로 허술하게 만들었던 이전 것과 마찬가지로 터진 아래쪽에는 발판이 마련되어 있었다.

잠수를 시작했을 때, 해는 중천인데도 흙탕물인 포토맥 강은 6미터도 채 내려가지 않았는데 벌써 한 치 앞을 분간할 수 없을 정도로 어두웠다. 하강을 계속함에 따라 몸센은 수면에서보다 거의 네 배 이상 증가한 압력 때문에 귓속에 극심한 통증을 느꼈다. 하강이 언제쯤 끝나려나 하고 생각하는 순간, 발판이 약한 충격과 함께 바닥에 닿았다. 그리고는 갑자기 강바닥의 질척질척한 진흙 속에 빠지기 시작했다. 순간, 당황한 나머지 이대로 진흙 속에 묻혀 버리는 게 아닌가 하는 생각마저 들었다. 다행히 개펄의 진흙은 무릎 바로 아래에서 멈췄다. 그런데 더 역겨운 것은 그 냄새였다. 몸센은 인공허파가 산소통의 압축산소에 의해 부풀어오를 때까지 기다리지 못하고 코마개를 하였다.

수면으로 상승용 로프를 끌고 올라가게 될 부표를 풀어놓은 뒤, 몸센은 인공허파를 시험해 보았다. 보통은 희미하게 들리던 밸브 돌아가는 소리가 철제 상자의 정적 속에서 섬뜩하리 만큼 크게 들렸다. 호흡이 정상적으로 이루어짐을 확인하고는 진흙 속에서 몸을 구부려 부상을 시작하려는데 그의 손가락을 스치는 돌멩이가 느껴졌다. 몸센은 충동적으로 그것을 집어 잠수복 상의에 쑤셔 넣었다. 어렸을 적, 수영을 하면서 바닥까지 잠수했다는 걸 증명하려고 자갈을 한 주먹 쥐어 올라오곤 했는데, 똑같은 묘기를 부려 보고 싶다는 유혹을 뿌리칠 수 없었던 것이다.

몸센은 양손과 양발을 모두 상승용 로프 위에 얹어 부상 속도를 조절했다. 기뢰 시험 탱크의 맑은 물 속에서 하는 것과는 엄청나게 달랐다. 몸센은 빨리 올라가 버리고 싶다는 욕망과 싸워야만 했다. 마침내 물 색깔이 진한 갈색으로 바뀌더니 점차 맑아지기 시작했다. 그리고 문득, 몸센은 자신이 10분 전쯤에 떠나온 눈부신 푸른 하늘을 다시 바라보고 있다는 사실을 깨달았다. 그는 돌멩이를 높이 쳐들어 모두가 잘 볼 수 있도록 한참 동안 들고 있다가 별거 아니라는 듯 머리 위로 휙 집어던져 포토맥 강으로 빠뜨렸다. 그곳에 있던 사람들 모두가 평생 잊지 못하게 될 광경이었다. 스웨이드 몸센이 부상에 성공한 수심은 S-4가 침몰할 당시와 똑같은 34미터였다.

모든 것이 순조롭게 진행되어 그와 함께 실험에 참가한 세 명의 다이버들까지 조류가 다시 밀물로 바뀌기 전에 부상하는 데 성공했다. 승리의 꽃다발이 크릴리의 마스트에 걸리자, 몸센은 만면에 웃음을 지었다. 말 그대로 완벽한 성공이었다.

모건타운 연안에서 무슨 일이 일어났는지, 해군 또한 일반인들과 마찬가지로 신문을 통해 알게 되었다. 실험이 한창 진행 중일 때, 강둑에서 마치 고등학생처럼 보이는 어떤 남자가 손을 흔들며 끈질기게 무어라 외쳐대자, 몸센은 작은 배를 보내 그를 데려왔다. 그는 A. W. 질리엄이라는, 워싱턴 스타 지의 햇병아리 기자였다. 6미터 깊이에서 부상하는 짜릿한 경험을 한 질리엄은 일생일대의 특종을 가지고 부랴부랴 사무실로 돌아왔다. 다음 날 크릴리가 워싱턴으로 돌아왔을 때, 일단의 해군 고관들이 그들을 맞아 나와 있었다. 그중 몇 사람은 벌겋게 상기된 표정이었다. 해군 작전사령관 찰스 휴스 제독이 대표로 몸센을 불러 말했다.

"대체 자네가 지금 무슨 일을 해냈는지 알고 있나?"

이 뉴스는 모든 신문의 헤드라인을 장식했고, 당연한 얘기지만 해군은 즉시 추가 실험을 승인했다. 몸센은 수심이 47미터에 이르는 체사피크 만을 추가 실험 장소로 선택했다. 이곳은 S-51이 침몰하던 날 아침, 몸센이 S-51에서 흘러나오는 기름띠를 발견한 장소보다 7미터 이상 깊은 곳이었다. 기상의 영향을 받기 쉬운 곳이었으므로 실험 기지로 사용하기 위해서는 좀더 큰 배가 필요했다. 그래서 뉴런던에서 팔콘이 파견됐다. 지금 스쿼러스를 구하기 위해 숨을 헐떡거리며 오고 있는 바로 그 배였다. 이는 아주 적절한 선택이었다. 결과적으로 아무 성과 없이 끝나긴 했지만, 팔콘은 S-51뿐만 아니라 S-4의 구출작전에 참여한 경력을 갖고 있었다. 팔콘에는 두 비극적인 사건을 경험한 베테랑 근무자들이 남아 있었던 것이다. 체사피크에서 첫번째 실험을 실시하기 전날 밤, 팔콘의 승무원들이 몸센에게 와서 말했다.

"대위님과 함께 일하게 되어 영광입니다."

이 말에 몸센은 깊은 감명을 받았다.

수심을 고려한 대비책의 하나로, 몸센은 허리에 수면과 연결된 안전로프를 감기로 했다. 만약의 사태가 발생했을 때 의지힐 최후의 수단으로 생각해낸 것인데, 오히려 이것 때문에 몸센은 하마터면 목숨을 잃을 뻔하게 된다.

약간의 기술적인 문제가 생겨 오후 늦게 해저로 내려간 몸센은 인공허파를 조정한 다음 부상할 채비를 했다. 주위는 포토맥 강 때와 마찬가지로 온통 감감했다. 대략 15미터쯤 올라갔을 때, 뭔가가 낚아

채듯 그를 아래로 잡아당겼다. 이어 무슨 일이 발생했는지 깨닫게 되었다. 무슨 이유에서인지 안전로프가 팽팽해져 있었고, 게다가 뭔가가 로프를 아래로 당기고 있었다.

몇 번 시험삼아 줄을 당겨 본 몸센은 로프가 다이빙 장비에 얽혔다는 결론에 도달했다. 그는 먼저 한 손으로 상승용 로프를 잡고, 다른 손으로는 안전로프에서 빠져나올 수 있는지 확인해 보았다. 뜻대로 되지 않자, 이번에는 안전로프를 힘껏 잡아당겨볼까 하고 생각했다. 그러나 그렇게 했다가는 위에서 로프를 지키고 있는 대원이 잡아당기라는 신호로 착각할 수도 있었다. 만약 위에서 로프를 잡아당기게 되면 몸센은 다시 바닥으로 끌려 내려가게 될 것이고, 게다가 로프가 더욱 엉키기라도 하면 방금 떠나온 철제 상자에 붙어 옴짝달싹 못하는 신세가 될 수도 있었다.

방법은 하나뿐인 듯했다. 상승용 로프를 잡고 다시 내려가 엉킨 곳을 찾아내는 것. 하지만 그것은 엄청난 위험을 수반하는 모험이었다. 시간이 점점 흘러가고 있어서 그는 이미 소중한 산소의 일부를 써버린 상태였다. 아래로 다시 내려가면 수압이 증가함에 따라 인공허파에서 더 많은 산소가 빠져나갈 것이고, 부상하는 데 필요한 만큼의 산소조차 남지 않을 가능성이 높았다.

그렇지만 선택의 여지가 없었다. 자신을 둘러싼 캄캄한 어둠 속에서 더듬더듬 로프를 따라 밑으로 내려갔다. 결과적으로 올바른 선택이었다. 바닥에 도달해 로프를 조사해 보니, 그가 하강하는 동안 딛고 서 있던 발판의 한쪽에 로프가 걸려 있었다. 로프를 흔들어 걸린 곳을 푼 다음 다시 부상하기 시작했다. 수면으로 올라오자마자 팔콘으로 서둘러 돌아와 인공허파를 검사해 보았다. 거기에는 겨우 2

분 정도, 그러니까 대략 30번 숨을 쉴 정도의 산소밖에는 남아 있지 않았다.

어쨌거나 이 문제는 인공허파 자체에서 비롯된 것은 아니었다. 이후 체사피크에서의 실험은 일사천리로 진행됐다. 그 실험이 끝나자, 몸센은 지금까지 수행한 어떤 실험보다도 위험성이 높은 실험을 준비했다. 아직까지 인공허파를 시험해 보지 않은 곳, 바로 잠수함이었다.

40명 승조원들의 관으로 변해 버린 지 3개월 만에 인양된 S-4는 찰스타운 해군조선소의 한 구석에서 녹슬어 가고 있었다. 처음에는 다시 취역시킨다는 막연한 계획이 있었지만, 그 이상 아무 진척도 이루어지지 않았다. 이후, S-4를 고철로 처분할 것이란 얘기가 들리자 몸센은 그의 상관에게 S-4를 잠수함 안전 실험용으로 허락해달라고 간청했다. 그의 계획은 의도적으로 침몰한 잠수함에 갇히는 것이었다. 단순한 허세가 아니었다. 몸센은 말했다.

"실제로 잠수함에서 탈출해 보이지 못한다면, 단순히 30미터의 해저에서 수면으로 올라올 수 있다는 사실은 가엾은 잠수함 승조원들에게 아무 의미도 없다."

몸센은 직접 나서서 잠수함을 개조했다. S-4급 잠수함이 보유한 5개 구역 중에서 사령실과 배터리실은 실험요원이 머무를 수 있도록 수리했다. 다른 세 구역 -어뢰실, 기관실, 전동기실- 은 침수시켜 탈출 실험을 할 장소로 남겨두었다.

탈출 수단이 치밀하게 강구됐다. 몸센은 전동기실의 해치 안쪽에, 전동기실 바닥을 향해 1.2미터 정도까지 내려오도록 빙 둘러 철제 '스커트(skirt)'를 설치했다. 침몰한 잠수함으로부터 승조원들을 빠져나오게 할 아이디어는 이랬다. 우선 해치 커버의 잠금장치를 풀고 해수유입 밸브를 열어 그 구역 안으로 해수를 유입시킨다. 해수가 유입되면서 그 구역 안에 있던 공기는 압축될 것이고, 마침내 공기압이 잠수함에 가해지는 수압보다 커져 해치가 저절로 열리게 될 것이다. 해수의 수위는 철제 스커트의 끝자락을 넘어 차오르다가 수압과 내부 공기압이 평형을 이루게 되면 해수는 더 이상 유입되지 않고, 천장 부분엔 에어포켓(air pocket)이 생기게 될 터이다. 대원들은 그 자리에서 인공허파를 착용하고 열린 해치를 통해 탈출하면 된다.

그러나 이 방법은 많은 문제점을 갖고 있었다. 해수가 유입된 후, 대원들의 생명을 지탱할 만큼 충분한 공기가 구역 안에 남아 있게 될지 누구도 확신하지 못했다. 실제로 확인하는 것 외에 대안이 없었다.

1929년 2월 6일, 부활한 S-4의 선체는 또다시 플로리다의 키웨스트 앞 바다 밑에 가라앉았다. 해상에 지원함들이 작은 선단을 형성해 있는 가운데 몸센과 에드 칼리노스키는 실험을 도와줄 대원들과 함께 S-4의 사령실에 올랐다. 저지시티 출신에 강마른 체격의 어뢰 담당 하사관 칼리노스키는 포토맥 강에서 처음 부상할 때부터 실험에 참여 중이었다. 잠수함이 12미터 해저에 다다르자 두 사람은 전동기실로 들어가 스스로 문을 잠갔다. 칼리노스키가 머리 위에 있는 해치의 잠금장치를 풀자, 몸센이 해수유입 밸브를 열었다. 어느새 물은 갑판으로 흘러들어오고 있었다. 잠시 후, 물은 그들의 무릎을 지나 허리 부근까지 차올랐다.

"몸센 대위님, 대위님이 무슨 일을 하는지 하느님께서 알고 계시길 바랄 뿐입니다."

칼리노스키가 말했다.

실제 상황은 아니었지만, 이보다 더 재난 상황에 가깝게 재현하기란 거의 불가능할 것이다. 전동기실의 압력이 점차 높아졌다. 갑자기 굉음과 함께 해치가 열리고 바닷물이 쏟아져 들어오기 시작했다. 한동안 안으로 밀려들어오는 바닷물과 밖으로 빠져나가려는 공기가 뒤섞이며 난장판을 이뤘다. 수위가 그들의 턱 바로 아래 높이의 철제 스커트 하단부를 지날 때까지는 엄청난 속도로 올라왔지만 그곳을 지나자 더 이상의 공기도 빠져나가지 않고 더 이상의 해수도 유입되지 않았다. 정적이 찾아왔다. 잠시 전까지 미친 듯이 차오르던 바닷물도 이제는 평화스럽게 잠수함 벽에서 찰랑거리고 있을 뿐이다. 모든 것이 몸센이 예상한 그대로였다.

칼리노스키가 부상용 로프의 한 쪽 끝을 철제 스커트의 밧줄 걸이에 걸고 다른 쪽 끝을 나무 부표에 묶어 수면으로 띄워보냈다. 그들은 곧이어 인공허파를 부풀렸다. 몸센이 먼저 물 속으로 잠수하여 스커트를 넘어 해치를 통해 잠수함에서 빠져나가 칼리노스키를 기다렸다. 포토맥이나 체사피크에 비해 이곳의 물은 훨씬 깨끗하고 따뜻해 부상하기가 한결 수월했다. 하지만 엄청난 차이가 존재했다. 겨우 4개월 전, 방금 그들이 별다른 어려움 없이 빠져나온 전동기실에서, 여덟 명의 생명이 살아날 기회마서 갖지 못한 채 소멸해 버린 것이다.

상부에서 S-4를 이용해 수행하도록 지시한, 최고 수심 30미터 탈출 시험에도 곧이어 성공했다. 그럼에도 불구하고 몸센은 S-4급의 최대 잠항 수심이 61미터인 점을 고려해, 같은 수심에서도 추가로 실험을 실시하려 했다. 이는 해군에 적잖은 반발을 불러일으켰다. 지금은 세상의 칭송을 한 몸에 받고 있는 해군이지만, 잘못될 경우 받게 될 비난이 우려되었기 때문이다. 해군에는 아직도 인공허파의 실용성에 대해 의문을 제기하는 사람이 많았다. 그렇지만 몸센은 그런 최악의 상황에서도 탈출이 성공한다면 앞으로 인공허파의 사용법을 배울 잠수함 승조원들에게 정신적으로 상당한 격려가 될 것이라 주장했다.

역사적인 이 실험은 정확히 수심 63미터에서 실시됐으며 몸센에겐 평생 잊지 못할 기억으로 남는다. 어떤 누구도 아직까지 그런 깊이에서 잠수 헬멧 없이 부상한 적이 없었고, 그것이 어떠했는지 살아남아 이야기해준 적도 없었다. 그가 잠수함을 빠져나왔을 때, 주위는 어둑어둑했다. 몸센은 로프를 잡고 부상하다 잠시 멈추고 주위의 놀라운 광경을 감탄하며 바라보았다. 물을 지나며 여과된 해질녘의 태양빛은 마치 자신이 밝은 달밤에 두둥실 떠 있는 듯한 느낌을 주었다. 아래로는 해면과 살랑거리는 해초 덤불이 자리한 하얀 모래바닥이 펼쳐진 한편, 그의 앞에는 잠자는 거대한 바다 괴물처럼 S-4가 누워 있었다. 소리 없이 잠수함에서 흘러나오는 공기방울 기둥은 햇볕에 반사되며 상어들을 놀라게 했다. 아무도 없었다. 그러나 위를 쳐다보자 자신이 나타나길 기다리는 배 여섯 척의 기괴한 모습이 눈에 들어왔다. 까마득히 멀리 있는 듯이 느껴졌다. 하지만 그것들을 보는 순간, 몸센은 지금까지의 몽상을 떨쳐 버리고 다시 부상하기 시작했다.

쾌거를 축하한다는 백악관의 축전이 들어왔고, 해군은 그에게 공훈 메달을 수여했다.

"몸센 대위는 생명을 무릅쓰고 실험을 거듭한 끝에 전대미문의 … 이 모든 것이 독창력과 용기와 인내의 소산으로 … 인공허파의 개발에 성공하였다."

그렇지만 스웨이드 몸센에게 무엇보다 소중했던 것은, 7,000개의 인공허파 공급 계약이 체결될 것이며, 나아가 앞으로 건조될 모든 잠수함에 탈출용 해치를 장착하고, 이미 취역시킨 75척의 잠수함에도 빠른 시간 내에 탈출용 해치를 설치하겠다는 해군 참모총장의 발표였다.

그로부터 10년이 지난 지금, 스쿼러스가 침몰했다. 포츠머스로 향하는 비행기 안에서 몸센이 잠수함의 상황에 대한 해답 없는 수많은 의문에 골똘해 있을 때, 기장 세이무어 존슨 대위가 기상에 대한 좋지 못한 소식을 갖고 들어왔다.

"포츠머스에 거의 다 왔습니다. 최선은 다하겠지만, 장담할 수 없는 상황입니다."

11

동부해안 지역에 근거를 둔 다른 많은 기자들처럼, 미국에서 가장 잘 알려진 라디오뉴스 특파원인 CBS의 밥 트로우트도 포츠머스에 제일 먼저 도착하려고 비행기를 탔다. 그날 오후 트로우트는 맨하탄의 스튜디오에서 저녁 네트웍 프로그램 중 자신이 담당한 부분을 리허설하던 참이었다. 그 도중에 스페셜 이벤트 담당 PD가 전화를 걸어와 스쿼러스의 침몰 사실을 일러주었다. 그는 하던 일을 모두 중단했다. 트로우트를 뉴워크 공항으로 태우고 갈 차가 이미 대기해 있었다. 그곳에서 수륙양용기를 탈 예정이었다. 트로우트가 스튜디오를 뛰쳐나오는데 쇼프로그램의 스폰서가 따라나오며 소리질렀다.

"뭐가 침몰했는진 모르겠지만, 자네가 나한테 이럴 수 있나!"

이륙할 때는 주위에 안개가 자욱하게 끼어 있었지만, 비행기가 롱아일랜드의 해협을 향할 즈음에는 뉴욕 세계박람회 상징물인 '트라일론'과 '페리스피어'를 똑똑히 볼 수 있었다. 그러나 코네티컷 해안을 따라가면서는 하늘을 뒤덮기 시작한 두터운 구름을 피해 고도를 150미터까지 낮춰 비행해야만 했다. 뉴해븐의 예일보울 위를 지나갈 무렵에는 안개가 비행기를 완전히 에워쌌다. 조종사는 급강하했다가 선회하고, 또다시 급강하하는 천신만고 끝에 결국 기수를 다시 내륙으로 돌려 거의 하트포드까지 돌아오게 되었다. 조종사는 결국 포기하고 트로우트를 뉴런던에 내려놓았다.

그곳에서 트로우트는 포츠머스 상류 쪽 약 10킬로미터 지점인 뉴햄프셔 도버로 향하는 심야 급행열차를 잡아탈 수 있었다. 뉴런던의 역장은 별실로 된 침대칸 티켓은 모두 팔리고 없지만, 침상을 구하는 데는 별 어려움이 없을 거라고 말했다. 그로서는 열차를 탈 수 있는 것만으로도 대단한 행운이었다. 열차는 모두 똑같은 문제에 직면한 기자와 사진사, 뉴스캐스터, 라디오방송 엔지니어, 뉴스영화 촬영기사들로 꽉 들어차 있었다. 트로우트는 회상했다.

"대참사를 취재하러 가고는 있었지만, 일반인들보다 오히려 우리 기자들이 현재 일어나는 일에 대해 더 모르고 있었는지도 모른다."

그날 일찍 잠수함 침몰 사실이 알려지자마자 두 명의 해병대원이 포츠머스 해군조선소에 있는 그린리 대령의 빨간 벽돌집 앞에서 경계를 서기 시작했다. 그린리의 아들 밥이 아버지 전화를 받고서 동생 베티와 프란시스 네이킨을 데려왔을 무렵, 그린리는 콜 제독과 함께 피나쿡에 승선하기에 앞서 그들에게 그간의 상황을 알려주려고 서둘러 집으로 들어왔다.

그린리가 그들에게 말했다.

"아직 무엇이 잘못됐는지 확실히 알 수는 없지만, 잠수함에 문제가 생겼어. 하지만 패트와 올리버가 무사한 건 확실한 거 같다. 조금 전에 들어온 스컬핀의 보고에 따르면, 조난 표시 연막탄이 발견됐다고 한다. 현재로서는 이게 우리가 알고 있는 전부다."

그린리 대령이 떠나자, 밥과 그의 아내 재클린은 스컬핀 부인들을 위한 브리지 오찬 모임에 참석 예정인 다른 스쿼러스 승선 장교 부인들을 찾아 나섰다.

프란시스 네이퀸은 멍하니 창 밖을 쳐다보고 있었다. 그녀의 머릿속에는 오직 어제 저녁에 두 아이를 데리고 스쿼러스가 밤새 정박한 곳으로 찾아가 아빠에게 손 흔들게 했던 기억뿐이었다. 갑판에 아무도 없었던 데 다소 실망했던 일이 갑자기 아주 중요한 의미를 띤 것처럼 느껴졌다. 그것이 닥쳐올 앞날의 어두운 징조가 아니었을까 하는 생각을 떨쳐 버릴 수가 없었다. 잠시 후, 그녀는 그런 생각에 빠진 자신을 마음속으로 질책했다. 그녀는 잠수함 함장의 부인으로서 의연한 모습을 보여야 했다. 자신과 남편을 위해서.

침몰이 확인되자, 조선소에서는 다른 사람들에게도 연락을 취하기 시작했다. 승조원의 약 3분의 1 정도는 포츠머스와 키터리 시에 산재되어 있는 오래된 주택가 뒤편의 아파트나 임대주택에서 가족들과 함께 거주하고 있었다. 키터리 시는 피스캐터콰 강 건너 포츠머스 바로 맞은 편에 자리한 메인 주에 위치해 있다. 그러나 서로 긴밀한 관계를 유지하며 지내는 해군 사회였으므로 어떤 일이 생겼는지는 금새 퍼져나갔다. 공식적인 통보가 도착하기도 전에 이미 여자들이 굳은 표정으로 키터리와 조선소를 연결하는 다리를 넘어 몰려들고 있었다.

콜은 부관 존 커리를 대변인으로 임명했다. 커리는 행정관으로 밀어닥친 가족들을 안심시키기 위해 최선을 다했다. 포츠머스와 재난 현장과의 연락이 제대로 이뤄지지 않는 관계로, 아이러니하게도 처음에는 임무 수행이 오히려 수월했다. 표식부표의 케이블이 끊어지기 전 스컬핀과 스쿼러스가 나눈 짤막한 대화에 사상자에 대한 언급은 없었으므로 커리는 침몰한 잠수함의 승조원 모두가 아직 생존해 있다고 추측했다.

이런 착각은 고립된 승조원의 숫자가 단지 33명뿐이라는 사실을 완댄크가 겨우 확인한 후인 5월 23일 밤늦게까지도 계속됐다. 잠수함의 해머 타격 신호를 이해하려 애쓰던 혼란 속에서, 초기에는 정보가 포츠머스에 제대로 전달되지 않았던 것이다. 모든 사람이 꽉 움켜쥐고 있는 명백하고도 중대한 메시지는 오직 하나뿐이었다.

"상태 양호, 하지만 춥다."

잠시 동안이지만 그래도 최악의 공포에서 벗어나 지푸라기라도 잡고 싶은 심정이었던 대부분의 여자들은 마벨 게이노어의 말에서 용기를 얻었다. 그녀의 남편이 그랬던 것처럼 그녀도 간결한 말투로 말했다.

"로렌스는 전에도 곤경에 처한 적이 있었어요. 그이는 괜찮을 거예요."

그날 늦게, 프란시스 네이퀸은 커리가 발표한 성명문에서 언급했던, 해군이 펼치는 대내적인 구조 노력을 상기시키고 게이노어 부인의 낙관적인 견해를 되풀이하며 신뢰감을 표시했다.

"내일이면 모든 게 끝날 거예요."

그렇지만 모든 사람이 낙관적인 것은 아니었다. 아직 살아 있다 하더라도 지금까지 어떤 잠수함 승조원도 고립된 적이 없는 저 깊은 해저에서 과연 탈출할 수 있을까? 그런 고뇌의 표정은 어느 누구보다도 엘런 체스넛의 얼굴에 뚜렷이 나타나 있었다. 그녀는 남편에게 이 침묵의 근무를 그만두라고 애원했었다. 오후 내내, 그리고 밤이 되어서도 그녀는 아직 아기인 딸을 안고 어린 두 아들과 함께 하염없이 조선소를 걷고 있었다. 행정관 건물에서 그린리의 집이 있는 곳으로 갔다가, 다시 강변으로 돌아와 다리를 건너 키터리까지 가서는 그곳에서 잠시 멈추었다가 왔던 길을 반대로 걸어갔다.

제너럴 모터스에서 파견되어 스쿼러스에 승선했던 돈 스미스의 부인에게 있어서 고통은 남다른 것이었다. 이 젊은 디젤엔진 전문가는 올 초 잠수함 퍼미트가 시운전 도중 노바 스코티아 하리팩스 연안의 얕은 바다에 잠시 좌초됐을 때에도 그 잠수함에 타고 있었다. 이 사고가 마음이 걸렸던 스미스 부부는 아이가 새로 태어난 지금, 이 일을 계속해야 할지에 대해 심각하게 고민했다. 하지만 그런 걱정은 어리석은 짓이라며, 일을 계속하기로 결정하고 포츠머스에 집을 장만했던 것이다. 포츠머스 조선소에서 그는 제너럴 모터스의 상주대표 노릇을 하고 있었다.

커리가 잠수함에 갇혀 있는 장교, 사병 명단과 주소를 발표하자 기자들은 그들 가족과의 인터뷰를 위해 각지로 흩어졌다. 보스턴에서 프랭크 머피의 어머니 앤은 이브닝 아메리카 지와의 인터뷰에서 상당한 논란을 불러일으킬 수 있는 이야기를 하였다.

"우리 아들 말로는, 지난 금요일에 끝난 일주일 간의 항해에서도 스쿼러스가 한 시간 이상 꼼짝도 못한 적이 있었답니다."

앤은 말을 이었다. 만약 스쿼러스가 수심 15미터 아래로 잠수했더라면 "무슨 일을 당했을지도 모른다"고 자신의 아들이 말했다는 것이다. 그리고 주말에 집에 들렀을 때, 자신을 위해 기도해달라는 말도 꺼냈다고 한다.

"우리 애는 무슨 일인가 벌어지리란 걸 알고 있었던 거예요."

그녀의 발언은 당연히 세상의 주목을 끌었고, 해군 당국에 의해 공식으로 접수됐다. 구난함들이 현장으로 급파된 그 시각에 또다른 작업을 위한 팀이 이미 구성되고 있었다. 앞으로 몇 개월에 걸쳐, 미 해군의 최신예 잠수함이 왜 침몰하는지에 대한 원인 규명 작업을 벌일 팀이었다.

뉴베드포트에 살고 있는 레니 디 메데이로스의 어머니인 아들레이드를 찾아가, 그녀가 참을 수 없는 슬픔에 "하느님 맙소사, 난 그 배가 침몰할 줄 알았어!"라고 울부짖으며 무너지는 모습을 보도한 보스턴 헤럴드 지의 기사는 타의 추종을 불허했다.

수병 빌 볼튼의 아내인 리타는 뉴욕의 브루클린에서 라디오를 통해 소식을 처음 접했다. 그녀는 친정 어머니를 간병 중인 언니를 돕기 위해 지난 일요일 밤 포츠머스를 떠나 뉴욕에 와 있었다. 리타는 포츠머스를 떠나기 전날 밤, 파티에서 맥주를 너무 많이 마신 한 대원이 스퀄러스는 절대 침몰하지 않을 것이라고 고래고래 소리지르던 일을 떠올렸다. 이 대원은 다른 대원이 입을 틀어막기 전까지 계속 떠들어댔다. 하지만 데일리 미러 지는 불과 몇 개월 전 결혼한 스무 살의 신부가 기억하는 선 "행운을 위해 다시 한 번 키스해줘"라는 남편의 말뿐이라고 보도했다.

워싱턴 D.C.에서 윌 아이삭스의 어머니는 이웃집에 있다가 라디오로 스퀄러스의 침몰 소식을 들었다. "세상에, 저런 불쌍할 데가…"라고 외쳤지만 더 이상 놀라진 않았다. 그녀는 아들이 탄 잠수함이 스컬핀이라고 확신하고 있었던 것이다. 하지만 집으로 돌아왔을 때, 불현듯 윌의 이름이 실종자 명단에 있었던 것 같다는 생각이 들어 어머니날 보내온 카드를 찾아 다시 읽어보았다. 놀랍게도, 봉투의 발신자 주소에는 이렇게 씌어 있었다.

"U.S.S. 스쿼러스에서."

파나마 운하 지역 크리스토발의 유나이티드 프레스 통신원은 알 프리스터의 아내 지네트가 한 말을 인용 보도했다.

"무슨 말을 해야 할지 모르겠어요. 이런 일을 당해본 적이 없거든요. 제가 지금 할 수 있는 일이라고는 알이 무사하기를 하느님께 기도하는 것뿐이에요."

두 살배기 아들의 요람을 흔들면서, 스쿼러스가 장거리 순항 훈련을 위해 파나마에 오기를 얼마나 고대하고 있었는지 더듬거리며 말했다. 자신을 가다듬기 위해 몇 번이나 이야기를 중단해야 했던 그녀는 계속 과거형 시제로 이야기하고 있었다.

어디에 살고 있든지 그들 모두에게는 그래도 의지할 누군가가 있었지만, 보비 깁스의 루마니아인 아내에게는 아무도 없었다. 마리아 깁스는 첫 번째 라디오 보도가 방송되기 한참 전에 사우스캐롤라이나의 시댁을 나왔었다. 가족들은 즉시 워싱턴에 살고 있는 깁스의 삼촌에게 연락을 취했다. 삼촌은 그녀의 인상착의를 가지고, 기차가 중간 기착지인 유니온 역에 도착할 시간에 맞춰 역으로 나갔다. 마침내 그녀를 찾아내, 자신이 누구이며 왜 이곳에 왔는지를 설명했지만 영어에 서투른 그녀가 자신의 말을 이해하지 못하고 있다는 사실을 깨달았다. 그때 기차가 다시 출발하려고 움직이자, 어찌할 바를 모르던 삼촌은 그냥 기차에서 뛰어 내리고 말았다. 그후 그녀는 무슨 일이 발생했는지 확실히는 모르겠지만, 남편의 신상에 무언가 커다란 문제가 생긴 것 같다는 막연한 불안감을 품은 채 기차 여행을 계속했다.

오후 내내, 그린리의 외딴집에는 스쿼러스에 탑승한 장교 부인들이 모여 극도의 긴장 상태에서 소식을 기다렸다. 수없이 많은 커피를 마셨지만, 접시 위에 놓인 샌드위치는 손도 대지 않은 채 그대로였다. 적어도 잠수함 후미 쪽의 몇 구역은 침수됐다는 소식이 전해지자, 분위기는 점점 더 침울해졌다. 그 중에도 베티 패터슨이 받는 중압감은 가장 컸다. 잠수함이 잠항할 때 남편의 정상 근무 장소가 후방 기관실이라는 사실을 분명히 알고 있었기 때문이다. 하지만 베티는 결코 평정을 잃지 않았다.

"남편이 안전하다고 느끼고 있는 것 같았어요." 올케인 재클린은 나중에 그렇게 회상하였다.

재클린의 임무는 걱정하는 친지들의 전화를 받는 것과 이따금 커리 소령에게서 새로운 소식을 받아 오는 것이었다. 오후 다섯 시쯤, 그녀는 런던의 신문사에서 걸려온 전화를 받고 깜짝 놀랐다. 그녀는 이렇게 회상한다.

"런던에서 온 전화를 받고, 갑자기 온 세계가 우리와 함께 상황을 주시하고 또 기다린다는 사실을 깨딜있어요."

포츠머스로부터 남쪽으로 241킬로미터 떨어진 해상에서 팔콘의 선장 조지 샤프 대위는 자신의 불운을 한탄하며 함교에 서 있었다.

일단 팔콘이 뉴런던의 템즈 강을 빠져나와 롱아일랜드 해협으로 들어서자, 그는 귀중한 시간을 절약하기 위해 백만장자들의 은퇴 저택지인 템즈 강 하구의 피셔 제도를 관통하기로 작정했다. 그러나 이곳으로 들어서자마자 짙은 안개를 만나게 됐고, 운에 맡기고 감행하기에는 너무나도 위험했다. 별수 없이 샤프는 먼길을 돌아갈 수밖에 없었다.

팔콘은 1917년에 독일의 기뢰를 제거할 목적으로 건조된 선박 중 하나였다. 새의 이름을 따서 명명된 이들 배 가운데 다섯 척은 후에 구난함으로 개조되어 전세계의 주요 잠수함 사령부에 배속됐다. 팔콘(매)은 뉴런던, 맬러드(물오리)는 파나마 운하의 코코솔로, 올터런(촉새)은 샌디애고, 위전(홍머리오리)은 진주만, 피전(비둘기)은 필리핀의 카비테로 각각 배속됐다.

모든 배에는 다이빙벨과 함께 잠수와 구난 작업에 필요한 공기 압축 시스템, 다이버들을 위한 감압실, 다이버들이 사용하는 모든 종류의 복잡한 장구들이 비치되어 있었다. 그렇지만 이것들조차도 효과적인 잠수함 구출 작업을 실행하고자 하는 몸센의 노력에는 부응하지 못하는 것들이었다.

이들 구난함에 대한 몸센의 불만은 한두 가지가 아니었다. 우선 시속 22킬로미터 정도에 불과한 배의 최고 속도는 시간이 관건인 해난 사고에 있어서 너무나 느린 것이었다. 길이와 최대 선폭도 각각 57미터와 11미터밖에 되지 않아서 수 킬로미터에 달하는 공기 호스, 마닐라로프, 철제 케이블과 체인 등을 다루기엔 갑판 면적과 저장 장소가 턱없이 부족했다. 또한 이번 스퀄러스의 경우에서 가장 불안한 요소는 배수량이 겨우 1,600톤에 불과하다는 점이었다. 따라서 구난 작업을 하는 동안에는 바다의 수면 조건이 최적으로 유지되기를 하늘에 기도하는 수밖에 없었다.

몸센은 비록 작업에 적합한 특별한 선박을 건조하는 데는 실패했지만, 인사 정책을 다소 바꿔 놓을 수는 있었다. 1929년 이전까지는 새 이름을 단 구난함의 선장들을 선발하는 데 있어서 과거의 경력은 별로 고려되지 않았다. 그러나 몸센의 로비가 먹혀 들어가면서 선발 절차가 변경되었고 잠수함과 잠수에 대한 경력이 요구됐다. 지휘관이 되기 위한 자질로서 특정 분야의 전문성보다는 모든 면에서의 유능함을 우선하는 해군의 분위기 탓에 몸센은 이 문제의 심리적인 중요성을 좀더 우회적인 방법으로 다루어야 했다. 그는 이렇게 주장했던 것이다.

"이런 경우에는 지휘관이 다이버들이 사용하는 전문용어로 원활한 의사 소통을 할 수 있어야 하고, 잠수함의 구난과 탈출에 관해서도 완벽히 이해해야 합니다."

팰콘의 함장 샤프도 바로 전까지 잠수함 근무를 했기 때문에 스쿼러스의 내부 사정이 어떨지 추측하는 것은 어렵지 않았다. 당장 그 앞에 놓인 최대 문제는 기상 조건이었다. 팰콘은 모든 면에서 운명적인 배였다. 몸센이 인공허파와 다이빙벨을 실험하기 위해 사용했던 배도 팰콘이었다. 안개를 뚫으며 침몰한 스쿼러스로 향하는 모습은 마치 팰콘 자신의 음울한 과거 행적을 좇는 듯이 보였다.

우현 쪽에서 몇 마일 떨어지지 않은 해역이 바로 S-51이 침몰한 장소였다. 곧 S-4가 처참한 최후를 맞은 메사추세스 만이 나올 것이다. 두 경우 모두 팰콘이 옆에서 대기하고 있었지만 아무 도움도 주지 못했다. 그러나 이번 경우는 다르다. 함미에 구조체임버를 싣고 있었던 것이다. 팰콘이 아무런 방해도 받지 않고 지날 수 있도록 케이프코드 운하의 통행은 완전히 금지되어 있었다. 그럼에도 불구하고 팔콘이 스쿼러스가 있는 해역에 도착한 것은 새벽녘이 다 되어서였다.

밥 트로우트와 마찬가지로 이 엄청난 재난을 취재하기 위해 전국 각지에서 몰려든 기자들 대부분은 험악한 기상 때문에 어려움을 겪어야만 했다. 그러나 사고에 대한 첫 소식이 타전된 후, 세 시간이 채 지나기도 전에 대략 60명의 기자들이 차편으로 포츠머스 해군조선소에 모여들어 행정관 내에 급조된 보도실에서 기사를 보내기 시작했다. 처음에 도착한 이들 대부분은 근처 보스턴 지역의 아홉 개 신문사 기자들로서, 일찌감치 치열한 취재 경쟁을 벌이고 있었다.

초기의 가장 큰 뉴스거리는 커리가 발표한 스쿼러스 재부상 계획이었다. 네이퀸이 제안한 이 계획안의 요지는, 우선 주흡기 밸브를 닫고 바다 위에서 공기 호스를 내려 스쿼러스의 침수 구역 바닷물을 압축공기로 밀어내는 것이었다. 이 작업을 위해 '해군 제일의 심해 잠수 전문가 중 한 명'인 찰스 B. 몸센과 구난함 팔콘이 포츠머스로 다급히 오는 중이라고 커리가 덧붙였다.

밤이 깊어짐에 따라 기자들 사이의 관심은 침수된 잠수함의 후방 구역으로 쏠리기 시작했다. 커리는 그가 믿고 있는 바대로, 승조원 중에 사망자가 발생한 징후는 없다는 입장을 견지했다. 커리는 현장에 있는 장교들의 말을 인용하며 다음과 같이 말한 것으로 전해졌다. "여덟에서 아홉 명 정도의 승조원이 후방 구역에 있었으리라 추정되지만, 바닷물의 유입속도가 느렸기 때문에…, 대피할 시간은 충분했을 것으로 판단됩니다."

그러나 기자들이 끈질기게 추궁하자 커리는 스퀴러스의 승조원 전원이 침수되지 않은 전방 구역으로 안전하게 대피했다고 장담할 수는 없다며 한 발짝 후퇴했다.

　　그날 밤늦게 네 명의 보스턴 기자들은 이 문제를 직접 확인해 보기로 마음먹었다. 험악한 기상 조건에도 불구하고 그들은 키터리에서 자신들을 실어다 줄 바닷가재잡이 어선 한 척을 빌리는 데 성공했다. 그것은 그들이 평생동안 잊지 못할 항해가 되었다. 피스캐터콰 강을 떠난 지 채 몇 분도 지나지 않아 2미터나 되는 파도에 휩쓸려 배가 이리저리 요동치자, 모두 물에 빠진 생쥐꼴이 되어 끔찍한 뱃멀미에 시달려야 했다. 9킬로미터를 가는 데 세 시간이나 걸렸다. 배 한 척이 눈에 띄어 선장이 위험을 무릅쓰고 최대한 가까이 접근해보니 완댄크였다. 해리 크로켓이라는 AP통신의 기자가 메가폰을 잡고 검은 그림자처럼 보이는 갑판 위의 사람에게 외쳤다.

　　"사망자는 몇 명입니까?"

　　갑판에 있는 사람도 소리쳤다.

　　"확실하진 않지만, 26명이 후방구역에 갇혔는데 모두 사망한 것 같소!"

　　포츠머스로 돌아오는 길은 더욱 험악했다. 파도가 너무 심해 크로켓은 갑자기 갑판에 내팽개쳐졌다. 그 순긴 바닷기게를 잡는 데 사용하는 커다란 쇠갈고리에 오른팔이 찢겨 뼈가 드러날 지경이 되었다. 크로켓은 비틀거리며 해군 조선소가 있는 해안으로 올라왔다. 피를 너무나 많이 흘려 동행했던 기자 한 명은 그가 마치 빨간 장갑을 끼고 있는 것처럼 보였다고 말했다. 그러나 크로켓은 전화로 본사에 기사를 다 보낼 때까지 치료받기를 거부했다.

비로소 스쿼러스 승조원의 가족들은 탑승자 중 일부가 행방불명이라는 사실을 알게 됐다. 이제 그들에게 알려지지 않은 사실 중 가장 두려운 것은, 과연 그게 누구냐는 것이었다.

자정이 조금 지나, 내일 아침까지는 바다에서의 상황에 더 이상 변화가 없을 거라고 판단한 프란시스 네이퀸은 이 새로운 사실을 모른 채 차를 몰고 집으로 돌아갔다. 집 현관을 향해 천천히 걸어가다가 그녀는 한 무리의 기자들이 현관 입구에 진을 치고 있는 모습을 발견했다. 기자들이 말을 꺼내기도 전에 그녀가 먼저 말했다.

"제발, 정말 힘든 하루였어요."

집안에는 그녀가 아이들을 돌봐달라고 부탁한 이웃집 여자가 기다리고 있었다. 아이들은 잠자리에 들었다면서 여자가 말했다.

"기도했어요. 남편 분은 틀림없이 괜찮을 거예요."

이웃집 여자가 떠난 뒤, 그녀는 이층 계단으로 발걸음을 옮겼다. 중간에 오르던 걸음을 멈추고 층계에 주저앉았다. 이젠 울 수 있겠구나, 하고 그녀는 생각했다.

12

몸센이 탑승한 비행기의 조종사 세이무어 존슨 대위는 내륙 쪽 항로를 택함으로써 해안에 잔뜩 낀 안개를 겨우 피할 수 있었다. 마지막으로 바다 쪽을 향해 기수를 돌렸을 때, 운 좋게 착륙할 기회가 포착됐다. 시계 한도가 순간적으로 높아져 피스캐터콰 강에 착륙을 감행할 수 있을 정도가 되었던 것이다. 존슨은 몸센과 나머지 탑승자들에게 구명조끼를 착용하라고 말했다.

"돌아갈 연료밖에 안 남았습니다. 그러니까 이번 한 번에 성공하지 못하면 뉴포트나 뉴런던으로 되돌아가야 할지도 모릅니다."

스웨이드 몸센은 그의 입장을 충분히 이해할 수 있었다. 강력한 디젤엔진을 장착한 잠수함소차 반조가 되어 깅물의 유속이 가장 느려질 때를 제외하고는 강에서 운항하려 들지 않는다. 게다가 주위가 급속히 어두워지고 있는 때였다. 꾸불꾸불한 피스캐터콰 강 여기저기에 원주(圓柱) 부표와 깡통 부표, 수로 표지판 따위가 널려 있는 것이다. 하지만 7시 30분, 피나쿨의 닻에 스쿼러스라고 생각되는 물체가 걸린 시점과 거의 같은 시각에 존슨은 물보라를 일으키며 무사히 강에 내려앉았다.

"잘 했네." 몸센이 말했다.

"내가 누굴 태우고 있는지를 생각하면 선택의 여지가 없지 않겠어요?" 존슨이 웃으며 대답했다.

도착하자마자 몸센은 다른 비행기로 자신의 뒤를 따라오기로 한 부하 다이버들의 상태를 확인했다. 그들은 기상 악화로 뉴포트에 착륙해야만 했다는 소식이었다. 이어 몸센은 카메라 플래시 세례를 받으며 최종 목적지를 향해 연안경비대의 순시선에 올라탔다. 오후 내내 내렸다 그쳤다 하던 빗줄기가 다시 굵어지기 시작했다. 몸센은 뉴잉글랜드의 차가운 공기에 몸을 부르르 떨면서, 그제야 자신이 아침에 출근할 때 입었던 리넨 제복과 비에 젖어 엉망이 된 파나마 모자를 아직도 쓰고 있다는 사실을 깨달았다. 그런 날씨에 입고 얼쩡거리기에는 최악의 복장이었다고, 몸센은 한참이 지난 뒤에도 생생하게 떠올렸다. 몸센의 꼴을 보고 순시선에 있던 누군가가 악천후용 재킷을 건네주었다.

언제나 그렇듯, 그가 5월 23일 하루 동안 맞닥뜨린 일들 중에 개인적인 연관성이 없는 것은 하나도 없었다. 몸센은 올리버 네이퀸은 물론 부함장인 월터 도일과도 아는 사이였고, 몇몇 베테랑 하사관들 역시 마찬가지였다. 특히 시험감독관인 해롤드 프레블은 잘 알고 지내는 사람이었다. 사실 지난 6월 다이빙 실험시 사용했던 스톱워치의 정확성에 대해서도 프레블과 편지로 의견을 교환하고는 했다.

거친 파도 때문에 밤 열한 시가 다 되어서야 목적지에 도착할 수 있었다. 그런 파도도 허기진 몸센이 자기 몫으로 나온 샌드위치를 게걸스럽게 먹어치우는 것을 막을 수는 없었다.

안개와 빗줄기 속에서 섬뜩한 느낌의 불빛이 하나씩 그의 앞에 나타나기 시작했다. 불빛은 그를 태운 순시선이 다가가자 한층 더 기묘한 느낌을 주었다. 대략 직경 274미터 정도의 원형을 이루며 스컬핀과 예인선 피나쿡, 완댄크 그리고 챈들러가 닻을 내려놓고 있었다. 이들의 모든 탐조등은 피나쿡이 수색할 해역을 표시하기 위해 수면에 띄워놓은 나무 격자와 그 주위를 비추고 있었다. 이 경계해역 바깥에서는 흰 거품을 일으키며 일렁이는 검푸른 바다 위로 두 척의 연안경비대 순시선이 이리저리 탐조등을 비추면서 천천히 순찰을 돌았다. 언제 불쑥 스쿼러스의 승조원들이 몸센의 인공허파를 착용하고 수면 위로 나타날지 알 수 없었기 때문이다.

콜 제독이 스컬핀의 사관실에서 몸센을 반갑게 맞았다.

"스웨이드, 자네 오기를 얼마나 고대했는지 모를 걸세." 콜이 말했다.

"상황이 좋지 않아. 더 나빠질 수도 있어. 즉시 구난 작전에 대한 모든 지휘권을 자네에게 부여하고 이 사실을 관계자 전원에게 공표하도록 하겠네."

콜에게 지금까지의 상황에 내한 브리핑을 듣고서야 비로소 몸센은 표식부표의 케이블이 끊어졌다는 사실을 알게 됐다.

"바닥을 닻으로 훑어 스쿼러스를 찾아보라고 피나쿡에 지시했네. 100퍼센트 확실한 건 아니지만 지금 찾은 것 같아. 걱정되는 건 스쿼러스 쪽에서는 잠수함의 동체에 뭔가 걸린 것 같다는 연락을 하지 않고 있다는 사실이야."

"팔콘의 상황은 어떻습니까?"

"오는 중인데, 안개 때문에 좀 늦어지는 모양이야. 더 이상 별다른 일이 안 생긴다면 여섯 시간 후쯤 도착할 걸세."

콜은 브리핑을 계속했다. 그는 몸센에게 해머 두드리는 신호로 스쿼러스와 어느 정도 교신은 유지하고 있지만 그 쪽에서 보내오는 신호가 일정치 않다는 사실을 일러주었다. 그 밖에, 상태는 양호하지만 춥다는 네이퀸의 극적인 보고가 들어왔으며, 33명이 전방 구역에 있다는 사실, 당분간 비상식량과 먹을 물, 이산화탄소 흡수제의 걱정은 안 해도 좋을 만큼 충분하다는 이야기도 해주었다. 또한 침수되지 않은 구역의 압력이 수심 8미터 압력과 동일해서 대기압의 두 배 정도가 되는 것으로 알려왔다고 전했다.

"그 밖에 또 알아야 할 게 있나?" 콜이 몸센에게 물었다.

"아니, 됐습니다, 제독님." 몸센이 바로 대답했다.

"하지만 제 생각에, 질문은 꼭 필요한 정도로 한정하는 게 좋겠습니다. 지금으로선 가장 중요한 것이 평온을 유지하고 힘을 아끼는 겁니다. 선체를 두들기는 일은 체력 소모가 아주 심합니다."

"그렇군." 콜이 말했다.

"그래도 자네가 도착했다는 사실만은 저쪽에다 알려줘야겠네. 아마 사기를 크게 높여줄 수 있을 거야."

"고마우신 말씀입니다." 몸센이 대답했다.

"하시는 김에 제가 그 정도 압력이라면 아무 문제도 없다고 했다고 전해 주십시오."

다음으로 콜은 침수된 스쿼러스의 후방 구역을 배수시키자는 네이퀸의 제안을 내놓았다. 이 제안의 실현성이 꽤 높다고 생각한 콜은,

현재 가장 유력한 구출 방안으로 검토되고 있음을 포츠머스 기자들에게 발표해도 좋다고 허락한 바 있었다. 그렇지만 몸센이 보기에, 그 방안은 말로는 간단하지만 실제로는 상당한 문제를 지니고 있었다.

몸센은 방금 구난 작전의 직접적인 책임을 부여받기는 했지만, 콜의 구조팀에 가장 늦게 합류한 입장이었으므로 가능한 한 완곡하게 이의를 제기했다. 모두들 주흡기 밸브가 열렸으리라고 의심하고 있지만, 현 시점에선 이를 확인할 방법이 없다. 보다 중요한 것은 구난용 로프를 연결하는 일인데, 그것이 말처럼 쉽지 않다는 점이다. 몸센 자신도 자격을 갖춘 심해 다이버였으므로, 수심 74미터의 가공할 압력에서 작업할 때에는 인간의 판단 능력이 거의 어린아이 수준으로 낮아진다는 사실을 경험적으로 잘 알고 있었다.

당장 새로운 헬륨 혼합기체를 쓸 수 있다고 해도 -사실 가능하지도 않았지만- 엄청나게 복잡한 작업이 뒤따라야 했다. 성공 확률이 희박한 첫 단계 호스 연결작업이 설령 이뤄진다고 해도 침수된 구역을 완전히 배수시킬 수 있다는 확신이 없었고, 그렇게 깊은 곳까지 고압의 압축공기를 충분히 공급할 수 있을지도 의문이었다. 더구나, 모든 것이 제대로 되었다 하더라도 스쿼러스가 곧 부상하리란 보장이 없었다.

몸센이 콜에게 말했다.

"제독님, 항상 이게 문제입니다. 잠수함 사고는 작업하기 손쉬운 장소에서 발생하는 게 아닙니다. 결국 저 안에 갇힌 사람들이 스스로 올라오든가, 아니면 우리가 저 아래로 내려가야만 하는 겁니다."

몸센은 또다른 문제에 대해서도 개인적으로 비판적인 생각을 가지고 있었다. 그러나 지금 그 문제를 제기한다 해도 달라질 것은 없었기에 아무 말도 하지 않았다. 스컬핀이 현장에 도착했을 때 몸센도 그 자리에 있었더라면, 그는 많은 사람이 반대하더라도 주저 없이 인공허파를 사용하라고 했을 것이다. 인공허파에 대한 그의 확신은 단순히 감정적인 것 이상이었다. 인공허파가 해군에 채택되면서, 몸센의 감독 아래 뉴런던과 진주만에 두 개의 특별한 인공허파 훈련 탱크가 세워졌다. 전체 높이 30미터인 훈련 탱크는 15미터 아래와 5.5미터 아래 지점에 단계적인 훈련을 실시할 수 있도록 출입문이 설치되어 있었다. 거의 천 명에 달하는 병사들이 성공적으로 인공허파 사용법에 대한 교육을 받던 중, 갑자기 사망 사고 두 건이 잇달아 발생했다. 두 건 모두 5.5미터에서였다.

몸센은 불안감에 휩싸였다. 보통의 수영 실력만으로도 아무 문제없이 올라올 수 있을 정도의 수심에서 사고가 발생됐다는 사실을 믿을 수가 없었다. 개발 초기 단계에서 드러나지 않았던 어떤 위험성이 인공허파에 있는 것이 아닐까? 그는 걱정을 떨쳐버릴 수가 없었다. 몸센은 일기에 스스로를 책망하는 글을 써놓았다.

"나 자신을 대상으로 한 실험이 성공했다고 안전 문제를 너무 가볍게 본 게 아닐까?"

해군은 이미 인공허파를 공개적으로 인정한 상태였기 때문에, 문제를 공론화하지 않고 의무국으로 하여금 하버드대 공중위생연구소와 공동으로 긴급히 원인 규명 작업에 착수하도록 했다. 하지만 그 결과에서도 인공허파 자체에는 아무 문제가 없는 것으로 밝혀졌다. 대신, 해저에서 인간이 직면하게 되는 불가사의한 힘에 관한 새로운 사실이 드러났다. 두 사람의 사망 원인이 단순한 질식사였던 것이다.

해답은 -지금은 이미 상식이 되어버렸지만, 당시만 해도 완전히 새로운 사실이었다- 수면에서 허파 가득 숨을 들이마신 다음 잠수했다 하더라도 수중에서는 수압에 의해 폐가 수축되는 현상이 일어나기 때문이었다. 반대로 수심 5.5미터 아래서는 절반 정도밖에 안 되는 공기나 산소를 들이마셨어도 수면으로 올라오게 되면 허파 한 가득 들이마신 것과 동일한 부피가 된다. 따라서 해저에서 숨을 멈추고 그대로 부상하게 되면 가슴 속 공기가 다이버의 상승에 따라 점점 팽창하게 된다. 하버드대학의 전문가가 발견한 바에 따르면, 허파에 가해지는 압력이 0.13기압만 되어도 치명적인 기포가 혈액 속으로 스며들고, 곧이어 뇌까지 도달한다는 것이었다. 5.5미터에서 허파에 가해지는 압력은 0.54기압 이상이었다. 그 연구 결과를 들은 몸센은 전에 들었던 이야기를 떠올렸다. 심해에서 실종된 사람의 시체가 수면으로 떠오르게 되면 '폭발' 해 버린다는 이야기들은 결코 지어낸 말이 아니었던 것이다.

문제가 밝혀진 뒤, 모든 일이 순조롭게 진행됐다. 다른 모든 잠수함의 승조원들과 마찬가지로 스쿼러스의 모든 승조원들도 잠수함 근무에 앞서 인공허파의 사용법을 익혔다.

콜과 네이퀸의 걱정하던 스쿼러스 침몰 해역의 차가운 수온 또한 걱정할 정도가 아님을 일찍이 몸센이 밝힌 바 있었다. 일찍이 키웨스트 연안의 인공허파에 대한 실험이 극적인 성공으로 끝났을 때, 몸센의 오랜 숙적인 수리건조국에서는 다음과 같이 지적한 바 있었다.

"훨씬 차가운 기상 조건에서도 그의 발명품이 제대로 작동하는지 어떤지 답변할 수 없다면, 그가 임무를 마쳤다고 보기 어렵다."

이에 몸센은 나중에 이렇게 언급했다.

"그 지시는 내가 해군에 복무하면서 받은 지시 중 제일 교활한 것이었다."

다음해 1월 몸센은 팔콘으로 S-4를 예인해 블록아일랜드 연안의 수심 30미터 해역으로 나갔다. 날씨는 혹독했고 하늘은 우중충한 구름으로 뒤덮였으며, 수온은 섭씨 1도로 냉랭했다. 그가 가장 신뢰하는 다이빙 파트너 에드워드 칼리노스키와 함께 실험을 위해 S-4에 올라탔을 때는 눈까지 내리기 시작했다. 인내력 테스트를 위해 이보다 더 나쁜 -혹은 더 좋은- 조건은 있을 수 없었다.

수영복만을 입은 채, 두 남자는 얼음장처럼 차가운 물이 차오르길 기다렸다. 압력이 평형을 이뤄 탈출 트렁크의 해치를 밀어 열 수 있게 되자 몸센이 먼저 나왔다. 그의 한쪽 발을 잡고 칼리노스키가 뒤를 따랐다. 불안했던 시간은 단지 수면에 도착했을 때뿐이었다. 세차게 퍼붓는 눈발 속 어디에도 팔콘의 모습이 보이지 않았기 때문이다. 하지만 곧 작은 보트가 나타나 그들을 건져냈다. 팔콘으로 돌아오니 군의관 피터 야브로가 그들을 위한 특별 처방을 내려주었다. 몸센이 이번에 포츠머스로 오는 비행기 편에 자신과 동승하도록 한 바로 그 군의관이었다. 처방이란 바로 에틸알코올을 듬뿍 넣은 블랙커피 한 잔이었다. 이 일은 몸센의 또다른 전설적 일화가 되었다. 해상 근무시 음주는 절대 금지였을 뿐 아니라, 육상에서도 금주법이 서슬 퍼렇던 시절이었다. 몸센이 '커피 로얄'이라고 명명한 이 처방의 탁월한 효과를 보고서에 언급하자, 해군은 공식적으로 '병참 매뉴얼'을 수정해, 수온이 낮은 바다에서 작업하는 다이버들에게 에틸알코올을 공급해도 좋다고 허용했다. 이 조치의 한 수혜자가 몸센에게 편지를 썼다고 한다.

"당신을 위하여 건배!"

그러나 이번 사태에 있어서는 몸센도 인공허파를 최후의 수단으로 남겨두는 데 동의해야 했다. 침몰한 잠수함 속에서 이미 14시간 이상을 보낸 스쿼러스 승조원들의 체력은 추위와 탁한 공기, 또 침몰 상태로 인한 보이지 않는 긴장감으로 상당히 저하됐을 터이기 때문이었다. 그들은 팔콘이 구조체임버를 싣고 도착하기를 기다리기로 했다.

당시 동원 가능한 모든 수단은 전부 몸센의 작품이었다. 인공허파에 몰두하면서도 몸센은 자신이 맨 처음 생각했던 다이빙벨에 대한 아이디어를 결코 포기하지 않았다. 포츠맥에서 인공허파 실험이 극적으로 성공한 후, 다이빙벨을 되살릴 기회가 찾아왔다. S-4 사고가 일어난 뒤에 뒤늦게 구성된 '잠수함 안전에 관한 대통령특별위원회'에 출두해 그가 진행하는 작업을 설명해달라고 요청받은 것이다. 몸센은 인공허파에 대한 설명을 마치고 나서, 지체없이 다이빙벨에 대한 이야기를 꺼냈다.

민간인이 다수를 차지하고 있던 위원회의 멤버들은 깜짝 놀라며 왜 그런 제안을 좀더 일찍 해군에 제출하지 않았는지 물었다. 잠시 어색한 침묵이 흐른 후 몸센이 대답했다.

"했었습니다."

이렇게 녹색 신호등이 켜지자 몸센은 인공허파에 대한 실험을 계속하는 한편, 본격적인 나이빙벨의 개발에 착수했다. 몸센은 자신이 지휘한 적 있는 낡은 잠수함 S-1에 수상비행기를 싣기 위해 설치되었던 실험용 탱크를 머리에 떠올렸다. 수상비행기를 잠수함에 싣는 프로젝트는 별 진전을 보지 못했고, 그래서 때마침 잠수함에서 탱크를 제거하는 중이었다. 그의 생각에 그 탱크를 반으로 절단하면 다이빙벨의 실험 모델로 적격일 것 같았다.

몸센의 요청에 따라 탱크는 브루클린 해군조선소로 보내졌다. 이곳에서는 건조중대의 머리 좋은 젊은 장교 모건 와트 대위가 몸센의 대략적인 계획안을 구체적인 설계도면으로 바꾸는 작업을 하고 있었다. 이 작업은 단순히 설계도면을 그리는 이상의 의미를 가진 것이었다. 의지할 데라고는 자신들의 머리밖에 없었기에, 두 사람은 실제 구난 상황에서 발생할 수 있는 모든 위험을 빠짐없이 예측하고 그 대응책을 마련하는 데 골머리를 앓고 있었다. 무심코 지나친 사소한 실수가 나중에 치명적인 결과를 초래할 수도 있기 때문이었다.

처음부터 몸센이 난점 중 하나로 여겼던 것은 잠수함 해치 위로 빠르고 정확하게 다이빙벨을 내려보내는 문제였다. 그의 해결책은 사람이 직접 내려가는 방법이었다. 우선 다이버를 내려보내 해치에 두 줄의 케이블을 연결한 다음, 케이블들의 끝을 다이빙벨 내부의 릴에 연결한다. 이어서 다이빙벨이 수면에 겨우 뜰 정도의 부력을 갖도록 밸러스트를 유지한 다음, 다이빙벨이 스스로 케이블을 감으면서 해치까지 내려가게 만드는 것이다. 잠수함 승조원이 모두 구출될 때까지 이 작업이 반복되어야 했다.

가장 먼저 다이버를 내려보낸다는 아이디어는 또다른 위험들을 깨닫게 하는 계기가 됐다. 어느 경우에도 다이버가 필요하리라는 점과 절대적인 방수성이 요구됨에도 불구하고 작은 파편이나 느슨해진 로프가 해치 위에 놓여 있으면 패킹이 잠수함 표면에 제대로 밀착되지 못해 물이 새어 들 우려가 생긴다는 것이었다.

키웨스트 연안에서 인공허파의 실험으로 분주한 가운데도 몸센은 플로리다를 오가며 다이빙벨을 개량해 나갔다. 작업자가 드나들기 쉽고 구출된 사람들이 나오기 편하도록 다이빙벨 위쪽에 해치를 설치했다. 로프를 감는 릴의 구동 모터가 부분적 또는 전체적으로 물에 잠길 경우에 대비해 전기 구동방식이 아닌 압축공기 구동방식을 채택했다. 내부 공기압력과 수압을 동일하게 유지시켜 물이 들어오지 않게 하려면 다이빙벨을 항상 정(正)부력(positive buoyancy) 상태로 유지할 필요가 있었다. 이 섬세한 작업을 위해 다이빙벨 아랫부분에 녹색 페인트로 선을 그었다. 만약 바닷물이 이 선 아래에 있다면 다이빙벨이 정부력 상태에 있음을 나타내지만, 선 위로 올라온다면 부(負)부력(negative buoyancy) 상태이므로 다이빙벨이 가라앉고 말 것이라는 의미였다.

완성된 작품은 커다란 컵을 거꾸로 세워둔 모양으로, 직경 1.5미터에 높이 2.1미터였다. 작품에 몹시 흥분한 와트 대위는 조선소의 드라이도크에 물을 채워 실시하는 실험을 자기가 직접 하겠다고 나섰다. 실험에서 그는 해치에 연결된 가이드 로프가 얼마나 중요한지를 절실히 깨닫게 됐다. 가이드 로프 없이 다이빙벨을 조정하기란 거의 불가능에 가까웠다. 맨 처음 그는 내부공기를 방출했다. 그러자 다이빙벨이 무거워져 가라앉기 시작했다. 와트는 압축공기 호스를 열어 하강속도를 늦추려 했는데, 얼른 떠오르지 않자 당황한 나머지 압력을 더욱 높여 버렸다. 그러자 이번에는 다이빙벨이 쏜살같이 솟구쳐 수면까지 상승하더니 빌링 뒤집혀 다시 물속으로 가라앉기 시작했다. 다행히 드라이도크 바닥에는 똑바른 상태로 닿았기 때문에 익사는 간신히 면할 수 있었지만 도저히 어쩔 도리가 없는 지경이 되고 말았다. 결국 조선소 크레인으로 끌어올려 땅에 내려지는 수모를 당해야 했지만, 그래도 실험이 완전히 실패한 것은 아니었다.

"자네가 많이 젖을수록, 난 더 많은 걸 배우게 된다네." 몸센이 와트에게 말했다.

　극적인 63미터 부상 성공으로 최고점에 달한 인공허파 실험의 종결을 앞에 두고 몸센은 다이빙벨의 개발 속도를 늦추었다. 그리고 보다 많은 시간을 인공허파의 대량생산과 인공허파 사용법을 교육할 훈련용 탱크 설계에 할애했다. 한편 S-4의 전동기실 위쪽에 위치한 탈출 해치 주위에는 강철 칼라(collar)가 조심스럽게 설치됐다. 다이빙벨에 설치된, 홈이 패인 고무 패킹을 쉽게 안착시키기 위해서였다.

　이 기묘한 장치는 열차로 플로리다에 보내져 팔콘에 실리게 됐다. 팔콘은 장치를 싣고 S-4를 예인해 멕시코만에 위치한 수심 23미터의 얕은 바다로 나갔다. 잠수함이 바다 밑에 가라앉자, 팔콘의 다이버가 잠수함의 해치 칼라 안쪽에 용접된 아이볼트(고리가 달린 볼트 -역주)에 가이드 로프를 연결했다. 그리고 몸센과 S-4의 어뢰담당 하사관 찰스 해그너가 다이빙벨 안으로 들어갔다. 바닷물이 맑았기 때문에 내려가는 도중에도 아래에 있는 목표 지점을 쉽게 볼 수 있었다. 쿵 하는 소리와 함께 두 사람은 갑판 위에서 약 30센티미터쯤 떨어진 수중에 정지했고 다이빙벨 안에 자리한 채로 별 어려움 없이 다이빙벨을 조정해 해치 위의 지정된 위치에 안착할 수 있었다.

　드디어, 가장 긴장된 순간이 왔다. 두 사람 모두 아무 말이 없었다. 말할 필요가 없었다. 패킹에 문제가 발생하거나 설계개념이나 제작기술에 어떤 결함이라도 있다면 그들은 죽은 목숨이나 다름없다는 사실을 두 사람 모두 잘 알고 있기 때문이었다. 이론적으로 다이빙벨 내의 공기압을 낮추면 수압에 의해 다이빙벨은 저절로 해치 칼라에 견고하게 밀착될 터였다. 만약을 대비해 몸센은 다이빙벨을 칼라에 확실하게 고정시키기 위해 고안한 네 개의 볼트를 채우라고 해그너에게 지시했다.

그 다음, 몸센은 수위를 조심스럽게 지켜보면서 밸브의 핸들을 돌려 다이빙벨 내부의 공기를 방출했다. 나중에 몸센은 이 순간을 "숨막힐 정도로 스릴 만점이었다"라고 술회했다. 밀봉은 완벽했다. 수위는 정지한 채 그대로였다. 압력이 낮아지자 공기 중의 습기가 응축되어 생긴 이슬만이 실험이 계획대로 진행되고 있음을 나타내 주었다.

언제나 냉정했던 몸센도 S-4의 해치를 천천히 여는 순간만은 긴장으로 손끝이 떨렸다. S-4의 함장 노먼 이브스 대위에게는 해치를 열면 80리터 정도의 물이 쏟아져 들어갈 거라고 미리 경고해 둔 바 있었다. 해치를 열고 아래를 내려다보자, 자신을 올려다보는 이브스의 모습이 보였다. 인공허파를 실험하면서 수많은 일들을 경험했음에도 불구하고, 그는 돌연 감정에 북받쳐 할 말을 잃고 말았다. 그러나 곧 냉정함을 되찾고, 지금까지 바닷속에서는 그 누구도 들어본 적이 없는 역사적인 한 마디를 입 밖에 내었다.

"승함 허가를 요청합니다."

이브스는 S-4의 승조원 중에서 '구출될' 두 명을 선발했다. 해치가 닫히고 다이빙벨 고정 볼트가 풀렸다. 다이빙벨 내부의 공기압이 해수압과 같은 수준에 이를 때까지 공기를 불어넣자 밀봉된 패킹이 떨어지며 다이빙벨이 떠오르기 시작했다. 비록 이 첫 번째 실험은 엄격히 통제된 조건에서 실시된 것이었지만 다이빙벨의 타당성을 실증해 주는 데는 충분했다. S-51이 침몰한 후, 밤낮없이 꾸고 또 꾸었던 몸센의 꿈이 마침내 현실로 다가온 것이다.

다이빙벨의 완성도를 높이기 위해 몸센은 실험에 실험을 거듭했다. S-4 위에 도착했을 때, 이유는 알 수 없었지만 두 가닥의 하강용 로프가 서로 얽혀 있는 것이 발견되어 최종 설계에서는 한 가닥만 하기로 결정됐다. 또 평소보다 많은 무게를 싣게 되면 다이빙벨이 제대로 부상하지 못하는 경우도 발견되어 간이 밸러스트 탱크를 설치하게 되었다. 구출된 잠수함 승조원의 몸무게 때문에 부력이 모자랄 경우에 이를 이용해 보충하려는 의도였다. 밸러스트는 해수를 그냥 쓰면 될 것이고 밸러스트 탱크로 사용될 통은 구출된 사람들이 앉을 의자로 활용할 수 있었다. 이 방안은 한 가지만 빼고는 완벽했다. 몸센은 보급부에 다음과 같은 메모를 보냈다.

"보내준 밸러스트 탱크는 잘 받았음. 하지만 커버 위에 공들여 만든 손잡이 때문에 의자로 쓰기에는 다소 불편함."

몸센은 두 번이나 죽을 뻔했다. 침수된 구역의 물을 완전히 빼야 할 상황이나 최소한 다이빙벨의 구조원들이 잠수함 안으로 들어갈 수 있을 만큼 물을 밀어내야만 할 경우도 있을 수 있었다. 이러한 경우를 대비해 18미터 깊이에서 S-4의 전동기실을 침수시킨 후, 해수유입 밸브를 열어놓은 채 실험을 실시했다. 몸센과 해그너는 평소와 마찬가지로 해치를 향해 내려갔다. 방수를 확실히 한 후, 보통 때보다 조금 더 볼트를 조였다. 침수된 구역의 수압이 어느 정도일지 확신할 수는 없었으나 해수압과 비슷한 수준일 거라고 몸센은 추측했다.

해치를 열기 시작함과 거의 동시에 잠수함의 물이 다이빙벨 안으로 들어오지 못하도록 재빨리 다이빙벨의 공기압을 높였다. 이어 몸센은 압력을 더욱 높여 침수 구역의 물이 열린 상태로 있는 밸브를 통해 배출되도록 했다. 그리고 나서 몸센과 해그너는 전동기실 안으로 들어갔다. 실제 재난 상황이었다면 그들은 해수유입 밸브를 닫거나 구조에 필요한 다른 일을 했을 터였다. 몸센은 다이빙벨에 설치된 전화로, 모든 일이 순조롭게 끝났다는 메시지를 S-4 사령실의 이브즈 대위에게 전해달라고 요청했다. 이제 침수 구역에 남은 물은 펌프로 퍼내든지 아니면 고압으로 밀어내든지, 이브즈의 맘이었다.

그런데 몸센과 해그너가 해치를 닫고 다이빙벨의 볼트를 풀려 하자, 볼트가 꽉 끼여 꼼짝도 하지 않았다. 더구나 그것은 시작에 불과했다. 엄청난 부력을 견디기에는 애초부터 턱없이 약했던 볼트가 떨어져 나오려 했던 것이다. 만약 볼트 모두가 동시에 떨어져 나간다면 다이빙벨은 수면을 향해 솟구쳐 올라갈 터였다.

몸센은 일평생 그때만큼 재빨리 움직인 적이 없었다. 그는 즉시 다이빙벨의 내압을 낮춰 해수압에 의해 패킹이 해치 칼라에 압착되도록 함으로써 볼트가 받는 장력을 줄였다. 그제야 비로소 몸센과 해그너는 볼트를 렌치로 풀 수 있었다. 귀환하는 도중에 해그너가 당연한 제안을 내놓았다.

"대위님, 좀더 굵은 볼트를 써야 할 것 같은데요."

S-4를 롱아일랜드 해협 동쪽 43미터 해저에 놓고 실시한 실험에서 발생한 사건은 더욱 아찔했다. 몸센과 동반한 프랜시스 처치 주임상사에게는 그것이 첫 번째 다이빙벨 탑승이었다. 여느 때와 마찬가지로 정부력 상태를 유지하면서 릴을 감아 내려가고 있던 그들은 돌연 해협을 통과하는 사나운 급류에 휩말렸다. 팔콘에 케이블이 연결되어 있기는 했지만, 다이빙벨이 해류에 말려드는 바람에 수직을 이루고 있어야 할 하강용 로프가 거의 15도나 경사를 이룰 정도였다. 그러한 과도한 장력 탓에 결국 에어모터 한 대가 고장을 일으켰다. 몸센은 수리가 가능한지 확인하려고 두 번째 모터도 정지시켰다. 그러

느라 잠시 수위에 대한 감시는 소홀해졌다. 다시 수위 확인을 위해 눈을 돌렸을 때, 물은 이미 녹색의 경고선을 넘어 차오르고 있었다.

몸센은 즉시 공기압을 올렸지만, 때는 이미 늦은 상태였다. 다이빙벨은 제멋대로 가라앉기 시작했다. 순식간에 일어난 일이었기에 팔콘에서 귀환용 케이블을 담당하는 승조원은 그저 로프가 계속 풀려나가도록 내버려둘 수밖에 없었다. 다이빙벨이 더욱 깊이 가라앉음에 따라 다이빙벨 내의 수위는 급격히 올라갔고 공기는 한층 더 압축됐다. 겨우 3미터를 앞에 두고서야 다이빙벨은 S-4와의 충돌을 모면할 수 있었다. 뿐만 아니라 감시창 너머로 보이는 해저에 산재한 암초와도 운좋게 부딪치지 않았다. 기적이나 다름없었다. 그때까지 두 사람이 입은 상처는 급격한 압력 변화 탓에 처치가 코피를 조금 흘린 것뿐이었다.

전화선은 아직 살아 있었다. 그는 물 위의 당직사관에게, 귀환용 케이블을 캡스턴(닻 등을 감아 올리는 기계 -역주)에 걸어 자신의 지시에 따라 다이빙벨을 끌어올리라고 했다. 이는 극히 까다롭고도 위험한 작업이었다. 이번에는 다이빙벨이 적절한 부부력을 정확히 유지하도록 해야만 했다. 실패한다면 이제까지의 문제와는 반대로 다이빙벨이 갑자기 떠올라 사고가 나게 되는 것이다. 그런데 다이빙벨이 문제를 일으키기 시작했던 바로 그 지점에 이르자, 갑자기 고장난 모터가 제대로 작동하기 시작했다. 몸센은 지체없이 팔콘에 연락하여 케이블을 풀어 느슨한 상태를 유지하도록 지시했다. 그는 다이빙벨의 부력을 정부력 상태로 바로 잡아 릴을 감으며 다시 S-4로 하강해 구조 훈련을 끝마쳤다.

"어쨌든 자넨 많은 걸 배웠잖나. 대부분이 생겨서는 안 될 상황에 대한 것이긴 했지만."

몸센은 처치를 그렇게 위로했다.

이런 사고와 몇몇 설계상의 분명한 오류에도 불구하고 다이빙벨은 대단한 성공을 거둔 것으로 평가됐다. 다음 단계는 원안을 수정해 개선하고, 실험에 참여한 모든 사람들의 아이디어를 집약, 다이빙벨을 명실상부한 '구조체임버'로 변모시키는 데 필수적인 보고서를 준비하는 일이었다.

새롭게 설계된 구조체임버는 해치가 달린 방수벽에 의해 상하로 분리된 두 개 구역으로 이뤄졌다. 위쪽에는 탑승자들이 앉을 수 있도록 가변 밸러스트 탱크가 빙 둘러 설치되고, 밸러스트 탱크마다 32킬로그램의 해수를 채워 탑승자의 무게에 따라 비울 수 있도록 했다. 또한 전화와 조명, 그리고 압축공기를 유입시키거나 방출시키는 급속작동 밸브가 설치되었다. 아래쪽에는 에어모터와 하강용 케이블을 감고 풀 수 있는 릴이 자리잡았다. 평상시 아래쪽은 물로 채워져 있지만, 이곳을 비워서 사용할 필요가 생기면 주위에 빙 둘러 설치된 밸러스트 탱크에 동일한 양의 물을 채움으로써 항상 정확한 부력을 유지할 수 있게 하였다.

몸센은 이러한 개선안들을 실행에 옮기기 전에, 잠수함 승조원들에게 인공허파의 사용법을 훈련시키기 위하여 함정수리건조국을 떠났다. 대신, 다이빙벨의 실험을 진행하는 동안 키웨스트에 있었던 알렌 맥케인 소령이 실험의 나머지를 수행하게 되었다.

개량된 구조체임버가 1930년 가을에 완성되자, 몸센과 맥케인은 브루클린 해군조선소의 드라이 도크에서 그 성능을 실험했다. 와트가 죽을 뻔했던 바로 그 도크였다. 구조체임버는 요구 사항을 완벽하게 충족시켰다. 의도적으로 30도 이상 기울여 놓은 해치에도 어려움 없이 안착할 정도였다. 이후 구조체임버는 마지막 점검을 받기 위해 팔콘에 실려 뉴런던으로 향했다. 우선 122미터 해저에 방치해 두고 방수 성능을 평가했다. S-4 위에서도 평가를 받았다. 소용돌이 속에서도 하강해 보고, 차가운 바다, 더러워 시계(視界)가 나쁜 바다, 깊은 바다, 얇은 바다 등등 여러 곳에서 반복 평가했다. 구조체임비는 흠 잡을 데 없이 완벽하게 작동했다. 그리고 마침내 전세계에 퍼져 있는 미해군 잠수함 사령부마다 각각 한 기의 구조체임버가 제작, 배치되었다.

그러나 이렇게 일이 잘 되기만 한 것은 아니었다. 잠수함 승조원의 생명을 구하겠다는 몸센의 완고함은 너무 많은 사람의 감정을 상하게 하고 화나게 만들었으며, 때로는 관료적인 절차를 무시했다. 실제로 '몸센 허파'라는 이름조차 언론에서 붙여준 것으로, 공식적인 이름은 '잠수함 탈출장치'였다. 심지어 다이빙벨에 대해 착상하고, 그 실현을 위해 싸우고, 솔선해 개발에 앞장섰으며, 그 과정에서 목숨까지 잃을 뻔한 사람은 몸센이었지만 막상 그 구조체임버는 '맥케인 구조체임버'란 이름으로 세상에 등장하는 일까지 벌어졌다.

9년이 지난 지금, 몸센은 스컬핀의 사관실에 앉아 있었다. 마음 속 깊은 곳에서 그때의 희미한 상처가 아직도 그를 당기고 있었다. 이제 중요한 것은 실수가 용납되지 않는 이번 시험을 과연 통과할 수 있을 것인가였다.

몸센은 다이버인 맥도널드를 쉬게 했다. 어떤 이유에서든 예상치 못한 잠수를 해야 할 상황에 대비해 그의 체력을 비축해둘 필요가 있었다. 벤키와 야브로 대위가 함께 있다는 사실이 몸센에게는 커다

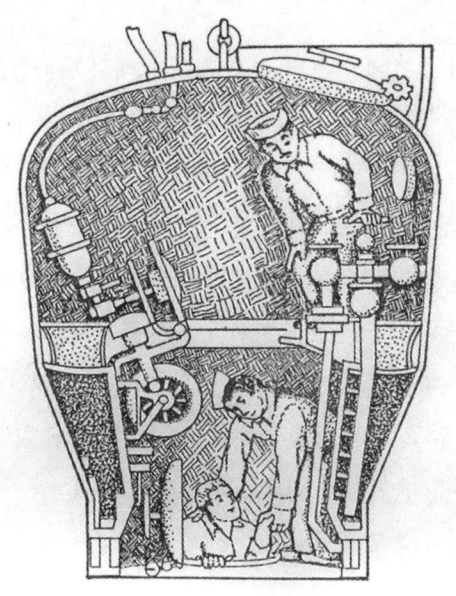

맥케인 구조체임버로 소개된 당시 단면도 (미국해군기록보관소)

란 힘이 되었다. 벤키는 헬륨과 산소의 효과적인 사용법에 대해 어느 누구보다 해박했으며, 잠수병의 치료법에 대해 피터 야브로만큼 잘 아는 사람도 없었다. 몸센이 걱정스러웠던 것은 이들 두 사람이 몸센의 일에 너무 헌신적으로 참여하는 바람에 일반적인 해군 군의관으로서 당연히 누려야 할 승진의 기회를 잃지는 않을까 하는 점이었다. 그렇지만 누구도 떠나고 싶다는 말은 하지 않았다.

"역사에 남을 일에 참여하는 기회가 그리 흔한 건 아니잖습니까?" 벤키가 말했다.

5월 24일 이른 아침, 지난 일들을 곰곰이 되씹고 있는 몸센에게는 숙고해야 할 다른 문제들이 있었다. 피나쿡은 정말로 스쿼러스를 찾아낸 것일까? 검은 바다 위에서 출렁이는 나무 격자에 매달린 저 거대한 마닐라 로프에 연결된 것이 혹시 오래된 난파선은 아닐까?

프란시스 네이퀸은 포츠머스의 집에서 자다 깨다 하며 선잠이 들어 있었다. 그러다 그녀는 밤의 적막을 찢는 갑작스럽고 요란한 사이렌 소리에 화들짝 놀라 깨어났다. 그것은 열두 명으로 구성된 몸센의 시험 다이빙부대에 소속된 나머지 대원들을 호위하는 순찰차에서 나는 소리였다. 타고 오던 비행기가 악천후로 어쩔 수 없이 뉴포트에 착륙한 후, 그들은 순찰차의 선도를 받으며 전속력으로 북쪽을 향해 달려왔고, 이제 그 첫 번째 그룹이 도착했던 것이다.

13

산소 공급을 줄여 공기를 약간 탁하게 유지하도록 한 네이퀸의 조치는 밤사이 내내 대부분의 대원들을 졸게 만들었다. 추위가 점점 심해졌기 때문에, 잠이라도 잘 수 있는 사람은 그래도 운이 좋은 편이었다.

전방 어뢰실에서 담요를 뒤집어쓰고 있던 찰리 유하스는 손을 뻗어 손가락 관절을 구부려 보았지만 이내 손을 거두었다. 불과 몇 초 만에 손이 뻣뻣해지는 것을 느낄 수 있었다.

그의 옆에 있던 해롤드 프레블은 몇 시간 전에 지나쳤던 전방 배터리실이 얼마나 훈훈해 보였는지를 떠올리고 있었다. 그때는 그 역시 금방 구출될 수 있으리라 확신했기에 힘징실 앞을 지나면서 충동적으로 문 위에다 색연필로 낙서를 했다.

"모든 일이 예상한 대로 잘 진행되고 있음."

그는 0930이라고 시간을 적고 나서 서명도 조금은 과장되게 해 두었다. 프레블은 그들이 구출되고 잠수함도 인양된 후에, 이것이 대원들의 왕성한 사기를 나타내는 생생한 증표가 되어주리라고 생각했다. 상황이 그의 희망대로 전개되지는 않았지만, 궁극적으로는 같은 결과를 맞게 될 것임을 믿어 의심치 않았다.

그는 그런 곤경 속에서도 터무니없는 유머를 생각해냈다. 업무나 습성에 있어서 깐깐하기로 유명한 한 대원이 저녁식사 후 이빨 사이에 낀 파인애플 조각 때문에 애를 먹고 있다. 그것을 빼내려고, 그 친구는 침침한 불빛 아래서 제 딴에는 찾아낼 수 있는 유일한 도구를 사용한다. 그 도구란, 자신이 누운 침상 위에 놓인 양말이었다.

밤이 깊어가면서 추위가 심해지자 프레블은 추위를 잊기 위해 딴 생각을 하려고 애썼지만, 소용이 없었다. 그가 지금 간절히 원하는 것은 결코 얻을 수 없을 물건이었다. 프레블은 담배 한 개비만 피울 수 있다면 무슨 짓이든 할 수 있을 것 같았다.

니콜스 중위는 자신이 구출되리란 사실을 조금도 의심하지 않았다. 개인적으로 그는 침몰 직후 '몸센 허파'를 이용해서 탈출하는 방안에 반대하지 않았다. 그렇지만 그런 결정은 자신의 몫이 아니었다. 비록 차가운 바닷물이 그들을 내리눌러 상승하는 데 어려움이 따르겠지만, 적어도 사건 직후인 만큼 인공허파로 수면까지 도달할 충분한 체력이 대원들에게 있을 거라고 그는 확신했다. 처음 몇 시간 동안, 니콜스는 이 구역 안에서 유일하게 탈출 훈련을 받지 않은 프레블에게 탈출 방법의 기본적인 사항을 가르쳐 주는 것 외에, 잠수함에 실린 모든 매뉴얼에서 인공허파 사용법의 핵심적인 사항을 발췌해 큰 소리로 환기시켰다. 즉, 일단 탈출 갑문에 들어서면 자신의 코를 쥐고 힘껏 숨을 내쉬어 귀 안의 압력을 이완시킬 것. 호흡은 항상 정상적으로 할 것. 절대 상승용 로프를 놓지 말 것. 로프의 정지 지점에 이르면 상승을 멈추고 잠수병 방지를 위해 정해진 만큼의 수를 셀 것. 일단 수면에 도착하면 마우스피스와 플러터 밸브를 잠가 잔류 산소가 새지 않도록 하여 자신이 구조될 때까지 인공허파가 구명동의 역할을 할 수 있게 만들 것.

"질문이 있으면, 지금 하도록." 니콜스가 말했다.

아무 질문도 없었다.

"좋아." 그가 덧붙였다.

"중요한 건 될 수 있는 한 공기를 아끼는 것이다. 돌아다니거나 잡담을 해서 공기를 허비하지만 않는다면 산소는 충분하다."

스쿼러스가 해저에 가라앉은 직후, 이런 말을 하면서 니콜스는 무언가 격려의 말도 한 마디 해야 되지 않을까 망설였다. 고등학교 시절, 팀이 형편없이 깨지고 있을 때 축구팀 코치가 사기 진작을 위해 하프타임 때 해준 말들이 떠올랐다. 하지만 그만두기로 했다. 게이노어 상사 같은 베테랑은 말할 것도 없고, 민간인인 해롤드 프레블이라고 해도 그들에게 자신이 격려의 말을 한다는 것이 왠지 주제넘은 일처럼 느껴졌다. 시간이 많이 흘렀지만 한 번도 그 결정을 후회하지는 않았다. 잠수함 승조원들에게는 특별한 피가 흐르고 있다고 그는 생각했다. 자신에게 잠수함 근무는 무모한 짓이라고 충고했던 전함 메릴랜드의 동료 장교는 도저히 이해할 수 없으리라. 전방 어뢰실에 있는 대원들을 살펴보며, 니콜스는 가슴에서 어떤 감동이 솟구치는 것을 느꼈다. 정말 대단한 친구들이었다.

어느 누구도 겁먹은 모습을 눈곱만큼도 보이지 않았다. 영문도 모른 채, 스쿼러스의 침몰에 당황했던 취사보조원 펠리치아노 엘비나조차 탈출 훈련에서 배운 모든 것들을 조용히 되새기며 앉아 있었다. 엘비나에게는 별난 고민거리가 있다. 훈련 과정에서 그는 언제나 낮은 코 때문에 클립이 잘 집히지 않아 고생이었다. 만약 인공허파를 사용해야 될 상황이 온다면, 미끄러져 빠지지 않도록 클립을 최대한 콧구멍 가까이에 채워야겠다고 스스로 다짐하고 있었다.

물론 몇몇 사람은 이런 냉정함을 유지하는 데 엄청난 의지력이 필요했다. 전방 배터리실에서 끌고 나온 매트리스 위에 웅크린 게리 맥리스는 대서양의 수온과는 관계없는 한기에 시달리고 있었다. 맥리스는 자신이 어떻게 해서 존 배틱 대신에 전방 배터리실에 남게 됐는지를 정확히 기억해내려고 애썼다. 그러다 갑자기 모든 일이 분명하게 떠올랐다. 잠수가 시작되려 할 때까지도 배틱은 사병식당에서 커피를 마시고 있었다. 맥리스는 배틱이 살았는지 죽었는지 알 도리가 없었다. 그러나 맥리스가 윌 아이삭스에게 배틱이 후방 배터리실에서 탈출했는지를 물어보았을 때, 아이삭스는 그러지 못했을 거라고 대답했다. 침수된 구역에서 마지막으로 빠져나온 아이삭스가 배틱을 보지 못했다는 것이다. 맥리스는 담요 밑에서 떨며 생각했다.

'하느님 맙소사! 망할 놈의 커피 반 잔 때문에!'

당장 니콜스 중위가 제일 걱정스러워하는 사람은 타격 신호로 수면에 메시지를 전달하는 임무를 맡은 테드 제이콥과 찰스 파웰이었다. 첫날 밤 오후 아홉 시가 조금 넘어 완댄크가 생존자 수와 장소 확인을 요청해왔는데, 이에 대한 회신은 엄청난 체력 소모를 필요로 했다. 모든 단어를 해머로 두들겨 세 번씩 반복하는 일은 엄청난 중노동이었다. "전방 어뢰실 15명, 사령실 18명." 이것만으로도 그들은 기진맥진해져 버렸다. 제이콥은 이미 구토 중이고, 파웰도 토하기 직전이었다. 니콜스가 해줄 수 있는 일이라고는 이산화탄소 흡수제를 더 뿌려주고, 산소를 좀더 공급하는 일뿐이었다.

거의 자정이 다 되도록 그들은 계속해서 해머를 휘둘렀다. 그리고 나서는 다행스럽게도 더 이상의 정보 요청이 없었다. 몸센의 제안이 있었기 때문이었다. 하지만 완댄크가 몸센의 존재를 확인해준 것은 다시 두 시간이 더 흐른 뒤였다.

"몸센에 의하면 8미터 압력이면 아무 위험도 없다고 한다."

콜 제독이 제대로 된 사람을 불러온 것이다. 소식을 들은 모든 대원들이 환성을 울렸다.

"그 사람이라면!" 로렌스 게이노어가 말했다.

전방 어뢰실도 이전에 비해 별로 나아진 것은 없었지만, 잠수함이 해저에 닿을 때 위쪽의 통기 파이프에서 약간의 바닷물이 분출된 것을 제외하고는 더 이상의 침수가 발생하지 않았다. 덕분에 적어도 물기 없는 상태는 유지하고 있었다. 그러나 침수 상태가 심각한 사령실은 전시에 적의 폭뢰 공격으로부터 정교한 계기들을 보호하기 위해 이중 선체 구조로 되어 있음에도 불구하고 상태는 더욱 악화되고 있었다. 뼛속 깊은 곳까지 사정없이 파고드는 축축한 한기는 월터 도일에게 있어서는 상상할 수 없을 만큼 지독한 것이었다. 앞으로 어떤 일을 겪게 되더라도 지금의 상황은 절대 잊지 못할 거라고 도일은 어둠 속에서 생각했다.

탁한 공기와 함께 모든 사람을 의기소침하게 만든 것은 추위였다. 조금 썰렁하기는 했지만 빌 볼튼의 나지막한 농담 한 마디가 오후 내내 팽팽하게 지속되던 긴장감을 다소 누그러뜨렸다.

"오늘 저녁엔 스테이크가 나오려나?"

"도대체 이런 상황에서 먹을 게 생각나냐?" 누군가 응수했다.

"그럼 쭉쭉빵빵 금발은 어때?"

모두들 침묵 속에서도 불굴의 투지를 잃지 않고 있었다. 가장 최근에 스쿼러스에 배속되어 난생 처음 잠수함 근무를 시작한 위생병 레이 오하라도 마찬가지였다. 오하라가 주의 깊게 지켜보는 가운데, 초저녁부터 심한 오한에 시달렸던 나이 어린 워쉬본도 열은 떨어지지 않았지만 간신히 잠이 들었다. 나중에 잠수함 근무 경력이 19년째인 183센티미터의 건장한 기계담당 하사관 게이빈 코이네가 팔꿈치로 오하라를 쿡 찌르며 물었다.

"잠수함 근무로 옮긴 게 후회되나?"

"무슨 말씀을." 오하라가 말했다.

스쿼러스가 바닥에 닿자마자, 알 프린은 하이인덕션 레버가 '닫힘' 상태에 있는지를 확인했었다. 저녁식사를 하는 동안 다소 움직일 여유가 생기자, 프린은 자신이 잘못 본 것은 아니었는지 싶어 재빨리 곁눈질로 레버를 다시 확인하였다. '보라고!' 그는 소리라도 지르고 싶은 심정이었다. '닫혀 있잖아!' 오로지 그 한 가지 생각이 그를 내내 괴롭혔던 것이다. 마치 그는 눈에 보이지 않는 조사단을 앞에 두고 있기라도 한 듯 줄곧 속으로 주장하고 있었다.

'밸브를 닫았습니다. 당길 수 있는 데까지 완전히 당겼단 말입니다. 제어반도 확인했어요. 모든 신호등이 정상이었습니다. 제어반이 완전히 나가버릴 때까지도 전부 녹색이었어요.'

프린과 마찬가지로 로버트 로버트슨 중위도 혹시 모든 일의 원인이 하이인덕션 밸브가 닫히지 않아 발생된 것이 아닐까 하는 의심을 떨칠 수 없었다. 공교롭게도 그는 포츠머스에서 처음 밸브가 설치되어 테스트하던 자리에 있었다. 또한 항구에서 실시된 시험 잠수에서 밸브가 열리지 않는 문제가 발생, 이를 수리했던 지난 4월 30일에도 현장에 있었다. 밸브는 분해되어 재조립된 후, 신기할 정도로 잘 작동했다. 모든 면에서 예전보다 오히려 더 나았다. 잠수가 시작되어 스쿼러스가 파도 밑으로 미끄러져 들어갈 때 로버트슨은 사령탑 안에 있었다. 뭔가 문제가 발생한 듯하다는 연락을 받은 직후, 그는 바로 뒤에 있는 유압 탱크에서 쉬 하며 공기 새는 소리를 들었다. 하이인덕션 밸브는 유압으로 구동되는 것이었다. 그게 바로 원인이 아니었을까 싶었다. 유압 계통 중 어딘가가 파손된 것은 아닐까? 만약 그렇다면 또다른 의문점이 생기게 된다. 왜 제어반의 신호등은 계속 녹색으로 켜져 있었을까? 밸브와 달리 제어반은 전기로 작동된다. 모든 것이 동시에 고장난다는 것은 상상하기 어려웠다.

잠수함에 근무하려면 엄격한 기준을 통과해야 한다는 것을 알고 있었지만, 이런 극한 상황에서도 사령실에 엄정한 군기가 유지되고 있다는 사실에 로이 캠벨 상사는 놀라움을 금할 수 없었다. 캠벨은 스쿼러스에 탑승한 하사관 중에서 가장 선임자였기 때문에 정규 업무 외에 다른 임무도 맡고 있었다. 하나는 네이퀸 함장과 승조원들 사이의 가교 역할이었고, 다른 하나는 고민거리가 있지만 장교와 상의하기를 꺼리는 수병들의 상담역이 되는 것이었다. 따라서 그는 좋지 않은 징후가 나타나면 언제라도 나설 마음가짐이 되어 있었다. 그렇지만 어느 누구에게도 그런 징후는 보이지 않았다.

캠벨의 맞은편에서는 대원 한 명이 냉정한 결정을 내리고 있었다. 칼튼 파웰은 자신들을 이곳에서 구출해내기 위한 모든 수단이 강구되고 있음을 누구보다도 굳게 믿었다. 그래도 그 모든 수단들이 허사로 끝나 결국 스쿼러스 또한 S-51이나 S-4처럼 자신과 동료들을 담은 괴기스러운 관(棺)으로 변해 이 심해에서 인양될 경우를 한 번 생각해 보았다. 잠수함이 가라앉는 동안 줄곧 혼자서 펌프실을 지켰던 파웰은 쉽게 동요하거나 흥분하는 타입이 아니었다. 하지만 그는 지금이 이 세상에서의 마지막 시간이 될지도 모른다는 가능성을 직시하기로 마음먹었다. 그리고 이에 대한 준비를 하기로 했다. 파웰은 자신이 소유한 모든 것을 아내에게 남긴다는 유서를 작성하려고 주머니를 뒤져 종이 한 장과 연필을 꺼내 들었다. 어떻게 시작해야 할지 몰라 잠시 머뭇거리다, 이내 써 내려가기 시작했다.

"칼튼 B. 파웰, 본인은 온전한 정신적 육체적 상태에서…."

프랭키 머피에게는 한 가지 다행스러운 점이 있었다. 계속해서 상황 일지를 기록해야 했기 때문에 적어도 추위는 조금 잊을 수 있었다. 몸센이 구난 현장에 도착했다는 완댄크의 메시지를 기록한 다음 이렇게 덧붙였다.

"승조원들은 가능한 한 최대로 휴식을 취하고 있음. 이산화탄소 흡수제를 살포함."

이렇게 해서 네이퀸이 개봉을 지시했던 첫 번째 이산화탄소 흡수제 깡통은 열두 시간 만에 완전히 소진되어 버렸다. 아직 여섯 통이 남아 있었지만 사용을 보류하기로 했다. 첫 번째 산소통 속에는 현재 3분의 1 정도의 산소가 남아 있었다. 전방 어뢰실의 니콜스와 마찬가지로 네이퀸도 아직 개봉하지 않은 산소통을 비축해 두었다. 전방 배터리실에 남아 있는 다섯 번째 산소통은 승조원들이 머물고 있는 두 구역의 상태를 봐서 우선적으로 사용해야 할 필요가 있는 쪽에 쓸 작정이었다. 모두 합하면 적어도 앞으로 3일은 충분히 견딜 수 있으리라 판단되었다. 이것이 바닥나면, 밸러스트 탱크를 불어내는 데 사용하는 고압 실린더에서 공기를 공급받을 수도 있을 것이다. 그렇지만 그럴 경우 자신들에게 가해지는 잠수함 내의 압력은 더욱 높아지게 될 것이고, 이산화탄소의 농도를 낮추는 데에는 아무 도움이 되지 못할 것이다.

네이퀸도 다른 대원들과 마찬가지로 떠올리기조차 고통스러운 사고 과정을 상기하면서 후방 기관실이 갑자기 침수된 원인을 찾아보려 애쓰고 있었다. 아무리 생각해 보아도 결론은 하나뿐이었다. 그것도 지금으로서는 어디까지나 가장 논리적인 추측에 지나지 않았다. 잠수가 시작됐을 때에는 통기 밸브와 디젤엔진의 공기흡입 밸브가 모두 틀림없이 닫혀 있었을 것이다. 그렇지 않고서야 어떻게 제어반의 신호가 모두 녹색으로 들어왔겠는가? 또 피어스가 압축공기 실린더에서 공기를 분출시켰을 때 어떻게 잠수함 내 압력이 증가될 수 있었겠는가? 네이퀸이 사령탑에서 사다리를 타고 내려와 사령실에서 프레블과 잠항이 순조롭게 진행되고 있다는 말을 잠시 나누고, 잠망경을 들여다보기 위해 자세를 취했을 때, 비로소 위험을 암시한 공기의 이상 흐름이 후방에서 느껴졌다. 이유는 알 수 없지만, 물 속에서 대형 디젤엔진의 공기흡입 밸브가 다시 열린 것이다. 네이퀸으로서는 달리 다른 답을 생각해 낼 도리가 없었다.

어찌됐든 네이퀸은 팔콘이 도착할 때까지는 아무것도 시작되지 않으리라는 사실을 감수하고 참는 수밖에 다른 도리가 없었다. 분명 해상 쪽에서도 팔콘이 도착하기 이전에는 더 이상의 조치를 취하지 않기로 결정한 것 같았다. 닻으로 바닥을 훑어 자신들의 위치를 찾는 데 성공한 것 같다는 신호 메시지와 팔콘이 0300시(새벽 3시)경에 도착할 것 같다는 뉴스를, 완댄크에서 함께 전해왔다. 그러나 자정이 지날 즈음, 도착 예정 시간이 적어도 한 시간 반 정도는 늦어질 것이라는 연락이 다시 들어왔다.

네이퀸은 더 이상 지체되지 않기를 바랐다. 그는 한기가 대원들에게 미칠 영향을 염려하고 있었다. 해상에 있는 사람들이 불필요하게 조바심을 내지 않도록, 지난번 자신의 메시지에는 이런 사실을 알리지 않았다. 사람들이 거주한 구역이 침수되고 있는지를 물어왔을 때에도, 펌프실이 새고 있었지만 같은 이유에서 "아니다"라고 대답했다. 자정 무렵에 마지막으로 점검한 펌프실의 수위는 60센티미터를 넘지 않았다. 급속히 침수되고 있다는 징후는 보이지 않았다.

대부분의 대원들은 잠이 들었거나 조용히 휴식을 취하고 있었다. 네이퀸은 긴장을 유지하기 위해 머릿속에서 수학 문제를 풀었다. 한 문제를 풀면 곧 바로 다른 문제를 시작했다. 새벽 2시 30분쯤 새로운 스크루 소리가 들려왔다. 잠수함 요원으로 숙련된 그의 귀에 그것은 구축함에서 나는 소리로 들렸다. 이에 대한 확인은 없었지만, 그의 판단은 정확했다. 뉴런던 기지 사령관 리차드 에드워드를 태운 세 메스였던 것이다.

스컬핀에 있는 몸센은 콜 제독과 협의를 마친 후 잠시 눈을 붙여야겠다고 말했다. 내일은 몹시 힘든 하루가 될 것이 분명했으므로, 몸센은 최선의 상태로 작업에 임하고 싶었던 것이다.

콜은 몸센이 이런 상황에서도 냉정하게 자신을 통제하고 있다는 사실에 감탄을 금치 못했다. 다시 한번 콜은 몸센이 이 임무에 최적격자임을 확신했다. 어떤 것도 저 친구를 흔들지 못하리라고 콜은 생각했다. 그가 말했다.

"그런데 말야, 스웨이드, 자네가 갈아입을 만한 옷이 있는지 알 아봐야겠어."

그리고 그날 새벽 네 시에 몸센은 눈을 떴다.

팔콘이 수평선에 나타난 것이었다.

14

5월 24일, 잿빛으로 밝아오는 황량한 새벽. 구름이 낮게 드리워진 바다 위에서 몸센은 다가오는 팔콘을 바라보고 있었다.

현장에 있는 다른 배들과 마찬가지로 스컬핀도 팔콘의 선장인 조지 샤프의 요청에 따라 최소 640미터 밖으로 물러났다. 샤프는 작업에 필요한 공간을 충분히 확보하고자 했다.

스쿼러스의 승조원들은, 팔콘이 침몰한 해역 바로 위에서 계류 작업 중이므로 더 이상의 로케트는 발사하지 말라는 완댄크의 메시지를 들었다. '바로 위' 라는 말이 조금 성급한 표현이긴 했지만….

샤프에게 해상의 조건은 최악이나 다름없었다. 돌연히 솟아오른 엄청난 파도 위에서 광포한 너울이 격한 바람에 춤추고 있었다. 차례차례 휩쓸고 지나가는 돌풍은 시계(視界)를 거의 제로 상태로 만들곤 했다. 이런 상황에서 샤프는 피나쿡이 투하해 놓은 나무 격자 옆으로 팔콘을 몰고 가 스쿼러스의 침몰 추정 장소 위에 정박시켜야만 했다. 샤프는 잠수함을 중심으로 대략 정사각형 모양이 되도록 닻을 투하한 뒤, 이 네 개의 닻에 팔콘을 매어 고정시킬 생각이었다. 제대로 조종조차 안 되는 배를 가지고 네 시간이나 악전고투를 한 끝에 마침내 의도한 위치에 가져다 놓기는 했지만, 헛수고한 셈이 되고 말았다.

갑자기 바람의 방향이 바뀌면서 파도가 팔콘의 측면을 강타했다. 닻들은 고정된 상태를 유지하지 못하고 파도에 밀리는 배에 끌려가기 시작했다. 완댄크가 조심스럽게 접근해 자신의 닻 하나를 팔콘의 좌현 너머에 떨어뜨린 후, 닻에 연결된 로프를 팔콘에게 넘겼다. 그러나 다섯 개의 닻을 가지고도 샤프는 배를 충분히 안정시킬 수 없었다. 배는 계속해서 좌우로 격렬히 흔들렸다. 뱃전 너머로 구조체임버를 투하하거나 다이버를 바닷속으로 내려보내는 일은 상상도 할 수 없는 상태였다. 무리하다가 팔콘의 뱃전에 부딪치는 일이라도 생기면 하나밖에 없는 구조체임버는 그대로 쓸모 없게 되어 버릴 터였다. 팔콘급의 기뢰제거함을 개조해 구난함으로 사용하는 데 대한 몸센의 우려는 생생한 현실이 되어 눈앞에서 펼쳐지고 있었다.

물론 샤프는 처음부터 모든 것을 다시 시작할 수도 있었다. 그렇지만 1분 1초가 아까운 현실에서 그 많은 시간을 또다시 허비한다는 것은 도저히 받아들일 수 없는 선택이었다. 콜 제독, 직속상관인 에드워드 대령과 협의한 끝에 샤프는 위험을 무릅쓰고 대담한 시도를 해보기로 결정했다. 그는 스피커를 통해 기관실에 직접 명령을 내려, 배가 제자리에 그대로 있도록 정확한 출력을 유지하면서, 선수 쪽 닻에 연결된 로프와 선미 쪽 닻에 연결된 로프를 바꿔 연결했다. 그리고 배를 천천히 회전시켜 뱃머리가 바람 부는 쪽을 향하도록 했다. 배가 상하로 흔들리는 것은 여전했지만, 이제까지 좌우로 30도씩이나 흔들리던 상태는 크게 나아졌다. 더욱 중요한 사실은 이제 닻이 바다 밑바닥에 깊숙이 박혀 배가 단단하게 고정됐다는 점이었다.

샤프는 0945시(9시 45분)에 모든 작업을 완료했다. 그리고 나자, 자연이 비웃기라도 하는 것처럼 바람과 파도도 잠잠해지기 시작했다. 구름까지 걷히기 시작하였다.

한편 스웨이드 몸센은 자신의 작업 준비에 여념이 없었다. 팔콘이 모습을 나타냄과 동시에 자신의 시험 다이빙부대원들도 스컬핀에 승선했다. 그 중에는 짐 맥도널드와 함께 헬륨과 산소를 사용해 152미터 잠수 기록을 세운 기계담당 하사관 빌 배더스 상사도 포함되어 있었다. 구조체임버에 이름을 붙인 알렌 맥케인 중령도 구조 본부의 기술자문역으로 이들과 함께 도착했다. 몸센은 자신이 받은 마음의 상처는 조금도 내색하지 않은 채, 진심으로 그를 반겼다.

몸센은 줄리안 모리슨 대위가 이끄는 팔콘 소속 다이버들에 대한 지휘권도 부여받았다. 팔콘이 닻을 내리기도 전에 그들 역시 스컬핀에 승선시켰다. 스컬핀은 스쿼러스와 동형 모델이므로, 모든 다이버들이 잠수함의 내부 구석구석까지 철저히 숙지하도록 하여 어둠침침한 심해로 침몰한 잠수함에 들어섰을 때 언제라도 자신이 서 있는 위치를 정확히 파악하도록 하기 위함이었다.

마침내 팔콘이 위치를 잡으면서, 위대한 드라마가 시작될 무대가 완성되었다. 그러나 몸센은 먼저 중요한 결정을 하나 내려야 했다. 그것은 몸센의 특성인 세심한 배려를 그대로 드러내는 결정이었다. 몸센은 팔콘 소속 다이버들을 대부분 개인적으로 알고 있었으며 '하드햇(Hard Hats - 심해 다이버들을 지칭하는 별명)' 사이에 고조되는 긴장감도 느낄 수 있었다. 자기 휘하의 다이버들과 팔콘 소속의 다이버들은 모두 거칠고 자부심이 강한 집단이었기에 이들 간에 지나친 자부심이 표출되거나 자연스런 라이벌 의식이 표면으로 드러난다면 구조 작업이 파국을 맞게 될 수도 있었다. 그래서 몸센은 한쪽으로 조금이라도 치우치는 일이 없도록 이들을 혼성 편성, 모든 사람에게 차례가 돌아가게 했다. 거기에, 첫 번째 잠수는 팔콘 소속 다이버에게 맡기기로 하였다.

이 모든 것은 충분히 이해할 수 있는 처사였다. 그렇지만 모든 사람을 놀라게 만든 것은 몸센이 첫 번째 다이버로 마틴 시비츠키라는 건장한 체격의 갑판장을 선정했다는 점이었다. 당시에는 다이버로서 시비츠키의 능력에 의문이 제기되던 때였다. 두 달 전 시비츠키는 비교적 낮은 심도라고 알려진 해역에서 잠수병을 일으키는 바람에 다이버 자격을 반납하라는 권고를 받은 바 있었다. 워싱턴에서 이 소식을 접한 몸센은 믿을 수가 없었다. 몸센은 일부러 일거리를 만들어 뉴런던으로 가 사실을 확인해 보았다. 신중한 조사 끝에 몸센은 시비츠키가 예정보다 훨씬 깊은 곳까지 내려갔다고 결론지었다. 그래서 지금 그에게 한 번 더 기회를 주고 싶었던 것이다.

콜과 몸센 그리고 군의관 벤키와 야브로가 팔콘으로 옮겨 탔다. 시비츠키는 잠수를 준비하던 중이었다. 그는 고무 코팅이 된 캔버스 재질의 무거운 잠수복을 입고 있었다. 소매에는 손가락이 두 갈래로 갈라진 벙어리장갑 모양의 장갑이 붙어 있었다. 허리 주위에는 납으로 채워진 허리띠를 찼는데, X자형 멜빵이 그 무게를 지지하고 가랑이 사이를 지나는 세 번째 띠로 견고히 고정되어 있었다. 두 다리는 공기가 들어가 부력 분포가 헝클어지지 않도록 끈으로 단단히 묶였다. 신발도 고무로 되어 있는데, 무게를 주고 안정감을 높이기 위해 납으로 된 밑창이 붙어 있었다. 마지막으로 그는 몸센이 개발한 혁명적인 발명품을 착용하고 있었는데, 그것은 팔콘에 저장된 배터리로 조절되는 전기식 발열 내의였다. 시비츠키가 착용한 장비의 무게는 모두 합해 90킬로그램에 달했다.

몸센은 시비츠키에게 다가가 낮은 목소리로 말했다.

"스키, 내가 자네를 첫 번째로 내려보내는 데는 이유가 있네."

"알고 있습니다. 감사합니다."

"감사할 필요는 없어. 내려가 임무를 완수하게. 자넨 할 수 있을 거야."

"실망시키지 않겠습니다, 몸센 대위님."

시비츠키는 부축을 받으며 팔콘의 호이스트(hoist, 화물을 들어 옮기는 장치 -역주)에 연결된 다이빙 플랫폼으로 올라갔다. 두꺼운 안면유리가 부착된 금속제 헬멧이 그의 머리 위에 씌어졌다. 공기 호스가 헬멧 정수리 부분에, 그의 몸에는 구명 로프가 연결됐다.

플랫폼 위에 올라선 시비츠키는 흔들거리며 바닷속으로 내려보내졌다. 팔콘 주위에 있는 모든 배의 갑판원들이 난간에 죽 늘어서서 그 광경을 묵묵히 지켜보고 있었다. 포츠머스에서 기자들을 가득 태운 연안 순시선 한 척이 도착했다. 그 순간 구름 사이로 햇살이 비치기 시작했다.

피나쿡이 스쿼러스에 걸어놓은 예인 로프를 따라 시비츠키가 밑으로 내려가기 시작할 때, 돌연 한 줄기 햇살이 시비츠키가 시야에서 사라진 바로 그 지점을 비추었다. 알 벤키가 자신의 엄지손가락을 치켜세우며 몸센에게 말했다.

"좋은 징조인데요. 틀림없이 대성공을 거둘 겁니다."

몸센은 시비치키와 전화 접촉을 유지했다. 아무리 경험 풍부한 다이버라도, 혁명적인 헬륨과 산소의 혼합기체 없이 공기만으로 이 정도 깊이까지 잠수하게 되면 무슨 일이 발생할지 예상할 수 없었다. 극심한 압력이 작용하는 상태에서 혈관 속으로 밀려들어간 과잉 질소가 어떤 착란 증세를 일으킬지 모르는 일이었다. 갑자기 거나하게 취한 듯이 느껴질 수도 있고, 혹은 언짢은 기분이 들거나, 완전히 기절해 버릴 수 있었다. 가끔 일시적인 시각 장애를 호소하는 다이버도 있었다. 어떤 때는 왼쪽과 오른쪽조차 구별하지 못하게 되기도 했다. 어쨌거나 정상적인 감각을 유지할 수 없게 되는 탓에 모든 작업에 고도의 집중력이 요구된다. 나아가 다이버는 아주 사소한 행동조차 어떻게 해야 할지를 스스로에게 몇 번이고 큰 소리로 반복해서 외쳐야만 실행에 옮길 수 있는 상태에 이르고 마는 것이다.

몸센은 그것이 어떤 상태인지 잘 알고 있었다. 그는 자신이 91미터 잠수 훈련시 겪었던 일을 생생하게 기억하고 있었다. 작업의 내용은 지극히 단순한 것이었다. 잠수함 구난 작업에 사용되는 공기 파이프를 본떠 만든 모형 파이프에서 마개를 제거한 다음, 피팅(파이프 등을 연결할 때 사용하는 부속품 −역주)을 붙이고, 거기에 호스를 연결하는 일이었다. 마개를 벗기고 손으로 피팅을 잡아 파이프에 올려놓은 것까지는 기억할 수 있었다. 그리고 나서 몇 번이고 스스로에게 상기시켰다.

"이제 렌치로 피팅을 조여야 해."

몸센은 렌치를 찾아 피팅에 물리고 돌리기 시작했다. 그런데 피팅이 금새 떨어져 버리곤 했다. 마침내 몸센은 자신이 렌치를 반대 방향으로 돌리고 있음을 깨달았다. 더 황당했던 것은, 생각은 그렇게 하면서도 손은 여전히 반대 방향으로 돌고 있다는 사실이었다.

심도 46미터에 도달했을 때, 몸센은 시비츠키를 호출했다.

"스키, 상황은 어떤가?"

"좋습니다." 시비츠키가 대답했다. "아무 문제도 없습니다."

심도 61미터 근처에 이르자, 시비츠키가 보고해 왔다.

"아직 모든 것이 양호합니다. 햇빛이 이곳까지 들어와 시계는 예상보다 좋습니다."

그리고 61미터 지점에서 말했다.

"예인 로프가 곧장 아래로 향하는 걸로 봐서는 거의 다 온 것 같습니다."

몸센이 긴장하며 기다리는 동안, 시비츠키의 아래쪽에서는 북대서양 대륙붕 위에 누워 있는 스쿼러스의 동체가 차츰 희미한 모습을 드러내기 시작했다.

팔콘 선상에는 콜 제독이 걱정으로 잔뜩 군은 채 몸센의 옆에 서 있었다. 바로 그 순간 시비츠키의 보고가 들어왔다.

"보입니다. 잠수함이 보입니다."

잠시 후, 시비츠키가 다시 말했다.

"잠수함 갑판에 서 있습니다."

"스키, 갑판 어느 쪽에 있나?"

몸센이 천천히, 그리고 절제된 억양으로 물었다.

"무엇이 보이나?"

시비츠키는 가공할 수압에 맞서 분별력을 잃지 않으려 필사적으로 노력하고 있었다.

"잠시만 기다려 주세요. 곧 보고하겠습니다."

"천천히 해, 스키." 몸센이 말했다.

"잠깐만요." 시비츠키가 말했다.

"예! 윈치가 보입니다. 제 바로 앞에 있어요. 저는 지금 뱃머리 쪽에 있습니다."

"스키, 해치가 보이나?" 몸센이 물었다.

"해치가 보이냐구요? 예. 보입니다. 해치가 보여요. 바로 앞입니다."

놀랍게도 피나쿡은 단순히 스쿼러스의 위치만 찾아낸 게 아니라, 구조체임버가 내려앉아야 할 탈출 해치에서 겨우 3미터도 채 떨어지지 않은 좌현 갑판 난간에 닻을 걸고 있었던 것이다.

어떤 종류의 구난 작업이든지 우선은 다이버를 내려보내야 한다는 것이 몸센의 신조 중 하나였다. 밑의 상황이 어떤지도 모르고 무작정 구조체임버를 내려보낼 수는 없었다. 그리고 이번만큼 이런 신조가 딱 들어맞은 적은 없었다. 시비츠키가 말했다.

"해치에 접근하고 있습니다. 잠깐! 해치 위에 케이블 같은 것이 널려 있습니다. 치우도록 하겠습니다."

시비츠키가 발견한 것은 끊어진 표식부표의 일부로, 끊어진 줄이 다시 해치 위에 떨어진 것이었다. 만약 그 상태 그대로 해치 위에 내렸더라면, 구조체임버의 방수는 결고 확보되지 않았을 것이다. 시비츠키는 몸을 앞으로 숙여 케이블을 한쪽으로 밀어냈다. 지극히 단순해 보이는 작업이었지만 실제로는 어마어마한 노력이 필요했다.

"해치를 깨끗이 치웠습니다." 마침내 시비츠키가 몸센에게 보고했다.

"지금 해치 위에 있습니다."

몸센은 즉시 구조체임버 하강용 케이블을 내려보내겠다고 그에게 말했다. 기다리는 동안 시비츠키는 무거운 납 밑창이 달린 다이빙 신발로 해치 위를 쿵쿵 굴러 갇혀 있는 대원들에게 자신이 거기 있음을 알렸다. 하지만 다이버가 내려온다는 사실을 완댄크의 신호를 통해 알고 있던 스쿼러스의 대원들은 그가 걸어다니는 소리를 이미 듣고 있었다. 전방 어뢰실의 레니 디 메데이로스는 잠수함에서 인공허파를 이용해 탈출할 때 사용하도록 되어 있는 탈출 트렁크 안으로 기어올라갔다. 비록 시비츠키가 몸센에게 무슨 이야기를 하는지는 알 수 없었지만 그 목소리는 들을 수 있었다. 디 메데이로스는 해머로 선체를 두들겨 환영한다는 신호를 보냈다.

위쪽을 쳐다보니 구조체임버의 하강 케이블이 미끄러져 내려오는 모습이 눈에 들어왔다. 케이블의 샤클(로프 등을 연결할 때 사용하는 U자형 고리 −역주)이 시비츠키의 배 앞에서 대롱대롱 매달려 있었다.

"됐습니다. 케이블이 바로 앞에 있어요. 정지!"

마치 영화의 슬로우 모션처럼 시비츠키가 손을 뻗어 샤클을 잡았다. 그렇지만 금새 놓쳐 버렸다.

"제기랄, 빠져 버렸어!" 시비츠키가 소리쳤다.

"이런 젠장!"

시비츠키의 목소리에서 흥분의 기색을 느낀 몸센은 신속하게, 그러나 침착하게 대응했다.

"괜찮아, 스키." 몸센은 전화에 대고 시비츠키를 안심시켰다.

"걱정 마. 자네 잘못이 아냐. 금방 다시 내려보내겠네."

몸센은 케이블을 끌어올린 다음 다시 내려보냈다.

"샤클이 눈에 보이면 알려주게." 몸센이 말했다.

"네, 네. 보입니다. 보여요." 시비츠키가 말했다.

이번에는 샤클을 잡을 수 있었다. 거의 갑판에 엎드릴 만큼 앞으로 몸을 숙인 뒤, 시비츠키는 탈출 해치의 가운데 있는 커다란 링에 샤클을 연결했다.

"샤클을 걸었습니다." 시비츠키가 말했다.

"올라가겠습니다." 그는 발로 해치를 한 번 더 굴러 작별 인사를 했다.

시비츠키가 스퀴러스 위에서 보낸 시간은 22분이었다. 잠수병이 발발하지 않도록 서두르지 않고 차근차근 그를 수면으로 끌어올리는 데에는 40분이 더 걸렸다. 그제야 시비츠키는 잠수복을 뚫고 엄습하는 추위를 느낄 수 있었다. 몸센은 대단히 만족스러웠다. 그것은 형언할 수 없는 어려움 속에서도 서른 살 갑판장의 침착함과 인내력을 유감없이 보여준 한편의 빛나는 드라마였다. 팔콘으로 끌어올려진 시비츠키는 만약의 경우에 대비해 즉시 감압 탱크 속으로 보내졌다. 의미심장한 윙크와 함께, 몸센은 시비츠키에게 해군 전통의 치하를 속삭여주었다.

"잘했네, 스키!"

구조체임버가 준비되사 콜 제독은 먼저 군의관을 내려보내고 싶어했다. 그러나 몸센은 그 의견에 반대했다. 맥케인도 마찬가지였다. 설사 의사가 필요할 정도로 상태가 나쁜 승조원이 있다 하더라도 수면으로 올라와 치료를 받게 하는 편이 낫다고 몸센은 콜을 설득했다. 더구나 밤사이 짙은 안개 때문에 늦어진 순양함 브루클린이 30분만 있으면 현장에 도착할 것이라는 보고가 있었다. 몸센은 군의관 대신

여분의 담요와 이산화탄소 흡수제, 손전등, 따뜻한 수프와 커피, 샌드위치를 내려보내는 것이 좋겠다고 말했다.

몸센이 군의관을 보내고 싶지 않은 이유는 또 있었다. 의사를 내려보내는 것은 데리고 올라와야 할 사람이 한 명 더 늘어남을 의미한다. 전방 어뢰실과 사령실에 있는 것으로 알려진 33명의 승조원을 데리고 올라오는 데 구조체임버를 몇 번이나 왕복시켜야 하는지에 대한 의견이 분분했다. 결론은 다섯 번으로 기우는 듯했다. 즉, 일곱 명씩 네 번을 왕복하고 다섯 번째에는 다섯 명을 데리고 오는 것이다.

하지만 몸센은 네 번으로 최종 결정을 내렸다. 그는 콜에게 고려해야 할 또다른 위험 요소가 있다고 말했다. 기상 상태가 일시적으로 호전되긴 했지만 앞으로 어떻게 변할지 예상할 수 없었다. 횟수가 늘어날수록 사람에게나 기계에게나 치명적인 문제가 발생할 확률도 높아질 터였다. 그래서 처음에 일곱 명을 태우고 구조체임버의 상태를 지켜보기로 했다. 구조체임버가 큰 무리 없이 이 인원을 감당한다면 두 번째에는 여덟 명으로 늘린다. 그래도 괜찮다면 마지막 두 번은 아홉 명으로 할 작정이었다.

"자네 결정에 맡기겠네, 스웨이드." 콜이 말했다.

결과적으로 이 결정은 몸센의 선견지명이 된다.

정오 즈음, 호이스트가 들어올린 구조체임버는 팔콘의 함미 갑판 너머에 매달렸다. 뉴스캐스터인 밥 트로우트가 수백만 라디오 청취자에게 말했다.

"이곳에 모인 우리 기자들도 저걸 뭐라고 불러야 할지 모르겠습니다. 공식적으로는 구조체임버라고 합니다만, 마치 종처럼 생겼습니다. 어쨌든 우리들이 역사적인 현장을 목격하고 있는 것만은 틀림없습니다."

몸센은 두 명의 구조요원을 태운 구조체임버가 호이스트에 매달려 수면 위로 옮겨지는 모습을 바라보았다. 역사상 처음으로 침몰된 잠수함에 갇힌 승조원을 구출하려는 순간이었다. 그것도 지금까지 도달 불가능하다고 여겨졌던 심해에서 말이다. 높이 3미터, 폭 2.1미터의 이 구조체임버도 이런 깊이에서는 구조 훈련을 시도해 본 적이 없었다.

구조체임버는 팔콘에 상승용 케이블로 매인 채, 6미터쯤 떨어진 수면에 떠 있었다. 정부력 상태가 유지되도록 하부 구역은 침수시키지 않고, 메인밸러스트 탱크와 14개의 보조 탱크만을 물로 채웠기 때문에 구조체임버의 회색 꼭대기 부분이 수면 위로 나와 있었다. 비상 시 구조체임버를 회수하는 데 사용될 케이블 외에도 두 가닥의 공기 호스, 전화와 내부 조명을 위한 전기선 등이 구조체임버 꼭대기에서 나와 팔콘에 연결되어 있었다.

구조체임버가 바다에 내려지고 2분 후, 구조요원 중 하나인 월트 하몬이 파트너인 존 미하로브스키와 함께 상부 구역에서 모든 준비를 완료했다고 몸센에게 보고했다.

"내려가게." 몸센이 명령을 내렸다.

하몬이 에어모터를 가동시키자, 릴은 시비츠키가 스쿼러스에 연결해 놓은 하강용 케이블을 감기 시작했다. 구조체임버는 마치 1.5미터 정도나 되는 커다란 물방개처럼 수면 위를 이리저리 움직였다. 그러나 밸러스트의 공기가 빠지고 하부 구역에 물을 채우자 가라앉기 시작하더니, 이윽고 시야에서 사라졌다.

한편 잠수함 사령실에서는 네이퀸이 구조체임버가 내려가니 첫 번째로 구조체임버에 탑승할 일곱 명을 뽑아 놓으라는 피나쿡의 신호를 듣고 있었다. 함내 전화를 통해 네이퀸은 헤롤드 프레블을 포함해 가장 몸 상태가 안 좋아 보이는 대원 다섯을 선발하도록 니콜스에게 지시했다.

"자네도 가게, 존." 네이퀸이 말했다.

"이곳 상황에 대한 조언이 필요할 경우엔 아무래도 장교가 있는 편이 나을 거야."

네이퀸은 사령실에 있는 대원들은 첫 번째 그룹이 잠수함을 떠날 때까지 그대로 자리를 지키라고 지시했다. 지금 이동하게 되면 괜히 전방 어뢰실을 북적거리게 만들어 혼란만 일으킬 터였다. 니콜스가 한 가지 질문을 던졌다. 밤사이 완댄크가 기밀문서를 모두 없애 버리라는 요청을 보냈던 것이다.

"어떻게 할까요?"

네이퀸은 상관하지 말라고 대답했다. 에너지를 낭비할 가치가 없다고 생각했다.

하강에 들어간 지 30분이 지나 심도 46미터에 이르렀을 때, 구조체임버가 갑자기 멈췄다. 적절한 침수와 부력을 유지하기 위해 압력을 낮추는 공기배출장치가 문제를 일으킨 것이었다. 3분 후, 다시 물이 들어차기 시작했다.

하몬이 계속해서 큰 소리로 진행 상황을 보고했다. 그리고 마침내 구조체임버의 감시창으로 밖을 내다보며 말했다.

"잠수함이 보입니다."

구조체임버는 잠수함의 탈출 해치 주위에 설치된 평평한 철제 칼라 위에 천천히 내려앉았다. 수면에서부터 실시해 온, 밸러스트 탱크의 공기를 빼면서 하부 구역에 물을 채우던 작업을 이제는 거꾸로 실시했다. 구조체임버 안쪽으로 빙 둘러 설치된 메인밸러스트 탱크가 채워지고, 하부 구역은 완전히 비워졌다.

이렇게 하자 엄청난 수압이 구조체임버에 가해지면서 아래쪽에 빙 두른 고무패킹이 탈출 해치와 완전 밀착되었다.

"방수가 확보됐습니다." 하몬이 보고했다.

미하로브스키가 구조체임버의 상부와 하부 구역을 연결하는 해치를 열고 아직 얼마간의 물이 남아 있는 아래쪽으로 내려갔다. 그리곤 잠수함 해치 주위에 설치된 링에 네 개의 철제 볼트를 끼운 다음 해치 커버를 들어올렸다.

팔콘의 함상에서 몸센은 해치 커버가 구조체임버 벽에 쿵 하고 부딪치는 소리를 들을 수 있었다. 하지만 점점 흥분이 고조되어 가던 몸센은 갑자기 얼어붙어 버렸다.

"잠수함 상갑판 해치를 열었습니다." 하몬이 몸센에게 보고했다.

"그런데 잠수함에선 아무 응답이 없습니다."

그것은 니콜스가 구조체임버에서 쏟아져 들어온 160리터 정도의 물이 배수 파이프로 흘러나갈 때까지 탈출 드렁크의 안쪽에 설치된 해치를 잠가뒀기 때문에 생긴 일이었다. 배수가 끝나자, 니콜스는 해치를 열도록 명령했다.

미하로브스키는 희미한 불빛 속에서 아래쪽을 내려다보았다. 그는 자신을 올려다보는 창백한 얼굴들을 겨우 분별할 수 있었다.

하몬에게서 고대하고 고대하던 보고가 들어왔다.

"미하로브스키가 승조원들을 발견했습니다."

몸센은 그 순간의 느낌을 나중에 이렇게 표현했다.

"그 소리를 들었을 때, 나는 말로 표현할 수 없는 짜릿함을 느꼈다. 세상 어느 누구도 경험하지 못할 그런 짜릿함 말이다."

미하로브스키 자신도 할 말을 잊었다. 그도 아래쪽에 있는 대원들도 모두 말문이 막혀 버린 듯했다.

"저어, 수프랑 커피, 샌드위치를 좀 가져왔습니다." 마침내 미하로브스키가 말했다.

순간 긴장이 확 풀렸다.

디 메데이로스가 물었다. "네프킨은 없나요?"

미하로브스키에게 또다른 목소리가 들어왔다.

"대체 자네들 어디 있다가 이제야 나타난 거야?"

미하로브스키가 웃으며 대답했다. "길이 워낙 막혀서요."

니콜스는 자신과 프레블을 포함, 첫 번째로 올라갈 대상에 후방 배터리실에서 마지막으로 탈출해 나온 아이삭스와 롤랜드 브랜차드를 선발했다. 브랜차드는 잠수가 시작될 때 취사장에서 아이삭스를 돕고 있었다. 다음으로, 심한 오한에 시달리던 게리 맥리스와 찰리 유하스를 지명했다. 다섯 번째는 밤새도록 해머로 선체를 두들겨 메시지를 보내느라 체력을 완전히 소진하고 계속해서 구토 중인 테드 제이콥이었다.

미하로브스키와 하몬은 그들이 차례차례 구조체임버의 상부 구역으로 올라오도록 도와주었다. 모든 사람이 자리를 잡고 앉자, 미하로브스키는 공기 호스를 내려 전방 어뢰실을 환기시켰다. 환기 작업이 끝나자 하몬이 말했다.

"잠수함 해치를 닫습니다. 올라갑니다."

몸센은 일곱 명의 체중을 고려, 구조체임버가 정부력을 유지할 수 있도록 보조 탱크에서 454킬로그램의 물을 빼내라고 지시했다.

"밸러스트 배수 완료." 하몬이 보고했다.

"볼트 연결을 해제하라." 몸센이 말했다.

"하부구역 침수. 메인밸러스트 배수."

이 작업에 14분이 소요되었다.

"방수 해제됨. 상승함." 하몬이 말했다.

구조체임버가 천천히 상승하고 에어모터가 칙칙 소리를 내며 반대 방향으로 회전하기 시작하자, 릴이 스쿼러스와 연결된 케이블을 풀기 시작했다. 팔콘에서는 상승 케이블을 걷어올리기 시작했다. 일곱 명의 생존자들은 몽롱한 상태로 말없이 구조체임버에 앉아 있었다. 이전에 구조체임버에 타 본 대원은 아무도 없었다. 마침내 아이삭스가 말문을 열었다.

"팔콘에서 지금 당기고 있는 건가요?"

"아뇨." 하몬이 대답했다.

"모터 돌아가는 소리가 들리죠? 저 모터가 릴을 감고 풀면서 오르락내리락하는 겁니다."

"아." 하고 아이삭스가 발했나.

구조체임버가 수면 근처까지 다다르자, 비행기 여섯 대로 작업 해역 주위를 낮게 선회하던 기자들의 눈에도 그 모습이 보이기 시작했다. 수면 9미터 지점에 이르자, 뉴욕 데일리 뉴스의 기자에게는 그 모습이 마치 '커다란 초록 물방울'처럼 보였다. 잠시 후 구조체임버가 팔콘에서 채 5미터도 안 떨어진 수면에 작은 파도를 일으키며 떠오르자, 재빨리 후크를 걸어 팔콘 옆에 당겨 붙이고는 두 명의 수병이 구조체임버 해치를 열기 위해 기어내려갔다.

제일 먼저 머리를 내민 사람은 니콜스 중위였다. 주위의 배들로부터 환성이 터져 나왔다. 니콜스는 약간 비틀거리고 올라오면서 눈이 부신 듯 눈을 깜빡였다. 팔콘에 있는 대원들이 손을 뻗어 그가 배에 오르는 걸 도와주었다.

그 다음은 헤롤드 프레블이었다. 갑판 위에 불안스럽게 올라선 그가 몸센을 발견했다. 헤롤드 프레블은 얼마 전 자신이 시험 다이빙 부대에 보낸 스톱워치의 정확성 문제로 몸센과 언쟁을 벌인 일이 있었다. 프레블은 함박웃음을 지으며 몸센을 끌어안았다.

"스웨이드, 즉시 자네에게 새 시계를 보내도록 하겠네." 프레블의 첫 마디였다.

나머지 대원들이 모두 팔콘에 오르자, 콜 제독의 참모 중 하나인 앤드류 맥키 중령이 놀랍다는 표정으로 몸센을 바라보았다. 앤드류 맥키는 몸센의 초창기 실험에 관여한 적도 있었다. 그가 말했다.

"세상에, 스웨이드, 자넨 이런 때 어떻게 그리 냉정할 수가 있나?"

훗날 몸센은 이 순간을 다음과 같이 기록하였다.

어쩌면 나는 직업을 잘못 선택했는지도 모르겠다. 내게 그렇게 훌륭한 배우의 자질이 있는지는 나 자신도 미처 몰랐다. 냉정하게 보이려고 무진 애를 썼지만, 사실 그 순간은 내게 있어 일생일대의 가장 흥분된 순간이었다. 회의와 싸우며, 한편으로는 발생 가능한 모든 문제점을 예측하려고 안간힘을 쓰며 지낸 11년이라는 세월이 그 순간에 전부 집약되어 있었던 것이다. 그런데 어떻게 냉정할 수 있었겠는가?

이런 축제 분위기 속에서 니콜스는 정말로 꺼내놓고 싶지 않은 소식을 전해야만 했다. 바로 생존자 명단이었다.

이 명단이 포츠머스로 타전되어 언론을 통해 전해지자, 그때까지 스쿼러스 승조원의 아내와 어머니들을 하나로 묶었던 유대감이 일순간에 무너져 버렸다. 그들은 지난 몇 시간 동안 줄곧 모든 승조원들이 살아 있으리라는 희망에 매달려 있었다. 그런데 26명의 승조원이 행방불명됐으며, 아마도 사망한 것으로 추정된다는 소식이 전해진 것이다. 그리고 지금 그들의 이름이 밝혀진 것이다.

전날 밤 자신의 유서를 작성했던 기계담당 하사관의 아내, 적갈색 머리의 에브린 파월은 그날 아침 일찍 행정관으로 뛰어들어가 울부짖었다.

"더 이상은 도저히 참고 기다릴 수가 없어요!"

그녀는 한 시간 후에 다시 오라는 말을 들었다. 구조 작업이 진행중이니 머지않아 보다 명백한 상황을 알 수 있으리란 말과 함께.

다시 행정관으로 돌아왔을 때, 그녀는 호명되는 생존자 명단에서 남편의 이름을 들을 수 있었다. 눈물이 왈칵 쏟아졌다.

"거의 포기할 지경이었거든요. 내 생애에 가장 행복한 순간이에요." 자신을 둘러싼 기자들에게 흐느끼며 말했다.

얼마 떨어지지 않은 곳에서는 기지를 하염없이 배회하다 지쳐 신에게 애원하며 선잠에 빠졌던 엘런 체스넛이 실종자 사이에 남편의 이름이 끼여 있음을 알게 되었다.

"안 돼!" 엘런은 비명을 질렀다.

"지난 밤 존의 시체가 저기 저 바다에 둥둥 떠다니는 꿈을 꾸었어요. 제발 사실이 아니기를 기도하고 또 기도했는데…."

아수라장이 된 행정관 안에서, 누구는 살아남고 누구는 죽었는가 하는 잔혹한 아이러니가 끊임없이 연출되었다. 기자들은 좀더 자세한 정보를 얻기 위해 보도 담당관인 커리 소령 주위로 몰려들었다. 타자기 소리가 요란했고, 전화벨은 끊임없이 울려댔다.

잠수가 시작될 때 함내 기압이 얼마인지 보고했던 기계담당 하사관과 얼마 전 결혼한 신부 메리 제인 피어스는 기쁨을 억누르지 못했다. 메리는 기쁨에 넘쳐 말했다.

"그이가 잠수함 근무를 위해 집을 나설 때마다 저는 항상 말했어요. 당신은 너무 고집불통이라 죽지도 않을 테니까 걱정하지 않는다고요." 그리고는 황급히 덧붙였다.

"오해는 하지 마세요. 제 고향인 캔사스시티에서 흔히 하는 농담이거든요."

베티 패터슨은 상심이 너무도 커 아버지 집에 틀어박힌 채 외부와의 접촉을 끊고 있다고 그녀의 오빠가 전했다. 베티의 시부모는 오클라호마 시를 떠나 시카고에서 비행기를 갈아타는 도중 스쿼러스의 사고 소식을 접했다. 베티의 오빠는 보스턴 글로브 지 기자에게, 적어도 아직까지는 베티가 남편이 사망했으리란 소식을 받아들이려 하지 않는다고 말했다.

비극은 해군 사회를 넘어 포츠머스 전역으로 퍼져나갔다. 마가렛 배틱은 그곳에서 나고 성장했다. 기지 병원으로 후송되며 그녀는 흐르는 눈물을 주체할 수 없었다. 진 호프만의 아내를 포함한 다른 여자들은 군목의 위로를 받고 있었다.

호프만과 함께 전방 기관실에서 근무하던 존 해서웨이 기관병. 그와 2년 전에 결혼한, 가냘픈 몸매의 금발 스텔라 해서웨이는 좀처럼 현실을 받아들일 수가 없었다. 그녀는 커리가 발표한 성명서에 필사적으로 매달렸다.

"실종된 승조원의 생사 여부는 최종적으로 확인된 사항이 아닙니다. 지금으로서는 단언하기 힘든 상태입니다."

이즈음, 기자들은 셔먼 셜리와 그의 결혼식에 들러리를 서기로 한 로이드 매니스에 대해 알게 되었다. 몇몇 기자들이 도버의 부모님 집에 있는 셜리의 약혼자를 찾아냈다. 그녀는 기자들에게 매니스가 맡기고 간 결혼반지를 보여주었다.

"그이는 제가 반지를 갖고 있는 쪽이 더 안전할 것 같다고 말했어요." 그녀가 기자들에게 말했다.

"전 그이의 사망이 공식적으로 통보될 때까지 희망을 버리지 않을 거예요. 그렇게 좋은 사람이 이런 변을 당하다니, 믿을 수가 없어요. 믿지 못하겠어요."

뉴스가 라디오를 통해 전해지면서, 이러한 고통과 기쁨의 장면이 온 나라에서 교차되었다.

한 편의 드라마 같은 예외가 있었다. 어찌된 영문인지, 니콜스가 가지고 온 생존자 명단에는 빌 볼튼 병장의 이름이 빠져 있었다. 브루클린에 살고 있던 그의 아내 리타는 그가 죽었을 거라는 소식을 듣자 그 자리에 주저앉았다. 하염없이 눈물만 흘리던 그녀는 다섯 시간이 채 지나지 않아 남편이 살아 있다는 사실을 알게 되었다. 리타는 또다시 주저앉고 말았다.

니콜스 중위는 전방 어뢰실에 있던 승조원들 중 유일하게 한숨도 자지 않고 기나긴 밤을 꼬박 새웠다. 부하들을 보살펴야 한다는 과도한 긴장감에 시달린 나머지, 니콜스는 첫 번째 생존자를 태운 연안경비정 헤리에트 레인이 포츠머스의 도크에 도착했을 때에는 들것에 실려 나오는 신세가 되고 말았다.

나머지 승조원들은 비록 초췌한 몰골에 담요를 뒤집어쓴 모습이기는 했지만 그래도 자신의 발로 걸어 나올 정도는 되었다. 육지에 처음 발을 내디딘 것은 찰리 유하스였다. 대기하고 있던 앰뷸런스 안으로 들어가려 하는데 기자 한 명이 그에게 물었다.

"마른땅을 다시 밟게 되어 기쁜가요?"

유하스는 화가 난 듯한 얼굴로 기자를 바라보았다.

"뭐, 그렇다고도 할 수 있겠죠." 유하스가 대답했다.

15

구조체임버가 첫 번째 상승을 시작하자마자, 네이퀸은 사령실을 떠날 준비를 하였다.

"혼자 힘으로는 못 갈 것 같은 사람 있나?" 네이퀸이 물었다.

누구도 대답하지 않았다.

그의 다음 걱정거리는 전방 배터리실에 고여 있을 염소가스의 양이었다. 지금쯤 아마 치명적인 수준까지 높아졌을 터였다. 네이퀸은 부하들에게 전방 배터리실을 통과하는 동안 몸센의 인공허파를 방독면 삼아 사용하라고 지시했다.

니콜스 중위는 게이노어 상사에게 전방 어뢰실을 책임지라고 지시했었다. 네이퀸은 힘내 전화를 통해 게이노어에게 전방 어뢰실에 남은 여덟 명의 대원도 이동이 완료될 때까지 인공허파를 착용하고 있으라고 말했다.

"우리가 노크하기 전까지는 절대 문을 열지 말도록." 네이퀸이 명령했다.

로버트슨 중위가 전방 배터리실로 통하는 문을 열었다. 네이퀸이 마지막으로 사령실을 떠났다. 부하들이 전방 어뢰실을 향해 나아가는 동안, 네이퀸은 잠시 배터리실로 통하는 바닥의 해치를 열었다. 그가 들고 있는 손전등 불빛에 자신을 향해 소용돌이쳐 오는 두터운 황록색 구름이 잡혔다. 황급히 해치를 닫으며, 네이퀸은 치명적인 독가스가 확산되지 않고 한 장소에 모여 있는 데 안도했다.

전방 어뢰실에 새로 도착한 대원들은 구조체임버에서 환기시켜 준 신선한 공기를 들이마셨다. 그러나 신선한 공기와 커피와 수프에도 불구하고 추위가 다시 엄습해 오자, 대원들은 온기를 유지하기 위해 서로를 끌어안았다.

팔콘의 함상에서 몸센이 콜에게 말했다.

"이번에는 여덟 명을 탑승시켜 어떻게 되는지 보도록 하죠."

첫 번째 구조 작업을 수행한 하몬과 미하로브스키는 모두 팔콘 소속이었기 때문에 몸센은 미하로브스키를 빌 배더스로 교체했다. 배더스는 몸센이 지휘하는 시험 다이빙부대 소속의 기관담당 상사로 잠수기록 보유자이기도 했다.

팔콘은 스쿼러스에게 곧 두 번째 하강이 시작될 거라는 신호를 보냈다. 그런데 그때 희미한 문제의 조짐이 나타났다. 하강 케이블의 릴 클러치가 서로 물리질 않아, 점검을 위해 물 밖으로 꺼내야 했던 것이다. 다행스럽게도 몇 분 만에 수작업으로 클러치를 물리고 난 뒤에는 더 이상의 문제없이 하강 작업이 진행되었다.

세 시가 조금 지나 하몬으로부터 보고가 들어왔다.

"볼트를 고정하고 있습니다. 잠수함 해치를 엽니다."

네이퀸은 구조체임버에서 쏟아져 내린 물이 빠지기를 기다렸다. 아래쪽 감시창을 통해 배더스의 손전등 불빛이 보이자 네이퀸은 해치를 열었다. 그는 이번에 올려보낼 네 명을 이미 결정해 두었다. 후방 배터리실에서 필사적으로 탈출해 나온 워쉬본, 볼튼, 브랜드, 오하라였다. 네이퀸은 심하게 기침하는 게이노어를 보고 그 역시 포함시켰다. 남은 대원들 중에 우선적으로 선정해야 할 특별한 이유를 가진 대원은 없는 듯했다.

여전히, 믿을 수 없을 정도의 엄정한 군기가 유지되고 있었다. 어느 누구도 네이퀸의 눈길을 끌려고 하거나, 앞으로 나서거나, 특별한 이유를 달아 먼저 올라가려 들지 않았다. 대신 제자리에 조용히 앉아 자신의 이름이 호명되기를 기다렸다.

배더스는 갑판의 해치를 닫기 전에 다시 한 번 신선한 공기로 잠수함 내부를 환기시키며 말했다.

"걱정 말게, 친구들. 금방 다시 오겠네."

구조체임버가 수면에 모습을 드러낸 직후, 몸센은 예상치 못한 괴로운 결정과 마주섰음을 깨달았다. 구조체임버가 물 속에서 무겁게 움직이는 걸로 봐서, 이번 두 번째 구조 작업에서 싣고 올라온 여덟 명이 안전하게 구조체임버에 수용할 수 있는 최대 인원인 것으로 판단됐다.

아직 잠수함에는 18명이 남아있으므로, 그가 가능하면 피하려 했던 마지막 한 번의 구소작업 또한 피힐 수 없옴을 의미하는 것이었다. 명확한 이유가 있어서 피하려던 것은 아니지만, 과거 수많은 시행착오에서 체득된 본능 같은 것이 그에게 강력한 경고의 메시지를 보내오고 있었다. 그의 불안감을 확인시켜 주려는 듯, 하늘에는 다시 구름이 드리워지고 바람마저 불면서 황량한 북대서양의 바다가 차츰 거칠어지기 시작했다. 날씨가 나빠지게 되면 우려할 사항이 한둘이 아니었다. 예를 들어, 팔콘의 닻이 또다시 파도에 끌려다니게 되면 어쩔 것인가? 몸센은 생각도 하기 싫었지만 선택의 여지가 없었다. 그가 콜을 돌아보며 말했다.

"제독님, 어쨌든 다섯 번 작업하는 수밖엔 없을 것 같습니다."

구조체임버의 첫 번째 구조 작업 성공에 고무된 콜은 확신에 찬 어조로 말했다.

"자네에게 모든 것을 맡기겠네, 스웨이드."

몸센은 배더스에게 세 번째 구조 작업을 계속 수행하도록 지시하고, 하몬은 미하로브스키로 교체했다.

"여덟 명을 태우는 거야." 몸센이 두 사람에게 말했다.

"알겠습니다."

릴 클러치가 또 말썽을 일으키기는 했지만 구조체임버는 이내 수면 밑으로 사라졌다. 이후의 하강은 정해진 대로 순조롭게 진행됐다. 방수가 확보된 후, 배더스는 스쿼러스의 승조원들이 구조체임버로 올라오고 있다고 보고했다.

그때 팔콘의 뱃머리 쪽에 있던 로이 새커트 소령은 자신의 눈을 의심하지 않을 수 없었다. 콜의 참모 중 하나인 새커트는 조금 전 콜과 몸센의 곁에서 물러나, 두 번째로 구조되어 올라온 대원들을 바라보고 있었다. 포츠머스 귀환에 앞서 대원들은 담요를 뒤집어쓰고 커피를 마시는 중이었다. 왠지 숫자가 맞지 않는 것 같다는 느낌이 들었다. 문득, 새커트는 그 이유가 무엇인지를 깨달았다. 함미 쪽으로 달려가며 새커트가 소리쳤다.

"스웨이드, 지난 번 인원 수에 오류가 있었어. 구조체임버에 여덟 명이 탔던 게 아냐. 아홉이야!"

몸센의 얼굴에 환한 웃음이 떠올랐다. 그렇지만 지금은 새커트가 얼마나 중요한 발견을 했는지에 대한 평가를 내리고 있을 때가 아니었다.

바로 그 순간, 몸센의 머릿속에는 오직 한 가지 생각뿐이었다. 즉시 전화로 배더스를 불렀다.

"여덟 명에 대한 명령을 취소한다. 아홉 명을 실어라. 반복한다. 아홉 명이다. 함장에게 가능하면 체중이 가벼운 대원부터 골라 태우라고 해."

전체 작업 회수가 네 번이 될지 다섯 번이 될지를 결정하는 그 아홉 명이 올라왔다. 이들 가운데는 캠벨 상사, 레니 디 메데이로스, 알 프렌이 포함되어 있었다. 팔콘에 오른 해쓱하고 수염이 제멋대로 자란 그들의 면면에는 뼛속까지 스며드는 추위와 형언할 수 없이 가혹한 시련의 흔적이 새겨져 있었다. 그렇기는 해도, 몸센에게 있어 그것은 영광의 얼굴들이었다.

기관담당 하사관 개빈 코이네는 구조된 사람의 전형적인 모습을 보였다. 구조체임버를 기어나오려던 코이네는 균형을 잡지 못하고 몇 초 동안 비틀거리다가는 구조체임버 안으로 다시 떨어지고 말았다. 팔콘의 갑판원 두 명이 손을 뻗어 잡아주었다. 도움을 받아 밖으로 나온 코이네는 바나의 공기를 힘껏 들이마셨다. 그제야 얼마나 목이 탔는지 떠올랐다. 현기증이 나고 등과 다리의 근육이 아팠다. 거의 업히다시피 부축을 받으며 구난함에 올랐다. 누군가가 이름을 물어왔지만 대답할 수가 없었다.

전방 구역에 있던 33명 가운데 이제 남은 사람은 네이퀸, 도일, 여섯 명의 수병뿐이었다. 몸센은 그들을 데려오기 위해 미하로브스키, 그리고 자신과 함께 포츠머스 행 비행기를 탔던 짐 맥도널드로 팀을 구성했다.

몸센의 걱정거리였던 골칫덩이 클러치도, 이 기나긴 하루의 마지막 네 번째 작업을 위해 구조체임버가 수면 아래로 미끄러져 들어갈 때는 완벽하게 물려 작동해 주었다. 지금까지 평균적으로 하강에는 한 시간 가량이, 스쿼러스 위에서 방수를 확보하는 데는 45분 정도가 소요되었다. 단계적으로 압력을 낮추며 올라오는 상승 과정은 조금 더 빨리 진행되어 30분 정도가 걸렸다.

이런 수치를 근거로 몸센은 저녁 아홉 시 정도면 모든 작업을 완료할 수 있으리라 생각했다. 이르다고는 할 수 없는 시간이었다. 주위는 벌써 어두워지고 있었다. 바다는 험악해질 온갖 조짐을 다 보였다. 팔콘의 갑판 위에 마침내 빗방울이 떨어지기 시작했다.

두 번째 구조자들은 포츠머스에 도착하자마자 기지 병원으로 후송됐다. 수병 빌 볼튼이 최초 생존자 명단에는 없던 대원임이 밝혀졌다. 죽은 것으로 추정되던 볼튼이 사실은 살아 있었다는 뉴스는 실종자 명단에 남편이나 아들의 이름이 올라 비탄에 잠겼던 여자들에게 새로운 희망을 품게 만들었다. 한 명의 오류가 있었다면, 다른 오류가 없으란 법도 없지 않은가?

하지만 이런 불명확성 때문에 첫 번째로 고통을 당했던 사람은 남편의 무사 귀환을 굳게 믿고 있던 마벨 게이노어였다. 그녀는 남편을 싣고 포츠머스로 돌아오는 것으로 알려진 연안경비정이 도크에 닿기를 기다리며 서 있었다. 그러나 마벨은 상륙하는 구조자들 사이에서 남편의 모습을 찾을 수가 없었다.

"그이는 어디 있죠?" 그녀가 소리쳤다.

"제 남편은 어디 있는 거예요?"

이윽고 남편을 발견했다. 용감하게 전방 배터리 저장소로 내려가 스위치를 내리느라 일찌감치 체력을 소진했던 게이노어는 들것에 실려 그녀가 있는 곳으로 오고 있었다.

무선병 매리온 워드의 아내 엘리자베드 워드도 오류의 가능성에 한 가닥 희망을 건 채 행정관을 떠나지 못했다. 그녀는 감정을 억누르려 애썼지만, 초조함을 숨길 수가 없어서 쉴새없이 결혼반지를 만지작거렸다. 구조체임버가 네 번째 마지막 구조 작업에 들어갔다는 발표가 나왔을 때, 엘리자베드는 남편이 통상 잠수함의 전방 구역에 배치된다는 사실에 희망을 걸고 있었다. 그녀가 제대로 알고 있기는 했지만, 이번 특별 훈련 잠항에서 워드는 엔진 성능에 대한 자료 기록을 보조하기 위해 이례적으로 후방 기관실에 배치되어 있었던 것이다.

후방 기관실에 마찬가지로 배치됐던 기관담당 엘빈 딜 중사의 젊은 아내는 눈물을 흘리며 장교와 기자들에게 다가가 똑같은 질문을 되풀이했다.

"잠수함에서 선체 두드리는 소리가 또 들렸다는데, 사실인가요?"

그녀는 또한 부탁했다.

"제발 그이가 무사하다고 말해주세요."

그녀가 그렇게 지나쳐 가고 난 뒤, 입을 여는 사람은 아무도 없었다. 밥 트로우트는 저녁 뉴스에서 분위기를 이렇게 전했다.

"이곳 행정관의 임시 기자실에서 밤낮을 가리지 않고 미친 듯 울려 퍼지던 타자 소리는 이제 거의 들리지 않고 있습니다. 해군 장교들은 사고 발생 후 처음으로 회전의자에 앉아 휴식을 취하고 있으며, 지친 기자들은 비로소 면도와 깨끗한 셔츠를 찾을 여유가 생겼습니다. 대부분의 사람들에게 사건은 이제 종착점에 도달한 것처럼 보입니다. 시간과의 싸움에서 이긴 것입니다. 실종된 사람들은 어제 잠수함이 침몰했을 때 이미 목숨을 잃은 것으로 보입니다. 살아 있는 사람들은 이미 구조가 되었거나, 들리는 바에 따르면 구조체임버에 실려 올라오고 있다고 합니다."

보스턴 이브닝 아메리카 지의 최신판은 다음과 같이 헤드라인을 뽑았다.

" '구조체임버' 침몰한 잠수함에서 인명을 구해내다"

그날 하루 종일 프란시스 네이퀸은 기지 군목을 도와, 반미치광이 상태가 되어 행정관 건물 안으로 몰려든 아내와 애인과 친척들을 위로했다.

그녀는 초저녁에 잠시 집으로 들러 아이들을 살펴보았다.

"아빠는 이제 금방 오실 거야." 아이들에게 말했다.

그리고 나서 프란시스는 저녁을 먹으러 친구 집으로 향했다. 그곳에 있다가 남편이 도착할 때쯤 기지로 돌아가 남편을 만날 생각이었다. 저녁식사 분위기는 밝고 명랑했다. 그녀는 남편의 지도력과 어려운 시기 내내 본분을 잃지 않았던 그녀의 처신에 대한 칭송의 말을 들었다.

전화가 걸려오자 친구가 전화를 받으러 갔다. 프란시스는 커리 소령에게 자신이 있을 곳의 전화번호를 남겨두었기 때문에 그 전화가 자신에게 걸려온 것이리라 생각했다. 하지만 아니었다. 두 번째 전화가 걸려왔다. 그리고 세 번째. 대화의 내용이 스쿼러스에 대한 안 좋은 소식임을 점차 눈치챌 수 있었다. 얼마 동안은 모르는 척하고 있었지만 이내 참지 못하고 물어 보았다.

"무슨 잘못된 일이라도 생겼니? 무슨 일이야?"

"미안해. 프란시스." 친구가 대답했다.

"구조체임버가 예상치 못한 난관에 부딪힌 것 같아. 올리버는 무사할 거야. 모두들 최선을 다하고 있대."

별도 달도 보이지 않는 북대서양의 밤하늘 아래, 눈부신 조명등 불빛만이 비치는 팔콘의 갑판 위에서, 몸센은 상황이 더욱 안 좋은 쪽으로 반전될 때에 대비해 움직이고 있었다. 모든 일이 너무나도 순조롭게 진행되는 듯이 보일 때마다, 바다는 당연한 것처럼 태도를 돌변해 희생자를 요구하곤 하기 때문이다.

어쨌든 구조체임버의 네 번째 하강은 그 어느 때보다도 원활하게 진행됐다. 수면을 떠난 지 정확히 한 시간 만에 짐 맥도널드는 마지막 상교와 사병들을 딥승시키기 위해 스쿼러스의 해치를 열고 있다는 보고를 해왔다. 대원들은 신속히 구조체임버 안으로 들어왔다. 지휘관으로서 네이퀸은 마지막으로 잠수함을 떠나며 직접 해치를 닫았다. 네이퀸은 시간을 확인했다. 8시 9분 전이었다. 누구에게라고 할 것도 없이 말했다.

"전원 퇴함 완료." 목소리에는 비통함이 서려 있었다.

20분 후, 방수 상태가 해제되었다. 메인밸러스트에 물이 채워지면서 구조체임버는 릴을 감아올리기 시작했다. 심도 49미터쯤에 도달했을 때, 문제가 발생했다. 구조체임버가 상승을 멈춘 것이었다. 몸센은 전화로 맥도널드의 보고를 들었다.

"와이어가 낀 것 같습니다."

몸센이 뭐라 대답하기도 전에 맥도널드로부터 더 나쁜 소식이 들려왔다. 예상치 못한 부하를 받은 릴 구동 에어모터가 고장을 일으켰다는 것이었다. 맥도널드와 미하로브스키는 모터를 재가동시키려고 필사적으로 노력했지만, 허사였다.

"부력을 높이고 브레이크로 제어해 봐." 몸센이 말했다.

브레이크는 통상 수면 근처에 도달했을 때 구조체임버를 제어하기 위해서 사용되는 것이었다. 브레이크를 걸면서 부력을 올리면 케이블이 좀 느슨해질지도 모른다. 잠시 동안은 문제가 해결되는 듯 보였다. 그러나 구조체임버는 채 몇 미터도 올라가지 못하고 다시 멈추더니 꼼짝도 하지 않았다.

"옴짝달싹 안 하는데요." 억양이 없는 담담한 어조로 맥도널드가 말했다.

몸센은 릴을 풀기 위해 마지막 방법을 시도하기로 했다. 구조체임버의 꼭대기에는 회수용 와이어라 부르는 두 번째 케이블이 뻗어나와 팔콘의 윈치와 연결되어 있었다. 몸센이 맥도널드에게 지시했다.

"잠시 대기. 회수용 와이어를 끌어올려 보겠다."

그렇지만 이 역시 별 효과가 없었다. 오히려 하강용 케이블이 느슨하게 회전하는 바람에 릴에서 통겨 나가 수리가 불가능할 정도로 엉켜 버렸다.

이런 식으로 해결을 모색해 봤자 시간 낭비일 뿐이었다. 엉망이된 하강용 케이블과 스쿼러스를 연결하는 샤클을 푸는 방법밖엔 없었다. 케이블을 조금 느슨하게 만들기 위해 몸센은 맥도널드에게 메인밸러스트 탱크에 물을 채우라고 주문했다. 그와 동시에 몸센은 회수용 와이어를 약간 풀어 느슨하게 만들었다. 구조체임버는 천천히 가라앉았다. 심도 64미터까지 내려갔을 때, 몸센은 맥도널드에게 그 위치에서 정지하도록 지시했다.

작업을 완료하기 위해서는 저 캄캄한 심해로 다이버 한 명을 들여보내야만 한다. 몸센은 체중이 91킬로그램이나 나가는 건장한 체격의 어뢰담당 월터 스콰이어 상사를 선발했다.

아홉 시가 조금 넘어 스콰이어는 플랫폼에 선 채 뱃전너머로 옮겨져, 그날 아침 시비츠키가 따라 내려갔던 바로 그 밧줄을 따라 바닷속으로 미끄러져 들어갔다. 스콰이어는 자신이 음침한 세계의 한가운데 있음을 깨달았다. 잠수함 위에 서서 쳐다보니 옆쪽으로 조금 떨어진 곳에 구조체임버로부터 새어나오는 불빛이 보였다.

피나쿡이 스쿼러스의 전방 탈출 해치 바로 근처에 닻을 걸었다는 사실보다 지금 더 중대한 의미를 가지는 것은 없었다. 그는 헬멧에 부착된 작은 배터리 구동 라이트에 의지해 작업을 시작하였다. 해치 링에 걸려 있는 케이블의 샤클을 풀려했지만, 뜻하는 대로 되어주지 않았다. 다시 한 번 시도했지만, 역시 수포로 돌아갔다. 몸센은 스콰이어의 숨소리가 거칠어졌음을 알 수 있었다.

"와이어의 샤클을 풀 수가 없어요. 너무 팽팽합니다." 스콰이어가 헐떡거리며 말했다.

"거기 그대로 있게. 와이어 절단기를 내려보낼 테니까." 몸센이 말했다.

커다란 절단기를 손에 넣자, 스콰이어는 더듬더듬 케이블을 찾았다. 질소 환각 상태를 피하기 위해 그는 계속해서 되풀이했다.

"와이어를 끊어야 한다. 끊어야 한다."

해상에서 몸센은 스콰이어가 힘들게 중얼거리는 소리를 듣고 있었다.

"절단기를 와이어로 가지고 간다." 스콰이어가 자기자신에게 말했다.

몇 초가 흘렀다. 힘이 점점 빠지는 것을 느끼며 스콰이어는 조금씩 케이블을 절단해냈다.

"와이어를 잘랐습니다."

"수고했어. 이제 자네를 끌어올리겠네." 몸센이 말했다.

스콰이어는 잠수함 갑판을 떠나면서, 이제 자유로이 흔들리며 잠수함 사령탑에 약간씩 부딪치는 구조체임버의 모습을 볼 수 있었다.

팔콘 갑판에 있는 몸센은 릴이 엉킨 이래 처음으로 안도의 숨을 내쉬었다. 샤클이 풀리자, 이제는 회수용 케이블의 윈치를 사용해 수면으로 구조체임버를 끌어올릴 수 있게 됐다. 구조체임버 안의 맥도널드가 큰소리로 진행사항을 보고했다.

"우리는 지금 심도 64미터에 있습니다. 천천히 올라갑니다."

상승은 분당 1.5미터의 일정한 속도로 진행되었다.

팔콘의 후미 갑판에 모인 모든 사람들은 바닷속에서 케이블이 끌려 올라오는 것을 바라보고 있었다. 갑자기 그들의 눈앞에 풀려 버린 와이어의 강철 가닥들이 보이기 시작하자 모두들 경악을 금치 못했다. 장력이 너무 걸려 와이어의 어딘가가 끊어져 버렸던 것이다.

몸센은 아연실색했다. 그는 모르고 있었지만, 지금 사용되는 와이어는 전체가 하나로 이루어져 있는 것이 아니었다. 하나로는 길이가 너무 짧았기 때문에 또다른 와이어를 이은 것이었다. 전체적으로 케이블은 아직까지는 충분한 강도를 유지하고 있었다. 그러나 와이어란, 실제적으로 여러 가닥의 개별적인 강선을 엮어서 만든 것이므로 이은 부분을 조이는 클램프가 빠져 버린다면 와이어의 강선 한 가닥 한 가닥에 일정치 않은 장력이 걸리게 될 것이다. 그렇게 되면 지금 와이어에 걸린 장력을 고려할 때, 강선들이 마치 폭죽처럼 와이어에서 끊어져 통겨 나갈지도 모른다고 몸센은 생각했다.

케이블 가닥이 풀리고 있다는 사실을 확인하자, 몸센은 구조체임버를 끌어올리는 윈치의 작동을 중지시켰다. 문제가 생길지도 모른다는 막연한 불안감은 있었지만, 이처럼 치명적인 문제가 연달아 발생하리라곤 생각하지 못했다. 그렇다고 안절부절못하며 한탄만 하고 있을 여유가 없었다. 맥도널드가 마지막으로 구조체임버를 정지시킨 곳의 수심은 59미터였다. 케이블이 완전히 절단되지 않도록 몸센은 맥도널드에게 메인밸러스트 탱크에 물을 채우라고 명령했다.

구조체임버는 천천히 바닥까지 가라앉았다.

"깊이가 얼마나 되나?" 몸센이 물었다.

"계기는 70미터를 가리킵니다." 맥도널드가 대답했다.

다음에 취할 조치에 대해 몸센과 알렌 맥케인은 금방 완벽한 의견 일치를 보았다. 다이버를 내려보내 새로운 회수용 케이블을 설치하는 것이었다.

현재 시간은 아홉 시 삼십 분. 침몰한 스쿼러스의 남은 생존자 여덟 명은 포츠머스로 이송될 준비를 하는 대신, 구조 작업이 시작되던 바로 그곳 – 바다 밑바닥으로 되돌아가고 있었다.

그들은 보조밸러스트 탱크 위에 비좁게 둘러앉았다. 네이퀸과 도일, 두 장교 외에 사령실의 함내 전화를 담당했던 찰스 커니와 전방 배터리룸 통신담당인 알렌 브리슨이 있었다. 두 사람 다 후방 구역에서 들려왔던 처절한 구조 요청 소리를 아직도 생생히 기억했다. 구조 체임버엔 그 밖에도 잠수함이 침몰할 때 이리저리 나뒹구는 어뢰에 깔려 죽을 뻔한 도니 페르시코 수병, 성과 없이 수백 킬로그램의 압력을 밸러스트 탱크에 불어넣었던 캐롤 피어스가 앉아 있었다. 마지막으로, 구조대가 도착하기까지 줄곧 로케트를 쏘아 올린 진 크라벤스, 구조 작업 도중 해머로 메시지를 보내야 할 경우에 대비해 네이퀸이 마지막까지 자신 곁에 두었던 통신병 찰스 파웰이 있었다.

그들에게 위급한 신체적 위험은 없었지만 구조체임버에는 난방 장치가 없었으므로 여전히 끔찍한 추위에 시달려야 했다. 그래도 빛과 계속적으로 공급되는 신선한 공기가 있었으며, 무엇보다도 팔콘과의 교신이 이뤄지고 있었다.

정신적인 스트레스를 받고 있다는 징후는 조금도 없었다. 상승을 시작한 시점부터 엉킨 릴을 푸는 작업이 진행되는 동안 그들은 줄곧 조용히 입을 다물고 있었다. 이제, 바다 밑바닥에서 구조를 기다리는 지금에야 가벼운 농담이 오고가는 것을 몸센은 들을 수 있었다.

구조체임버가 하강용 케이블에서 벗어나 사령탑의 측면에 부딪쳤을 때, 맥도널드가 말했다.

"와, 이거 '믿거나 말거나' 방송에 나올 만한 일 아냐? 60미터가 넘는 해저에서 구조체임버와 잠수함이 충돌하다. 어디 이만한 얘깃거리가 있겠어?"

미하로브스키가 자신이 갖고 있던 초콜릿바 몇 개를 쪼개어 돌렸다.

"스테이크는 없어요?" 커니가 말했다.

"그건 위에 있어. 내가 주문을 받아 전해주지. 어떻게 구워달라고 할까?"

"잘 익혀서요."

"내 건 살짝." 피어스가 말했다.

"알았네." 맥도널드가 대답했다. 이어서 맥도널드의 선창으로 그들이 '늙은 맥도널드가 농장을 샀다' 라는 노래를 부르자, 몸센은 웃음지을 수밖에 없었다.

스콰이어가 팔콘으로 귀환하자, 어뢰병인 제시 던컨 병장이 새로운 회수용 케이블을 걸기 위해 칠흑 같은 바닷속으로 들어갔다. 그러나 가닥으로 풀린 케이블을 따라 내려가던 던컨은 커다란 장애에 부딪쳤다. 구조체임버 바로 위에 도달했을 때, 구조체임버에서 나온 케이블과 자신이 가지고 온 케이블이 엉켜버린 것이다. 이를 푸는 데 던컨은 자신이 가진 모든 에너지를 소모해 버렸다. 던컨이 케이블을 풀려고 들 때마다 오른손에 쥐고 있는 새로운 케이블이 그를 잡아당겨 댔다. 이제 그의 팔은 거의 마비될 지경이 되었다.

"문제가 생겼습니다." 던컨이 말했다.

던컨은 헬멧에 부착된 환기 장치가 처리할 수 있는 양 이상의 이산화탄소 —다이버들이 보통 '스모크' 라 부르는— 를 내쉬고 있었다.

"말해보게." 몸센이 조용히 말했다.

"저… 저… 저는… 못하겠…." 던컨이 분명치 않은 말로 웅얼거렸다. 실신 직전의 상태로 횡설수설하는 것이었다.

던컨은 황급히 끌어올려져 팔콘의 감압실로 보내졌다. 그곳에서 던컨은 자신이 있던 바닷속과 동일한 압력에 놓여졌다가, 서서히 대기압 상태까지 압력이 낮춰지면 밖으로 나오게 될 것이다.

그런 상태에서도 우선 그는 소름끼치는 소식을 가까스로 전해주었다. 케이블의 파손 정도가 예상했던 것보다 훨씬 심하다는 것이었다. 온전하게 남아 있는 것이라곤 흔히 볼 수 있는 철선 두께의 강선 한 가닥뿐이라고 했다.

다른 다이버를 내려보내 봤자 결과는 마찬가지일 게 뻔했다. 그럼에도 불구하고, 회수용 케이블의 현재 상태는 무모한 선택을 피할 수 없게 만들었다.

"위험을 무릅쓰는 수밖엔 없습니다." 몸센이 콜에게 말했다.

공작반의 에드 크라이튼 병장에게 임무가 주어졌다. 그가 좀더 나은 조건에서 임무를 수행할 수 있도록, 몸센은 1000와트짜리 방수 램프를 별도로 내려보냈다. 그러나 크라이튼이 하강하는 동안 램프는 낡은 케이블이 풀려 버린 부분에 걸리고 말았다. 그래도 가까스로 크라이튼은 잠수를 계속해 구조체임버 꼭대기에 다다를 수 있었다. 몇 번이나 새 케이블을 연결하려 시도했지만, 구조체임버의 감시창에서 흘러나오는 빛만으로는 작업 현장을 제대로 분간하기가 어려웠다.

그래도 크라이튼은 불굴의 투지를 보이며 포기하려 하지 않았다. 스콰이어의 경우 해저에서 하강용 케이블을 절단하는 데 8분이 걸렸으며, 지금 크라이튼이 하려는 작업을 그는 15분 동안이나 시도했다. 마침내 33분이 지나자, 크라이튼 자신이 가지고 내려온 와이어가 엉키기 시작했다. 고무코팅이 된 캔버스 재질의 장갑 속에 든 손가락은 추위로 인해 감각이 없었다. 크라이튼의 목소리에 점차 절망감이 짙어졌다. 말도 더듬었다. 몸센은 그의 상태가 거의 한계에 다다랐음을 느꼈다.

"자네를 끌어올리도록 하겠네." 몸센이 말했다.

몸센으로서는 세 번째 다이버를 내려보낸다는 것은 더 이상 생각할 수 없었다. 새로운 케이블을 부착하기 위해 비할 바 없이 유능한 다이버 두 명이 이미 목숨을 건 시도를 했다. 그들이 할 수 없다면, 어느 누구도 할 수 없는 것이다. 그렇지만 어떤 방법을 동원하든지 구조체임버에 갇힌 대원들을 구출해야만 한다. 어물거릴 시간이 없다. 사람의 인내력에는 한계가 있는 것이다. 기상 상태는 나빠지지도 않았지만 그 이상 좋아지지도 않았다.

몸센은 콜, 맥케인과 상황을 검토한 후 최후의 방법을 사용하기로 결정했다.

"도박입니다만, 달리 선택의 여지가 없습니다." 몸센이 콜에게 말했다.

몸센이 털어놓은 계획은 숨막힐 정도로 대담한 것이었다.

구조체임버를 끌어올리는 데, 더 이상 제어하기 곤란한 팔콘의 윈치를 사용하지 않기로 했다. 다섯 개의 닻으로 계류되어 있기는 하지만 갑작스레 파도가 사나워져 팔콘이 흔들리기라도 한다면 순식간에 한 가닥 남은 와이어마저 끊겨 버릴 수 있다. 모든 사람이 스쿼러스의 표식부표 케이블에서 발생됐던 일을 뚜렷이 기억하고 있었다. 그런 일이 다시 일어난다면, 구조체임버는 스쿼러스의 마지막 생존자와 구조대원을 실은 채 영원히 돌이키지 못할 상태에 빠지고 만다.

그래서 몸센은 구조체임버에 있는 구조요원에게 부력이 중립에서 약간 낮게 유지될 정도까지 밸러스트를 비우라고 지시했다. 이렇게 함으로써 케이블에 걸리는 장력은 최소가 될 것이고, 비록 손상을 입은 상태이긴 하지만 구조체임버를 끌어올리는 데 이용할 수 있을 것이다. 핵심은 팔콘의 상태에 민첩히 대응할 수 있도록 사람의 손으로 직접 구조체임버를 끌어올려야만 하는 것이었다.

그리고 이것은 절묘한 타이밍이 요구되는 일이었다.

콜이 동의하자, 몸센은 맥도널드에게 전화를 걸어 그의 계획을 설명했다.

"지시가 떨어지면, 내가 말한 만큼만 정확하게 밸러스트를 불어내야 해. 정부력 상태가 되면 즉시 알려주게."

말 그대로 최후의 수단이었다. 열 명이 케이블을 잡았다. 몸센이 가장 앞에 서고, 그 뒤에 바로 맥케인이 섰다. 팔콘의 우현 갑판에 운집한 장교와 수병들이 잔뜩 긴장한 채 지켜보고 있었다. 구명 선단을 구성하고 있는 순양함 브루클린과 다른 배들에서는 망원경이 동나고 있었다.

자정 정각에 몸센은 느슨한 회수용 케이블을 당겨 팽팽하게 만들었다. 맥도널드에게는 15초간 밸러스트를 불어내도록 지시했다.

구조체임버로부터 아무런 반응도 나타나지 않았다.

다시 15초간 밸러스트를 불어내게 했다.

그래도 아무 반응이 없었다.

몸센의 목소리만을 제외하고 팔콘의 갑판은 쥐 죽은 듯 조용했다. 몸센이 믿을 것이라고는 자신의 손가락을 통해 전해오는 케이블의 장력뿐이었다. 계산을 잘못해서 너무 많은 밸러스트를 불어낸다면 구조체임버는 순식간에 수면으로 치솟아 팔콘 선체와 충돌하여 두 동 강날 가능성도 있었다. 반대로 충분한 부력을 확보하지 못해 필요 이상 무거워진다면 구조체임버를 지지하고 있는 한 가닥의 와이어마저 끊어져 해저로 떨어질 것이다. 그 와중에 연약한 공기 호스가 절단이 라도 된다면 안에 있는 대원들의 생명은 그걸로 끝장이다.

세 번째로 몸센이 맥도널드에게 말했다.

"15초간 불어내게."

몸센은 정부력 상태에 아슬아슬하게 접근하고 있음을 알 수 있 었다. 그러나 몸센이 시험삼아 케이블을 살짝 당겨 보았지만 구조체 임버는 꼼짝하지 않았다. 다시 한 번 15초간 더 밸러스트를 불어낸다 면, 메인밸러스트 탱크는 반만 남게 된다.

몸센은 밸러스트를 불어내라고 지시했다. 그러자 케이블에 걸리 는 장력이 약간 약해지는 것 같았다. 몸센의 지시에 따라, 케이블을 쥐고 있는 모든 사람이 다리를 바닥에 단단히 버티고 케이블을 잡아 당겼다. 케이블이 천천히 뱃전으로 올라왔고, 마침내 구조체임버가 상승하기 시작했다. 1분 후, 구조체임버는 바닥에서 떨어져 나와 1.2 미터를 상승해 수심 69미터에서 정지했다.

밸러스트를 불어내라는 몸센의 지시를 확인하는 맥도널드의 목 소리와 뒤이어 물을 밀어내는 공기 소리만이 구조체임버의 정적을 깨 고 있었다. 언제나 머금고 있던 함박웃음이 이미 얼굴에서 사라진 존 미하로브스키와 맥도널드는 구조체임버의 좁은 상부구역에서 신속하 게 보조를 맞추어 부력 -그리고 자신들의 운명- 을 조정하는 레버를 작동시켰다.

4분이 경과한 후 맥도널드가 보고했다.

"심도계의 눈금이 61미터를 가리키고 있습니다."

"부력은 어떤가?" 몸센이 물었다.

"이유는 모르겠지만, 약간 무거운 상태입니다." 맥도널드가 대답했다.

몸센은 10초간 밸러스트를 불어내도록 지시했다.

해상에는 높이 2미터의 파도가 일고 있었다. 케이블을 쥔 대원들은 언제나 팔콘의 움직임에 맞춰 행동했다. 팔콘이 파도를 타고 솟구치면 케이블을 약간 풀어주고, 가라앉으면 당겨주었다. 조금씩 조금씩 구조체임버가 위로 올라왔다.

갑판의 추위는 살을 에는 듯했지만, 몸센은 자신과 동료들이 케이블을 당길 때마다 등줄기로 흘러내리는 땀방울을 느낄 수 있었다.

돌연 거친 파도가 몰려왔으나 감시병이 제때에 발견했다. 만약 구조체임버가 윈치에 연결된 상태였다면 모든 것이 끝장났을 것이다.

"23미터에 도달했습니다." 맥도널드가 보고했다.

그리고 몸센이 고대하던 순간이 다가왔다. 팔콘의 조명등 불빛을 받아 반짝이는 물방울을 뚝뚝 떨어뜨리며, 파손된 케이블 부위가 물 밖으로 모습을 드러냈다. 몸센은 그 부분이 자신의 눈앞으로 다가오는 것을 지켜보았다. 스콰이어의 보고는 정확했다. 와이어 한 가닥만이 남아 있었다. 단숨에 확 잡아당겨서 이 모든 상황을 끝내고 싶다는, 억누르기 힘든 유혹이 느껴졌다. 그러나 잠시 후 갑판원 한 명이 케이블의 파손 부분 밑에 클램프를 채웠다.

남은 작업은 간단했다. 대원들은 일정한 속도로 케이블을 끌어올리면서, 구조체임버가 수면에서 흔들거리며 팔콘 바로 옆으로 다가오는 모습을 보았다. 집으로의 긴 여정이 마침내 끝난 것이다.

시간은 5월 25일 0038시(새벽 0시 38분). 분 단위까지 포함하여, 스쿼러스가 시험 잠항을 개시한 지 39시간 만이었다.

구조체임버에서 마지막으로 나온 사고 생존자는 네이퀸이었다. 몸센은 곁에 서서 팔콘으로 오르는 것을 도와주었다.

"승선을 축하하네, 올리버." 몸센이 밝은 표정으로 말했다.

"승선하게 돼서 정말 기쁘네. 정말이야." 손을 내밀며 네이퀸이 대답했다.

콜 제독이 몸센 옆으로 와서 감격에 겨운 목소리로 말했다.

"스웨이드, 단순히 잘했다는 말만으로는 내 감정을 다 표현할 수가 없네."

포츠머스에서 뉴욕타임스 기자 핸슨 W. 볼드윈은 늦은 가판 기사의 서두를 작성하고 있었다. 자신 또한 해군사관학교 졸업생이었던 볼드윈은 다음과 같이 썼다.

"오늘 새벽, 인간은 바다에게서 승리를 거두었다."

16

후방 구역의 누군가가 아직 살아 있을 가능성은 없는 것으로 보였다. 네이퀸은 후방 어뢰실에 약간의 가능성이 있긴 하지만 나머지 사령실 후방 구역은 모두 침수됐으리라는 자신의 의견을 거듭 밝혔다. 후방 어뢰실에 대피했을지도 모르는 대원들과 교신을 시도했으나 모두 실패했다는 사실도 덧붙였다.

그래도 이 부분의 의문점을 해소하기 위한 시도는 있어야만 했다. 콜 제독이 포츠머스 책임자로 임명한 윌리엄 암스덴 대령은 구조체임버의 네 번째 작업을 마지막으로 구조작업을 끝낸다고 발표했다. 즉각 실종자의 아내와 친척들로부터 거센 항의가 터져나왔다. 암스덴은 해군이 공식적으로 실종자의 사망을 인정하는 발표는 아니라고 서둘러 부인했다.

몸센과 상황을 검토한 뒤, 콜은 포츠머스로 전문을 보냈다.

"스쿼러스의 후방 구역에 대한 구조작업을 계속할 것임."

밤새 구조체임버에 새로운 하강용 케이블과 회수용 케이블이 설치됐다. 그리고 팔콘은 닻을 걷어올린 다음 배가 스쿼러스의 후방 어뢰실 바로 위에 위치되도록 다시 닻을 내려 고정하였다. 비록 약간의 바람은 불었지만 태양은 밝게 빛났고 수면은 거울처럼 잔잔했다.

몸센은 사병과 하사관들만으로도 임무를 충분히 완수할 수 있다는 걸 보여주려고, 지금까지 다이버나 구조체임버 조작원으로서 장교는 내려보내지 않았다. 그렇지만 이번 구조 작업은 경우가 달랐다. 구조해야 할 사람이 아래에 있는지 없는지조차 불분명한 상황에서 임무라는 명분으로 대원들을 내려보내기에는 너무 위험했다. 이런 이유로, 몸센은 이번 작업을 장교와 사병 구분 없이 지원자만 가지고 치르기로 결정했다.

첫 단계는 잠수 안내용 케이블을 함미 쪽으로 옮기고, 이를 이용해 구조체임버의 새로운 하강용 케이블을 잠수함에 거는 것이었다. 이는 팔콘의 하드 햇(심해 다이버)을 인솔하는 줄리안 모리슨 대위에게 있어 길고도 험난한 다이빙이 될 터였다. 모리슨은 몸센이 특히 좋아하는 친구였다. 그에 대한 친밀함의 표시로 몸센은 직접 모리슨에게 '조 보트(Joe Boats)'라는 애칭을 붙여주기도 했다. 모리슨이 얼마나 바다를 좋아하는지 알고 있었기 때문이었다.

모리슨은 정오가 조금 지나 바다로 들어갔다. 스쿼러스의 갑판에 도달하는 데는 3분이 소요됐다. 잠수함의 좌현 레일에 걸린 육중한 마닐라 로프를 끊어 한쪽 팔에 휘휘 둘러낸 다음 함미 쪽으로 걷기 시작했다. 사령탑을 지나며 자신을 감싸고 있는 이 적막한 세계의 시계(視界)가 얼마나 좋은지 보고하였다. 거의 15미터는 될 것 같았다. 그의 목소리는 지금 그가 견디는 평방 인치당 7.3기압의 압력에도 불구하고 놀라울 정도로 명료하고 침착했다. 모리슨은 후방 어뢰실 해치를 찾았다고 몸센에게 알렸다. 표식부표는 아직도 지정된 위치에 그대로 남아 있었다. 모리슨은 난간에 잠수 안내용 케이블을 묶기 위해, 왔던 길을 5미터쯤 되돌아갔다.

작업이 너무나도 순조롭게 진행되자, 몸센은 다른 다이버를 보낼 필요 없이 모리슨에게 하강용 케이블을 내려보내 직접 샤클을 걸게 하기로 마음먹었다. 그런데 젊은 사관에게 가해지는 수압은 본인이 미처 깨닫기도 전에 급속히 그의 의식에 영향을 미치기 시작했다. 케이블을 잡고 있다고 생각했던 모리슨은 자신이 허공에 대고 그냥 팔을 올렸다 내렸다 하고 있음을 깨달았다. 그는 정신을 가다듬어 집중한 다음, 두 번의 반매듭을 지었다. 하지만 그것도 생각뿐이었다.

"케이블을 묶었습니다." 그가 말했다.

그리곤 모리슨은 순간적으로 정신을 잃었다. 제정신으로 돌아왔을 때, 모리슨은 자신이 해놓은 것을 보고 경악을 금치 못했다. 반매듭을 두 번 하는 대신, 케이블을 난간에 칭칭 감고 반매듭을 묶기 전에 수도 없이 감아매기만 했던 것이다. 어리둥절해 하는 그의 귀에 어렴풋이 몸센의 목소리가 들려왔다.

"조 보트, 올라올 준비를 하게. 끌어올리겠네."

그런데 당황한 모리슨은 갑판의 난간 밑을 지나 잠수 안내용 케이블에 달린 플랫폼 위에 서서 끌어올려지기를 기다렸다.

몸센이 다급하게 모리슨에게 말했다.

"지금 엉켜 있어! 잠수함 위로 다시 돌아가!"

모리슨은 뭔가 잘못됐다는 사실을 어렴풋이 깨닫고 다시 난간 밑으로 몸을 구부렸다. 후에 팔콘의 기록원에게 그는 이렇게 진술하였다.

"다시 위로 올라가기 시작한 데까지는 희미하게 기억납니다."

하강용 케이블을 걸려던 다음 번 시도는 완전히 실패로 끝났다. 포술(砲術)담당 윌리엄 배런 준위가 스쿼러스에 도착했을 때, 몸센은 그와의 교신을 시도했지만 전혀 응답이 없었다. 배런은 즉시 끌어올려졌다. 비행기 착륙시 나타나는 기압 변화에 자신의 귀가 적응하지 못한 경험이 있다면, 대기압의 여덟 배나 되는 압력을 받은 배런이 이를 극복해내지 못했을 때의 고통을 상상할 수 있을 것이다.

갑판원인 제임스 베이커 병장이 시도한 세 번째 다이빙은 모두에게 절망감을 안겼다. 스쿼러스에 도달한 베이커는 자신의 위치를 파악하고는 하강용 케이블을 내리라고 요청했다. 샤클이 손에 잡히자, 그는 케이블을 함미 쪽으로 끌고 갔다. 그러나 케이블이 난간 바로 위에서 잠수 안내용 케이블에 감겼다는 사실을 몰랐다. 갑자기 뭔가가 뒤에서 당기기라도 하듯 샤클이 그의 손을 빠져나가 버렸다. 베이커는 케이블을 잡기 위해 다시 잠수 안내용 케이블이 있는 쪽으로 갔지만, 그것은 이미 시야에서 사라진 상태였다. 몸센은 전날 시비츠키에게 했던 것처럼 서둘러 베이커를 안심시켰다.

"걱정하지 마. 다시 내려보낼 테니까. 해치 위에 무슨 장애물이 없는지 확인해 보게."

이번에는 케이블을 조심스럽게 잠수 안내용 케이블의 바깥쪽으로 통과시킨 후, 후방 어뢰실 해치의 중앙에 날린 링 쪽으로 기저갔다. 그리고서 베이커는 더 어려운 문제에 봉착했다. 갑판에 거의 엎드린 자세로 작업하던 베이커에게 문득 샤클의 핀이 샤클에 걸려 있는 게 아니라, 체인 위에 매달려 있는 것 같다는 생각이 들었다. 헛되이 핀을 잡으려 애쓰는 동안 호흡이 눈에 띄게 가빠지고, 안면 유리가 뿌옇게 흐려지기 시작했다. 베이커는 침착하게 몸을 일으켜 배기 밸브를 열어 자신의 헬멧을 환기시켰다. 그리고 다시 한 번 핀을 쳐다본 베이커는 착각을 일으킨 자신에 대해 실소하지 않을 수 없었다.

걱정이 된 몸센이 즉각 전화에 대고 무슨 문제라도 발생했는지 물었다.

"베이커, 괜찮은가?"

"괜찮습니다." 베이커가 대답했다.

"아직 끌어올리지 마십시오. 설명하긴 좀 어려운 상황이지만 문제는 없습니다. 샤클 핀은 있어야 할 곳에 분명히 있습니다."

1분 후, 베이커가 보고했다.

"하강용 케이블을 해치에 고정시켰습니다."

중요한 의미를 가진 구조체임버의 다섯 번째 하강을 위한 준비가 완료되었다. 빌 배더스가 조종간을 쥐고 존 미하로브스키가 그를 보조했다. 이번 하강은 다른 때와는 달랐다. 두 사람 모두 자신들의 목숨이 케이블에 달려 있다는 사실을 잘 알고 있었다. 몸센은 그들과 함께 하강 절차를 면밀히 검토했다. 몸센은 두 사람에게, 구조체임버가 해치에 밀착되었을 때 전과는 달리 완벽한 방수를 확보하지 못할 수도 있을 거라고 말했다. 그들은 후방 어뢰실이 침수됐으리라는 가정 아래 행동해야만 한다. 따라서 후방 어뢰실의 압력은 주변 바다의 수압과 같거나, 잠수함 내의 공기가 상부에 고압으로 압축되어 에어 포켓을 형성한 상태라면 오히려 더 높을 수도 있었다. 그러므로 구조체임버 상부 구역을 대기압 상태로 유지했던 이전의 구조작업과는 달리, 잠수함 위에 내려앉아 탈출 해치를 열었을 때의 물과 공기 분출에 대비해 압력을 높여야만 할 것이다. 구조체임버를 해치에 고정시켜줄 수단은 구조체임버의 볼트뿐이었다. 극히 미미한 판단 착오만 생겨도 그들은 순식간에 익사해 버리고 말 터였다. 생각하기도 싫을 만큼 끔찍스러운 상황은 또 있었다. 구조체임버 자체의 압력이 높아지면 두 사람이 호흡하며 내뿜는 이산화탄소를 배출시킬 방법이 없어진다는 점이다. 그들은 가능한한 신속하게 움직여 더 이상의 생존자가 없는지 확인해야 했다. 몸센은 20분이 경과하면 지극히 위험한 상황이 될 것이라고 두 사람에게 주의를 주었다. 두 사람이 위험한 지경에 빠지더라도 몸센이 취할 방도는 아무것도 없었다.

배더스와 미하로브스키가 잠수를 시작했다. 하강의 초반부는 이전의 구조 작업과 다를 바 없이 진행되었다. 메인밸러스트 탱크에 물을 채우고, 구조체임버의 하부 구역을 배수시켰다. 그리고 스쿼러스에 연결된 하강용 케이블 하나에 의지하여, 구조체임버 상부 구역의 내부 압력이 바깥쪽인 북대서양 수압과 같아질 때까지 조금씩 증가시키며 아래로 내려갔다. 스쿼러스에 도착하자, 배더스는 해치를 열고 아직 발목 높이 정도로 물이 남아 있는 하부 구역으로 내려가 볼트를 채웠다. 배수를 했지만 물은 여전히 발목까지 차 있는 상태였다. 1분 후, 배더스가 후방 어뢰실 해치를 열 준비를 하고 있다고, 상부 구역에서 압력조절 밸브를 조작하던 미하로브스키가 보고해왔다.

배더스는 최대한 신중하게 해치를 열었다. 그럼에도 불구하고, 세찬 공기가 급삭스럽게 배더스를 스쳐 구조체임버 안으로 뿜어져 나왔다. 곧이어 바닷물이 그의 다리 주위로 급속히 불어나기 시작했다.

"압력을 높여!" 배더스가 소리쳤다.

미하로브스키는 반사적으로 반응했다. 바닷물은 주춤주춤하다가 이윽고 다시 낮아지기 시작했다. 배더스는 무릎을 꿇고 잠수함 속이 내려다보일 때까지 천천히 해치를 열었다. 그의 눈에 들어오는 것은 거의 해치 꼭대기까지 들어찬 물뿐이었다. 후방 어뢰실은 완전히 침수되어 있었던 것이다.

미하로브스키가 상황을 보고했다. 몸센은 미하로브스키의 목소리에서 약간 몽롱한 기운을 느낄 수 있었다. 두 사람은 극한 상황에서 이미 17분이나 머물렀던 것이다.

"해치 닫고 어서 올라오게." 몸센이 명령했다.

스웨이드 몸센에게는 아직 할 일이 많이 남아 있었다. 스쿼러스를 인양해 포츠머스로 옮겨 5월 23일 아침 잠수함에 어떤 일이 일어나 바다 밑으로 침몰했는지 규명해야 했다.

이 참사의 원인이 고의적인 것이라는, 믿기 어려운 기사가 이미 온 나라를 휩쓸고 있었다. 이런 낭설은 기자 인터뷰에서 알 프린이 한 발언에 의해 증폭되었다. 알 프린은 자신이 메인인덕션 밸브를 분명히 잠갔을 뿐만 아니라, 제어반을 확인했을 때 문제가 있는 것으로 나타난 신호등은 한 개도 없었다고 말했다. 게다가 시카고 트리뷴 지는 군함을 건조하는 모든 해군 조선소에 대해 대대적인 보안 점검이 실시되고 있다는 기사를 터뜨렸다.

상황이 너무 악화되자, 암스덴 대령은 다음과 같은 성명서를 발표했다.

"언론을 통해 갖가지 억측이 나오고 있지만, 현재로서는 사보타지나 부주의로 인해 사고가 발생했다는 증거는 하나도 없습니다 … 그리고 조선소의 보안도 완벽한 상태입니다."

그럼에도 알 프린이 문제의 발언을 한 다음 날, 암스덴은 결국 사진기자들의 요구에 굴복해 알 프린의 촬영을 허용함으로써 성명서는 휴지조각이 되어 버렸다. 사진기자들이 프린을 향해 셔터를 눌러대던 중, 기자 한 명이 불쑥 그에게 다시 질문을 던졌다. 조바심이 난 암스덴이 소리쳤다.

"말하지 않았습니까?! 프린은 어떤 질문도 받지 않을 거라고요! 누구 군법회의에 회부되는 거 보고 싶어 이러는 겁니까?"

그러나 해군이 이런 소동보다 훨씬 더 우려하고 있는 것은 밸브 그 자체였다. 기관실로 통하는 대형 흡기구가 문제의 원인이었으리라는 데는 대체로 인식을 같이했지만, 그것은 어디까지나 개연성 높은 추측에 지나지 않았다. 만약 그 가정이 사실이라면, 애초에 어떤 결함이 있었다는 말인가? 사실을 명백히 규명해야만 했다. 며칠 후면 동형의 새로운 잠수함이 포츠머스에서 취역하게 되어 있었고, 또다른 한 척이 한 달 내에 진수될 예정이었다. 그리고 더 많은 잠수함이 건조 중이었다. 슬픔에 잠긴 그린리 대령은 조선소의 책임자로서 어느 누구보다도 이 점을 걱정하고 있었다.

"실제로 무슨 일이 일어났는진 아무도 모르네." 그린리가 말했다.

"내려가 보고 온 사람이 없으니까 말일세. 밸브에 대한 얘기는 어디까지나 추측일 뿐이야. 잠수함을 드라이도크에서 조사해 보기 전엔 참사의 명백한 원인은 알 수 없어."

이 모든 작업이 몸센과 그의 대원들에게 달려 있었다. 74미터 해저 갯벌에 선체의 일부가 박힌 채 무기력하게 누워 있는 전장 94미터, 중량 1450톤의 스쿼러스를 인양, 24킬로미터의 바다를 지나 조선소로 끌어오는 일은 유례없이 험난한 인양 작업이 될 터였다. 성공할 확률 자체가 희박했다. 그러나 이 모든 것을 떠나, 힘겨운 인양 작업이 진행되는 동안 잠수함은 가련하고도 때로는 격렬한 의지로 가득 찬 생명체처럼 변모해 갈 터였다.

개인적으로 몸센도 처음에는 스쿼러스의 인양 작업이 가능하리라 생각하지 않았다. 워싱턴의 시험 다이빙부대 책임자로 있으면서 자신이 개발을 주도한 헬륨과 산소 혼합기체가 없었다면 당초에 시도조차 하지 않았을 일이었다. 하지만 운명은 또다른 가장 적절한 순간에 정확한 장소로 그를 데려다 놓았다. 딱 20개월 전인 1937년 가을에 몸센은 이 부대의 지휘관으로 임명된 바 있었다. 그 인사 조치는, 그의 표현을 빌리자면 '비할 데 없이 반가운' 것이었다. 사실 이 표현도 그의 기쁨을 다 드러내기엔 부족했다. 주요 해군 잠수함사령부에서 대원들에게 인공허파와 구조체임버 사용법을 훈련시키는 즐거운 경험을 한 후에, 몸센은 아시아함대 기함인 중순항함 어거스타에서의 내키지 않는 근무를 지시받았다. 여기서 그가 얻은 것이라곤 우쿨렐레 연주의 달인이라는 명성뿐이었다.

몸센의 발명이 있기 전까지 다이버가 잠수할 수 있는 깊이나 해저에서 머무를 수 있는 시간, 할 수 있는 일이란 지극히 제한적이었다. 왜냐하면 우리가 평소 별 생각 없이 들이마시는 공기는 실제 대략 80퍼센트의 질소와 20퍼센트의 산소로 구성된 혼합기체인데, 이 보통의 공기가 다이버에게도 공급되고 있었기 때문이다. 이런 보통의 공기 구성에 있어 다이버에게 문제가 되는 것은 질소였다.

다이버가 잠수 후에 너무 빨리 부상하면 잠수병(The Bends)에 걸리게 된다. 온 몸을 뒤틀(bend) 정도로 고통스럽다는 데서 붙여진 이름이었다. 사람이 고압 상태에 노출되면 호흡하면서 들이마신 공기 중의 질소 성분 모두를 배출하지 못하게 된다. 오히려 남은 질소 중 일부는 이산화탄소가 탄산음료에 녹아드는 것과 비슷한 방식으로 혈액에 녹아들어 신체 조직으로 운반된다. 압력이 천천히 낮아지면 질소는 흡수되었을 때와 마찬가지로 아무 해악 없이 배출된다. 그렇지만 압력이 급속히 낮아지게 되면 갑자기 마개를 딴 탄산음료병처럼 거품이 생긴다. 이 기포들은 관절에 모이는 경향이 있는데, 가벼운 경우라도 고통은 극심하다. 심한 경우에는 기포가 정맥을 완전히 막아 급성 심장색전증을 일으켜 순식간에 목숨을 잃게 되는 수가 있다.

심해 잠수에서 질소의 중추신경계통에 대한 공격은 인지하지 못하는 사이에 아주 은밀하게 진행되어 신경의 근육조절작용 능력에 치명적인 손상을 일으킨다. 또한 다이버의 헬멧 안에 축적된 이산화탄소와 상승 작용을 일으켜 종국에 가서는 다이버가 실신하도록 만든다.

몸센과 그의 헌신적인 의료팀이 직면한 문제는 질소를 대체할 가스를 찾아내든지, 아니면 질소 중독에 대처할 방안을 강구해 다이버가 지금까지보다 깊은 바닷속에서도 온전한 정신상태로 자신의 임무를 수행하고, 가능한 한 신속하게 해상으로 복귀할 수 있도록 하는 것이었다.

감압되는 동안에 기포를 생성하지 않는 산소가 잠수병에 대한 이상적인 해답으로 보였다. 하지만 가압 상태에서는 산소도 독성을 띠게 되어 다이버의 입술과 눈꺼풀에 경련을 일으킨다. 그렇게 몇 초 후면 다이버는 시력을 상실하고 간질병과 같은 극심한 경련에 사로잡히게 된다.

미국에서만 독점적으로 생산되던 헬륨이 처음 심해 잠수에 응용될 가능성으로 관심을 끈 것은 1925년이었다. 대단한 규모는 아니었지만 해군에서 잠시나마 그 가능성을 조사한 적이 있었다. 그러나 그 프로젝트는 용두사미로 끝나고 말았다. 연구가 본격적으로 재개된 것은 몸센의 지휘 아래서였다. 이전의 실험에서 헬륨은 공기 중에 포함된 고농도 질소에 의한 부작용을 개선할 가능성을 보여주었다. 그러나 다른 한편으로, 이 실험은 헬륨이 만병통치약이 될 수 없음도 보여주었다. 다이버는 헬륨과 산소 혼합기체를 사용하고도 공기를 쓴 경우와 마찬가지로 ─비록 더 심하지는 않았지만─ 잠수병에 걸렸던 것이다. 벤키와 야브로 두 군의관의 헌신적인 지원을 받아가며, 몸센은 잠수생리학적 측면에서 헬륨의 영향을 명확하게 밝혀진 사실부터 하나씩 취합해 나갔다.

처음부터 작업은 힘들고 지루했으며 가끔은 실망스러웠다. 특히 감압 상태에서의 실험은 더욱 심했다. 연일 다이버들이 잠수병으로 쓰러지자, 워싱턴 해군조선소의 거대한 압력 탱크는 점차 공포의 장소가 되어버렸다. 승부의 관건은 바로 근거에 입각한 추론과 직관적인 통찰, 그리고 끝없는 시행 착오였다. 몸센이 의지할 것은 지금까지의 수중 연구에서와 마찬가지로 아무것도 없었다. 그때까지 이 분야에서 가장 주목할 만한 실험은 헬륨과 질소를 반반씩 섞은 혼합기체와 생명 유지에 필요한 산소를 가지고 영국에서 행한 것이었다. 이론적인 근거는 두 가지 기체가 몸 안으로 들어갔을 때 서로 독자적으로 행동하리라는 가정이었다. 만약 이 가정이 맞는다면, 감압 과정은 헬륨과 질소 중 한쪽에 의해서만 좌우될 것이며, 따라서 다이버가 수면으로 상승하는 데 필요한 시간은 반으로 줄어들 터였다. 그렇지만 실제로는 그렇지 않은 것으로 드러나자, 영국인들은 헬륨 사용이 심해 잠수에 별 도움이 되지 못한다고 결론지었다. 몸센은 실험 일지에 이렇게 적었다.

"만약 그들이 연구를 계속해서 헬륨과 산소만으로 시도해 보았다면 헬륨의 진가를 발견하게 됐을지도 모른다. 가압 상태에서도 명료하고 편안하게 생각할 수 있다는 것을."

그러나 이 사실을 증명하기까지 몸센은 수없이 많은 장애를 극복해야만 했다. 해저에서 인간에게 가해지는 신비로운 힘을 탐구해 나가는 집요한 과정에서 몸센은 영국에서 사용했던 방법을 변형시켜 시도하기도 했다. 헬륨과 산소의 혼합기체를 20분 동안 다이버에게 공급한 후 공기로 교체해 다시 20분간 공급했다. 헬륨이 질소보다 훨씬 가볍고 확산 속도도 빠르기 때문에 공기가 공급되는 사이에 다이버의 신체에서 빠져나가 줄 것으로 기대되었기 때문이다. 그렇게만 된다면 감압 과정에서는 공기 중의 질소만 고려하면 된다. 그리고 이것은 다이버가 헬륨과 산소의 혼합기체와 공기를 번갈아 호흡하면서 해저에 머무른 시간이 얼마든 간에, 감압 시간은 공기로 호흡한 마지막 20분에 해당되는 만큼만 하면 됨을 의미한다. 그러나 실험은 의도한 바대로 진행되지 않았다. 잠수병이 이어졌다.

몸센은 포기하지 않았다. 수개월 동안 새로운 방법들이 엄청난 고통 속에서 시도됐지만 모두 실패로 끝나고 말았다. 전혀 소득이 없었던 것만은 아니다. 마침내 몸센은, 호흡용 혼합기체를 만들기 위해 어떤 가스를 어떻게 혼합한다 하더라도 감압 시간을 계산할 때는 사용된 가스를 모두 고려해야만 한다는 결론에 도달했다. 이로써 몸센은 한 가지 기본적인 가정을 확립했다. 첫째, 헬륨을 최대한 활용하기 위해서 해저에 있는 다이버에게는 오직 헬륨과 산소로만 구성된 혼합기체를 공급해야 한다는 것. 둘째, 신체에 흡수되는 헬륨의 양을 최소

화하기 위해서 가능하면 산소의 농도를 높여야 한다는 점이었다.

심해에서는 헬륨과 산소의 혼합기체가 공기보다 우월하다는 것이 간단한 실험으로 명확히 확인됐다. 시험부대에 소속된 하사관 한 명이 심도 61미터를 재현한 압력 상태에서 타자기를 가지고 실험에 임했다. 처음 5분간 다이버는 공기로 호흡하면서 표준 타자교본을 쳤다. 그리고 헬륨과 산소의 혼합기체가 정신과 근육의 상호작용에서 어떤 영향을 미치는지 확인하기 위해 혼합기체로도 똑같은 실험을 했다. 실험을 수행한 하사관이 공기로 호흡할 때가 분명 더 나은 것 같았다고 말했을 때, 몸센은 잠시 동요했다. 그런데 사실은 정반대였다. 고압에서 들이마신 공기가 다이버의 경계 의식에 혼란을 일으켜 판단 능력을 완전히 상실하게 만든 탓이었다. 헬륨과 산소의 혼합기체를 들이마신 동안에는 훨씬 더 온전한 정신상태를 유지하고 있었으므로, 자신이 잘못된 키를 두드렸을 때는 정확히 이를 감지했다. 단어의 개수는 두 경우가 비슷했지만 공기를 호흡했을 때는 오타수가 세배나 많았으며, 한 줄을 완전히 빼먹기도 했다. 그럼에도 자신은 전혀 깨닫지 못하고 있었던 것이다.

이런 사실이 일단 확인되자, 몸센은 다이버를 심해에서 수면으로 안전하고 빠르게 부상시키는 방법을 찾는 데 작업의 초점을 맞췄다. 감압에 걸리는 시간을 단축하려는 여러 시도는 또다른 다이버들이 잠수병에 시달리게 만드는 결과를 초래했다. 결국 몸센은 다이버들이 과거에 공기로 호흡할 때 적용했던 감압률로 돌아가기로 결정했다. 그런데 놀랍게도 별 차이가 없었다. 잠수병은 계속해서 잇달아 발생했으며, 그것은 심각한 사기 문제가 되고 말았다. 그의 의료팀도 전체 프로젝트를 망가뜨릴지도 모르는 이 원인불명의 문제에 몸센만큼이나 당황스러워하고 있었다. 화가난 몸센은 밤마다 그날의 실험 결과를 기록하는 노트의 첫머리를 이렇게 시작했다.

"도대체 뭐가 잘못된 걸까? 헬륨과 질소의 차이는 대체 뭐란 말인가?"

어느 날 아침, 잠자리에서 깨어난 몸센의 머리에 퍼뜩 해답이 떠올랐다. 공기로 호흡하는 다이버는 길고 지루한 상승과정을 시작하면서 감압 적응을 위한 첫 번째 정지시간을 상대적으로 짧게 갖고, 수면에 가까워질수록 정지 시간을 늘린다. 높은 확산율을 가진 헬륨은 질소에 비해 훨씬 빠르게 다이버의 신체 조직에서 배출되므로 혈관은 부하에 적응할 충분한 시간을 갖지 못해 기포를 형성하고, 이것이 잠수병을 일으키는 것이었다. 이 같은 결론에 따라 헬륨과 산소의 혼합기체를 사용해 잠수했을 때 부상시 첫 번째 정지 단계에서 반드시 7분 이상 멈추도록 하자, 순식간에 잠수병의 발생 빈도는 제로에 가깝게 떨어졌다.

뒤이은 또 하나의 획기적인 발견으로, 다이버가 감압을 위해 수중에 머물러야 하는 시간이 대폭 줄어들었다. 고압산소에 견디는 인간의 능력에 대해 힘겨운 연구를 거듭하던 군의관 벤키는 인간이 수심 15미터에 도달해 산소가 독성을 띠는 단계를 지나칠 때, 순수한 산소로 바꿔 공급하면 기포 생성을 방지해줄 뿐 아니라 체내에 남은 잔여 헬륨도 빠르게 제거해 준다는 사실을 발견했다. 이것은 감압 적응을 위한 첫 번째의 정지 단계를 지나친 다이버가 수심 15미터까지 빠른 속도로 부상할 수 있음을 의미한다. 그리고 나서 다이버를 해저 15미터에 체류시키는 대신 바로 수면으로 끌어올려 감압 탱크 안에 집어넣고, 수심 15미터에 해당되는 압력에서 순수한 산소를 공급하는 것이다.

　그래도 아직 수많은 일이 남아 있었다. 새로운 생리학적 잠수규범 만들기, 인간의 인내 한계 조사, 가장 효과적인 헬륨과 산소의 비율 결정 등등. 이 모두를 산정하는 일은 그 중요성만큼이나 복잡한 것이었다. 하지만 이제는 잘 다듬기만 하면 될 단계였다. 더듬어 지나가야 할 칠흑 같은 복도도, 도저히 뛰어넘기 불가능할 것 같은 장애물도 더 이상 없었다.

　다이버들은 잠수병에 걸리지 않기 위해 잠수 전에 사과를 먹는다든지, 잠수하는 날은 아무것도 입에 대지 않는다든지, 잠수 전날 술을 마시지 않는 따위의 전통적인 비책에 의존할 필요가 없어졌다. 그리고 배더스와 맥도널드가 압력 탱크에서 재현할 수 있는 최고 심도인 152미터 잠수에 성공함으로써 심해 잠수는 전에 없이 객관적이고도 확실한 발판을 마련하게 됐다.

　이것은 또한 잠수복에 있어서도 획기적인 개선의 계기가 되었다. 잠수복은 어거스트 지베라는 독일 발명가가 100년 전에 고안한 원형을 기본적으로 유지하고 있었다. 공기로 호흡하는 다이버들은 종종 혹한에 시달렸는데, 헬륨으로 호흡하면 상황은 더욱 악화될 터였다. 체온이 급속하게 발산되므로 인간이 참고 견디면서 작업할 수 있는 한계는 기껏해야 대략 섭씨 15도까지였다. 이제 헬륨과 산소 혼합기체의 개발로 더욱 영역이 넓어진 심해 잠수에서는 섭씨 0도 이하의 작업도 비일비재하게 될 것이었다. 몸센은 이 문제를 초고도비행 파일럿을 위해 전열 보온복을 개발한 경험이 있는 뉴욕의 제조업자와 상의했다. 그 결과 탄생한 것이 두 모직물 사이에 전선 패드를 끼워 넣은 특별한 내의였다. 하지만 고압의 산소를 수반하는 환경에서 사용되어야 하기에, 몸센은 생각만 해도 끔찍한 화재의 예방 대책이 강구되어야 한다고 생각했다. 그렇게 해서 최종적으로 만들어진 것은 절연유리섬유가 피복된 전선으로 만든, 위아래가 붙은 긴 속옷이었다.

심해에서의 이산화탄소 축적은 수면에 비해 훨씬 위험했다. 수면에서는 소량의 이산화탄소가 별다른 해를 끼치지 않지만, 그 영향력은 수심과 비례해 증대하고 마지막엔 다이버들에게 '초크(Choke)'라고 불리는 치명적인 질식 상태를 가져온다. 무제한적으로 다이버에게 공기를 공급하고 배출가스는 바닷속으로 그냥 방출해 버리는 개방형 환기시스템은, 헬륨과 산소의 혼합기체와 같은 인공가스의 경우에는 배에 실을 수 있는 양이 제한될 수밖에 없어서 결코 해결책이 되지 못했다. 이 문제를 해결하려고 몸센은 '헬륨 햇(Hat)'을 개발했다. 헬륨 햇은 공기 헬멧과는 달리 가스 누출을 방지하기 위한 다이버의 흉판(breastplate)이 헬멧과 일체형으로 되어 있었다. 그 내부에는 헬륨과 산소의 혼합기체를 이산화탄소 흡수제가 든 통을 통해 흡입하게 하고, 내쉰 배출가스는 강제로 혼합기체 공급 라인에 되돌려보내는 독특한 순환장치를 갖추었다. 비록 헬륨 햇이 스퀄러스 침몰 당시까지 실험 단계에 머물고 있었지만, 통상적으로 요구되는 헬륨과 산소량을 80퍼센트까지 절감할 수 있다는 사실은 충분히 입증된 상태였다.

이렇게 해서 단 20개월 만에 심해 잠수 기술은 그 개념과 가능성에 있어 혁명적인 진보를 이루었다. 몸센은 당시 상황을 이렇게 기록했다.

한순간에 우리는 인간이 효율적이고 안전하게 작업할 수 있는 수심을 152미터까지 확대시켰다. 이론적으로는 305미터도 가능할 것이다. 아직까지 인간의 손길이 미치지 못했던, 무궁한 자연의 보배를 품은 백만 평방 마일 이상의 바다가 이제 인간의 영역 안으로 들어온 것이다. 그렇지만 이건 시작에 불과하다. 소위 공해(公海)라고 부르는 저 광활한 공간의 소유권을 인류가 주장하게 될 날이 반드시 올 것이다.

그런데 지금, 자신의 실험과제들 —헬륨 햇, 전열보온 잠수복, 감압 과정의 산소 사용, 공기를 대신할 새로운 호흡기체의 전반적인 개발— 에 대한 현장 평가를 실시하며 1939년 여름을 포츠머스 앞 바다에서 보내려 했던 몸센에게 아무 예고도 없이 이들을 실전 투입해야 할 상황이 찾아온 것이다.

다가올 난관은 스쿼러스에서 생존자를 구출해낸 것과는 비교가 되지 않을 터였다.

17

처음에 대부분의 사람들은 잠수함 인양 작업이 금방 끝날 것으로 예측했다. 아주 간단해 보였기 때문이다. 잠수함의 침수된 후방 구역에 호스로 압축공기를 불어넣어 물을 밀어내고, 밸러스트 탱크를 비운 후, 연료 탱크에서 펌프로 기름을 빼내면 될 것처럼 보였다. 일단 이런 식으로 무게 나가는 것들을 모두 제거하고 나면 잠수함이 바닥에서 떠오를 테니 다음은 포츠머스로 예인해 가기만 하면 될 터였다.

이를 위해서는 열려 있는 모든 밸브를 완전히 닫아 바닷물이 다시 잠수함 내로 유입되는 것을 막을 수 있어야 했다. 잠수하는 동안 제어반의 표시가 어떻게 되어 있었든지 간에, 실제로는 엔진의 메인 인덕션 밸브가 열려 있었다는 사실이 다이버에 의해 확인되었다.

몸센은 직접 스컬핀에 붙어 있는 똑같은 밸브를 바깥에서 수동으로 닫아보았다. 그 결과 너무 힘이 드는 것으로 나타나자, 스쿼러스가 침몰해 있는 심해에서 이런 시도를 한다는 것 자체가 무모한 일로 판단되어 이 계획은 포기해야만 했다. 이리하여 침수된 구역에서 바닷물을 밀어내는 일이 불가능해지자, 잠수함을 크레인에 매달아 수면으로 끌어올리려는 시도조차 할 수 없게 되어버렸다.

　포츠머스의 콜 제독과 그의 참모들은 워싱턴과 협의 후 새로운 계획을 수립했다. 연료 탱크와 밸러스트 탱크를 비울 때 사용할 호스는 이번에도 설치한다. 그런 다음 폰툰(물 위에 뜨게 만들어 해상 작업을 가능하게 하는 구조물 -역주)에 연결된 케이블을 잠수함의 함수와 함미 아래로 지나가게 해서, 3단계로 나누어 잠수함을 인양하도록 한다. 첫 번째 단계에서 잠수함을 24미터 끌어올린다. 그리고 잠수함의 밑바닥이 해저에 닿을 때까지 얕은 바다로 끌고 온 다음, 다시 24미터를 들어올린다. 세 번째로 피스캐터콰 강어귀에서는 잠수함을 수심 12미터 이하로 가라앉지 않도록 한다. 수심 12미터는 강을 거슬러 조선소까지 끌고 가는 동안 잠수함이 강바닥에 닿지 않을 수 있는 최대 흘수높이였다.

　도상 검토 결과, 변경된 안은 문제가 없는 것처럼 보였다. 몸센은 기본적으로 이 계획안에 동의하면서도, 한편으로 콜의 참모들이 이 작업에 3주 이상 소요되지 않을 것이라고 믿는 데 대해서는 지나치게 낙관하고 있다는 생각을 가지고 있었다. 이 작업은 전례가 없는 엄청난 모험이었다. 수심 74미터 밑에서 반 이상이 물에 침수된 채 침몰해 있는, 풋볼 경기장보다도 큰 잠수함을 물 속에 매달고 거의 24킬로미터나 되는 바닷길을 지나오는 작업인 것이다. 몸센이 가장 걱정하는 바는 엄청나게 증가할 것으로 예상되는 다이빙 작업이었다. 단호히 거절하기는 했지만, 벌써부터 스쿼러스로 내려가 2차 밸브를 잠가 달라는 요청을 받고 있었다.

　첫 번째 다이빙부터 모두를 긴장시키기에 충분했다. 아직 헬륨과 산소의 혼합기체가 없기는 했지만, 몸센은 구조작업 단계에서 임시로 사용한 로프가 작업 중에 어떤 문제를 일으키기 전에 좀더 영구적인 잠수 안내용 로프로 대체할 필요성을 절감했다. 15센티미터 마닐라 로프면 충분할 것 같았다. 몸센은 하는 수 없이 조세프 알리키와 포레스트 스미스를 공기 호흡 방식으로 내려보내 잠수함 후갑판의 주포(主砲)에 로프를 매도록 했다. 둘 다 갑판장 출신으로 삭구(索具, 배에서 쓰는 밧줄이나 쇠사슬 따위 ─역주) 설치 전문가였다.

알리키와 스미스가 잠수함에 도착했다는 보고를 하자마자, 새 로프에 추를 달아 임시로 사용하던 로프에 샤클로 건 다음 아래로 떨어뜨렸다. 새 로프가 도착하자 알리키는 로프의 한쪽 끝을 잡고 포가 있는 곳으로 움직이기 시작하면서, 로프를 좀더 느슨하게 풀도록 스미스에게 전해달라고 팔콘에 요청했다. 아무런 반응도 없자, 알리키는 몸을 돌려 자신의 파트너가 있는 쪽을 쳐다보았다. 스미스가 갑판에 쓰러져 있었다. 알리키는 로프를 놓고 스미스가 있는 곳으로 돌아가 공기조절 밸브를 체크해 그에게 공기가 제대로 공급되고 있는지 확인한 다음, 스미스를 흔들기 시작했다. 질소 중독으로 심한 혼미상태에 빠졌던 스미스는 후에 이 순간을 "깊은 잠에서 깨어난 것 같았다"고 회고했다. 깨어난 스미스의 눈에 처음 들어온 것은 잠수함에서 1미터쯤 떨어진 곳에 대롱대롱 늘어진 새 로프였다. 스미스는 알리키를 도와 로프를 다시 잡으려 했다. 하지만 이미 위험을 감지한 몸센은 그들에게 올라오라고 명령했다. 알리키가 먼저 잠수대(diving stage)에 올랐다. 알리키의 뒤를 이어 잠수대에 오르던 스미스는 또다시 정신을 잃고 말았다. 그 다음 스미스가 기억하는 것은, 자신들을 바닷속으로 내려보내거나 끌어올리는 데 사용하는 커다란 금속제 플랫폼 위로 알리키가 자신을 잡아당기고 있었다는 사실뿐이었다.

그후, 몸센은 15센티미터 로프를 걷어올리도록 했다. 당분간은 다루기가 좀더 용이한 10센티미터 로프를 쓰기로 한 것이다. 몸센은 로프를 잠수함의 주포에 연결하는 작업을 팔콘의 갑판장인 올슨 크랜들에게 맡겼다. 그러나 크랜들은 바닥에 닿자마자 자신에게 공급된 공기 중에 포함된 질소에 취하고 말았다. 자신은 스쿼러스에 무사히 도착했다는 보고를 하는 줄로 착각했지만, 사실 그는 전화에 대고 아무 의미도 없는 말을 주절거리고 있었다. 크랜들은 즉시 끌어올려졌다. 그가 의식을 잃기 전에 기억하는 것이라곤 "뭔가 자신을 잠수함으로부터 확 잡아당겼다"는 것밖에 없었다. 정신이 돌아온 크랜들은 자신이 잠수대 아래에 꼼짝없이 묶여 있음을 알았다. 곤경에서 빠져나온 크랜들은 간신히 구명 로프를 느슨하게 만들어 잠수대 위로 기어올라갈 수가 있었다.

그것으로 그날의 다이빙은 끝나고 말았다. 험난한 앞날을 예고라도 하는 듯한 시작이었다. 그래도 몸센은 자신의 실망감을 감춘 채, 대원들의 사기 진작을 위해 부지런히 움직였다. 팔콘 선상에서 자신의 주위에 모여든 대원들을 향해 몸센은 쾌활하게 말했다.

"다 저 재수 없는 놈들 때문이야."

잠시 침묵이 흐른 후, 다이버 한 명이 입을 열었다.

"무얼 말씀하시는 거죠?"

몸센이 설명하자, 다이버의 얼굴이 환해졌다.

"아, 그거 말이군요."

다이버가 잘못 이해했다는 걸 알고 있었지만, 몸센은 그 점에 대해 별로 분명히 해 두고 싶은 생각이 없었다. 그로부터 '저 재수 없는 놈들'은 그들이 나누는 일상적인 대화의 완전한 일부가 되어버렸다.

일이 잘못되었을 때, 욕설을 퍼붓거나 웃어넘길 때, 완벽한 희생양이 되어 주었다. 이 말은 전 해군으로 퍼져나갔다. 훗날 몸센은 가는 곳마다 '저 재수 없는 놈들'이 무엇인지 묻는 사람들을 만나는 신세가 됐다. 그래서 몸센은 이 전설적인 창조물을 영원불멸하게 만들 명답을 항상 준비해 놓고 있었다.

"아! 그거요. 포츠머스 연안에서만 볼 수 있는 오징어의 일종이지요."

몸센의 최대 관심사는 대원들의 안전이었다. 공기를 사용하든 헬륨과 산소의 혼합기체를 사용하든 다이버들이 가공할 위험에 직면한다는 사실에는 변함이 없었다. 스퀴러스를 감싼 수많은 호스와 로프의 미로 속에서 대원들이 실수로 자신의 호흡용 공기 라인을 끊어버릴 가능성은 얼마든지 있었다. 격심한 작업에 탈진해서 압력조절밸브를 과도하게 열기라도 하면, 잠수복이 풍선처럼 부풀며 순식간에 수면으로 떠올라 생명을 잃거나 영구적인 불구가 되어 버릴 것이다. 더욱 나쁜 것은, 잠수함에서 떨어지게 되면 다이버들이 소위 '스퀴즈(Squeeze: 압착하다, 죄다, 짜내다라는 뜻 ―역주)'라고 부르는 더 끔찍한 상황에 처한다는 것이다. '스퀴즈'란, 단어가 의미하는 바 그대로였다. 헬멧 안의 압력은 항상 주위의 수압과 거의 같아야 한다. 갑작스럽게 추락할 경우, 다이버는 60센티미터 딩 1psi(1제곱 인치당 1파운드의 힘이 가해지는 압력, 0.07기압 ―역주)씩 높아지는 수압에 맞춰 헬멧의 내부 압력을 지체없이 조절해야만 한다. 그렇지 못하면 다리부터 '스퀴즈' 현상이 나타나기 시작, 몸 위쪽으로 점차 올라와 마지막에는 머리가 헬멧에 압착되고 만다.

팔콘 함상에는 스피커가 설치되어 있어, 몸센은 해저에서 작업 중인 대원들이 하는 소리를 항상 들을 수 있었다. 모든 다이버들은 특별한 일이 없더라도 'OK'라는 단어만이라도 항상 전화로 보고하도록 되어 있었다. 아무 말도 없으면 문제가 발생하는 초기 징후로 간주, 즉시 '부상 준비' 명령이 떨어진다. 이 명령은 이유 여하를 막론하고 준수해야만 했다.

다이버들이 해상지휘부를 절대적으로 신뢰할 수 있게 만드는 것 또한 중요했다.

"해저에서 작업하는 다이버에게 호통을 치거나, 비난을 하거나, 나무라는 일이 있어서는 절대 안 된다."

몸센은 갑판에서 근무하는 부하들에게 말했다.

"특히 통화 도중에 목소리를 높이거나, 조바심을 내거나, 흥분된 모습을 보여서는 안 된다. 또한 작업을 마치고 올라온 다이버들을 비난하는 소리가 들려서는 안 된다. 다이버가 자신의 임무를 완수하지 못했을 때, 누가 굳이 말하지 않아도 다이버는 그 사실만으로 이미 비할 수 없을 만큼 참담해지기 때문이다."

초기 인양 작업을 위한 다이빙이 시작될 무렵, 스쿼러스의 구조 작업이 얼마나 엄청난 일이었는지를 세상에 명백하게 보여주는 사건이 발생했다. 스쿼러스가 침몰된 지 9일째 되던 날, 아일랜드 연안에서 영국의 신예 잠수함 시티스가 함수를 아래로 향한 채 바닷속으로 가라앉고 말았다. 103명의 승조원이 타고 있었는데, 잠수함의 함미 갑판 해치가 수면에서 겨우 6미터도 채 떨어져 있지 않았지만 탈출에 성공한 사람은 겨우 넷뿐이었다.

몸센의 휘하에는 모두 58명의 다이버가 있었다. 그 가운데 세 명이 마스터급이었고, 나머지 대부분은 61미터 잠수 자격을 가진 일급이었다. 27미터 이상은 잠수한 경험이 없는 2급도 몇 명 있었다. 그들은 몸센의 시험 다이빙부대와 워싱턴의 잠수학교, 팔콘, 뉴런던의 잠수함 기지와 그 밖의 관련 부대 사령부에서 차출되어 왔다. 대부분이 처음 보는 사람들이었으므로 그들의 신상을 세부적으로 파악하는 것은 보통 어려운 일이 아니었다. 그렇지만 이 모든 사람들에게 공평한 다이빙 기회를 주는 것은 성공적인 임무 수행을 위해 필수 불가결한 일이었다. 자존심의 문제일 뿐만 아니라, 잠수 수당과 연관된 경제적인 문제이기도 했다. 결국 몸센은 이들을 적절히 혼합해 세 부류로 나눴다. 나흘을 근무하고 이틀을 쉬도록 했으며, 각 그룹에는 비숙련 대원을 똑같은 비율로 배속시켜 이들이 점차 정규 다이빙 스케줄에 포함되도록 배려했다.

인공허파나 구조체임버, 헬륨과 산소 혼합기체의 사용과 같은 업적을 넘어, 몸센에게는 해저로 뛰어드는 이 거친 사나이들로부터 확고부동한 신뢰를 얻을 만한 그 어떤 요소가 있었다. 1925년 노후한 S-51이 침몰했을 때, 충분한 자격이 있다고 여겨졌던 수많은 다이버들이 실제로는 아무짝에도 쓸모가 없었다. 2년 후 S-4가 가라앉았을 때도 상황은 전혀 개선되지 않았다. 몸센은 다이버 명단에서 그때까지 잠수복조차 입어 본 적이 없는 사람이 끼여 있음을 발견했다. 그것이 현실이었다. 1929년 봄센의 주노 아래, 모든 일급 다이비 자격을 무효화시키는 조치가 내려졌다. 자격을 다시 획득하는 유일한 방법은 완전히 재정립된 훈련 프로그램을 통과하는 길뿐이었다. 해군에서 이 과정을 졸업한 첫 번째 장교가 바로 스웨이드 몸센이었다.

스퀄러스 구조 작업 도중 보스턴 트레블러 지의 기자와 인터뷰를 하던 한 다이버는 몸센에 대한 자신들의 감정을 이렇게 설명했다.

"바닥에 내려가 있을 때, 몸센 대위는 우리 바로 옆에 있어요. 아시겠지만, 우리는 두 손 모두 나라를 위해 쓰진 않아요. 우리가 항상 얘기하는 것처럼, 한 손은 우리 자신을 위해 남겨두죠. 하지만 이번엔 두 손 전부 스웨이드를 위해 쓰고 있습니다."

실제로 몸센은 그들의 전적인 헌신을 필요로 했다. 보다 영구적인 하강 안내용 로프를 연결하려던 첫 번째 시도가 허사로 끝난 다음에는 실패의 연속이었다. 인양 작업에 요구되는 작업량은 구조 작업에 소요된 것보다 훨씬 많았다. 수심 61미터가 넘는 곳에서 공기에만 의존해 작업하기란 거의 불가능하다는 사실이 점차 명확해졌다. 다이버들은 스쿼러스에서 해야 할 일을 스컬핀에서 먼저 시도한 후 작업에 임했다. 그러나 스컬핀에서는 겨우 몇 초밖에 걸리지 않던 작업이 실제 스쿼러스에서는 아예 못하게 되는 경우도 생겨났다.

다이버들은 단 한 번의 시도만으로 간단히 잠수함의 함수 아래 쪽에 걸 로프를 설치하는 데 성공했다. 하지만 스쿼러스가 함수를 위로 향한 채 기울어져 침몰해 있었기 때문에 함미 쪽도 그렇게 간단히 성공하리라는 법은 없었다. 무엇보다 실상이 그 정도로 나쁠 줄은 누구도 상상하지 못하고 있었다.

함미 아래로 로프를 통과시켜 폰툰의 걸림쇠에 걸려는 계획은, 아래로 내려간 다이버 한 명이 함미 쪽으로 걸어가 잠수함의 반대편에서 기다리는 다른 한 명의 다이버에게 로프를 건네는 것이었다. 과연 첫 번째 다이버가 스크루의 축과 동체 사이로 로프를 건네줄 수 있을 정도의 높이까지 도달할 수 있느냐가 걱정이었다. 그 밖에, 다이버가 갑판에서 바다 밑바닥으로 6미터가 넘는 높이를 뛰어내려야 한다는 점 또한 우려되었다.

그러나 첫 번째 다이버는 잠수함에서 한 발 내딛자마자, 자신이 두텁게 쌓인 부드러운 진흙 위에 서 있음을 깨달았다. 고작 갑판 아래 60센티미터 정도의 위치였다. 스쿼러스의 함미 말단은 완전히 뻘 속에 묻혀 있었던 것이다.

새로운 혼합기체를 순환시키도록 특별히 고안된 '헬륨 햇'이라는 필수적인 새 다이빙 헬멧의 성능은 아직 미지수였다. 애초 몸센의 계획은 이번 여름 테스트를 통해 미비점을 완벽히 보완하는 것이었다.

워싱턴에서 헬멧이 급송되었다. 포 담당으로 '그리스 인'이란 별명을 가진 루이스 잠피글리오네 상사가 제일 먼저 새 헬멧을 착용하고 스쿼러스 갑판을 향해 내려갔다. 잠피글리오네는 33분 동안 갑판에 머물러 있으면서 헬멧이 아무 문제없이 작동한다고 보고했다. 공기로 호흡할 때 상습적으로 경험하는 취기나 무력감의 징후도 나타나지 않았다.

그렇지만 몸센의 기쁨은 그리 오래가지 못했다. 재확인 다이빙에서, 헬륨과 산소의 혼합기체를 이산화탄소 흡수제로 빨아들이는 순환장치가 고장을 일으키더니 가스의 흐름이 불규칙해지기 시작했다.

"좀더 확인했어야 했는데…."

몸센이 윌몬 대위를 향해 낮은 목소리로 침통하게 말했다. 윌몬은 당시 벤키, 야브로와 함께 몸센의 의료팀을 구성하고 있었다.

줄곧 워싱턴에서 헬륨과 산소의 혼합기체에 대한 시험을 진행하는 동안, 잠피글리오네는 일종의 생리학적 변종으로 떠올라, 신뢰성 있는 다이빙 지침을 만들려는 사람들을 당혹스럽게 만든 적이 있었다. 그는 잠수병에 대해 완벽한 면역성을 가진 것처럼 보였다. 잠피글리오네가 관여한 어떠한 압력 탱크 테스트도 다른 다이버에 의해 똑같은 결과가 나오기 전엔 성공한 것으로 공표하지 못할 지경까지 이르렀다.

　몸센은 선택의 여지가 없다는 결론에 다다랐다. 헬륨 햇은 스퀄러스 인양작업에 필수적인 장비이기는 하지만 순환시스템을 전면적으로 재점검하기 위해 포츠머스로 보내야 했다. 그 동안 다이버들은 공기로 호흡하면서 다이빙을 계속하는 수밖에 없었다. 74미터 해저에서 질소 중독 현상이 나타나리라고 예상은 했지만, 중독 강도는 모두를 놀라게 하기에 충분했다. 군의관 벤키가 해답을 제시했다.

　"스웨이드, 내 생각에는 이산화탄소가 헬멧에서 제거되는 속도가 너무 느린 것 같아요. 그래서 질소 효과가 증폭되고 있는 게 분명합니다."

　이 의견에 따라 몸센은 다이버들이 지금 작업하는 수심에서는 공기 호스의 압력을 12기압으로 유지하라고 명시한 매뉴얼을 무시하고, 환기 속도를 빠르게 하기 위해 압력을 17기압까지 높였다. 미봉책이기는 했지만 효과는 있었다.

6월 5일이 되어서야 58회의 다이빙 작업 끝에 모두 세 개의 잠수 안내용 로프가 스퀄러스의 각 부분에 연결되었다. 바닷물이 들어오지 못하도록 전방 3개 구역에 압축공기가 채워졌고 모든 후방 밸러스트 탱크에 공기 호스가 연결되었다. 헬륨 햇이 포츠머스에서 보완되고 있는 동안, 몸센은 팔콘의 선상에 헬륨과 산소 20병을 적재할 수 있는 선반을 임시로 설치하여, 공기용 일반 헬멧을 착용한 다이버에게 혼합기체를 공급하도록 했다. 그러나 혼합기체의 소모량이 너무 심해, 정해진 날에 제한된 수의 다이버만 혼합기체를 사용할 수 있었다.

그때까지 사고다운 사고가 한 건밖에 발생하지 않았다는 사실은 믿기 어려운 일이었다. 어뢰담당 존 톰슨 상사가 스쿼러스를 향해 내려가던 중, 붙잡은 잠수 안내용 로프를 갑자기 놓쳐 버리고 말았다. 갑판요원이 대응하기도 전에 전화선으로 끔찍한 말이 흘러나왔다.

"떨어지고 있다!"

그렇지만 톰슨은 운이 좋았다. 바닥에 닿는 순간까지도 의식을 잃지 않았기에 잠수복의 내부 압력을 높여 '스퀴즈'를 막을 수가 있었다.

그러나 지금까지의 모든 일은 앞으로 닥칠 일들에 비하면 어린애 장난에 불과했다. 스쿼러스의 함미가 북대서양 밑바닥에 거의 6미터나 묻혀 있다는 사실이 밝혀지자, 다이버를 동원해 그 아래로 터널을 뚫자는 그 어떤 제안도 몸센은 단호히 거절했다. 그 정도의 수심에서는 너무 위험한 일이었다. 대신 몸센은 잠수함의 동체 곡면을 따라 구부러진 1.8미터 길이의 파이프에 연결할 노즐 하나를 고안해 냈다. 이것으로 팔콘에서 고압호스를 통해 물을 분사하여 노즐 앞쪽의 진흙을 불어낸 뒤, 우선 함미 아래로 케이블을 통과시키고 나서 폰툰의 체인을 통과시키려는 계획이었다.

콜 구난 작업 참모신의 건조중대 신임시관인 앤드류 맥키 중령은 포츠머스에 즉시 이 장치의 제작을 요청했다. '관창(Lance)'이라고 명명된 이 장치는 6월 5일 팔콘에 도착됐다. 시작은 아주 순조로웠다. 첫 번째 다이버는 해저로 내려간 지 얼마 되지 않아 두 칸의 파이프를 조립해서 원하는 자리에 배치하는 데 성공했다. 그러나 다음 칸을 연결하기 위해 호스를 제거하고 난 후의 작업에는 맥도널드와 배더스 같은 마스터급을 포함한 다섯 명의 다이버가 연거푸 실패했다. 파도치는 바다 위에서 팔콘이 동요하자, 연결된 호스도 같이 움직이는 바람에 연결 부품을 맞추기가 불가능했기 때문이다.

다음 날 세 번째 파이프가 간신히 설치됐지만 노즐의 방향이 조금 뒤틀려 스쿼러스에서 벗어난 쪽을 향하고 있음이 발견됐다. 모든 작업을 처음부터 다시 하지 않으면 안 되었다. 다이버 한 명이 몸센에게 말했다.

"말을 막 해서 죄송합니다만, 저 재수 없는 놈들이 잔치라도 벌이고 있나 봅니다."

이틀 후, 관창은 진흙 속으로 4미터 정도가 삽입됐다. 어떤 때는 한 번에 1미터 이상을 전진하기도 하고 어떤 때는 겨우 15센티미터밖에 움직이지 못했지만, 다이버들이 차례로 투입되며 작업은 착실히 진행되었다. 6월 10일, 관창은 스쿼러스의 용골(선체의 중심선을 따라 선수에서 선미까지를 꿰뚫은 철재 −역주) 아래를 돌아 좌현 윗부분을 향해 올라가기 시작했다. 그러나 2.5미터 정도를 남겨두고는 더 이상 꼼짝하지 않았다.

작업을 마무리하기 위해 배관공들이 사용하는 스네이크(굽은 파이프를 뚫는 데 쓰는 도구 −역주)와 같은 와이어를 관창 속으로 밀어 넣었다. 그렇지만 노즐 입구에서 1미터 정도 위쪽이라고 추정되는 지점에서 이것 역시 더 이상 앞으로 나가지 못했다. 최후의 방법은 스네이크가 나오리라 추정되는 근방의 진흙을 모두 씻어내 버리는 것뿐이었다.

결과는 끔찍스러웠다. 설상가상으로 몸센이 임시로 비치한 헬륨과 산소가 동이 나고 말았다. 결국 팔콘의 포 담당 오벌 페인 하사가 공기를 사용해 아래로 내려갔다. 그에게는 첫 번째 다이빙이었다. 바닥에 내려가자마자, 페인은 갑자기 아무것도 보이지 않는다고 말했다. 잠시 후, 페인은 자신의 로프가 엉켰다며 절단해야 풀려날 수 있겠다고 횡설수설했다. 그리고는 정신을 잃었다. 하지만 결과적으로 정신을 잃은 덕분에 그는 살 수 있었다. 수면으로 끌려 올라온 페인의 공기 호스에 칼로 그은 자국들이 나 있었던 것이다.

오후에는 체력이 강한 월터 스콰이어 상사가 바닥의 진흙을 제거하여 스네이크를 찾으려고 다시 바다 밑으로 내려갔다. 이전 구조 작업에서, 그는 칠흑 같은 바닷속에서 구조체임버의 엉킨 하강용 케이블을 절단해 낸 경험이 있었다. 스쿼러스의 함미 갑판에 내린 스콰이어는 좌현 너머로 호스를 끌고 갔다. 그가 준비 완료 신호를 보내자 팔콘의 소화펌프에서 수압 20기압의 물이 내려왔다. 스콰이어는 스네이크의 끝 부분이 있을 것으로 추정되는 지점에 너비 약 60센티미터, 깊이 1.2미터 정도의 구멍을 뚫었다고 보고했다. 그리고 두 번째 구멍을 뚫으려 한다고 말했다. 하지만 그가 거의 14분이나 쉬지 않고 작업했다는 사실을 아는 몸센은 이를 허락하지 않았다.

스콰이어가 마지못해 대답했다.

"알겠습니다. 올라갈 준비를 하겠습니다."

그러나 반복된 호출에도 불구하고 더 이상 스콰이어에게서 응답이 없었다.

"어서 끌어올려." 몸센이 명령했다.

스콰이어의 구명로프를 담당하고 있던 대원들은 로프가 유난히 무겁다는 사실을 깨달았다. 과도한 작업으로 정신이 혼미해진 스콰이어가 잠수복의 압력 밸브를 연 것이다. 수심 46미터에서 잠수복 안의 공기가 한껏 팽창된 스콰이어는 걷잡을 수 없는 속도로 치솟아 팔콘 측면으로 떠올랐다. 그는 '메이시 추수감사절 행진(뉴욕의 추수감사절 행. 밴드에 맞춰 여러 모양의 거대한 풍선들이 퍼레이드를 벌인다 —역주)'에 항상 등장하는 풍선인간처럼 기이한 모습으로 무기력하게 수면에 떠 있었다.

마스터 다이버 짐 맥도널드가 주저 없이 바다로 뛰어들어 스콰이어 쪽으로 헤엄쳐 갔다. 그리고 악전고투 끝에, 첫 번째 위험 징후가 감지되었을 때 끌어올려졌던 잠수대로 스콰이어를 밀어 올리고는 밸브를 잠갔다. 정말 놀라운 행동이었다. 맥도널드는 수영을 할 수 없을 터였던 것이다.

"그런 건 생각할 여유가 없었어요." 나중에 그는 그렇게 말했다.

팔콘으로 옮겨 헬멧을 벗기자, 정신을 잃은 스콰이어의 얼굴이 새파랗게 질려 있었다. 축 늘어진 스콰이어는 잠수복과 장구를 모두 착용한 채 곧장 감압실로 보내졌다. 군의관 윌몬과 간호담당인 해롤드 데이빗 상사가 스콰이어와 함께 감압실로 들어갔다. 감압실의 압력계가 5기압을 가리킬 즈음, 스콰이어의 정신이 돌아오는 징후가 보였다. 그렇지만 그의 눈은 아직 흐리멍덩한 상태였고, 극심한 고통으로 소리소리 지르며 격렬하게 몸을 뒤틀었다.

윌몬과 데이빗이 해줄 수 있는 것이라곤 몸을 꽉 잡아주는 정도가 고작이었다. 몸센은 잠수병의 최고 권위자인 군의관 피트 야브로와 완력이 더 필요할 경우에 대비하여 다이버인 맥도널드를 추가로 들여보내기로 했다. 압력이 평형 상태를 이룰 때까지 외부 갑문에서 4분 정도를 기다린 후, 두 사람은 윌몬과 데이빗을 돕기 위해 감압실 안으로 들어섰다. 넷이서 스콰이어의 잠수복을 잘라냈다. 30분 가량이 지나자 스콰이어는 안정을 찾았지만 고통은 계속되는지, 계속해서 미친 듯이 무슨 말인가를 내뱉었다. 야브로는 그의 머리를 감싸안고 고통스러워하는 다이버의 의식을 상승 전의 상태로 되돌리려 하였다. 야브로가 반복해 말했다.

"스콰이어, 당신은 올라올 준비를 하고 있어요. 내 말 들려요? 당신은 돌아올 준비를 하고 있어요."

마침내 야브로의 노력이 결실을 맺었다.

"난 올라갈 준비를 하고 있습니다." 스콰이어가 말했다.

그리고는 돌연 눈동자가 돌아가더니, 고통스런 비명을 지르며 감압실의 전화선을 붙잡고 올라가려고 애처롭게 애쓰기 시작했다. 벽에서 전화선이 떨어져 나갔다. 그는 다시 무의식 상태로 빠져들었다.

야브로는 끈기 있게 똑같은 과정을 되풀이하며 가상의 부상 과정을 조금씩 진전시켜 나갔다. 같은 말을 계속해서 반복했다.

"스콰이어, 당신은 지금 올라오고 있습니다."

그리고 자신의 말에 맞춰 압력을 조금 낮추고는 또다시 말했다.

"스콰이어, 당신은 잠수대 위에 있어요···. 당신은 잠수대 위에 있어요."

스콰이어는 발작적으로 신음소리를 내었다. 깊은 한숨과 함께 마침내 스콰이어가 대답했다.

"나는 잠수대 위에 있어."

수중에서의 부상 과정을 정확히 재현하며 감압실 압력을 계속 줄여나갔다. 스콰이어의 돌발적인 발작으로 간혹 중단되기는 했지만, 야브로는 그를 수면 위까지 끌어올리는 데 성공했다. 3시간 30분이나 지난 다음에야 스콰이어는 완전히 정상을 회복한 것처럼 보였다.

하지만 11분이 더 지나, 스콰이어가 왼팔에 극심한 통증을 호소하자 즉시 감압실로 되돌려 보내졌다. 비록 잠수병이 재발하기는 했지만, 이번에는 정신은 말짱한 상태였다. 통증은 압력이 1.7기압에 이르자 가라앉았다. 그리고 스콰이어는 다이버들이 보통 '빨아내기(soak)'라고 말하는, 하룻밤에 걸친 단계적인 감압 과정을 겪었다.

아침에 스콰이어가 감압실에서 나오자, 몸센은 그에게 3일간의 휴가증을 주었다.

"빈털터리가 될 때까지 마시게." 몸센이 충고했다.

그리고 나서야 몸센은 구난 작업 참모회의에서, 잠수 작업에는 위험이 따르기 마련이라고 담담하게 말할 수가 있었다.

아무도 이의를 제기하지 않았다.

6월 15일, 첫 번째로 삽입했던 관창은 포기하기로 했다. 어디 숨어 있는지 모르는 스네이크를 찾으려 한 모든 시도가 실패로 끝나고 말았다. 몸센은 낙담한 다이버들에게 말했다.

"자, 모두들 힘내. 귀중한 경험을 한 걸로 치자고."

실제로도 몸센은 실망하지 않았다. 몸센과 맥키가 고안한 새로운 관창이 그날 아침 포츠머스에서 도착했다. 새 관창은 정렬된 상태에서 각 파이프가 미끄러져 빠지지 않도록 개선된 연결 장치가 장착되어 있었으며, 특히 노즐이 위를 향하고 있을 때 진흙이 계속 씻겨나갈 수 있도록 측면에 여러 개의 구멍이 뚫려 있었다.

무엇보다, 헬륨 햇의 결점이 보완되어 마침내 구형 헬멧을 모두 교체할 수 있게 되었다. 문제의 원인은 빙점 이하의 해수에서 가스가 가느다란 흡입 튜브를 통과하는 순간 급격히 팽창해 주위 온도를 더욱 떨어뜨리자, 헬멧의 내부 순환시스템에 있던 혼합기체가 얼어붙으며 튜브를 막아서 발생한 것이었다. 군의관 벤키의 지휘 하에, 과잉의 이산화탄소를 빨아들이기 위해 설치된 소다석회석 통이 가성칼륨화합물인 천연탄산소다가 든 통으로 교체됐다. 이것은 이산화탄소 흡수제로서도 효율적이었을 뿐 아니라, 습기를 굉장히 잘 흡수하는 성질을 갖고 있어서 제습제로서도 이상적이었다. 또한 흡입 튜브도 몇 차례의 설계 변경을 거쳐, 스쿼러스가 침몰한 수심에서도 적절한 가스 흐름을 확보할 수 있도록 개선되었다.

아메리칸 무선회사(RCA)가 새로 개발한 진공관식 전화기에도 큰 변화가 있었다. 그 동안 전화통신은 잘 들리지 않는 경우가 많아서 다이버들은 수면 위의 메시지를 듣기 위해 어쩔 수 없이 공기 공급을 일시적으로 중단시켜야 했다. 그리고 이는 결과적으로 이산화탄소의 축적을 재촉했다. 그런데 헬륨 재순환 시스템의 소음은 개방형 공기 배출 시스템에 비해 훨씬 컸기 때문에 몸센은 오랜 친구인 하버드대학의 필립 드린커 박사에게 전화로 도움을 청했다. 드린커는 즉시 자동차의 배기관에 달린 소음기와 비슷한 작은 소음기를 제작했다. 이 소음기는 성능이 너무 좋아, 처음 이것을 착용하고 다이빙한 갑판원 조지 크로커 중사는 29미터를 하강하다가 끌어올려달라고 요청했다. 너무 조용한 나머지 가스가 제대로 공급되지 않고 있다고 확신했던 것이다.

이후의 모든 잠수가 순조롭게만 진행된 것은 아니었다. 잘못될 여지를 지닌 요소들이 너무 많았다. 그러나 몇 가지 예외적인 경우를 빼고 헬륨 햇은 대원들의 사기와 작업 능력을 환상적으로 증대시켰다. 대원들 중 몇몇은 팔콘의 배터리로 작동되는 전열내의가 움직임을 둔하게 만든다고 느꼈으나, 그것은 일종의 필요악이었다. 두 명의 다이버가 전열내의를 착용하지 않고 내려갈 수 있게 허락해달라고 하자, 몸센은 그들 스스로 전열내의의 필요성을 절감하도록 내버려두었다. 두 사람은 바닥에 닿자마자 끌어올려달라고 애원해야 했다.

함미 아래로 관창을 통과시키는 작업은 새 관창이 도착하자마자 바로 재개되었다. 너무나도 예민한 작업이었기 때문에 몸센은 대원들 사이에서 사소한 말다툼이나 불안한 분위기가 형성되지 않도록 줄곧 신경을 곤두세우고 있었다. 그런데 지금 그는 정작 자신의 분노를 억누르기 위해 무진 애써야만 했다. 자신이 요청한 1.8미터짜리 파이프 대신 다루기 곤란한 2.4미터 길이의 파이프가 도착했던 것이다. 헬륨햇이 있다 하더라도 모든 작업이 엄청나게 힘들어질 것이 뻔했다.

노즐과 4.9미터 길이의 관창이 진흙과 점토 속으로 삽입된 후, 다음 칸을 연결하기 위해 세 번의 잠수가 필요했다. 그 다음부터 작업에 가속이 붙었다. 스쿼러스의 갑판에 서서 다이버들은 번갈아 가며 파이프를 연결했다. 그리고 파이프 안으로 넣은 호스를 통해 팔콘의 펌프가 고압의 물을 뿜어내는 동안, 있는 힘껏 파이프를 진흙 속으로 밀어 넣었다.

전날 겨우 몇 센티미터의 작업 진척을 기록한 후, 6월 20일 오후에 마틴 시비츠키가 자신이 맡은 파이프 작업이 쑥쑥 진척되고 있다면서 흥분한 목소리로 보고했다. 기대에 찬 침묵이 팔콘을 지배했다. 12미터 이상의 관창이 스쿼러스의 동체를 감싸고 있으니 나머지는 시간 문제일 따름이었다. 또다른 파이프를 가지고 빈둥거리느니 관창을 통해 와이어를 관통시킬 수 있는지 알아보기 위해, 몸센은 선박수리

담당 버질 알드리치 중사를 내려보냈다. 다음 순간 팔콘에서 환성이 터져 나왔다. 알드리치는 와이어를 거의 18미터나 밀어 넣는 데 성공한 것이다. 스쿼러스의 반대편 어딘가에 와이어의 끝이 바닥을 뚫고 나왔을 터였다. 저녁 무렵 오스코 해븐이 와이어 끝을 찾기 위해 바다 밑으로 내려갔다. 하지만 그는 이미 어두워진 바닷속에서 12분 동안 찾아 헤매다 결국 포기하고 말았다.

다음 날 '조 보트' 모리슨을 잠수 책임자로 임명하고, 몸센은 구난 작업이 시작된 이래 처음으로 육지를 향해 떠났다. 그날은 몸센의 마흔네 번째 생일이었다. 우연히도 그날은 콜 제독의 예순네 번째 생일이기도 했다. 칵테일잔을 놓고 서로를 축하하던 두 사람에게 드디어 와이어를 발견했다는 소식이 전해졌다.

콜이 물었다. "이봐, 스웨이드, 기분이 어떤가?"

몸센이 짐짓 점잔을 빼며 대답했다.

"제독님, 제가 여태껏 마셔본 마티니 중에 가장 맛이 좋은 것 같은데요."

일단 와이어의 끝을 발견하자, 관창으로 점차 더 굵은 케이블을 통과시켰다. 그리고 관창 자체는 잠수함 주위에서 끌어내 수면 위로 회수했다.

6월 29일, 다소 고약한 날씨에도 불구하고 잠수함의 모든 밸러스트 탱크에 호스가 연결됐으며, 연료 탱크에서 360톤의 경유가 제거되었다. 그런 와중에도 몸센을 아찔하게 만든 위기일발의 상황이 한 차례 발생했다. 선박수리 담당 에드워드 조드리 중사가 평소와 마찬가지로 잠수 안내용 케이블을 따라 바닷속으로 내려가고 있을 때, 갑작스럽게 밀려든 파도로 팔콘이 격렬하게 흔들렸다. 그 바람에 케이블이 느슨해졌다가 갑자기 확 당겨지면서 조드리는 케이블에서 튕겨 나가고 말았다. '스퀴즈'로부터 조드리를 구한 것은 톰슨의 추락 사고 이후 몸센이 다이버들에게 반드시 착용하도록 지시한 구명줄의 탄탄한 걸쇠였다.

예측 불가능한 바다는 구난 작업 참모들 모두의 신경을 바짝 곤두서게 했다. 서른 가닥 이상의 서로 다른 호스, 로프, 케이블이 팔콘 뱃전에 걸쳐져 있었다. 다이버들이 '스파게티'라고 부르는 이 모든 것들이 엉키거나 끊어져 버릴 위험성은 상존했다. 한 번의 폭풍우만으로도 모든 것이 끝장날 수 있었다. 하지만 정작 위기가 닥친 것은 모두가 경계심을 풀고 있을 때였다.

7월 3일, 예인선 사가모어가 구난 장비를 실은 바지선을 끌고 포츠머스에서 도착했다. 사가모어는 팔콘과 충분한 거리를 두고 정박해 있는 것처럼 보였다. 그렇지만 갑자기 강한 돌풍이 불자, 바다 밑에 내려진 사가모어의 닻이 끌리기 시작했다. 다음 순간 사가모어는 바람 부는 방향 쪽에 설치되어 있던 팔콘의 계류선에 걸렸다. 사가모어의 선장은 떨어지려고 필사적으로 노력했지만, 오히려 회전하는 스크루에 걸려 로프가 절단되고 말았다.

팔콘이 바람 가는 대로 정신없이 회전하기 시작하자, 장교와 사병 모두가 너나할것없이 스퀴러스와 연결된 선들을 풀어놓으려고 갑판 위를 미친 듯 뛰어다녔다. 작은 보트를 띄워 새 계류선을 설치하는 동안, 몇 주간의 엄청난 노고가 수포로 돌아가려 하고 있었다. 해질녘이 되어서야 팔콘은 다시 제자리를 잡을 수 있었다. 대원들의 믿을 수 없는 노력 덕분에, 더 이상 필요없는 것이나 부표에 매달린 것들을 제외한 모든 로프와 호스가 온전한 상태였다. 그런데 단 하나 불길한 예외가 있었다.

스쿼러스의 함미 아래에 설치된, 중요한 메인 케이블의 가닥이 손쓸 틈도 없이 풀리고 있었던 것이다. 상태가 어느 정도인지 아무도 몰랐다. 확인을 위해 다이버 한 명이 어둠 속에서 물로 뛰어들었다. 손으로 케이블을 더듬으며 내려가던 다이버는 수심 27미터 지점에서 케이블이 완전히 절단되지는 않았음을 확인했다. 다이버가 가닥이 풀린 부분 아래에 클램프를 채우고 나자, 케이블은 팔콘에 단단히 고정됐다. 끔찍한 하루였다. 그래도 모두들 이제 최악의 상황은 지나갔다고 생각하고 있었다. 몸센의 잠수 담당 부관 가운데 하나인 칼 휠랜드 대위가 지친 표정으로 말했다.

"더 이상 나빠질 수는 없겠죠?"

건조중대 장교들이 세운 스쿼러스 인양 기본 계획은 일사불란한 협조체계를 필요로 했다. 우선 잠수함의 부력을 가능한 한 최대로 높이기 위해 동체를 둘러싸고 있는 밸러스트 탱크에 공기를 넣어, 안에 든 물을 전부 배수시킨다. 추가적으로 연료 탱크에도 공기를 주입한다. 그렇게 해도, 잠수함을 끌어올릴 대부분의 부력은 잠수함의 함수와 함미 쪽에 달리게 될 여러 개의 폰툰에서 생길 것이다.

이들 폰툰은 길이 9미터, 직경 4미터에 달하는 커다란 실린더형 철관으로, 일단 안에 물을 채워 바닷속에 가라앉힌 다음, 스쿼러스 주위에 설치된 체인과 케이블걸이에 건다. 그리고 나서 안에 들어 있는 물을 밀어내는 것인데, 수면을 향해 떠오를 때 각각의 폰툰은 총 80톤의 부력을 일으키게 된다.

바다 위로 뜬 폰툰. 배경의 함정은 팔콘 (미국해군기록보관소)

작동 원리는 지극히 단순하지만, 사실 폰툰은 통제가 거의 불가능한 괴물이었다. 그리고 현재 구난본부 멤버 중에서 유일하게 몸센만이 실제로 폰툰을 다룬 경험을 갖고 있었다. 폰툰은 원래 S-4의 비극적인 사건이 벌어지자 1929년 의회에서 예산을 책정해 제작된 것으로, 몸센은 모의 구난작업에서 두 개를 시험적으로 사용한 적이 있었다.

7월 4일, 몸센과 다이버들은 폰툰을 배치하기 시작했다. 이 험난한 작업 도중에 몸센은 오랜 친구인 헨리 하트리 중령과 감격적인 재회를 하게 되었다. 그가 콜 참모진의 기술보좌관인 맥캐인 중령의 후임으로 부임한 것이다. 하트리는 S-51과 S-4의 사고 당시, 현장에서 무기력하게 방관할 수밖에 없었던 팔콘을 지휘하고 있었다. 커피잔을 마주하고 지난 일들을 얘기하던 하트리가 말했다.

"스웨이드, 자네는 스스로를 자랑스럽게 여겨야 하네."

단순히 입에 발린 말이 아니었다. 시티스 외에도, 스쿼러스의 승조원들이 구출된 이후로 또다른 엄청난 해난 사고가 터져 온 세상을 뒤흔들고 있었다. 프랑스의 잠수함 피닉스가 순항 훈련 도중 인도차이나 해역에서 침몰해 승조원 71명 전원이 사망했다. 피닉스의 운명을 둘러싸고 있던 상황에 대해서는 전혀 알려진 바가 없었다. 피닉스는 수심 91미터 해역에 침몰했다. 바로 며칠 전, 스쿼러스 생존자를 구출하는 데 성공한 구조체임버의 성능에 주목해, 프랑스 해군이 4기의 구조체임버를 주문한 상태였다.

마침내 7월 12일, 심술궂은 바다에서 몇 번의 위기를 넘기고 첫 번째 인양 작업에 사용될 일곱 개의 폰툰이 스쿼러스 위쪽 여러 곳에 설치되었다. 다섯 개는 침수된 후방 구역 위에 놓았다. 그 다섯 개 중 좀더 위쪽에 설치된 두 개는 '제어용 폰툰'으로 수심 24미터에 나란히 자리잡혔다. 이들이 수면에 떠오를 때, 그 위치에서 떠오른 잠수함을 점검하도록 되어 있기 때문에 붙여진 이름이었다. 함수 쪽에는 두 개의 폰툰만이 놓였다. 하나는 수심 43미터에, 그리고 다른 한 개의 제어용 폰툰은 수심 27미터에 위치했다. 많은 부분을 추측에 의존해 작입할 수밖에 없었다. 침수된 함미에 들어찬 물의 무게와 무게 중심을 알 수 없으므로 함수와 함미를 동시에 들어올리기는 불가능했다. 또한 진흙 속에 묻힌 함미를 끌어내는 데 어느 정도의 힘이 필요할지도 가늠할 수 없었다.

밸러스트 탱크, 연료 탱크, 폰툰과 이어진 호스들이 압축공기 주입량을 조절하는 팔콘의 중앙통제장치에 모두 연결되면, 함미 쪽을 우선 들어올린 다음 함수를 인양할 계획이었다. 일단 스쿼러스가 바닥에서 떨어지면, 잠수함이 포츠머스와 반대편을 향해 있으므로 예인선 완댄크가 바닷속에 있는 잠수함의 함미를 끌고 스컬핀이 사전에 조사해 둔 코스를 따라 북서방향으로 예인하게 된다. 인양 도중 잠수함 앞쪽에 설치된 폰툰에 걸린 체인과 케이블걸이가 빠져버리는 것을 방지하기 위해, 케이블은 함수 잠타 뒤쪽에 조심스럽게 설치되었다. 함미에 자리잡은 폰툰에 대해서는, 케이블이 스쿼러스의 용골과 스크루 축 사이에 정확히 위치해 있기를 바랄 뿐이었다. 몸센이 조 보트 – 모리슨에게 말했다.

"어쨌든 곧 알게 되겠지."

'불어내고 끌기(Blow and Tow)'라고 명명된 이 작전은 날씨만 좋다면 이튿날인 6월 13일 아침에 시작하기로 되어 있었다. 그리고 다음 날은 기대했던 대로, 하늘이 청명하고 북대서양 바다는 잔잔했다. 이것으로 인양 작업의 잠수 단계가 마무리되자, 건조중대의 플로이드 터슬러 소령이 나머지 작업을 지휘하기 시작했다. 한편 몸센과 모리슨은 제어용 폰툰이 수면 위로 떠오르면 거기에 올라타기 위해 각각 다이버들과 함께 모터보트를 타고 바다로 나갔다.

팔콘의 함상에서는 터슬러가 여러 개의 호스에 공기를 주입하는 작업을 지휘하고 있었다. 올리버 네이퀸과 스쿼러스에서 살아 돌아온 13명의 대원들이 숨을 죽이고 작업이 진행되는 모습을 지켜보았다. 이들은 과로에 시달리는 구난작업 요원들과 함께 임무를 수행하도록 팔콘에 배치되어 있었다. 정확히 보조를 맞추며 공기주입 작업이 계속되었다.

처음에는 몸센이 탄 보트 주변으로 거품이 천천히 올라오기 시작했다. 시간이 조금 지나자 점차 양도 많아지고 거품의 크기도 커지더니, 이제 한 번에 한두 개가 아니라 거대한 무더기를 이루며 바닷속에서 솟구쳤다가 푸른 물결 위로 거세게 무너져 내렸다. 그 위로 하얀 소용돌이가 생겨 멀리 퍼져 나갔다. 거칠게 끓어오른 거품은 엄청난 해파리의 무리를 토해내기도 했다. 그 아래서 바다는 미친 듯이 굉음을 일으키고 있었다. 그 주변을 보트로 선회하고 있던 몸센에게도 이런 현상은 난생 처음이었다. 들어본 적조차 없는 것이었다.

갑자기, 끓어오르던 가마솥 한가운데서 후방 구역 위에 설치된 제어용 폰툰 두 개가 굉음을 내며 예정대로 솟아올랐다. 순간적으로 폰툰에 묶인 케이블이 끊어진 것이 아닌가 싶었지만, 이내 다시 바다 위로 내려앉아 정지했다. 몸센과 모리슨은 폰툰이 있는 쪽으로 보트를 몰고 가 물주입 밸브를 잠그고 예인할 준비를 했다. 인양 첫 번째 단계는 이것으로 끝났다. 스퀘러스의 함미는 바닥에서 24미터 정도 떨어진 곳에 떠 있었다.

그날 오후, 전방 어뢰실 아래 위치한 1번 전방밸러스트 탱크에 이어 함수 위에 설치된 폰툰이 배수되었다. 그것으로 충분한 부력이 발생되지 않자, 보다 큰 함미 쪽 2번 밸러스트 탱크에 공기가 주입됐다. 그러나 밸러스트 탱크의 물이 전부 빠지기도 전에 함수가 떠오르기 시작했다. 또다시 비닷물이 화산처럼 분출되는 가운데, 몸센은 함수 쪽 제어용 폰툰이 수면으로 치솟는 것을 발견했다. 그는 즉시 폰툰이 떠오른 곳으로 달려갔다. 하지만 몸센이 폰툰을 향해 접근하는 사이, 수심 43미터에 설치했던 아래 쪽 폰툰마저 솟구쳐 올랐다. 본능적으로 무언가 크게 잘못 돌아가고 있다는 생각이 들었다. 몸센의 직감은 정확했다. 잠수함이 떠오르기 시작하자, 2번 밸러스트 탱크에 주입된 공기가 잠수함의 부상에 따라 더욱 팽창하면서 필요 이상으로 배수를 시켰고, 스쿼러스 안에 있던 모든 물은 함미 쪽으로 몰려버렸다. 결국 제어할 수 없을 정도로 높아진 수백 톤의 부력이 함수에 집중되면서 잠수함의 머리 쪽만 엄청난 속도로 떠오른 것이다.

폰툰이 서로 부딪치면서 파손된 호스에서 세찬 공기가 뿜어 나오고, 끊어진 케이블이 자신의 주위로 날아들자 몸센은 재빨리 보트를 후퇴시키라고 명령했다. 덕분에 자신과 보트에 함께 탄 부하 세 명의 목숨을 건졌다. 보트에서 5미터 정도 떨어진 곳에 스쿼러스의 함수가 마치 상처 입은 거대한 상어의 주둥이처럼 불쑥 솟구쳐 나와 거의 수직으로 섰다. 잠수함은 10미터 가량 공중으로 솟아올라 몇 초간 그대로 정지해 있더니, 쉬 하는 소리를 내며 사라졌다. 잠수함의 함수에 조그맣게 씌어 있는 '192'란 글자 위로 물이 흘러내리던 모습은 몸센에게 영원히 각인되었다.

잠수함을 인양하려던 49일간의 모든 노력이 물거품으로 돌아가면서 스쿼러스는 다시 바닥에 가라앉았다.

팔콘의 함상에서 터슬러 소령이 말했다.

"세상에, 스웨이드, 자네 거의 죽을 뻔했어."

몸센이 희미하게 웃으며 말했다.

"날 에이허브(소설 '백경'에 등장하는 선장 −역주)라고 불러주십쇼."

18

콜 소장은 해군 작전사령관 앞으로 제출한 보고서에서 아쉬움을 감추지 못했다.

"다소 늦은 감이 있기는 하지만, 이번 경험을 통해 본다면⋯."

콜은 보고서에 이렇게 썼다.

"만약 적절한 예방조치만 취해졌더라면, 예를 들어 앞쪽에 제어용 폰툰을 한 개가 아니라 두 개를 설치했더라면 그런 불행한 사태는 막을 수 있었으리라 생각합니다."

개인적으로 몸센은, 또다른 중대한 실수만 없었더라면 함수 상부에 설치된 폰툰 하나만으로도 충분히 스쿼러스를 인양할 수 있었을 거라고 생각했다. 크기가 작은 전방 1번 밸러스트 탱크를 불어낸 것만으로 충분한 부력이 생기지 않았을 때, 2번 탱크를 불어내기 전에 1번 탱크에 물을 다시 채워뒀어야 했던 것이다. 몸센이 모리슨에게 말했다.

"반쯤 찬 밸러스트 탱크가 떠오르기 시작하면 무슨 수를 써도 제어가 안 돼."

그러나 몸센에게는 보다 큰 걱정거리가 있었다. 다이버들이 너나할것없이 불만에 차 있었던 것이다. 자신들 중 누군가가 사고를 당할 확률이 높아지고 있음에도 불구하고, 잠수함을 인양하기 위해 끝도 없이 계속했던 경이적인 작업이 이제는 자신들 마음속의 씁쓸한 웃음거리로 전락하고 만 것이다. 그들은 건조중대 장교들이 무언가 커다란 계산 착오를 일으켰기 때문에 다 건져 올린 것이나 다름없었던 스쿼러스가 다시 바닷속에 빠진 거라고 생각했다. 다이버들은 불만이 가득한 얼굴로 팔콘 갑판 여기저기에 무리지어 있었다. 북동쪽에서 불어오는, 폭풍에 가까운 바람도 그들의 마음을 누그러뜨려 주지 못했다.

그래도 인양 작업은 계속되어야만 했다. 몸센은 이 때늦은 불만이 걷잡을 수 없는 지경에 이르기 전에 뭔가 조치를 취해야겠다고 결심했다. 몸센은 다이버들을 모두 모아놓고 말했다.

"그래, 우리가 세운 위태로운 계획이 결국 성공하지 못했다. 이제 우리가 무엇을 해야 할지 궁금해하는 사람이 있다면 내가 비밀 한가지를 알려주지. 우린 이제 보다 치밀한 계획을 세울 것이다."

부드러운 말투와 여유 있는 태도였지만, 그의 말에서는 흔들리지 않는 카리스마가 느껴졌다. 아무리 친밀한 분위기라도 몸센의 부하들은 그를 부를 때 언제나 성에다 존칭을 붙였다. 그런데 이번에는 그가 말을 끝마치자 다이버 한 명이 외쳤다.

"말 잘 했소, 스웨이드!"

팔콘의 갑판 위에 빽빽하게 늘어선 로프와 호스를 정리하는 것만도 엄청난 일이었다. 스쿼러스가 솟아오른 지 이틀이 지나 바다가 잔잔해지자, 수면에 떠오른 네 개의 폰툰의 전면적인 수리를 위해 포츠머스로 예인할 준비를 했다. 이로써 세 개의 폰툰이 남게 되었는데,

그 상태나 위치는 오리무중이었다.

무엇보다 가장 큰 미스터리는, 잠수함 그 자체였다.

다이버가 잠수함의 상태를 확인하기 위해 바다 밑으로 내려가보니, 수백 미터에 달하는 휘어진 케이블과 체인, 로프로 뒤덮인 잠수함은 형언할 수 없을 만큼 엉망진창이었다. 혹, 잠수함이 전보다 더 깊이 진흙 속에 박힌 것은 아닐까? 어떤 상태로 가라앉은 것일까? 다이버들이 갑판에서 작업할 수 있도록 용골을 아래쪽으로 하고 똑바로 내려앉았을까? 아니면 기울어져 있어서, 다이버의 작업이 전보다 더 위험스러워진 것은 아닐까? 끝내 잠수함 내부가 완전 침수된 것은 아닐까? 수면을 향해 치솟는 동안 급격한 압력 변동으로 전방 구역의 해치들이 열리지는 않았을까?

몸센은 전함에 근무하고 있는 해군사관학교 동기에게서 행운을 빈다는 편지를 받았다. 그 편지엔 다음과 같은 신문 머리기사가 동봉되어 있었다.

"불운한 잠수함, 회수 불능인가"

7월 16일 오후, 행방이 묘연한 폰툰을 찾기 위해 다이버가 마닐라 로프를 타고 바닷속으로 내려갔지만 30미터도 채 못 내려가 뒤엉킨 호스를 만나게 됐다. 그리고 남은 잠수 시간 동안 그것을 푸는 데 온 힘을 다 쏟아야 했다. 다음 대원이 들어가서야 그 작업은 끝이 났다. 하지만 그날의 마지막 잠수를 한 세 번째 다이버가 좋은 소식을 전해 왔다. 폰툰 두 개의 위치를 확인한 것이다. 그것들은 아직 함미 근처의 고리에 단단히 매어 있었다.

그것은 진흙과 점토 속으로 관창을 새로 삽입해야 하는, 생각만 해도 끔찍한 작업을 새로 하지 않아도 됨을 의미했다. 그러나 함미 쪽 수심 61미터에 설치됐던 세 번째 폰툰은 흔적조차 보이지 않았다.

몸센은 당분간 세 번째 폰툰에 대한 수색 작업은 포기하기로 하고, 대신 위치가 확인된 두 개의 폰툰에 집중하기로 했다. 그렇지만 이 두 개의 폰툰을 정상으로 복구시키는 일은 말처럼 쉽지 않았다. 폰툰 주위에 거미줄처럼 얽힌 케이블을 치우고 파손된 공기 호스를 힘들게 교체하기까지 14회의 잠수가 필요했지만, 다행히 아무 사고 없이 끝낼 수 있었다.

그 다음으로, 선박수리담당 해리 프라이 상사가 스쿼러스의 후갑판을 조사하기 위해 내려갔다. 도착하자마자 프라이는 방향 감각을 잃고 말았다. 몸센이 점수를 마치고 올라온 모든 다이버에게 서무계로 제출하도록 한 상황보고서에 따르면, 바닷속의 상황은 가히 최악이라 할 수 있었다. 프라이가 말했다.

"아래에 도착하자마자 풀려 있는 와이어에 엉키고 말았습니다. 내가 어느 쪽에 있는지, 좌현인지 우현인지 확인하려 했지만 움직일 수가 없었습니다. 잠수 안내용 로프가 우현 쪽에 연결되어 있다는 생각이 들어, 잠수함이 우현으로 6도쯤 기울어 있다고 보고했는데, 나중에 보니 잠수 안내용 로프는 좌현에 있더군요."

모리슨 대위가 내려가 잠수함이 좌현으로 6도 기울었음을 확인했다. 스쿼러스는 바닷속으로 다시 미끄러져 들어가면서 몸체가 굴렀던 것이다. 다행스럽게도 완전히 뒤집힌 상태로 바닥에 닿지는 않았다. 호스와 로프로 완전히 뒤죽박죽이었지만, 모리슨은 그 사이를 뚫고 나가 또 하나 반갑기 그지없는 것을 발견했다. 전방 어뢰실의 해치가 그때까지도 확실하게 닫혀 있었다.

몸센은 가능한 범위 내에서 잠수함 주위를 거미줄처럼 뒤덮고 있는 호스와 로프를 치우기로 했다. 그런 수심에서 '대청소'는 지나친 요구였다. 뒤이은 잠수 작업에서 연이어 희소식이 들려왔다. 함수의 폰툰 고리는 복구가 불가능할 정도로 손상됐지만, 폰툰을 제 위치에 고정시키는 역할을 하는 함수 잠타는 요행히 부러지지 않은 상태였다. 함미도 이전만큼 깊숙이 진흙뻘 속에 묻히지는 않았고, 전방 세 구역 모두 침수는 면해 있었다.

그럼에도 불구하고 다이버들에게 힘겨운 작업이라는 점에는 변함이 없었다. 다이버들은 스쿼러스에 붙어 있는 연결 장치와 구난 밸브를 일일이 점검하고, 훼손된 호스를 모두 교체하고, 함수 밑으로 새 체인을 걸었으며, 위치가 확인된 두 개의 폰툰을 끌어올리고, 아직 발견하지 못한 나머지 폰툰 하나를 찾아야 했다.

마침내 바닥에 거의 수직으로 가라앉아 있는 마지막 폰툰을 발견했다. 이 폰툰을 인양하는 데만 꼬박 6일이 걸렸다.

그 정도로는 충분하지 않다는 듯, 다이버들 사이에 유행성 코감기가 만연하기 시작했다. 감기에 걸린 다이버들은 유스타키오관이 충혈되어 귀가 압력 변화에 적응하지 못하므로 근무일정표에서 뺄 수밖에 없었다. 그리고 나자, 3일간 강력한 북동풍이 불면서 바다에 거친 파도가 일어 그들을 괴롭혔다. 이 모든 것이 지나가니 이번엔 짙은 안개가 껴서 좀처럼 갤 기미를 보이지 않았다. 모든 작업을 중지할 수밖에 없었다. 맑게 갠 날에도 바닷속의 시계(視界)는 예측을 불허할 만큼 변덕을 부렸다. 어떤 때는 시계가 15미터나 되는 반면, 한 시간 후에는 조류가 변해 자신의 팔조차도 잘 보이지 않았다.

자신을 둘러싼 짙은 안개만큼 몸센을 우울하게 만드는 것은 없었다. 적막감마저 느껴지는 팔콘의 갑판에 모리슨과 함께 서 있는 동안, 해역을 지나가는 선박에 보내는 연안경비대 순시선의 단조로운 안개경고음만이 침묵을 깨고 있다. 몸센이 마침내 울화통을 터뜨렸다.

"젠장, 미치겠군."

"뭐가요?"

"안개 말일세! 이 빌어먹을 것은 어떻게 해볼 도리가 없잖은가."

이 모든 상황에도 불구하고 8월 3일에는 마지막 폰툰이 포츠머스로 보내져 수리를 받게 되었다. 8월 3일은 또다른 이유에서 기념할 만한 날이었다. 몸센이 소령으로 진급한 것이다. 자신은 이에 대해 함구했지만, 소문이 새어나가는 바람에 몸센은 팔콘의 함미 갑판에서 싱글거리는 다이버들에게 둘러싸이는 신세가 되었다. 다이버들은 그에게 해군 영관급 이상만이 쓸 수 있는, 챙에 화려한 금장이 들어간 모자를 선물했다. 몸센은 조금 쑥스러운 듯이 말했다.

"음, 멋진 모자이긴 한데, 내게 어울릴지는 모르겠는 걸."

"소령." 콜이 조용히 말했다.

"별 걱정을 다 하는군."

스퀴러스를 인양하기 위한 두 번째 시도는 폰툰의 배치에 있어 첫 번째와 상당한 차이를 보였다. 함미 위쪽에 다섯 개가 아닌 여섯 개의 폰툰이 놓였다. 제어용 폰툰 세 개가 수심 24미터에 설치되었고, 중간 지점인 수심 49미터에 한 개 그리고 가장 아래쪽인 수심 61미터에 두 개가 설치되었다.

함수 쪽에는 좀더 큰 변화가 있었다. 수심 61미터에 하나, 수면 아래 23미터 지점에 세 개를 설치해, 지난번 같은 불상사가 재현되지 않도록 하였다.

시속 110킬로미터에 이르는 강풍에 날려 로프들이 날카로운 소리를 내는 가운데, 8월 12일 이른 아침에 두 번째 인양 작업을 위한 폰툰 배치가 완료됐다. 나머지 인양 절차는 지난번과 근본적으로 다를 바가 없었다. 스쿼러스의 머리는 아직도 포츠머스 반대쪽을 향하고 있었으므로 완댄크가 함미 쪽을 끌고 잠수함이 바닥에 닿을 때까지 북서쪽으로 2.4킬로미터 정도를 예인하는 작업이었다. 스컬핀이 사전 조사한 바에 따르면, 그곳은 수심이 52미터쯤 되는 해역이었다. 그러고도 충분한 부력이 유지된다면, 곧장 숄스 제도와 육지 사이에 단단한 모래바닥으로 이뤄진 수심 27미터 정도의 해역을 향해 북쪽으로 나아가게 될 터였다. 그리고 그곳에서 피스캐터쾨 강을 거슬러 올라갈 마지막 구간을 준비하게 된다.

이번에도 터슬러 소령이 밸러스트 탱크와 연료 탱크, 폰툰에 공기를 불어넣는 작업을 팔콘에서 지휘했다. 몸센과 모리슨은 폰툰을 안전하게 확보하고, 뒤따라가며 로프가 엉키지 않도록 하기 위해 다시 한 번 모터보트에 올라탔다.

몸센은 잠수함의 함미 쪽에서 일정하게 물거품이 증가되는 모습을 바라보고 있었다. 그 아래에서는 엄청난 굉음이 들려왔다. 세 시간 뒤, 하얗게 분출하는 물줄기 속에서 굉음은 절정에 달했다. 그 한가운데서 세 개의 함미 쪽 제어용 폰툰이 퉁겨 나오듯 솟아올랐다가 한순간 사라지더니, 천천히 줄을 지어 시야에 다시 들어왔다. 몸센은 그 모습이 마치 행진하는 군인 같다고 생각했다. 즉시 다이버들이 흔들거리는 둥그런 폰툰 위로 올라가 조심스럽게 균형을 잡고서는, 지체없이 폰툰이 안전하게 자리잡았다는 신호를 보내왔다.

함수 쪽 작업이 시작되자, 작은 함대 전체에 팽팽한 기대감이 감돌았다. 제어용 폰툰은 이미 밤사이에 공기를 채워 두었기 때문에 아래쪽 폰툰과 연료 탱크에만 압축공기를 불어넣으면 되었으므로 수면으로 끓어오르는 기포는 그다지 많지 않았다. 이로써 모든 준비가 완료된 셈이었다. 한 달 전에 발생한 일들을 비웃기라도 하듯이 세 개의 함수 쪽 폰툰이 얌전하게 수면으로 떠올랐다. 스쿼러스의 함수는 바닥에서 약 20미터 정도 떠올라 있었고, 함미는 그것보다 약간 더 낮은 위치에 있었다.

완댄크가 시속 1.9킬로미터의 속도로 예인을 시작했다. 서쪽으로 강력한 조류가 형성되자, 완댄크는 속도를 거의 시속 3.7킬로미터까지 올리고 방향을 동쪽으로 약간 더 틀었다. 팔콘은 잠수함의 함수 쪽에 연결된 또다른 케이블을 지지하며 뒤따랐다.

제어용 폰툰 주위에서 모터보트를 지휘하는 몸센은 모든 일이 순조롭게 진행되고 있다고 생각했다. 아무런 문제도 없었다. 마치 그들을 재촉이라도 하듯, 남쪽에서 미풍까지 불기 시작했다.

예인을 시작한 지 1시간 48분이 지났을 때 스컬핀이 1차 정박지로 지정한 곳이 730미터 전방에 나타났다. 그때 돌연 완댄크가 날카로운 경고음을 울리기 시작했다. 그리고 스쿼러스가 정지해 버렸다. 너무나 갑작스럽게 발생한 사태에서 팔콘의 함장 조지 샤프는 예인로프를 끊고서야 귀중한 폰툰과의 충돌을 가까스로 피할 수 있었다.

일행은 한순간 극심한 혼란에 휩싸였다. 스쿼러스의 함수가 회전하기 시작하여 거의 100도 가량이나 돌아가 버리고서야 스컬핀이 미처 감지하지 못한 해저의 나지막한 구릉에 잠수함 함미가 걸렸음이 명백해졌다. 이는 나중에 몸센의 다이버들이 확인한 사실로, 아주 작은 구릉이어서 어느 쪽으로든 단 몇 미터만 비껴갔어도 피할 수 있는 곳이었다. 그렇기에, 걸린 곳을 제외한 다른 부분은 바닥에서 6미터 이상 공간적 여유를 갖고 있었다. 콜은 그날 저녁 만조가 되어 함미가 빠져나올 수 있게 되기를 바랐다. 하지만 완댄크가 엔진 회전을 시속 15킬로미터까지 올려 보았지만 스쿼러스는 꼼짝하지 않았다.

그래서 생각해낸 방법이, 상부 폰툰을 수심 30미터까지 내려 스쿼러스를 들어올려 구릉을 넘은 다음, 8킬로미터 떨어진 정박 예정지까지 곧장 예인하는 것이었다. 그렇지만 파도가 거세 잠수는 다음 날로 연기할 수밖에 없었다. 그리고 이 거센 파도는 모든 사람들이 고대하던 또다른 행사도 훼방놓고 말았다. 순양함 터스카루사를 타고 메인 주의 캄포벨로 휴양지로 가면서 근처를 지나던 루즈벨트 대통령이 팔콘을 방문하기로 되어 있었던 것이다.

마침내 8월 17일, 며칠에 거쳐 폰툰 재배치와 밸런스 확인 작업을 끝낸 후, 인양을 위한 복잡한 공기주입 절차가 다시 시작되었다. 작업이 진행되기 전에 이미 스쿼러스의 모든 밸러스트 탱크와 연료 탱크에는 불이 재워져 있었나. 먼저 함미 제어용 폰툰이 다시 솟이올랐다. 모터보트에서 몸센은 함수 제어용 폰툰의 모습이 드러나길 기다렸다. 그러나 나타나지 않았다. 뒤에서 마스터 다이버인 맥도널드가 중얼거리는 소리가 들렸다.

"야단났군. 안 올라오잖아!"

7월 13일에 직면했던 상황과 똑같았다. 1번 밸러스트 탱크에서 물을 배수시킨 후에도 아무 변화가 없었다. 그래도 이번에는 지난번의 쓰라린 경험을 통해 얻은 교훈이 있었다. 터슬러 소령은 커다란 2번 탱크를 배수시키기 전에 1번 탱크에 다시 물을 채웠다. 효과가 있었다. 그날 저녁, 함미가 들리면서 제어용 폰툰이 수면으로 떠올랐다.

파도의 격렬한 흔들림으로 어느 쪽인가 약해질지도 모르는 만약의 사태에 대비해, 20센티미터짜리 굵은 로프가 기존의 예인용과 저지용 로프에 추가로 설치됐다. 이것은 현명한 조치였다. 예인이 시작되자마자 원래부터 있던 저지용 로프가 끊어져 버린 것이다.

스쿼러스의 진행 코스 곳곳에는 물이 얕은 부분이 많아, 이를 피해 지그재그로 운행할 수밖에 없었다. 늦은 오후의 뿌연 햇살은 상황을 오히려 악화시킬 뿐이었다. 이번에는 스컬핀이 음향탐지기로 전방을 계속 탐색하면서 앞장섰다. 코스를 따라 중요한 위치에는 세 척의 배가 정박해 대기하고 있었다. 하나는 잠수함 사고, 또 하나는 연안경비 순시선 410호였다. 세 번째는, 과거 시간에서 나타난 것 같은 기괴한 모습의 전함 세크라멘토였다. 1차 세계대전 이전의 유물로서, 석탄을 연료로 사용하는 종류로는 해군의 마지막 함선이었다. 세크라멘토는 오랫동안 아시아 지역에 배치되어 있었기 때문에 '중국 해안을 질주하는 유령'이라는 별명이 붙어 있었다. 선수와 선미에 중국 정크선과 같은 돛을 가득 실은 채, 다이버와 구난 작업 요원을 위한 해상 호텔 역할을 맡은 이번이 세크라멘토의 마지막 임무가 될 터였다. (세크라멘토는 1863년 포츠머스에서 건조된 군함으로, 증기기관과 세 개의 대형 돛을 가진 동력 범선이었다 -역주)

어둠이 밀려오자 완댄크는 서둘렀다. 직선 구간에서는 엔진 회전수를 높여 최고 시속 15킬로미터까지 속력을 올렸고, 곡선 구간에서는 시속 2~4킬로미터로 내렸다. 그리고 단 한 건의 사고도 없이, 계획했던 대로 수심 28미터의 모래바닥에 스쿼러스는 미끄러지듯 부드럽게 내려앉았다.

모래바닥은 아주 밀도가 높고 단단해 다이버들이 아무 두려움 없이 그 위를 걸어 함수와 함미 아래로 다닐 수 있을 정도였다. 인양 작업이 시작된 후 처음으로, 두 명이 한 조를 이루어 내려가 모든 갑판의 해치를 점검하고 선체 밸브들이 견고하게 닫혀 있음을 확인했다. 구난 작업 참모부 고위 간부들은 침수된 네 개 구역의 물을 배수시켜 잠수함을 띄운다는 아이디어를 버리지 못했다. 그렇게만 된다면 다루기 힘든 폰툰을 더 이상 필요로 하지 않을 것이기 때문이었다. 이 작업을 위해서는 잠수함 외부에서 메인엔진 공기흡입 밸브를 손으로 잠가야 했다. 이전에 작업했던 수심에서는 불가능한 일이었다. 그런데 곧 다른 곳에서도 누설이 진행되었다. 특히 후방 어뢰발사관 주위가 심했는데, 이 부분은 달리 손을 쓸 도리가 없었다. 공기를 불어넣는 작업과 물을 뽑아내는 작업을 병행하여 어느 정도의 물은 제거할 수 있다고 해도, 침수된 구역에서 물을 완전히 제거하기에는 역부족이었다.

좋든 싫든 간에 폰툰을 이용한 작업으로 되돌아갈 수밖에 없었다. 구난 작업 참모진의 건조중대 장교들은 다이버들이 스쿼러스의 밸러스트 탱크와 연료 탱크에 이미 연결해 놓은 33개의 호스가 확보된 상태에서 함미 양쪽에 한 개씩, 두 개의 폰툰만 배치해도 충분한 부력을 얻을 수 있을 것이라고 결론지었다. 구조체임버의 기념비적인 첫 번째 하강을 수행했던 다이버 중 하나인 포 담당 월터 하몬 상사와 또 한 명의 다이버에게, 함미 동체와 스크루 축 사이에 케이블을 통과시키는 임무가 부여됐다. 몸센은 상황이 많이 달라졌음을 실감했다. 한 달 걸렸던 작업을 겨우 14분 만에 끝낼 수 있었던 것이다.

그렇지만 상황을 낙관하기에는 시기상조였다. 스쿼러스의 함수부터 들어올리기로 했는데, 최종 공기주입 작업이 진행되는 사이에 경악할 만한 일이 눈앞에 펼쳐졌다. 잠수함의 머리 부위 전체가 수면으로 떠오르더니 우현으로 거의 60도까지 천천히 기울었다. 그리고 탱크에서 공기를 내뿜으며 다시 가라앉고 말았다. 이어 어쨌든 함미를 인양해 보자는 결정이 내려져 함미를 들어올렸지만, 함수가 꼼짝도 하지 않자 함미도 도로 가라앉아 버렸다. 몸센의 모터보트에 동승했던 마스터 다이버 짐 맥도널드가 모든 사람의 심정을 대변이라도 하듯 중얼거렸다.

"아까 머리도 보였고 지금 꼬리도 봤으니, 이젠 양쪽 모두를 볼 차례잖아."

"아멘." 몸센이 대답했다.

보다 완벽히 제어하기 위해 폰툰 두 개를 추가로 함수에 설치하기로 했다. 그러나 그 전에, 난폭하게 기울며 가라앉은 스쿼러스가 바다 밑에서 어떻게 누워 있는지 확인해야만 했다. 조 알리키라는 다이버에게 이 임무를 맡기면서 몸센이 그에게 만들어준 측정장비는 다소 과학적인 세련미는 떨어졌으나 임무를 완수하는 데는 전혀 지장이 없었다. 이 장치는 두 개의 판자를 서로 직각으로 세우고 못을 박아 고정시킨 후, 한쪽 판 끝에 추가 묶인 끈을 매달았다. 알리키는 끈이 없는 판자의 바닥을 메인 갑판 위에 밀착시켜 끈이 달린 판자가 갑판과 수직을 이루도록 만든 다음, 끈이 늘어져 닿는 곳에 표시를 하였다. 몸센은 표식과 두 개의 판자가 만들어낸 삼각형을 측정해 잠수함이 우현으로 34도 기울었음을 계산해냈다. 아직은 어떻게 해볼 만한 수치였다.

8월 30일 이른 아침, 매년 9월 메인 주의 해안을 강타하곤 하는 거대한 태풍이 불길하게도 예상보다 일찍 맹렬한 기세로 몰아닥쳤다. 팔콘은 하는 수 없이 모든 호스에 부표를 달아 바다에 떨어뜨린 뒤 서둘러 포츠머스로 대피해야만 했다.

이틀이 지나서야 현장으로 돌아올 수 있었다. 그 동안 세상과는 담을 쌓은 수도승처럼 스쿼러스 인양 작업에만 몰두하는 통에 팔콘을 비롯한 모든 해군 함정과 군사 시설에 나붙은 공지문에 신경 쓰는 대원은 거의 없었다. 공지에는 이렇게 씌어 있었다.

"독일이 폴란드를 침공. 전투와 폭격이 진행 중. 자신의 위치에서 명령을 기다릴 것."

앞으로 자신들의 행로에 엄청난 영향을 끼칠 내용이었다. 제2차 세계대전이 발발한 것이었다.

함수 쪽 폰툰을 설치하기에는 아직 파도가 높았다. 잠수함 상태를 조사하기 위해 내려간 다이버는 후방 어뢰실의 해치가 활짝 열린 것을 발견했다. 이것은 콜 참모진의 기술보좌관들이 여태껏 시행하고 싶은 마음은 굴뚝같았지만, 몸센이 애초부터 극렬히 반대하는 바람에 실행에 옮길 수 없었던 아이디어를 되살리는 계기가 됐다. 다름이 아니라, 스쿼러스 안으로 직접 사람을 들여보내자는 계획이었다. 어쨌거나 해치가 열려 있으니 다이버를 들여보내 후방 어뢰실로 통하는 문을 잠그지 못할 이유가 없지 않은가? 침수된 구역을 불어내리던 지난번 시도에서 주입된 공기의 대부분은 어뢰발사관을 통해 새어 나갔다. 따라서 후방 어뢰실로 통하는 문과 환기장치의 밸브만 잠근다면, 적어도 기관실과 후방 배터리실은 완전히 배수시킬 수 있다. 지금 스퀴러스는 수심 74미터가 아니라, 고작 28미터 아래에 있는 것이다.

몸센은 아연실색하여 말했다.

"제독님, 저는 잠수함이 몇 미터 수심에 있는지 따지고 싶지 않습니다. 제가 지적하고 싶은 건 수심 28미터라고 해도 욕조 안으로 들어가듯 그리 간단한 일이 아니라는 겁니다. 다이버를 잠수함의 그 구역 안으로 들여보낸다는 것 자체가 지극히 위험스런 발상입니다. 해치의 지름은 겨우 64센티미터입니다. 제가 전에 잠수해서 71센티미터짜리 해치를 통과해본 적이 있는데, 그것도 너무 좁아 겨우 빠져나왔을 정도입니다. 설사 어렵게 잠수함 안으로 들어갔다 하더라도 거기에 무엇이 기다리고 있을지는 아무도 모릅니다. 구명 로프나 공기 호스가 엉킬 경우를 상상해 보셨습니까? 제 생각으로는 전체적으로 위험천만일 뿐 아니라, 쓸데없는 계획입니다."

그러나 그의 의견은 무시되었다.

몸센 자신은 내려갈 수 없었다. 해군의 다이버 연령 제한이 40세였기 때문이다. 또한 상황이 어떻든 간에 그런 명령을 자신의 부하에게 내릴 수도 없었다. 그의 딜레마는 모리슨 대위가 이 임무에 자원함에 따라 해소되었다. 갑판장 포레스트 스미스 상사가 갑판 위에서 모리슨의 호스와 로프를 살피는 동안 모리슨이 후방 어뢰실 안으로 들어가기로 했다. 젊은 대위의 머리 위에 헬멧이 놓이기 전에 몸센이 모리슨에게 다가가 말했다.

"조 보트, 조심하게."

그는 온 신경을 곤두세우고 전화를 통해 들려오는 진행 과정을 좇았다. 모리슨은 스쿼러스에 도착하자마자 난관에 부딪쳤다. 몸센이 걱정한 대로 부피 큰 잠수복을 입은 채로는 해치를 열고 터널처럼 생긴 연결 통로 안에 들어가는 일부터 엄청나게 힘이 들었다. 가까스로 들어가기는 했지만, 이번에는 잠수복의 벨트와 공기조절 밸브가 해치를 내려가는 사다리의 발판에 자꾸 걸렸다. 내려가기 위해서는 연결 통로의 사다리를 한 칸 한 칸씩 내려설 때마다 팔과 손을 옆구리에 최대한 붙여야 했다. 갑자기 모리슨이 급보를 올렸다.

"공기가 들어오질 않습니다. 밸브가 무언가에 끼여 막힌 것 같습니다."

이 몇 초간의 기다림이 몸센에게는 '평생에 가장 긴 순간'이었다. 최후의 수단은 모리슨을 끌어올리도록 명령하는 것이었다. 그렇지만 모리슨이 좁은 연결 통로 안에 끼여 있는 지금, 무리하게 끌어올릴 경우 잠수복이 손상될 가능성이 아주 높았다. 마침내 위험을 무릅쓰려는 찰나, 모리슨의 목소리가 들렸다.

"됐습니다." 용케 팔을 들어올려 밸브를 연 것이었다.

"내려갑니다. 지금 제 헬멧은 해치에서 60센티미터 정도 아래에 있습니다. 잠깐! 뭔가 나가는 곳을 가로막은 게 밟힙니다. 뭔지 모르겠습니다."

더 이상은 진행시킬 수 없다고 생각한 몸센이 명령을 내렸다.

"조 보트, 올라오게."

모리슨은 스미스의 도움을 받아가며 다시 힘겹게 해치를 통해 올라왔다. 잠수함의 갑판으로 돌아온 모리슨은 해치 속으로 다이빙 램프를 내려보냈다. 구역 안은 온통 흙탕물이어서 내부가 잘 보이지 않았다. 그래도 두 사람은 희미하게 보이는 장애물이 무엇인지 알 수 있었다. 연결 통로 아래쪽을 가로막고 있는 것은 사람의 얼굴과 팔이었다. 그 바로 아래에는 또다른 시신이 있는 것 같았다.

그날 저녁, 몸센은 콜 제독에게 개인적인 면담을 요청했다. 몸센이 말했다.

"제독님, 제가 잠수 책임장교로 있는 한 절대로…."

거기까지 말했을 때, 콜이 그의 말을 막았다.

"스웨이드, 잠수함이 드라이도크 안에 들어가기 전까지 더 이상 잠수함 안으로 들어가려는 시도는 없을 걸세."

며칠 후 모리슨은 구난 작업 잠수 책임장교 부관 직책에서, 그에게 있어서는 첫 번째인 잠수함 지휘관으로 보직 변경을 명령받았다. 씨 라이언이라는 잠수함이었다. 사실 그의 부임은 여름내 이런저런 이유로 수 차례나 연기된 터였다. 떠날 준비를 하고 있는 모리슨에게 다가가 몸센이 말했다.

"조 보트, 자네는 자질이 뛰어난 장교야. 최고지. 자네 앞에는 창창한 장래가 놓여 있네. 다만 자네가 이 작업의 대단원을 못 보고 떠나는 게 유감이군."

그로부터 6개월이 채 지나지 않아, 몸센은 충격적인 소식을 들었다. 모리슨이 장총을 손질하던 중 오발 사고로 죽었다는 것이었다.

9월 11일, 날씨만 빼고는 최종 인양작업 준비가 모두 끝났다. 밤사이 풍속 시속 75킬로미터에 이르는 남동풍이 불어 작업을 취소해야만 했다. 그러나 오후 늦게 바람의 방향이 북서쪽으로 바뀌면서 점차 약해지기 시작했다. 다음 날 아침 모리슨의 후임으로 부임한 조지 맥켄지 대위가 상황 파악을 위한 잠수를 마친 후, 간담을 서늘하게 만드는 보고를 했다. 바람과 바다는 자신의 전리품을 쉽사리 내놓으려 하지 않았다. 스쿼러스의 안정성은 지극히 위험한 상태였다. 잠수함은 눈에 띄게 왼쪽으로 더 기울어 있었다. 적어도 10도는 더 기운 것 같았다. 맥켄지는 잠수함의 움직임을 눈으로 볼 수 있을 정도라고 보고했다.

시간은 빠르게 지나갔다. 그날 저녁 콜은 고대하던 보고를 받았다. 9월 13일의 기상 예보였다.

"약한 북풍 및 북동풍. 구름 약간. 시계 상당히 양호. 바다는 잔잔하겠음."

동이 트자마자 최종 인양 작업이 시작됐다. 콜은 만조가 되어 피스캐터콰 강의 수위가 최대한 높아지고 유속이 느려지는 1330시(오후 1시 30분)까지는 스쿼러스를 강어귀까지 끌고 갈 수 있기를 열망했다. 8시를 막 지나자, 함미 폰툰이 수면으로 떠올랐다가 잠기더니 곧 다시 나타났다. 폰툰 중 하나에 부착된 호스의 연결부가 파손됐는지 파이프에서 공기와 물이 분출되기 시작했다. 몸센과 모터보트에 동승한 대원들이 급히 폰툰 위로 기어올라가 가까스로 비상 밸브를 잠갔다. 폰툰은 아직 수면에 떠 있었지만, 선체는 거의 물에 잠긴 상태였다.

두 시간 후, 함수 쪽 폰툰이 잠망경과 사령탑 꼭대기와 함께 수면 위로 올라왔다.

"성공이다, 성공!" 누군가 소리질렀다.

하지만 그렇지 않았다. 그 엄청난 공기를 잠수함에 불어넣었음에도 불구하고 스쿼러스는 수면에 나타나기가 무섭게 서서히 옆으로 기울더니 가라앉기 시작했다. 함미 폰툰까지 딸려 들어갔다. 이제 잠수함을 바로 세우려면 함수 쪽에 다시 물을 채워야 했다. 잠수함은 정오쯤 완전히 가라앉고 말았다.

선택의 여지가 없었다. 다이버가 내려가 잠수함의 상태를 확인할 시간적 여유조차 없었다. 곧바로 잠수함을 띄우기 위한 모든 작업이 재개됐다. 함미 쪽에서 맹렬한 기세로 기포가 솟았지만 폰툰은 떠오르지 않았다. 필사적으로 공기를 불어넣었으나 아무런 변화의 조짐도 보이지 않았다. 작업을 시작한 이래 처음으로, 사람들의 마음속에 이제 모든 것이 끝장이라는 생각이 들기 시작했다. 스쿼러스는 결코 떠오르지 못할 것이다. 팔콘과 몸센이 탄 모터보트, 구난 작업에 참여 중인 모든 배 위에 있던 사람들의 얼굴에 침통함과 패배감이 서렸다.

아마도 이 모든 사람들의 절망이 기적을 불러일으킨 것이리라. 그렇게밖에는 설명할 수가 없었다. 돌연, 함미 쪽 폰툰이 불쑥 솟은 것이다. 그리고 한 시간 정도가 지나 함수 쪽 폰툰도 떠올랐다.

모든 것이 바라던 대로였다. 낚싯대에 걸려 지친 거대한 물고기처럼 잠수함이 서서히 팔콘 옆으로 떠올랐다. 제일 먼저 잠망경이 다시 모습을 드러내더니, 사령탑이 좌현으로 약간 기운 채 점점 높이 올라왔다. 사령탑 우측 벽에 '192'라는 글자가 선명했다. 조타실 상부가 심하게 찌그러져 있었는데, 아마도 7월 13일에 수면으로 치솟으며 훼손된 듯했다. 상갑판이 수면 바로 아래까지 떠올라 있어, 잠수함의 움직임이 안정되기에 앞서 갑판 위에 어지럽게 널린 구부러진 로프와 체인의 모습이 보였다 안 보였다 했다.

몸센과 다이버들이 새는 밸브 하나를 재빨리 잠가 폰툰을 안정시키고 난 뒤, 마침내 자신들이 잠수함을 건져 올렸다는 사실을 실감하기까지는 족히 5분이 걸렸다. 몸센이 콜에게 말했다.

"여태껏 모르고 있던 내 자신의 새로운 능력을 발견했습니다. 제가 그렇게 오랫동안 숨을 쉬지 않고 있을 수 있었는지 몰랐거든요."

그날 오후 완댄크가 스쿼러스를 예인하기 시작했다. 물살이 느려지는 만조에 맞추기에는 시간이 너무 늦어 버렸다. 좁고 꼬불꼬불한 피스캐터콰의 강물이 이미 대서양을 향해 빠르게 빠지고 있었기 때문에 만약의 사태를 대비해 민간 예인선 챈들러가 옆으로 바싹 따라붙었다. 한편, 낡았지만 충실한 피나쿡은 잠수함의 뒤를 따르는 팔콘을 보조하기 위해 옆에서 나란히 달렸다.

예인 선단은 강어귀에서 멈추었다. 콜은 누구의 도움도 바랄 수 없는 결정을 내려야 했다. 지금 예인되는 스쿼러스는 최소 수심 12미터를 필요로 하는데, 이제 한 시간 반만 지나면 물이 완전히 빠져 강이 최저 수심에 이를 터였다. 남은 길목에는 간신히 12미터밖에 되지 않는 얕은 지점이 두 곳이나 있었다. 그곳을 안전하게 통과하기 위해 만조를 기다리다가는 또 어떤 예상치 못한 문제가 발생할지 모른다.

"좋아, 가자." 콜이 결정을 내렸다.

첫 번째 위험 지점은 포츠머스 항구의 북쪽을 지키고 있는 오래된 등대에 소금 못 미지는 곳이다. 스쿼리스의 밑이 강바닥에 닿았다. 하지만 팔콘의 함장은 탁월한 조종술로 완댄크가 잠수함을 끌고 강바닥의 작은 구릉을 넘을 수 있는 속도를 낼 수 있을 때까지 든든하게 버텨주었다.

예인 선단이 항구로 들어서자, 지나치던 모든 선박들이 엄숙하게 조기를 계양하였다. 양쪽 해안선에는 수천 명의 군중이 모여 상류를 향해 지나가는, 마치 장례식과도 같은 이 기묘한 행렬을 석양 속에서 조용히 지켜보았다. 잠시 후 해가 완전히 진 후에도 사람들은 자리를 떠나지 않고, 멀리 예인 선단의 불빛을 좇았다. 이윽고 그들을 감싸고 있는 밤의 깊은 정적 속에서 긴 한숨이 새어나왔다. 불빛이 움직임을 멈추었던 것이다.

바다에서 피스캐터콰 강을 거슬러 포츠머스의 해군조선소를 지나는 코스는 커다란 S자 곡선을 그리고 있었다. 그리고 이 S자의 아래쪽 곡선 부분에서 스퀴러스는 다시 강바닥에 닿았다. 바로 수심이 얕은 두 번째 지점이었다. 이곳 역시 물살의 빠르기는 상상을 초월할 정도였고 흐름 또한 예측불허였다. 잔잔할 때라고는 단지 만조와 간조가 바뀌는 짧은 시간 동안이 고작이었다. 잠수함이 행렬을 이탈하려 하고 있었다. 만약 이곳에서 오도가도 못하게 된다면 그야말로 새로운 재난의 시작이 될 터였다.

그러나 예인 작업의 총지휘를 맡은 포츠머스 항구의 책임자 셜리 홀트 대령은 과감하게 강의 동쪽 끝으로 스퀴러스를 끌고 갔다. 그곳은 바위로 둘러싸인 조선소의 끝 부분으로, 근처에서는 수심이 가장 깊은 곳이었다. 완댄크가 있는 힘을 다해 앞으로 끌어당겼다. 이러다 로프가 끊어지는 게 아닌가 하는 생각이 드는 순간, 스퀴러스가 미끄러지듯 끌려왔다.

저녁 여덟 시, 스퀴러스는 최종 목적지인 제6부두에서 30미터 정도 떨어진 강바닥에 안착했다. 몸센의 모터보트 대원들이 재빨리 로프를 끌고 가 폰툰에 연결했다. 그리고 피나쿡과 챈들러가 폰툰으로 접근, 폰툰이 조류에 휩쓸리지 않도록 로프로 단단히 고정시켰다. 피스캐터콰 강의 수위가 올라가자, 스퀴러스가 마침내 최종 목적지에 도착했다. 잠수함을 드라이도크에 집어넣기 위한 침수 구역 배수 작업이 즉시 시작됐다. 이제 실질적인 인양 작업은 모두 끝난 것이나 다름없었다. 침몰한 지 꼭 113일 만에 스쿼러스가 되돌아온 것이다. 그것은 역사상 가장 위대한 해저 구조 작업이었으며, 제일 깊은 곳에서 이뤄진 인양 작업이었다.

조명 불빛 속에서 잠수함의 기괴한 모습을 한참 동안 바라보고 돌아온 다음, 스웨이드 몸센은 그날 밤 일기에 다소 과장을 섞어 이렇게 써내려 갔다.

"그곳에 서 있는데, 물 속에서 삼지창과 왕관이 솟아오르더니 이어서 얼굴에 실망감이 역력한 넵튠(로마신화에 나오는 바다의 신 –역주)이 나타나는 것 같았다. 넵튠은 자신의 포획물을 놓친 게 못내 아쉬운 모양이었다."

어느 정도는 진실이 담긴 말이라고 할 수 있으리라.

배수 작업은 다음 날까지도 계속되었다. 자정이 조금 지나 드라이도크로 끌어올릴 준비가 거의 끝났다. 기관실에서는 다섯 구의 시신이 수습됐다. 시신은 회색 시체 수습용 백에 담겨 포츠머스 해군기지 병원 영안실로 보내졌다.

네 시간 뒤, 잠수함의 모든 부분이 드러났다. 모리슨 대위가 들어가려던 후방 어뢰실에서 추가로 17구의 시신이 발견되었다. 불행 중 다행으로, 그들은 무슨 일이 일어났는지조차 알 수도 없을 만큼 순식간에 변을 당한 것이 분명했다. 바닷물이 너무나 빨리 밀려들어와 몸센 허파에 손 뻗을 여유도 없었던 것 같았다. 모두 자신의 침상에서 그대로 변을 당했던 것이다. 후방 어뢰실 통신을 담당했던 어뢰병 알프리스터 상병은 사물함과 어뢰발사관 사이에서 이어폰을 낀 모습으로 꼿꼿이 앉은 채 발견됐다. 마치 사령실에서 메시지가 들어오기를 기다리는 듯이….

아이오와 출신으로 처음 잠수함에 탑승했던 존 마리노 상병의 시신은 자신이 점심식사 준비를 하고 있던 사병식당 근처의 후방 배터리실에서 발견되었다. 그 구역에서 탈출해 나온 사람 중 어느 누구도 마리노 상병이 그곳에 있었는지조차 몰랐다. 잠수가 시작될 때 주방에서 걸어나오던 알렉산더 키간 병장은 배터리실 화장실에서 찾아낼 수 있었다.

그래도 두 명의 행방은 찾을 수가 없었다. 아세틸렌 토치를 사용해 후방 배터리실의 금속 바닥을 절단하자 스물다섯 번째 시신이 나타났다. 배터리 상황을 점검하기 위해 그곳에 내려가 있던 전기담당 존 배틱 상사였다.

그렇지만 잠수 당시 아침식사 준비를 마치고 낮잠을 자고 있었던 스물여섯 번째 대원인 취사병 톰슨 상병의 시신은 끝내 발견되지 않았다. 몸센은 무슨 일이 있었는지에 대한 하나의 가설을 세워 보았다. 스쿼러스가 침몰한 후, 사령실에 모여 있던 대원들은 정체를 알 수 없는 금속성 소리를 들었다고 했다. 따라서 다음과 같은 일이 발생했을 가능성은 충분했다. 침수 구역에 갇힌 톰슨은 어떡해서든 잠수함 밖으로 빠져나가기 위해 본능적으로 후방 배터리실 해치가 있는 곳으로 기어올라가, 잠김고리를 풀고 잠수함 안팎 수압이 같아져 해치를 열 수 있게 되기를 기다렸다. 그렇지만 그는 그때까지 견디지 못하고 그곳에서 숨을 거두고 만다. 나중에야 물이 차오름에 따라 점점 증가되던 에어포켓의 공기압이 마침내 수압보다 커져 해치가 열리면서 공기는 빠져나가고, 해치는 뚜껑의 자체 무게로 인해 다시 저절로 닫혔을 것이다. 해치의 뚜껑은 구난 작업 내내 닫혀 있었다. 몸센의 다이버들에게는 기회가 있을 때마다 스쿼러스의 갑판에 설치되어 있는 종(鐘, 비상사태 등을 알리기 위해 설치한다 —역주)을 울리는 습관이 생겨 있었다. 종을 울리려면 해치 위로 올라서야만 했다. 그런데 8월 12일, 예상치 못하게 스쿼러스가 좌초한 뒤 잠수 작업 중이던 제시 던컨은 종이 있는 곳으로 갔다가 해치가 열린 모습을 발견하고 깜짝 놀란 적이 있었다. 어떻게 해치가 열리게 됐는지는 확실치 않지만, 하여간 열린 해치를 통해 톰슨의 시체가 바다로 빠져나갔을 것이다.

드라이도크에 올려진 스쿼러스에 대한 조사는 막바지에 이르고 있었다. 공식 사고조사 위원회는 이미 모든 생존자로부터 서면진술서를 받았으면서도 집요하게 구두 질문을 계속했다. 조타수 프랭키 머피 병장에게 스쿼러스가 전에도 문제를 일으킨 적이 있었다고 말한 것처럼 보도된 기사에 대해서까지 추궁할 정도였다. 물론 머피는 실제로는 그런 발언을 한 적이 없다고 부인했다.

위원회 위원들은 네이퀸과 그의 부관 월터 도일 대위를 대동하고 주엔진공기흡입 밸브가 열린 이유를 규명하기 위해 잠수함 사령실의 현장 조사도 실시했다. 유압유가 유압장치에 공급된 후, 도일은 인덕션 밸브와 환기 밸브를 동시에 잠그는 레버를 작동시켰다. 그러자 환기 밸브는 닫혔지만 인덕션 밸브는 꼼짝도 하지 않았다. 네이퀸이 예상하던 대로 5월 23일에도 이런 일이 발생했다고 보아도 좋은 것일까? 하지만 그것은 아무도 확신할 수 없는 일이었다. 더 많은 유압유가 유압장치에 공급된 뒤, 도일이 다시 한 번 레버를 당겼다. 이번에는 연달아 두 밸브가 닫혔다.

위원회는 몸센과 리차드 에드워드 대령 등에게도 질문했다. 해군참모총장 앞으로 제출한 최종 보고서는 이 사고가 어느 한 사람의 책임이라고 지적하지 않았다. 보고서는 잠수함의 승조원들이 잘 훈련되어 있었으며 효과적으로 대처했다고 확인했다. 또한 네이퀸 대위에 대해서는 "U.S.S. 스쿼러스가 침몰해 있는 동안, 그리고 생존자를 구조하는 과정에서 탁월한 리더십을 보여주었다"고 기술했다.

공식적으로 스쿼러스의 침몰 원인은 '엔진 흡기 밸브를 작동시키는 기어의 기계적 결함 때문'인 것으로 결론지어졌다. 물론 어떻게 그런 일이 발생됐는가에 대한 의문은 풀 도리가 없었다. 불분명한 상황 증거만으로는 정확한 해답을 구할 수 없었기 때문에 해답을 찾기란 사실상 불가능한 일이었다.

하이인덕션 레버를 점검했을 때, 잠금핀이 제 위치에 있지 않은 것이 발견됐다. 이로써 많은 잠수함 승조원들은 엔진의 흡입 밸브가 잠수가 시작될 때는 잠겼지만 수심 15미터에 다다랐을 즈음 우연히 다시 열렸으리라는 자신들의 추측을 확신하게 되었다. 위원회의 보고서는 이 가능성에 대해 결론을 내리지 못하고 갈팡질팡했다. 기계적인 문제가 제어반의 전기적인 문제점 때문에 제 때 발견되지 못했을 가능성을 인정하면서도 동시에 "조작원의 실수로 표시를 잘못 판독했을 수도 있다"고 지적했다.

보고서는 올리버 네이퀸의 능력을 칭찬했지만, 막상 자신이 그토록 원하던 재기의 기회 -또다른 잠수함의 지휘- 를 얻지는 못하였다. 사실 네이퀸의 운명은 6월 예비조사에서 에드워드 대령이 제2잠수함 소함대 지휘관의 자격으로 함대사령관에게 다음과 같은 메모를 보냈을 때 이미 결정난 것이나 다름없었다.

"스쿼러스는 통상적으로 흡입 라인과 환기 라인에 설치된 동체 밸브를 열어놓은 채 잠수하는 관례를 그대로 답습했습니다. 이러한 관례는 불필요할 뿐만 아니라 매우 위험기도 합니다."

에드워드가 지적한 밸브는 기관실에서 수동으로 작동하도록 되어 있었다. 실제 잠수함 함장들 가운데 여기에 신경 쓰는 사람은 아무도 없었다. 이유는 몸센이 지적한 대로였다.

"그 밸브들은 손이 닿기 어려운 위치에 설치되어 있다. 전방 기관실에 있는 것은 특히 더하다."

게다가 새 잠수함의 경우는 밸브들이 길들여 있지 않아 잘 움직이지도 않았다. 해군 참모총장 앞으로 보내진 보고서에는 이 밸브들이 열려 있던 것으로 되어 있었다. 에드워드는 이어 대책 보고서에서 다음과 같이 단언했다.

"만약 동체의 차단 밸브가 잠수 전에 닫혀 있었더라면, 파이프에만 물이 차고 잠수함 내부구역은 침수되지 않았을 것이다."

네이퀸은 단지 운이 없었을 뿐이라는 사실은 중요하지 않았다. 바다의 법칙이란 함장이 모든 책임을 짊이지도록 되어 있다. 네이퀸은 해상 근무로 전속되어 제2차 세계대전 중 명예롭게 복무하다가 해군 소장으로 퇴역한다.

몸센은 주흡입 밸브가 잠수 후에 다시 열렸을 것이라는 추론을 지지했다. 그의 개인적인 의견은 동체 밸브의 조작 레버들이 너무 복잡하게 밀집되어 실수를 유발할 가능성이 있다는 것이었다.

위원회의 권고 사항은 사실 확인보다는 실질적인 재발 방지에 역점을 두고 있었다. 주흡입 레버가 실수로 잘못 작동되는 것을 막기 위해 현재 취역 중인 모든 잠수함에 대해서는 인접한 레버들과 명확히 구분되는 보호 덮개가 추가됐다. 또 건조되는 모든 새 잠수함에 대해서는 레버의 위치를 바꾸도록 했으며, 좀더 눈에 띄는 손잡이가 장착되었다.

그 외에도 중요한 설계 변경이 이루어졌다. 바닷물이 밀려드는 상황에서 함내에 설치된 예비 밸브를 닫기 위해 수동 휠 밸브를 힘겹게 돌릴 필요 없이, 승조원들이 단지 레버의 잠금장치를 풀어놓기만 하면 수압에 의해 자동적으로 닫히게끔 개선되었다. 사령탑 측면에 위치한 외부 주흡입 밸브에도 같은 변경안이 적용됐다.

이들 권고 사항 가운데 사고의 원인이 있었던 모양인지, 이후 스퀴러스에서 발생한 사고는 다른 어떤 미국 잠수함에서도 재발되지 않았다.

몸센은 작업복의 주머니에 표창장을 넣고 포츠머스를 떠났다. 표창장은 스퀴러스의 생존자 33인을 구하는 데 있어 몸센의 '탁월한 냉정함, 판단력, 전문적인 지식과 책임감'을 칭찬했다.

그리고 또 이렇게 잇고 있었다.

"이는 세계사에서 가장 위대한 잠수 기술 발전 시기로 기록될 것이다. 640명의 다이버들이 최악의 조건에서 작업했음에도 불구하고 단 한 건의 인명 사고나 부상이 없었다는 사실은 찰스 바우어즈 몸센의 부단한 노력과 전문가적인 솜씨, 기술적인 지식, 책임감의 소산이라 해 마땅하다."

몸센에게 축하의 말을 건네며, 군의관 알 벤키가 농담 한 마디를 던졌다.

"스웨이드, 우리가 이번 여름에 계획했던 헬륨과 산소 혼합기체에 대한 모든 실험은 꽤 잘 된 것 같죠. 안 그래요?"

19

스쿼러스의 대하 드라마는 여기서 대단원의 막을 내리지 않는다. 무대에는 자매함 스컬핀에 얽힌 비극적인 아이러니의 마지막 장이 남아 있었다.

드라이도크에서 조사를 마친 결과, 인양된 잠수함의 상태는 놀라울 정도로 양호했다. 전기장치 몇 가지만을 제외하고는 교체할 것이 거의 없었다. 회전 나침반이나 데이터 컴퓨터처럼 민감한 계측 장비도 간단한 수리로 복구되었다.

잠수함은 1940년 5월 15일, 세일피쉬라는 이름으로 재취역하였다. 이 새로운 이름은 루즈벨트 대통령이 직접 붙인 것으로 알려져 있다. 실패한 첫 번째 인양 작업 당시, 바다 위로 솟아오른 스쿼러스의 사진이 그에게 튀어오르는 세일피쉬(돛새치)를 연상시켰던 모양이다. 여름이 끝날 무렵 잠수함은 또다시 숄스 제도 남쪽 바다에서 시험 잠항을 시작했다.

전에 근무했던 대원들 대부분은 다른 임무를 받아 제각기 흩어졌다. 하지만 네 명은 세일피쉬에 다시 승선하게 되었다. 그들 가운데 세 명은 평소부터 친분이 있었던 게리 맥리스, 레니 디 메데이로스, 로이드 매니스였고, 나머지 한 명은 진 크라밴스였다.

세일피쉬의 새로운 함장인 모튼 멈마 주니어 소령은 엄격한 규율을 강조하는 사람이었는데, 잠수함의 과거 경력이 그의 마음을 심하게 짓눌렀던 모양이다. 맥리스는 멈마 소령이 자신과 다른 동료 세 명을 직접 불러 스쿼러스란 단어를 절대 입 밖에 내지 말라고 엄명을 내리며, 승조원 중 누군가가 사고에 대해 물어보더라도 무시해 버리라고 지시한 일을 두고두고 기억했다. 멈마는 덧붙였다. 자신에게 스쿼러스란 세상에 존재한 적이 없는 잠수함이라고.

그의 엄포는 물론 터무니없는 것이었다. 스쿼러스의 재취역은 해군 사회의 얘깃거리가 된 지 오래였기 때문이다. 많은 승조원들에게는 재수 없는 잠수함으로 치부되었다. 사람들은 이 잠수함에 스퀄피쉬라는 별명을 붙여주었다. 이 잠수함이 바다로 나갈 때마다 다른 잠수함의 승조원들이 조소 섞인 충고를 했다.

"이봐, 잠수할 때 주흡입 밸브 잠그는 거 잊지 말라구."

게리 맥리스는 회고했다.

"사실, 저희 스스로도 어느 정도 그런 생각을 갖고 있었지요."

1941년 겨울, 세일피쉬는 태평양함대로 배속되었다. 진주만에 도착했을 때, 잠수함의 과거 망령이 계속 자신을 쫓아다니는 것을 알고 멈마는 대경실색했다. 세일피쉬의 정박소 바로 옆이 스컬핀의 정박소였던 것이다. 멈마는 정박소를 바꾸려고 무진장 애를 썼지만, 사령관이 허락하지 않았다. 그의 과대망상증은 올리버 네이퀸이 탄 전함이 모항인 진주만에 들어온다는 사실을 알게 되면서 극에 달했다. 멈마는 설사 네이퀸이 찾아오더라도 절대 승선시키지 말라는 명령을 그 즉시 내렸다. 그런데 어느 날 초저녁, 정말로 네이퀸이 찾아왔다. 당황한 당직사관은 잠수함 시찰에 대한 초청장이 없다는 궁색한 이유를 들며 최대한 완곡하게 거절했다.

"함장님이 워낙 엄격하십니다. 방문은 허용하지 않으십니다."

"아, 알겠네." 네이퀸은 떠났다.

1941년 가을, 멈마는 필리핀에 있는 아시아함대로 전속 명령을 받았다. 스컬핀도 함께였다. 카비테 해군기지에서 멈마의 관심은 오로지 전쟁에 관한 소문뿐이었다.

"무슨 일이 터지기를 안절부절못하고 기다리는 사람 같았어요." 맥리스가 회고하였다.

그리고 마침내 진주만이 공습당하던 날, 발광신호가 마닐라만을 가로질러 날아왔다.

"아시아함대 사령관으로부터. 일본이 전쟁을 개시함. 지정된 위치에서 명령을 기다릴 것."

카비테에 근거를 두고 작전을 수행하는 잠수함 29척 모두가 일본군의 침공에 대비해 공해로 나갔다. 가끔씩 스컬핀은 좀더 안전한 위치에 주둔하기 위해 남쪽으로 떠나는 잠수함 모함, 항공모함, 구축함을 호위하곤 했다. 그 외에는 루손 섬 동쪽 해안의 초계 임무를 수행하였다. 세일피쉬로 이름이 바뀐 스쿼러스에는 루손 섬의 서쪽 해안 중간쯤에 위치한 린가옌만을 지키는 임무가 부여됐다. 그곳은 일본군의 상륙이 예상되는 지점이었다.

일본군 폭격기가 마닐라에 첫 번째 공습을 퍼붓는 동안, 세일피쉬는 린가옌만에서 일본군 수송선단을 발견했다. 세일피쉬는 잠망경 관측이 가능한 심도까지 올라가 선단에 포함된 수송선 한 척을 향해 어뢰 두 발을 발사했다. 아무 일도 일어나지 않았다. 수중청음기를 담당한 수병이 두 번째 어뢰가 목표에 명중했다고 보고했다. 하지만 폭발은 없었다. 멈마의 당황하는 기색이 역력했다. 어뢰들에 사용된 마크6 뇌관은 잠수함 부대의 최신 비밀병기였다.

다음 순간, 잠망경에 일본군 구축함이 맹렬한 속도로 자신들을 향해 돌진해 오는 모습이 보였다. 멈마는 76미터까지 비상 잠수를 명령했다. 자신들이 일본군의 청음기에 잡혔다는 보고가 청음병으로부터 들어왔다.

동요하는 모습이 역력한 멈마는 도무지 이 사태가 믿어지지 않았다. 새로 개발된 소나(수중음파탐지기 –역주) 시스템의 위력에 대해서는 구축함 함장들에게 익히 들은 바 있었다. 일단 잠수함이 소나에 잡히기만 하면, 그 잠수함 승조원들의 가족에게 전사통지서를 보내도 됨을 의미할 정도로 위력적이라는 것이었다. 그러나 일본군은 그처럼 정교한 소나 시스템을 아직 보유하고 있지 못하다는 말도 들었다.

맥리스는 멈마가 절규하는 소리를 기억하고 있었다.

"젠장, 아군 구축함에다 쏜 거 아냐?!"

"아닙니다. 아군이 사용하는 주파수가 아닙니다." 청음병이 대답했다.

잠시 후, 잠수함 주위에 폭뢰가 터지기 시작했다. 충격을 받은 잠수함이 심하게 흔들렸지만, 심각한 타격은 받지 않고 용케 적의 공격에서 벗어날 수 있었다. 창백해진 얼굴로 함장실에 들어간 멈마는 두문불출하였다. 완전히 넋이 빠진 모양이었다. 멈마는 적의 맹렬한 공격을 받았다고 보고하면서 본부로 귀항 허가를 요청했다.

카비테로 돌아온 멈마는 보직 해임을 당했다. 너그러운 성격의 게리 맥리스가 지난 일을 회고하며 말했다.

"떨쳐 버릴 수가 없었던 거지요. 그래도 그것을 인정할 용기는 있는 사람이었습니다. 그렇지 않았다면 우리는 아마 커다란 화를 당했을 겁니다."

그로부터 약 2년이 지난 1943년 11월, 스컬핀은 아홉 번째 초계 임무에 나선다. 일본의 서태평양 주력 해군기지가 있는 트루크 섬에서 조금 떨어진 해역에 진을 쳤다. 동쪽으로는 일본군 점령 하에 있는 타와라 섬과 그 밖의 작은 산호섬들로 구성된 길버트 제도가 길게 늘어서 있었다. 스컬핀의 임무는 임박한 길버트 제도 탈환 작전에서 다른 잠수함들과 함께 적함을 습격하는 것이었다.

11월 18일 저녁, 스컬핀의 레이다에 트루크를 떠나 길버트 제도를 향해 속도를 높이는 일본군 선단이 포착됐다. 밤에는 부상한 채 선단과 나란히 항해하다가 새벽에 공격 위치를 잡자는 작전이 수립됐다. 새벽녘 잠망경 심도로 접근하고 있는데, 선단이 아무 이유도 없이 선회해 자신들 쪽으로 방향을 바꾸는 것이 관측되었다. 스컬핀은 급히 비상 잠수를 했지만 네 척의 구축함과 그에 따르는 각 한 척의 순양함, 수송선으로 구성된 선단은 아무 일 없다는 듯 그들 위를 지나쳤다. 발각되지 않은 것처럼 보였다.

스컬핀의 함장은 잠시 쉬었다가 전속력으로 추격을 재개해 공격할 심산으로, 한 시간을 수중에서 기다렸다가 부상하도록 했다. 그러나 그것은 함정이었다. 스컬핀은 이미 발각된 상태였던 것이다. 모습을 드러내지 않고 몰래 선단을 뒤따르던 다섯 번째 구축함이 전속력으로 스컬핀을 향해 돌진해 왔다. 스컬핀은 수면 위에서 구축함과 싸울 수밖에 없는 처지에 몰렸다.

잠수함이 구축함의 상대는 될 수 없었다. 단 한 발의 포탄으로 함교와 사령탑이 박살났고 함장을 포함한 네 명의 장교가 사망하였다. 주흡입 밸브도 크게 손상됐다. 또 한 발의 포탄이 상갑판에 작렬했다. 생존해 있던 마지막 장교인 잠수장교는 선택의 여지가 없었다. 그는 잠수함을 포기하고 탈출하라고 지시했다. 생존자들은 구명조끼를 입고 바다로 뛰어들었고, 포로가 되었다.

한편 세일피쉬로 이름이 바뀐 스쿼러스는 일본 본토를 오가는 선박들을 습격하기 위해 트루크 북쪽에 매복하고 있었다.

새로 부임한 함장은 로버트 E. M. 워드 소령이었다. 잠수함이 진주만을 출발하기 직전, 그때까지 남아 있던 스쿼러스의 마지막 승조원 게리 맥리스는 다른 잠수함으로 전속되었다.

"하느님께 감사드렸습니다. 대체 어떻게 그때까지 견뎠는지 저 자신도 모르겠습니다. 악몽 같은 나날이었어요." 맥리스가 회상했다.

12월 3일 밤, 세일피쉬가 작전 중인 해역에 기대한 태풍이 불어 닥쳤다. 1754시(오후 5시 54분), 워드의 항해일지에는 다음과 같이 적혀 있다.

"태풍이 몰아치는 가운데 부상. 해상 상태는 최악. 풍속 40~50 노트(시속 74~93킬로미터), 억수같은 비, 일몰 후 시계는 0에서 500 야드(457미터)."

그때 워드의 레이더에 몇 개의 흰 점이 잡혔다. 일본군 선단의 출현이었다. 워드는 가장 크고 가까이에 있는 점을 공격 목표로 정했다. 사납게 날뛰는 바람과 파도 속에서도 세일피쉬는 침착하게 열 시간 동안이나 목표물을 추적하며 연달아 어뢰를 발사했다. 날이 새자, 워드는 조심스럽게 잠망경을 올렸다. 바다 위에서 움직임을 멈추고 서 있는 일본군 항공모함이 보였다. 워드는 어뢰 세 방을 더 날려 항공모함의 숨통을 끊어 버렸다.

그렇지만 누가 알았겠는가? 그 항공모함에 1939년 5월 23일에 행방불명된 스쿼러스를 발견해 준 자매함 스컬핀의 생존자 21명이 포로로 타고 있다는 사실을.

그들 중 오직 한 명, 조지 로세크라는 이름의 수병 한 명만이 침몰하는 항공모함에서 익사하지 않고 탈출하였다.

에필로그

암과 힘겹게 싸우던 스웨이드 몸센은 1967년 5월 25일 숨을 거두었다. 그는 본인의 희망에 따라 1955년 해군 중장으로 예편하였다. 그가 몸바쳐 복무했던 해군은 그의 지위에 합당한 장례식을 거행해 주었다. 그러나 그가 정말로 어떤 존재였는지, 해군은 끝내 이해하지 못했다.

그는 외모나 전투병과에서의 뛰어난 지휘 경력으로 평가되는 군인 세계에서 정말로 감동을 주는 존재였다. 그의 적성보고서는 다음과 같은 의견들로 가득 차 있었다. '특출하고 … 용기 있으며 … 탁월한 개성.' 하지만 그는 현실에 만족하는 법이 없이 언제나 도전적인 자세로 일관하여 그와 힘께 했던 많은 상관들을 당혹스럽게 만들었다. 몸센은 스쿼러스 침몰 사고가 발생한 1939년부터 이미 다음과 같은 주장을 편 인물이었던 것이다.

"우리는 천 피트(305미터)까지 잠수해 20노트(시속 37킬로미터) 속력으로 항진할 수 있는 잠수함을 건조할 준비를 해야 한다."

그가 나에게 언젠가 이런 말을 한 적이 있다.

"해군에 복무하는 동안 해군이 나에게 내려준 평가 중 가장 관대했던 것은, 내가 유머 감각이 있는 인간이라고 말해준 거라고 생각한다."

1941년 12월 7일, 몸센은 진주만에 위치한 해군 제14관구 사령부의 참모진에서 작전장교로 근무하고 있었다. 진주만 기습이 있었던 운명의 일요일 아침, 일곱 시가 조금 넘어 몸센은 당직사관에게서 걸려온 전화에 잠이 깼다. 연안에서 경계근무를 하던 구축함 워드가 국적 미상의 잠수함을 발견해 격침시켰다는 보고를 해온 것이다. 사실 그것은 일본군이 항구 입구를 통해 잠입시킨 소형 잠수정들 가운데 하나였다.

몸센은 즉시 참모장에게 전화를 걸었다.

"확실한가?"

"들은 바대로 말씀드렸을 뿐입니다."

"좋아. 좀더 확인해 봐." 졸음이 채 가시지 않은 목소리였다.

이전에도 몇 번이나 하와이 근처에 숨어 있는 국적불명의 잠수함과 우연히 맞닥뜨렸다는 보고가 있었지만, 모두 근거가 없는 것으로 드러났었다. 곧 전쟁이 터질 것이라는 소문이 만연해 있기는 했다. 그래도 일본군의 첫 번째 공격 목표는 필리핀이나 서방 세계가 점령하고 있는 동남아시아의 다른 지역 어딘가가 되리라는 것이 일반적인 생각이었다.

몸센도 이전에 잘못 발효된 것으로 드러난 경보들에 대해서 익히 알고 있었지만, 그중에 실제 잠수함을 발견하고 격침했다는 보고는 한 건도 없었다. 지휘 계통을 무시했다는 질책을 각오하고, 몸센은 구축함 모나한에게 워드와 합류하라고 지시했다.

그때쯤, 다른 하와이의 사령부에서도 워드의 보고를 받았다. 그럼에도 불구하고 몸센이 취한 조처 외에 아무런 경계강화 조치도 발령되지 않았다. 워드가 무슨 실수를 했으리라는 것이 대다수의 의견이었다.

몸센이 자신의 지휘소에 도착했을 때, 모나한이 두 번째 잠수정과 충돌했다는 소식이 들어왔다. 그러나 이 때는 이미 항공모함에서 발진한 일본군 폭격기 제1진이 진주만에 늘어선 전함들에 융단폭격을 퍼기 시작하고 있었다. 일본군 전투기가 쏘아대는 총탄이 비오듯이 몸센 주위에 쏟아졌다. 아리조나가 폭발하고 오클라호마가 전복되는 끔찍한 광경이 그의 눈앞에 펼쳐졌다.

해군을 재건하는 과정에서 몸센은 새로운 지휘부 '하와이언 씨 프런티어(Hawaiian Sea Frontier)'의 조직에 참여해 참모장 보좌관으로 임명됐다. 그렇지만 1년도 안 되어 대령으로 진급했고, 자신의 오랜 친구인 태평양 잠수함사령부 사령관 찰스 로크우드 소장의 휘하에 있는 제2잠수함대 지휘를 맡아, 꿈에 그리던 잠수함으로 복귀하였다. 로크우드 소장은 무더웠던 5월 23일, 워싱턴에서 전화를 걸어 몸센이 포츠머스로 날아가게 만들었던 바로 그 인물이다.

새로운 임무를 맡자마자, 몸센은 목숨을 건 또다른 도전에 직면하게 됐다. 전쟁이 발발한 첫날부터 로크우드는 초계 임무를 마치고 돌아온 잠수함 함장들에게서 마크6 어뢰의 뇌관이 제대로 작동하지 않는다는 신랄한 불평으로 가득한 보고서를 끊임없이 받고 있었다. 이 뇌관의 개발과 생산은 1급 비밀이었다. 1941년 늦여름이 되어서야 실전 배치됐기 때문에 함장들은 이 뇌관에 대한 경험이 거의 없었다. 실전에 배치된 지금에서야 뇌관에 엄청난 결함이 있다는 사실이 드러난 것이다.

새 뇌관이 가진 특징 중 하나는 정통으로 맞힐 필요가 없다는 것이었다. 뇌관에는 '자기(磁氣)의 영향을 받아 작동하는' 격발장치가 부착되어 있어, 어뢰가 강철로 만들어진 적함의 자기장 안에만 들어가면 터지도록 되어 있었다. 이론적으로 이 뇌관은 어뢰 개발에 있어 대단한 발전을 가져온 듯했다. 그렇지만 실제로는 수많은 어뢰가 적함에 손상을 입힐 수 있을 만큼 접근하기도 전에 폭발해 버렸다.

어떤 함장은 13회나 제대로 폭발하지 않았다며 노발대발하였다. 또다른 보고서에서는 첫 번째 발사한 여덟 발의 어뢰 중에 여섯 발이 너무 일찍 폭발해 버렸다고 되어 있었다. 세 발의 어뢰를 부채꼴로 발사했지만, 전부 목표에 닿기 전에 폭발하는 바람에 적함에 아무 손상도 입히지 못했다는 보고도 들어왔다. 이 문제는 이제 장교와 사병 모두에게 심각한 사기 저하의 원인이 되었다. 결국, 뇌관에서 자기 폭발 기능을 해제하고 사용하라는 명령이 하달됐다.

그러나 그 다음에 발생된 문제는 좀더 불길한 조짐을 보이는 것이었다. 잠수함의 함장들과 어뢰담당 장교들은 가능하면 적함의 측면과 직각을 이루는 방향에서 어뢰를 발사하도록 훈련받았다. 그런데 직접 탄도거리에서 이 같은 방식으로 발사된 어뢰들이 대부분 제대로 폭발하지 않았다는 보고가 연달아 들어왔다. 더욱 종잡을 수 없는 일은, 이상적인 각도와는 거리가 먼, 비스듬한 각도에서 발사된 어뢰는 일관성 있게 제대로 적함을 격침시킨다는 사실이었다.

해군병기창은, 이 모든 보고가 단지 자신들의 실패를 감추기 위한 핑계에 불과하며 어뢰와 뇌관은 아무 문제도 없다는 대답으로 일관했다. 상황은 잠수함 타이노사가 더할 나위 없이 환상적인 목표물을 만났을 때 극에 달했다. 호위함도 없이 항해하고 있던, 일본군이 보유한 최대 규모인 2만 톤급 유조선을 발견한 것이었다. 타이노사는 네 발의 어뢰를 교과서대로 거의 직각이나 다름없는 95도 각도에서 일제히 발사했다. 최소한 두 발은 명중했을 텐데 폭발은 일어나지 않았다. 유조선은 속도를 올려 도망치기 시작했고, 타이노사는 힘겹게 따라붙어 두 발의 어뢰를 형편없는 각도에서 추가로 발사했다. 그런데 그 두 발은 모두 폭발해 유조선은 바다 위에서 움직임을 멈추었다. 타이노사는 최후의 일격을 가하기 위해 820미터까지 접근하였다. 완벽한 조건에서 여덟 발의 어뢰를 발사했지만 쓸모 없는 일이었다. 마치 어뢰의 탄두에 톱밥이라도 채워져 있는 듯했다.

화가 치민 함장은 마지막 남은 어뢰를 발사하지 않은 채 진주만으로 귀환했다. 그는 로크우드에게 장님이라도 맞출 수 있는 거리였다고 말했다. 하지만 어뢰를 검사한 병기창의 기술자들은 아무 결함도 찾아내지 못했다.

몸센의 함대에 소속된 지휘관들의 분노와 절망도 다르지 않았다. 몸센도 그들과 같은 생각을 가지고 있었다. 이미 관료적인 비타협성에는 이골이 나 있던 몸센은 아이디어 하나를 가지고 직접 로크우드를 찾았다. 진주만 근처에는 카호올라웨라는 작은 섬이 있는데, 깎아지른 듯한 설벽에 비교적 얕은 수심을 가진 곳이었다. 몸센이 말했다.

"어뢰를 싣고 그곳에 가서 불발탄이 생길 때까지 계속 절벽을 향해 어뢰를 쏘는 겁니다. 그럼 사실을 확인할 수 있지 않겠습니까?"

로크우드도 이 제안이 아주 실질적이라는 데 동의했다.

"그렇지만, 스웨이드. 난 자네가 TNT가 685파운드나 채워져 있는 불발탄을 조사하다 잘못되어서 하늘나라에 가는 건 정말로 원치 않네." 로크우드가 말했다.

몸센은 잠수함 머스켈런지를 타고 카호올라웨 섬으로 출발했다. 팔콘의 자매함인 위전이 동행하였다. 실망스럽게도 첫 번째 어뢰는 예정된 대로 폭발했다. 그러나 두 번째 것은 그렇지 못했다. 몸센은 반바지형 수영복을 입고 잠수경을 낀 다음 물 속으로 들어갔다. 그는 투명한 바닷속 15미터 아래에서, 탄두가 갈라져 부분적으로 열려 있는 어뢰를 발견했다.

얕은 바다용 특수 헬멧을 쓴 존 켈리라는 이름의 갑판장이 추가 달린 로프를 타고 아래로 내려가, 어뢰의 꼬리날개 주위에 케이블을 감고 샤클을 채웠다. 그리고 나서 어뢰를 위전의 갑판 위로 조심스럽게 끌어올렸다. 이 작업이 얼마나 위험한지 모두들 알고 있었기 때문에 몸센은 다른 장교들과 함께 어뢰를 검사하였다.

마크6 뇌관의 구조는, 공이가 충격을 받으면 가이드를 따라 후진하여 장약의 머리부분을 때리고, 이 충격으로 장약과 TNT가 연달아 폭발하도록 되어 있었다. 몸센은 위전의 갑판에서 수거된 어뢰를 검사하면서, 공이가 거의 장약 머리까지는 도달했지만 가까스로 접촉된 정도라 폭발을 일으킬 만큼 충분한 힘을 가하지 못했다는 사실을 발견했다. 마침내 미스터리가 풀렸다. 어뢰가 정면으로 충돌할 때에는 충돌에 의한 반발력이 오히려 공이가 장약 머리를 때리는 것을 방해했던 것이다. 그런데 어뢰가 비스듬한 각도나 예리한 각도로 들어오면 반발력이 훨씬 줄어들면서 폭발을 일으키는 것이었다.

추가 실험을 통해 이 추측이 정확하다는 사실이 확인됐다. 즉시 로크우드는 바다에서 작전 중인 휘하의 잠수함 지휘관들에게, 당분간 훈련받은 내용을 무시하고 가능하면 목표와 직각을 이루지 않은 위치에서 어뢰를 발사하라고 명령했다.

해군병기창도 마침내 뇌관 설계에 결함이 있었음을 인정하고 해결책을 강구하겠다고 밝혔다. 그렇지만 전시의 태평양에서 초계활동을 계속해야 하는 로크우드의 잠수함부대로서는 기다릴 여유가 없었다. 그래서 몸센과 진주만의 잠수함 정비창 장교들은 직접 개선 작업에 나섰다. 그들은 공이를 절단해 무게를 줄임으로써 공이가 가이드를 따라 미끄러질 때의 마찰력이 줄어들도록 했다. 그해 가을, 잠수함 바브는 개량된 공이가 장착된 20발의 어뢰를 싣고 적함을 찾아 나섰다. 로크우드가 다음과 같이 기록했다.

"뇌관의 모든 문제가 일순간에 사라져 버렸다."

스웨이드 몸센에게 훈장이 수여되었다. 표창장에는 다음과 같이 씌어 있었다.

"지칠 줄 모르는 인내심과 면밀한 분석력으로 … 몸센 대령은 당시 사용되던 어뢰 뇌관의 취약점을 밝혀내는 조사작업을 직접 지휘했을 뿐 아니라, 크게 성능이 개선된 뇌관을 개발하는 데도 성공하였다. 문제 해결을 위한 실험 프로그램의 진행 과정에서, 절벽을 향해 발사한 어뢰가 폭발하지 않았음에도 불구하고 주저 없이 생명을 무릅쓰고 바닷속으로 뛰어들어 추가적인 조사를 위해 언제 터질지도 모르는 어뢰를 회수하는 데 몸을 던졌다."

그때까지도 바다에 나가지 못해 안달이 났던 몸센은 태평양 지역에서 도입된 적이 없는 새로운 잠수함 전술을 창안해 냄으로써 스스로 바다로 나가는 길을 열었다. 당시 대서양에서는 미국에서 영국으로 향하는 거대한 연합군 선단을 '울프 팩(이리 떼라는 뜻 −역주)'이라고 불리는 독일의 U보트 함대가 공격하고 있었다. 미 해군은 그런 전술을 쓸 수 없었다. 광대한 태평양 전역을 누비고 다닐 만큼 충분한 숫자의 잠수함이 없었을 뿐더러, 일본군 선단의 규모도 턱없이 작았기 때문이었다. 그러나 전쟁이 계속되면서, 태평양 함대에 추가로 잠수함이 배치되고 일본군 선단도 점점 규모가 커져, 한 대의 잠수함이 처리하기에는 무리가 있을 정도로 큰 선단이 비교적 좁은 동지나해를 통과하는 모습이 관측되기 시작했다.

한때 진주만 잠수함 사령부의 장교식당 댄스홀로 사용되던 장소에 설치된 워 게임(war game) 상황판에는 수많은 전술들이 시도되었다. 여기에서 나온 결론은 독일의 전술과 상당한 차이가 있었다. 북대서양을 누비고 다니는 U보트는 육상 기지에서 무선으로 지시받아 편대를 결성한다. 그렇지만 일단 공격이 개시되면 모든 잠수함은 독자적으로 행동했다.

그렇지만 미국식은 편대를 구성한 잠수함들이 수중용 저주파수 음파로 교신하면서 서로 긴밀한 협조 체계를 이루어 공격하도록 되어 있었다. 또한 독일보다 적은 수의 잠수함으로 구성되었다. 일본군 선단이 최근 들어 점점 커지고 있기는 했지만 아직 한 선단에 12척이나 14척 이상의 선박이 포함되는 경우는 드물었다. 따라서 미국식 울프팩의 이상적인 잠수함 수는 세 척으로 최종 확정됐다. 기본적인 전략은 두 척의 잠수함이 각각 선단의 좌측과 우측을 강타하고, 후방에서 나머지 세 번째 잠수함이 불구가 된 선단에 마지막 치명타를 가하는 것이었다.

1943년 10월 1일, 몸센은 첫 번째 편대를 이끌고 미드웨이를 출발해 동지나해로 향했다. 세 척의 잠수함 중 두 척은 아직 전투 경험이 없었다. 실험적인 임무를 수행하는 동안 예상치 못한 긴박한 상황에 직면한 적도 여러 번이었지만, 6주 후 편대는 101,000톤의 적함을 침몰시키거나 훼손시키는 성과와 함께 새롭고도 많은 교훈을 안고 귀환하였다. 로크우드는 즉시 이를 실전에 반영했고, 전쟁이 끝나기 전까지 117개 이상의 울프 팩이 일본 선단을 겨냥해 혁혁한 전과를 올렸다. 이로 인해 몸센은 '잠수함 전투의 대가'라는 칭송을 얻었으며, '적의 통제 하에 있는 해역에서 최대의 공격력을 유지하며 수중 작전을 수행할 수 있는 공격편대 구성법'을 개발한 공로로 해군 십자훈장을 받았다.

그후 몸센은 해군 참모총장 어네스트 J. 킹 대장의 직접 소환명령을 받고 워싱턴으로 향하게 되었다. 동쪽으로 날아가면서 몸센은 어떤 특별 임무가 떨어질 것인가 궁금해하지 않을 수 없었다. 자신을 특별히 집어 호명한 것을 보면 아주 중요한 일임에 틀림없다는 생각이 들었다.

퉁명스런 성격의 킹은 바로 본론으로 들어갔다. 그가 호통치듯 말했다.

"스웨이드, 자네가 저 빌어먹을 우편물 더미 좀 처리해 줬으면 좋겠네."

몸센은 농담인 줄 알았지만, 아니었다. 킹이 말했다.

"농담이 아나. 자네는 내 최대 고민거리가 쪽빌이들을 저 바다에서 몰아내는 것이라고 생각하겠지? 아냐, 틀렸어!"

킹은 사무실 한 구석에 놓인 테이블 위에 잔뜩 쌓여 있는 편지더미를 가리켰다.

"보이나? 전부 상원, 하원의원한테서 온 거야. 내용은 다 똑같아. 해군의 우편제도가 왜 이렇게 엉망이냐는 거지. 내가 저것 때문에 미치겠네. 자네 요즘 한가하지?"

그제야 킹은 몸센이 얼떨떨한 표정으로 서 있음을 깨달았다. 그가 말했다.

"스웨이드, 자네가 이 일을 해결하면 내 섭섭하지 않게 해줌세."

3개월 후, 몸센은 해군의 우편제도를 완전히 쇄신하였다. 그리고 킹은 자신이 한 약속을 지켰다.

"내 분명히 말하겠는데, 나한테 오는 우편물도 훨씬 빠르고 정확해졌어." 킹이 말했다.

"이제 자네에게 새로운 임무를 주겠네."

그것은 바로 태평양함대의 기함인 막강한 전함 사우스 다코다를 통솔하는 자리였다. 몸센이 함장으로 복무하는 동안, 사우스 다코다는 마리아나 제도와 이오지마(유황도)에서 활동하며 오키나와 상륙작전을 지원했다. 또한 사우스 다코다는 일본 본토인 혼슈를 포격한 최초의 미국 전함이 된다.

어느 날 몸센은 오키나와 연안에서, 옆으로 나란히 붙어 항진하는 탄약운반선으로부터 사우스 다코다가 포탄과 장약을 인수하는 모습을 바라보고 있었다. 작업이 거의 끝날 즈음, 갑자기 자기 아래쪽의 전방 포탑 중 하나에서 짙은 노란색 연기가 구름처럼 피어오르는 것이 보였다. 분출되는 연기는 점점 많아졌다. 다음 순간, 잘 들리지 않는 어떤 보고가 올라오는 사이에 거대한 선체가 진동했다. 최악의 사태였다. 포탑에서 폭발이 일어난 것이다. 천 명이 넘는 장교와 사병의 목숨이 경각에 달린 채, 사우스 다코다는 폭발 직전에 있었다.

몸센은 즉시 재난통제담당 장교를 호출하였다.

"제2포탑의 모든 탄약고에 물을 부어라!"

몸센이 명령을 내렸다. 그의 시야 한쪽 편으로 탄약보급선이 허둥지둥 대피하는 모습이 보였다. 눈에 들어오는 선박이란 선박은 모두 마찬가지였다.

두 번째 폭발이 일어나고 곧이어 세 번째 폭발이 이어졌다. 그때마다 사우스 다코다의 육중한 선체가 격렬하게 흔들렸다. 사우스 다코다에 본부를 두고 있던 태평양함대 사령관 W. A. '칭' 리 소장은 엄청난 진동에 놀라, 집무실을 뛰쳐나와서 함교에 있는 몸센 옆으로 올라왔다. 옆에 서 있던 조타수가 그들이 나눈 대화 내용을 기억했다.

"세상에, 스웨이드, 대체 무슨 일인가?" 칭 소장이 물었다.

"전방 탄약고에서 폭발이 일어난 것 같습니다."

"맙소사. 조치는 취했나?"

"탄약고를 침수시키라고 지시했습니다."

"그래, 완료됐나?"

"그러길 바라고 있습니다, 제독님. 하지만 지금 전화를 걸어 확인할 필요는 없을 것 같습니다." 몸센이 하늘을 가리키며 말했다.

"어쨌든 곧 알게 될 겁니다. 만약 실패했다면 30초 뒤에 우린 저 위에 있을 테니까요."

커다란 재난으로 이어질 뻔한 이 사고 때문에 몸센은 다시 한 번 해군의 관료조직과 전투를 치러야만 했다. 사우스 다코다에서 발생한 이 이해할 수 없는 사고는 드물기는 했지만 다른 배에서도 비슷한 상황 아래 발생한 적이 있었다. 그런데 이번 경우, 몸센에게는 사고를 직접 눈으로 본 목격자가 있었다. 첫 번째 폭발의 섬광이 발생하는 순간에 탄약고 안으로 들어가던 수병이었다. 운 좋게도 그는 들어서려던 문이 닫혀서 방패막이를 해 주는 바람에 목숨을 구할 수 있었다.

그의 증언에 따르면, 사고는 수병 두 명이 폭약이 든 드럼을 탄약고 안으로 옮기는 도중에 발생하였다고 했다. 쇠로 된 드럼 안에는 폭약이 담긴, 명주 자루가 들어 있었다.

몸센은 쇠와 명주의 마찰로 발생한 정전기 스파크가 폭약에 점화되면서 폭발이 일어난 것이라고 결론지었다. 그때까지도 어뢰 뇌관의 결함 문제로 감정의 앙금이 가시지 않았던 해군병기창 전문가들은 이번 몸센의 주장이 말도 안 되는 소리라고 정중하게 되받아쳤다. 그러나 늘 그랬듯 몸센은 주장을 굽히지 않고 자신의 이론을 뒷받침할 충분한 자료를 제시함으로써, 이론을 확인하기 위한 실험을 실시하게 만드는 데 성공했다. 한 달 동안의 폭약 적재 모의 실험이 별다른 성과도 없이 계속되었다. 그런데 합의한 30일 일정의 마지막 날, 스파크가 발생했다. 그것으로 논쟁은 완전히 종지부를 찍고 말았다. 이와 함께, 화약을 담는 데 명주 자루를 사용하는 일도 영원히 끝나버렸다.

전쟁이 끝나자 몸센은 언제나 마음의 고향이었던 잠수함 근무로 되돌아왔다. 소장으로 승진한 몸센은 해군 수중전 작전사령부의 부사령관으로 임명되었다. 몸센이 오늘날까지 우리 곁에 남아 있는 유형(有形)의 유산을 해군에 남긴 곳이 바로 그 자리이다.

한국전쟁이 끝나갈 무렵, 나는 해군에서 기자로 복무하고 있었다. 제대를 3개월 남겨놓고 나는 국무성에 있는 해군 신문사로 전출되어 슬레이드 커터 대령 밑에서 일하게 되었다. 그는 1934년 육군과의 미식축구 시합에서 승부를 결정짓는 필드골을 성공시킨 것으로 유명했다. 잠수함 함장으로서도 커터는 2차 세계대전 중 격침시킨 일본 군함의 총 톤 수에서 전체 3위를 기록하고 있었다. 그는 해군 최고 훈장인 해군 십자훈장을 다섯 번이나 받았다.

커터에게서 나는 몸센, 그리고 당시 비밀로 취급되던 혁명적인 잠수함 알바코어에 대한 이야기를 처음으로 들었다. 당시 대령이었던 하이먼 릭오버 소장이 원자력에 대한 검토를 시작했을 때, 비용 절감이라는 측면에서 노틸러스라는 잠수함에 처음으로 원자력을 적용하기로 되어 있었다. 전함 지휘관을 대신하여 해군 서열 사회에서 중추를 차지하고 있던 항공모함 제독들은 이 적용 시험이 성공적인 것으로 판명되면, 항공모함과 호위함에 사용할 수 있는 더 큰 규모의 원자로를 제작할 참이었다. 처음으로 원자력위원회 고위직에 오름으로써 원자력의 군사적 활용 프로젝트를 가능하게 만든 주인공 릭오버의 생각도 마찬가지였다.

그러나 몸센의 예견은 전혀 달랐다. 동력을 배터리에 의존한다는 점 때문에, 역사적으로 잠수함은 이따금 수면 아래로 들어갔다 나오는 수상함의 일종으로 취급당하고 있었다. 따라서 모든 잠수함의 기본 설계도 이런 원칙에 기초하고 있었다. 아이러니컬하게도, 최초의 원자력 잠수함이라는 노틸러스 역시 마찬가지였다. 그런데 이제 원자력의 등장으로 어쩌다 한 번만 수면으로 부상하면 되는, 진정한 의미이 잠수함이 가능해진 것이다. 적절한 선체민 깃추게 된다민, '이제 잠수함은 적함의 폭뢰가 모두 고갈될 때까지 머리 위에서 비오듯 쏟아지는 폭뢰를 피해가며, 수백 피트 수심에서 겁먹은 암소처럼 1, 2 노트 속도로 슬금슬금 도망다닐 필요가 없을 것'이라고 몸센은 생각했다. 오히려 이제 잠수함은 공격자가 될 수 있으며, 함대의 근간으로서 해군의 주력함이 될 가능성까지 생긴 것이다.

몸센이 마음속에서 구상한 내용을 공개적으로 피력했다면, 아마 그 자리에서 정신병자 취급을 당했으리라. 젊은 대위로 워싱턴에 부임했을 때, 자신의 구조체임버에 대한 계획안이 제대로 검토도 받지 못한 채 무참하게 뭉개지는 꼴을 경험한 몸센은 깨달은 바가 있었다. 직접적인 대립은 피해야 한다는 것이었다. 경직된 사고를 우회하기 위해 잔꾀를 부릴 필요가 있었다. 항공모함이 주축을 이루는 해군에서, 이처럼 급진적인 제안에 예산이 배정될 가능성은 거의 없다는 사실을 몸센은 잘 알고 있었다. 하지만 그는 항공모함의 제독들이 잠수함을 두려워한다는 사실 또한 알고 있었다. 몸센은 바로 이 점을 이용하기로 하였다. 몸센은 자신의 제안을 대잠수함 함대가 연습할 '표적용' 잠수함 개발로 위장해 제출했다. 곧바로 승인이 떨어졌다.

표적용 잠수함은 무장할 필요가 없었기 때문에 몸센은 함정국만이 관여하도록 했다. 설계자들은 병기국이나 엔지니어링국, 항법국, 선박수리건조국 등의 간섭에 신경 쓸 필요가 없었다. 몸센의 말에 따르면, 이들의 간섭은 언제나 온갖 기계장치를 빠짐없이 장착하게 함으로써 결국에는 잠수함을 마치 '칠면조' 처럼 만들어 버렸다. 몸센이 설계자들에게 요구한 것은 간단명료했다.

"수면에서의 성능 같은 건 무시하라. 최대의 출력으로 최고의 속도를 낼 수 있는 잠항 능력만을 고려하라. 어찌해야 할지 모르겠으면 오직 속도만을 생각하라!"

몸센이 원하는 유체역학적으로 완벽한 함체를 찾기 위해 비행기와 비행선을 포함해 생각할 수 있는 모든 형태에 대한 조사가 이루어졌다. 끝도 없는 실험이 시행되었다. 길이 2미터에서 23미터에 이르는 25개 이상의 모형이 제작되었다. 최종적으로 결정된 형태는 앞부분이 뭉툭하고 선체 중심부가 넓어, 대구 머리에 고등어 꼬리를 가진 물고기 같은 모양이었다. 상부에는 세일(Sail)이라고 불리는 날씬하고 경쾌하게 생긴 전망탑이 있을 뿐이었다. 세일 뒤에는 등지느러미 모양의 조작하기 쉬운 방향타가 달려 있었다. 기존 잠수함에 스크루가 두 개 달린 것은 기본적으로 수면에서의 항해를 위한 것으로, 수중에서는 추진에 오히려 방해가 되었으므로 최종적으로는 다섯 장의 날개로 이루어진 스크루 한 개만이 장착되었다.

알바코어라고 명명된 이 잠수함은 1953년 12월 5일 취역하였다. 알바코어에서 근무할 장교와 수병들에게 한 연설에서 몸센은 미래가 그들의 손안에 있다고 역설했다.

"잠수함이 바다를 제패하는 길을 이 잠수함이 열게 될 것이다."

재래형의 제한된 배터리 동력만으로도 알바코어는 단숨에 시속 56킬로미터 이상의 속도에 도달했다. 그렇다고 속도만이 알바코어의 장점은 아니었다. 알바코어는 마치 제트기처럼 급회전과 급강하를 할 수 있었다. 실제로, 알바코어의 조종석은 제트기 조종실과 비슷했다. 잠수함의 조종담당 장교는 1인승 조종석에 안전벨트를 하고 앉아 한 개의 조종간으로 방향과 심도를 조종할 수가 있었다. 잠수함이 잠수나 선회를 할 때, 그리고 정지했다가 놀랄 만큼 신속하게 급출발할 때에는 승조원들이 마치 지하철에 탄 사람들처럼 천장에 달린 가죽 손잡이를 붙잡아야 할 정도였다.

알바코어가 표적함으로서는 실패작이라는 사실이 몸센을 기쁘게 했다. 알바코어는 자신을 뒤쫓는 어떤 추적자도 손쉽게 따돌려 버렸다. 시간이 걸릴지는 몰라도 앞으로의 결과는 뻔했다. 실제로 현재의 모든 미 해군 핵잠수함의 설계는 모두 알바코어에서 발전되어 나왔다. 한때 바다의 주역 자리를 놓고 항공모함들과 질 것이 뻔한 싸움을 했던 전함처럼, 노틸러스의 원자력과 알바코어의 형상이 결합된 잠수함은 점차 함대의 중심이 되었다.

펜타곤에 근무할 때, 커터 대령은 나에게 알바코어가 어떤 경위로 탄생하게 되었는지에 대한 자세한 배경은 제외하고 단순한 사실만을 조사해 오도록 지시했다.

"이제 와서 좋지도 않은 이야기를 굳이 들춰내 여러 사람 곤란하게 만들 필요는 없겠지." 그가 웃으며 말했다.

"그건 우리 주위에 있는 많은 제독들의 입장만 난처하게 만들 뿐이야."

가슴 가득히 훈장기장을 달고 있는 커터조차도 해군이 가졌던 가장 위대한 잠수함 승조원은 몸센이라고 덧붙였다. 그리고는 몸센과 스쿼러스에 관해 간략히 얘기해 주었다. 나는 그 이전에 스쿼러스에 대한 이야기를 들어 본 적이 없었다. 어느 주말, 나는 뉴욕 공공도서관으로 가서 스쿼러스 사고와 관련된 신문 스크랩을 찾아보고는, 그것을 다룬 엄청난 양의 머릿기사에 깜짝 놀랐다. 그리고 순식간에 이 머릿기사들이 사라져 버린 데 더욱 놀랐다. 아마도 2차 세계대전이 발발했기 때문이었으리라.

제대 후, 나는 커터에게 몸센을 소개해달라고 부탁했다. 당시 몸센은 퇴역해서 버지니아의 알렉산드리아에 살고 있었다. 더 오래 근무할 수도 있었지만, 알바코어 이후 해군에서 더 이상 올라갈 자리가 없었다고 몸센은 나에게 말했다. 이제 몸센은 과학자, 또한 선각자로서 지구를 뒤덮고 있는 수백만 입방미터의 바다를 단순히 군사적 견지에서만 바라보는 단계를 넘어서 있었다. 그에게 바다는 우주만큼이나 매혹적이고 의미심장하며 위대한 도전의 대상이었다. 그때 몸센은 대양에 놓인 막대한 가능성을 탐사해 채굴하는 데 관심을 가진 몇몇 회사의 민간인 고문으로 일하고 있었다.

내가 만난 몸센은 겸손하고 소탈해 보였지만 여전히 그 옛날 다이버들이 그에게서 느꼈던 내적인 카리스마를 풍기고 있었다. 커터 대령이 당신의 진짜 교과서는 '해저 2만 리'였다고 말한 적이 있다고, 나는 몸센에게 농담조로 말했다.

"맞네. 나의 진정한 스승은 네모 선장이지." 몸센이 눈을 반짝이며 대답했다.

몇 차례 방문을 더 하는 동안, 나는 몸센에게 자신에 대한 이야기를 해달라고 부탁했다. 어떻게, 무슨 이유로 해군을 택하게 되었는지에 대해 물었다. 그는 자신이 경험한 수많은 좌절과 냉대에 대해 얘기할 때도 감정의 내면을 전혀 보이지 않았다.

나는 집요하게 이 부분을 물고 늘어졌다. 그 때문에 마음의 상처를 크게 입지는 않았습니까? 어떻게 견뎠습니까?

"내 생애 가장 최악의 순간은, S-4가 침몰했을 때였어. 나는 왜 승조원들을 구출하지 못했는지 묻는 수많은 편지에 답장해야 했지. 그때 난 해군을 그만둘 뻔했네. 그렇지만 구조체임버에서 스쿼러스의 생존자가 처음 나오는 순간, 난 모든 걸 보상받았지."

그는 잠시 멈추었다가 말을 이었다.

"이보게. 나는 해군을 사랑했고 잠수함도 사랑했어. 애초에 내가 군인의 길을 택한 이상, 집단에서 벗어나지 않는 것이 최선의 방법이라는 건 너무나 명백했네. 그리고 그건 그 나름대로 일리가 있는 거였지. 그런데 난 군생활을 하는 동안 좀 제멋대로 구는 경향이 있었던 것 같아. 독창력과 상상력이 풍부한 어떤 장교 하나가 통례에서 벗어났을 때, 그 장교는 당연히 어려움에 직면하게 된다네. 참신한 아이디어를 내놓았을 때, 상관들은 무관심한 체하거나 심한 경우에는 적대감을 보이기도 하지. 거부감을 보이는 이유가, 단지 아이디어가 자기게 아니기 때문인 경우마저 있다네. 새로운 제안을 할 때마다 난 무슨 큰죄라도 저지른 범인인 양 느껴지곤 했어. 결국에 가서는 자신의 아이디어를 변호해야 할 뿐 아니라, 감히 그런 아이디어를 내놓은 자신을 방어해야 하는 처지에 이르고 말았지. 그래도 가끔은, 아주 가끔이지만 말야, 그거 괜찮을 것 같은데 한번 해 보자고 하면서 동의해 주는 상관을 만나는 경우도 있었어. 그에 비하면 요즘 상황은 참 좋아졌다는 생각이 드네."

몸센은 나에게 자신의 개인적인 기록물들을 보여주었다. 그 중에는 일기와 사적 공적인 서신들도 있었고 인공허파, 구조체임버, 헬륨 산소 혼합기체에 대한 작업일지, 스쿼러스 구조 및 인양 작업 파일, 첫 번째 울프 팩의 항해 일지, 강연 자료 등이 포함되어 있었다. 강연 자료에는 몸센이 전역하기 직전에 태평양함대에서 잠수함 함장들에게 행한 연설도 하나 있었는데, 대단히 아이러니하게도 제목이 '50년간의 잠수에서 부상하는 잠수함' 이었다. 나는 또한 스쿼러스의 생존자들과도 인터뷰를 했으며, 몸센이 해군 복무 시절 거느리고 있었거나 같이 일한 적이 있는 수많은 장교와 사병들을 만났다.

세터데이 이브닝 포스트 지의 객원 필자로서, 나는 몸센과 스쿼러스에 대한 긴 기사 한 편을 썼다. 그리고 얼마 지나지 않아, 몸센은 불치의 병에 걸리고 말았다. 나는 몸센이 부인 앤과 함께 이사하여 살고 있는 플로리다의 세인트 페테스부르크를 방문했다. 불굴의 용기를 가진 사나이가 쇠잔해 가는 모습을 보는 것은 가슴 아픈 일이었다. 그는 내게 용기가 무엇인지 새롭게 일깨워 주었다. 자신의 암에 대해 몸센은 이렇게 말했다.

"어떻게 해 볼 도리가 없는 게 가끔은 있지." 그는 어깨를 조금 으쓱해 보였다.

"마치 안개처럼 말일세."

나는 기사의 내용을 보강해 편찬하였다. 시기적으로는 더 이상 나쁠 수가 없었다. 1968년, 마틴 루터 킹 목사가 암살당했다. 로버트 F. 케네디가 암살당했다. 민주당 전당대회는 격렬한 가두 시위로 번졌다. 온 나라가 베트남 전쟁이라는 소용돌이에 휘말려 있었다. 그로부터 얼마 지나지도 않아 반전 시위를 벌이던 켄트 주립대학생 네 명이 주 방위군에게 살해되는 사건이 발생했다. 오래 전에 기억에서 사라져 버린 침몰한 잠수함과 군인 이야기에 관심을 보이는 사람은 아무도 없었다. 그러나 시대가 바뀌었다. 오늘날 미국은 영웅을 갈망하고 있고, 몸센은 그 특별한 전당에 들어갈 자격이 있었다. 나는 다시 한 번 그에 대한 이야기를 쓰기로 마음먹고, 몸센의 경력에 대해 좀더 상세히 조사했으며, 이전에 누락된 부분을 보충하였다.

이 작업을 하면서 나는 포츠머스를 다시 방문했는데, 그곳에는 옛날 스쿼러스의 상부구조물과 갑판 일부가 콘그리트 속에 묻혀 서 있었다. 몸센이 숨을 거둔 이후, 그 옆에는 알바코어의 날렵한 타워가 나란히 세워졌다. 그것은 물론 자신들이 의미했던 것에 대한 기념비이며 자신들을 위해 복무했던 사람들에 대한 기념비였다. 뿐만 아니라, 진정한 영웅에게 바치는 무언의 찬사이기도 한 것이다.

가혹한 시간

초판 인쇄 2003년 8월 11일
초판 발행 2003년 8월 13일
지은이 피터 마스
옮긴이 박승철
디자인 조희정
편집 홍제희
영업 최진호
기획 윤덕주
발행인 김정열

(주)엔북
우) 110-280 서울 종로구 원서동 228 볼재빌딩 7층
http://www.nbook.seoul.kr
전화 02-745-1815~6
팩스 02-738-0137
메일 goodbook@nbook.seoul.kr

등록 제10-2110호
ISBN 89-89683-23-8 03840

값 8,500원